Une famille à adopter

*

Le don Juan du Moorlands Hospital

*

Le pari d'une infirmière

CAROLINE ANDERSON

Une famille à adopter

BLANCHE

HARLEQUIN

Collection : Blanche

Ce roman a déjà été publié en 2020

Titre original :
TEMPTED BY THE SINGLE MUM

HARPERCOLLINS FRANCE
83-85, boulevard Vincent-Auriol, 75646 PARIS CEDEX 13
Service Clients — https://www.harlequin.fr/contenu/contactez-nous
ISBN 978-2-2805-1789-8 — ISSN 0223-5056

Édité par HarperCollins France.
Composition et mise en pages Nord Compo.
Imprimé en avril 2025 par CPI Black Print (Barcelone)
en utilisant 100% d'électricité renouvelable.
Dépôt légal : mai 2025.

MIXTE
Papier issu de sources responsables
FSC® C159065

Pour limiter l'empreinte environnementale de ses livres, HarperCollins France s'engage à n'utiliser que du papier fabriqué à partir de bois provenant de forêts gérées durablement et de manière responsable.

1

Pourquoi ? Pourquoi fallait-il qu'aujourd'hui, alors qu'elle était déjà en retard avant même d'avoir commencé sa journée, quelqu'un lui rende les choses plus difficiles encore ?

Ellie Kendal lança un regard furibond à la voiture qui se garait sur la dernière place disponible dans l'emplacement réservé aux médecins. Elle ne connaissait pas ce véhicule, ni son conducteur. À coup sûr, il ne faisait pas partie du personnel du cabinet médical. Il n'avait donc aucune raison de se garer là.

Cela n'avait pas l'air de le préoccuper. Soit il ignorait qu'il n'avait pas le droit de rester là, soit il s'en moquait. Toujours est-il qu'il lui adressa un grand sourire en sortant de sa voiture, puis, après l'avoir verrouillée, se dirigea vers le cabinet médical sans se retourner.

Pour qui se prenait-il ? Quel culot ! Quelle arrogance ! Elle ne trouvait pas de mots pour exprimer son indignation. Cette voiture luxueuse, cette démarche assurée, cette attitude charmeuse, sans parler d'un physique plus qu'avantageux, tout trahissait l'homme habitué à n'en faire qu'à sa tête. Eh bien, pas cette fois. Peu importait qui il était – probablement un représentant de laboratoire pharmaceutique —, il allait avoir ce qu'il méritait.

Tout en fulminant, Ellie se glissa dans ce qui restait d'espace disponible sur le parking. Il n'y avait pas beaucoup de place, mais la manœuvre restait faisable. Ou plutôt, l'aurait été si elle n'avait pas été aussi en colère.

Elle entendit le bruit du choc, ferma les yeux, prit une profonde inspiration, puis s'écarta légèrement du mur qu'elle venait de heurter. Elle réussit, non sans mal, à sortir de la voiture, claqua la portière et traversa le parking.

Franchement, la journée pouvait-elle s'avérer pire encore ? Oui, si ce type se trouvait à... l'accueil.

Il y était. Penché vers la réceptionniste, il bavardait avec elle et, visiblement, Katie n'était pas insensible à son charme. Ce qui ne fit qu'irriter Ellie davantage. L'homme avait les mains enfoncées dans les poches de son pantalon, dont la coupe parfaite mettait ses hanches solides en valeur.

Elle passa en revue les épaules, larges sans être massives, les jambes longues et musclées, et un fessier à la fermeté visiblement irréprochable. Sûrement un habitué des salles de sport. On n'avait pas d'aussi jolies fesses par hasard.

Elle s'approcha de lui.

— Vous vous êtes garé sur l'emplacement réservé aux médecins, dit-elle d'un ton tranchant.

Il se redressa et lui fit face, affichant un sourire ravageur.

— Oui, je...

— Je sais que le parking n'est pas très grand, mais ce n'est pas une raison. Pourquoi ne pas vous être garé ailleurs ? Il vous fallait tout l'espace pour flatter votre ego ? À cause de vous, j'ai éraflé ma voiture, j'ai maintenant dix minutes de retard, et des patients qui m'attendent !

Il haussa légèrement les sourcils et, par-dessus son épaule, elle aperçut Katie qui gesticulait frénétiquement. Mais Ellie l'ignora et continua à affronter l'inconnu.

— Peut-être devriez-vous vous lever plus tôt, dit-il.

— Et vous, peut-être devriez-vous apprendre à lire !

— Ellie ! Docteur Kendal ! fit Katie, l'air désemparé, en se levant.

L'homme esquissa un sourire badin.

— Je crois que nous devrions tout reprendre de zéro, dit-il en tendant la main. C'est un plaisir de faire votre connaissance, docteur Kendal. Je suis Nick Cooper. Le Dr Nick Cooper.

Le nouveau – et réellement indispensable – médecin qui rejoignait leur équipe. Un homme brillant.

Ah, si seulement la terre pouvait s'ouvrir sous mes pieds et m'engloutir !

Nick dut faire un effort pour ne pas éclater de rire.

La bouche grande ouverte, Ellie resta silencieuse quelques secondes, puis elle secoua la tête, marmonna de vagues excuses et fonça vers son bureau.

Il haussa les épaules et sourit à la réceptionniste qui avait l'air à la fois horrifié et fasciné.

— C'était donc le Dr Kendal, dit-il doucement.

— Oui, c'est Ellie. Je suis désolée, d'habitude elle est charmante. Je ne sais pas ce qui lui a pris.

Il esquissa une grimace.

— C'est ma faute. J'ai pris la dernière place du parking réservé aux médecins et elle a éraflé sa voiture en se garant où elle pouvait. Eh bien ! Si j'avais su, j'aurais déplacé mon véhicule, mais je ne la connaissais pas.

— Elle travaille ici à temps partiel. Si elle n'était pas là les jours où vous êtes venu passer vos entretiens, vous ne pouviez pas la rencontrer. Et elle vient souvent à pied. Vous ne pouviez pas savoir.

— Non. Bon, je suis sûr que nous aurons le temps de rattraper ça plus tard.

Katie, l'air toujours aussi gêné, lui indiqua une porte.

— Entrez, je vais vous présenter l'équipe administrative, et je suis sûre que le Dr Gallagher prendra le temps de venir vous parler. Je vais lui dire que vous êtes là.

Elle lui montra le chemin et il la suivit dans le bureau, cherchant sa fougueuse nouvelle collègue du regard. Mais elle n'était pas là.

Dommage. Il était ici pour la journée, il avait du temps devant lui, et il lui tardait d'avoir avec le Dr Ellie Kendal une conversation qui promettait d'être intéressante...

Pourquoi s'était-elle comportée de cette façon ?

Elle s'était acharnée sur le docteur Nick Cooper sans même lui laisser le temps de s'expliquer. S'il avait été un patient, il aurait parfaitement pu se plaindre de son comportement. C'était presque pire, en fait. Cet homme était un collègue, avec un statut supérieur au sien, et elle lui était rentrée dedans à leur première rencontre.

Génial. Vraiment génial.

Non pas que, de son côté, il ait fait preuve d'une grande politesse en lui suggérant de se lever plus tôt. Elle s'était levée dès 5 h 30 pour faire la lessive, et si Maisie n'avait pas joué les divas, si Evie n'avait pas eu besoin qu'elle lui change sa couche et si Oscar n'avait pas perdu une chaussure et piqué une crise, elle n'aurait pas été en retard et rien de tout cela ne serait arrivé.

Les larmes aux yeux, la mâchoire crispée, elle referma derrière elle la porte de son bureau et s'appuya contre le chambranle. C'aurait pu être pire. Des patients auraient pu être témoins de la scène, qui s'était déroulée à l'accueil, et ils l'auraient vue perdre complètement son sang-froid.

— Respire, dit-elle doucement en fermant les yeux.

Elle prit une grande bouffée d'air par le nez, puis expira lentement par la bouche, et recommença.

Elle sursauta, on frappait à la porte. Elle s'écarta et ouvrit tout grand, pour se trouver face à son pire cauchemar. Il était certainement venu régler ses comptes en privé. Eh bien, c'était justifié et sans doute la détestait-il déjà.

— Katie a pensé que vous pourriez avoir envie d'un thé, dit-il tranquillement en lui tendant une tasse fumante.

Il ne souriait pas. Elle le dévisagea d'un air soupçonneux. *Il faut se méfier des inconnus qui vous font des cadeaux...*

— Vous m'apportez un gage de paix ? Pourquoi ? Ce serait à moi de m'excuser. Mais peut-être avez-vous mis quelque chose dans la tasse ?

Il sourit.

— Ne me tentez pas, répondit-il. Ce n'est pas un gage de paix. Katie s'apprêtait à vous apporter ce thé et je lui ai proposé de le faire à sa place. J'ai pensé que nous pourrions repartir sur de meilleures bases.

Elle prit la tasse et leva les yeux vers lui. Leurs regards se croisèrent. Il avait l'air pensif et l'observait, sans l'ombre d'un sourire à présent. Quel soulagement de ne pas savoir ce qu'il pensait...

Les épaules basses, elle capitula.

— Écoutez, je suis désolée. Je ne savais pas qui vous étiez. Ce n'est pas une excuse, bien sûr, mais... je n'avais pas réalisé que c'était aujourd'hui que vous deviez arriver. Je pensais que vous commenceriez plus tard, je ne m'attendais pas à vous voir. J'ignorais à qui j'avais affaire et vous m'aviez pris la dernière place réservée aux médecins, et comme si ça ne suffisait pas, j'ai éraflé ma voiture contre le mur, c'était vraiment la cerise sur le gâteau...

— Ellie, reprenez votre souffle ! Tout va bien. Vous avez raison, je ne commence que lundi. Je suis venu en repérage avant de prendre mon poste. J'imagine que personne ne vous avait mise au courant. Et je regrette de m'être garé sur la dernière place disponible, mais Lucy m'a dit de me mettre là parce que, d'habitude, vous venez au travail à pied. Visiblement, ce n'était pas le cas aujourd'hui.

— Non. Je le fais presque toujours, mais, aujourd'hui, j'étais... en retard.

— Le parking n'est pas grand, n'est-ce pas ? D'après Lucy, c'est dû aux travaux en cours.

— En effet, mais ils devraient bientôt prendre fin et nous serons enfin débarrassés de tous ces camions. Écoutez, je suis vraiment désolée, pouvons-nous reprendre cette conversation plus tard ? Je ne veux pas me montrer de nouveau impolie, mais des patients m'attendent et je suis déjà à la traîne.

— Ah, bien sûr. Toutes mes excuses pour la place de parking – et pour l'éraflure sur votre carrosserie.

— Ne vous excusez pas. Il est clair que vous aviez l'autorisation de vous garer là, et j'ai vraiment très mal réagi. Et merci pour le thé. Je n'ai pas eu le temps d'en prendre un chez moi ce matin.

— Je vous en prie, c'est un plaisir. Nous nous reverrons plus tard. Vous m'apprendrez à lire les panneaux et moi, je vous apprendrai à lire l'heure, fit-il en souriant.

Elle leva les yeux au ciel. Peut-être lui avait-il pardonné, mais, de toute évidence, il n'en avait pas fini avec elle.

— Oh ! je sais parfaitement lire l'heure, répondit-elle sèchement. J'étais debout à 5 heures du matin, si ça vous intéresse.

Silence.

— Alors il vaut mieux que je ne vous retienne pas davantage, dit-il en lui adressant un petit signe d'adieu. À plus tard.

Elle hocha la tête tandis qu'il refermait doucement la porte derrière lui. Elle posa sa tasse de thé et ouvrit son ordinateur en essayant d'oublier le sourire sexy dont il l'avait gratifiée. C'était stupide. Elle avait presque vingt minutes de retard, à présent, et cela allait affecter tout le reste de sa journée. Elle n'avait pas le temps de rêvasser, et surtout pas à un homme qui travaillait sans doute son sourire devant la glace !

— Ressaisis-toi, Ellie, se dit-elle en appuyant sur le bouton pour appeler son premier patient.

Comme Ellie s'y attendait, elle termina très tard ses consultations du matin. Lorsqu'elle monta à l'étage pour boire un café et manger quelque chose dans la salle de repos du personnel, elle y trouva Nick. Il était seul.

En l'entendant entrer dans la pièce, il leva les yeux des dossiers étalés sur la table devant lui et la fixa avec ce regard incroyablement bleu, direct et tranquille qu'elle commençait à trouver énervant.

— Tout va bien ? demanda-t-il.

— Je survivrai, répondit-elle en riant. Il est rare que les gens meurent de honte. Ils vous ont abandonné ?

— Ils sont tous très occupés. Mais ça va. Je me suis plongé

dans la masse de documents qu'ils m'ont donné à lire. J'espérais vaguement que vous viendriez pour que nous puissions reprendre tout depuis le début.

— Ce n'est pas nécessaire, Nick, tout va bien. Si nous passions à autre chose ? D'habitude, je ne me montre pas aussi grossière.

— J'en suis convaincu, mais vous étiez tracassée, j'occupais votre espace, et vous avez abîmé la carrosserie de votre voiture.

Elle haussa les épaules et se dirigea vers la bouilloire.

— Oh ! c'est juste une éraflure, on la voit à peine. De toute façon, je n'ai aucune excuse pour m'être comportée de cette façon.

Il se leva et vint vers elle.

— Reprenons les choses au début. Je m'appelle Nick.

— Et moi, Ellie.

Elle prit la main qu'il lui tendait et ressentit aussitôt une décharge électrique. Elle lâcha sa main comme s'il s'agissait d'une pomme de terre brûlante. Il s'empara de la bouilloire et s'appuya contre le comptoir, les jambes croisées, offrant un spectacle des plus séduisants.

Pourquoi était-il aussi incroyablement sexy ?

— Je vais vous faire une boisson chaude, vous allez déjeuner et, pendant ce temps, vous me raconterez pourquoi vous étiez debout à 5 heures du matin.

Levant les yeux au ciel, elle lui tendit sa tasse vide. Puis elle ouvrit la boîte renfermant son déjeuner et alla s'installer à l'autre bout de la table, afin d'établir avec Nick une distance qu'elle jugeait indispensable.

— Je veux bien un café crème, sans sucre, s'il vous plaît. Et puisque vous voulez tout savoir, ce matin n'avait rien de spécial. Je me réveille souvent très tôt. J'ai mis en route une lessive, j'ai étendu le linge qui avait été lavé pendant la nuit, j'ai pris ma douche, je me suis habillée, j'ai étendu la seconde tournée de linge, j'ai levé les enfants, je les ai habillés, non sans mal, nous avons pris le petit déjeuner. Et Maisie a fait une scène parce que sa robe préférée n'était pas disponible. Oscar, lui, a perdu une chaussure et il a piqué une crise, refusant d'en mettre d'autres. Pour finir, Evie s'était salie, j'ai dû lui changer sa couche. Pendant ce temps-là, Oscar a ôté les chaussures que j'avais réussi à lui mettre et il les a cachées tandis que Maisie changeait de robe pour la troisième fois. En fait, c'était un matin comme les autres, vous voyez.

Les yeux écarquillés, il posa devant elle une tasse de café. Son regard exprimait une profonde sympathie, mais aussi une furieuse envie de rire.

— Ouah ! Si ce n'est pas une façon géniale de démarrer la journée, dit-il doucement en s'asseyant en face d'elle.

Elle essaya de sourire, sans succès. Il fronça les sourcils et, l'air inquiet, se pencha légèrement vers elle.

— Ça va, Ellie ?

Elle haussa les épaules.

— Oui. Bien sûr, je suis fatiguée, c'est tout. Et ça aurait pu être pire, répondit-elle en avalant une bouchée de salade. Aucun des enfants ne s'est réveillé dans la nuit et personne n'a la fièvre. Mais je plains le personnel de la garderie ! Oscar a crié tout le long du chemin parce que je l'avais mis dans la voiture sans qu'il soit chaussé, et Maisie faisait la tête.

— Et Evie ?

— Elle a été adorable, comme toujours. C'est un amour.

— Il faut en profiter, non ? dit-il.

Elle éclata de rire.

— Absolument ! Je suis sûre qu'elle ne tardera pas à ressembler aux deux aînés et c'en sera fini de la tranquillité ! J'apprécie ce répit, même s'il est de courte durée.

Il la regarda, l'air pensif.

— Et où était votre mari, pendant tout ce temps ?

Elle se raidit, regarda sa salade, puis releva la tête.

— Il n'y a pas de mari, dit-elle d'un ton crispé. Je suis divorcée.

— Ah ! bienvenue au club. Vous savez quoi ? Changeons de sujet, sinon nous allons y passer la journée alors que nous pourrions parler de choses beaucoup plus intéressantes.

Il détourna le regard, mais elle avait eu le temps de voir dans ses yeux quelque chose qui ressemblait à du regret ou à de la déception – ou bien était-ce du chagrin ? Peu importait. La conversation prenait une autre tournure, c'était tout ce qui comptait. Un divorce était toujours une affaire compliquée, et certains se passaient plus mal que d'autres.

— Depuis quand travaillez-vous ici ? demanda-t-il.

— J'ai commencé après la naissance de Maisie, c'est-à-dire il y a un peu plus de trois ans. Nous avions un appartement à Londres, mais les parents de David vivent à Yoxburgh et nous avions acheté une maison de vacances juste à côté de chez eux. Mon mari partait souvent à l'étranger pour son travail, aussi, après la naissance de Maisie, nous avons décidé de nous installer ici à l'année et de garder l'appartement de Londres pour les courts séjours que mon mari était appelé à y faire. J'ai commencé à travailler ici quand Maisie a eu dix mois. Et, deux mois après, j'ai réalisé que j'étais enceinte d'Oscar, ce qui n'était pas prévu. Puis ce fut le tour d'Evie.

Elle n'avait pas l'intention d'en dire davantage, car la réaction de David l'avait anéantie. Cela lui faisait encore mal, deux années plus tard, et sans doute en souffrirait-elle toujours, mais elle se sentait bien sans lui. Beaucoup mieux, en fait, même si c'était parfois vraiment difficile.

— Quel âge ont-ils, aujourd'hui ? demanda Nick.

— Maisie vient d'avoir quatre ans, Oscar a deux ans et demi, et Evie, presque quinze mois.

Il ouvrit de grands yeux.

— Ça veut dire que...

— Que j'ai eu trois enfants en trente-quatre mois. Je sais, c'est ridicule.

Il laissa échapper un long soupir.

— Je ne sais pas si c'est ridicule, mais, en tout cas, c'est un énorme défi pour un parent isolé. En fait, pour n'importe quel parent, surtout si, en plus, il travaille. Ce doit être un cauchemar.

Elle secoua la tête.

— Ils sont une vraie source de joie pour moi, quand j'ai le temps de respirer et d'y réfléchir. Pour rien au monde je ne voudrais changer quoi que ce soit, pas même leurs caprices.

— Non, bien sûr. Je suis certain que vous les adorez.

— C'est le cas. Bon, à votre tour maintenant. Pourquoi êtes-vous venu travailler ici ?

Il haussa les épaules.

— Pourquoi pas ? Je voulais un changement total. Je n'ai aucune attache, et c'est le genre de poste que j'ai toujours voulu avoir. J'étais prêt, ça s'est présenté, et j'ai pensé qu'il fallait sauter sur l'occasion.

— Et vos enfants ? demanda-t-elle.

Il secoua la tête, le regard inexpressif.

— Je n'en ai pas. Si nous avions eu des enfants, je serais resté. Les enfants représentent un engagement à vie. On ne les abandonne pas. Ce n'est pas négociable.

Elle poussa un petit grognement.

— Ah oui ? Mon ex est parti alors que j'étais enceinte de deux mois d'Evie.

— Sérieusement ? Il vous a quittée alors que vous attendiez un bébé ? Est-ce qu'il était au courant ?

Oh oui ! C'était même ce qui l'avait poussé à partir.

— Je croyais que nous ne devions plus parler de ça ? dit-elle en essayant de prendre un ton léger.

Mais il insista.

— Il les voit ?

— Oui. Il vient tous les quinze jours et va chez ses parents, qui trouvent affreux qu'il ait abandonné sa famille. Ils m'en veulent aussi de n'avoir pas su le faire revenir au foyer, mais ils gardent de bonnes relations avec nous. Ils veulent avoir un lien normal avec leurs petits-enfants qui, de leur côté, les adorent. Il a beaucoup perdu dans cette histoire.

— Et les enfants aussi. Quel idiot !

Il se reprit aussitôt.

— Oh ! pardon, ça ne me regarde pas, je n'aurais pas dû...

— Mais non, vous pouvez parler librement. Personne ne vous contredira, à part lui, mais il n'est pas là, Dieu merci.

Elle esquissa un petit sourire ironique.

— C'est aussi bien, car il m'aurait sûrement fait des reproches pour avoir abîmé la voiture ce matin.

— Désolé, encore toutes mes excuses, dit-il en faisant la grimace. Je devrais vous payer la réparation.

— Pourquoi ? Ce n'était pas vous qui étiez au volant.

— Non, mais c'est arrivé par ma faute et je n'ai rien fait pour que votre matinée se passe mieux, pas vrai ? Et j'en suis réellement désolé. Vous aviez déjà assez de soucis comme cela, conclut-il en souriant.

Elle lui rendit son sourire en s'interrogeant. Pourquoi chacun de ceux qu'il lui adressait lui faisait-il autant d'effet ? C'était fou…

— Bon, eh bien, je crois que nous devrions oublier tout cela. J'ai intérêt à m'activer si je ne veux pas que mon après-midi soit fichu, lui aussi. Je suis le médecin de garde, j'ai tout un tas de patients à voir. Il faut que j'y aille.

Elle se leva, hésita une seconde et tendit la main à Nick.

— Amis ?

Il sourit et lui serra la main. *Oups !* De nouveau, une décharge électrique lui traversa le corps.

— Amis, dit-il.

— Bien. Je vous revois lundi, alors.

La porte s'ouvrit, et Lucy Gallagher entra.

— Tu le revois chez nous ce soir au dîner, j'espère ? dit-elle en se tournant vers son amie et collègue.

— Au dîner ? répéta Ellie, l'air absent.

— Mais oui. Le dîner de bienvenue de Nick.

Oh ! non.

— Ce n'est pas vendredi prochain ?

— Non, c'est ce soir, à 19 heures. Ah… Tu n'as personne pour garder les enfants ?

Elle ferma les yeux. Liz serait-elle disponible ? Peut-être. Une fois de plus, elle jouerait les sauveteurs. Oh ! Seigneur.

— Je n'ai pas compris que le dîner était ce soir… Je suis vraiment désolée, Lucy. Je vais demander à ma belle-mère, je te tiens au courant. Je viendrai si je peux, mais peut-être que je ne resterai pas très longtemps.

Lucy lui sourit.

— Ne t'inquiète pas, je comprends parfaitement. Appelle-la et vois ce que tu peux faire.

— Promis. Il faut que j'y aille, j'ai plein de patients qui m'attendent.

Elle leur lança un vague sourire et regagna son bureau, oubliant sa salade qu'elle n'avait pas terminée.

Mais elle ressentait encore les picotements déclenchés par le contact de la main de Nick.

Liz avait accepté de garder les enfants et même proposé d'aller les chercher à la garderie et de les faire dormir chez elle.

Ses consultations terminées, Ellie était rentrée chez elle, avait préparé les affaires des enfants, les avait déposées chez Liz, puis était rentrée chez elle, avait rempli le lave-vaisselle, s'était occupée du linge et s'était enfin préparée à se changer. Mais pour mettre quoi ?

Le regard vide, elle passa sa garde-robe en revue. Rien ne lui semblait convenir. C'était ridicule. Elle se rendait à un dîner tout simple, qui réunirait les médecins, leurs conjoints, ainsi que la gestionnaire du cabinet médical et son mari, afin de souhaiter la bienvenue à Nick. La manière dont elle serait habillée n'avait strictement aucune importance.

Sauf qu'elle n'en pensait pas un mot. Elle avait déjà fait très mauvaise impression sur Nick et espérait pouvoir rattraper cela. Mais peut-être était-il déjà trop tard…

Alors, la robe bleue ? Non, elle était trop habillée. La rose ? Non. Trop simple. La noire ? Trop sévère. Bon, alors, pas de robe. Un pantalon, un haut, et de jolis escarpins.

C'était mieux. Mais quel haut ?

Elle finit par tous les essayer, jetant finalement son dévolu sur un corsage qui, trouvait-elle, lui allait bien.

Mais quelle importance ? L'essentiel, c'était qu'elle n'arrive pas en retard ; le mari de Lucy avait dû passer la journée à cuisiner, et elle ne voulait surtout pas créer de problèmes à quelqu'un d'autre !

Elle rectifia son maquillage, fait à toute vitesse à 6 heures le matin, enfila ses chaussures, son manteau, attrapa la bouteille de vin qu'elle avait achetée pour le dîner et quitta la maison sans même se regarder dans le miroir parce que cela n'avait *aucune importance*.

Les Gallagher vivaient au coin de la rue, aussi s'y rendit-elle à pied, en essayant de ne pas arriver avant 19 heures. Avec un peu de chance, les autres convives seraient déjà là et elle pourrait se fondre dans le groupe sans être obligée de parler à Nick. Non qu'elle ait l'intention de se montrer désagréable avec lui, elle l'avait déjà suffisamment été pour la journée, mais elle ne voulait pas non plus avoir l'air d'en faire trop.

Mais pourquoi se poser autant de questions ? Ce n'était qu'un collègue de travail, rien de plus. Elle serait polie avec lui, et suffisamment amicale, et surtout, elle ne penserait pas à son charmant fessier et à son sourire si sexy. C'était dans ses cordes, non ?

Elle arriva devant la maison des Gallagher à 19 h 05, en même temps que Dev et Reeta. C'était parfait. La voiture de Brian était là, mais pas celle de Nick. Peut-être était-il venu à pied ? Ou bien il était en retard ? Non. Cela n'avait pas l'air d'être son genre. Pas plus que d'oublier une invitation à dîner.

Heureusement qu'elle pouvait compter sur sa belle-mère. Que deviendrait-elle sans elle ? Cette femme était une sainte.

Affichant un grand sourire, elle suivit Dev et Reeta.

Nick était assis entre Julia Wade, la gestionnaire du cabinet, et Sarah Baines, une autre femme médecin qui travaillait elle aussi à temps partiel. Son mari était resté à la maison pour garder les enfants. À côté de Julia, il y avait Brian Rowlings, le directeur du cabinet médical, qu'il avait déjà rencontré, comme Julia, lors de ses entretiens d'embauche. Il connaissait aussi Dev Patel, le seul médecin, avec Brian et lui, à travailler à plein temps.

Dev était assis de l'autre côté de la table, entre sa femme Reeta, médecin à temps partiel, et Ellie, qui avait pour voisin le mari de Julia.

Comme Ellie était juste en face de lui, il avait tout loisir de l'étudier de près, ce qui tournait à l'habitude. Il cessa de la regarder pour observer ses hôtes. Lucy Gallagher, le médecin dont le rang se situait juste en dessous de celui de Brian, et son mari Andy qui, d'après ce qu'il savait, était consultant à temps partiel au service des urgences du Yoxburgh Park Hospital, étaient occupés à garnir des plats qu'ils déposaient ensuite sur la table. Leur labrador noir, Stanley, ne les quittait pas des yeux.

— Allez, les amis, servez-vous, dit Andy.

Tout le monde obéit, faisant passer les plats dans un joyeux brouhaha qui évoquait davantage l'ambiance décontractée d'un repas familial qu'une présentation officielle à de nouveaux collègues de travail. Cela lui plaisait énormément. Il les appréciait tous et avait envie de mieux les connaître, en particulier Ellie. Mais il ne réussit pas à lui parler, parce que tout le monde le bombardait de questions ou lui racontait des choses intéressantes et utiles sur le cabinet médical.

Après le plat principal, tout le monde changea de place et il se retrouva à côté d'Ellie.

Elle esquissa un geste vers le dessert, qui était hors de sa portée. Alors Nick se leva et, se penchant au-dessus d'elle, attrapa le plat, mais faillit le lâcher en sentant le bras d'Ellie lui frôler la cuisse.

— Servez-vous, dit-il en se rasseyant tandis qu'il lui présentait le dessert.

Ensuite, il passa le plat à Brian qui commença à lui parler du cabinet médical, l'empêchant d'avoir une conversation avec Ellie. Mais il était très conscient de sa présence, de son parfum, de son rire, de son souffle, et de la façon dont elle écarta vivement sa jambe lorsque, par accident, leurs cuisses se frôlèrent...

— Quelqu'un veut du café ? demanda Lucy.

Ellie secoua la tête.

— Non merci, Lucy. J'ai passé une excellente soirée, mais je dois partir. Désolée. Je me suis levée très tôt ce matin et je suis claquée.

— Moi aussi, je vais rentrer, dit-il en se levant. J'ai été ravi de vous rencontrer tous, je suis impatient de travailler avec vous et de faire plus ample connaissance avec chacun, mais j'ai des tas de choses à faire ce week-end, avant de prendre mon poste lundi. Tout est en pagaille chez moi et je dois mettre un peu d'ordre, ne serait-ce que pour retrouver mes vêtements.

— Appelez-nous si vous avez besoin d'un coup de main, dit Andy.

Tous les autres proposèrent aussitôt leur aide et il les remercia, puis remercia Lucy et Andy de leur accueil et finit par se retrouver dans l'allée en même temps qu'Ellie.

— Vous êtes venue à pied ou en voiture ? demanda-t-il.

— À pied. Pourquoi ?

— Moi aussi, je suis à pied. Je vais vous raccompagner chez vous.

— Vous n'êtes pas obligé de...

— Mais si. Je ne veux pas qu'il vous arrive quelque chose.

— Nick, nous sommes à Yoxburgh ! dit-elle en riant. Il ne peut rien m'arriver.

— Néanmoins, je tiens à vous escorter, répondit-il avec un sourire. De toute façon, j'ai des questions à vous poser.

— Ah ? À quel sujet ?

— Oh ! il s'agit du cabinet médical. Ou plutôt, des gens qui y travaillent.

— Bien, posez vos questions, je vous écoute.

— Parlez-moi de Brian.

— Que voulez-vous savoir ?

— Il était seul, ce soir, et j'ai cru comprendre qu'il avait pris un congé récemment. A-t-il eu des problèmes ?

— Oui. Sa femme a eu la maladie d'Alzheimer et il s'est mis en congé pour s'occuper d'elle. Elle n'avait que cinquante-huit ans lorsqu'elle est morte, l'an dernier, et durant les derniers mois de sa vie, elle ne le reconnaissait même plus.

— Ça a dû être difficile.

— En effet. Nous avons tous fait de notre mieux pour qu'il puisse rester auprès d'elle, et nous avons engagé un remplaçant un jour par semaine. Il est revenu au cabinet deux mois après le décès de sa femme. Je crois qu'il était content de retrouver une vie normale. Il a été très isolé durant cette période.

Il savait ce que c'était, pour avoir connu ce genre de situation quand il s'était chargé de son frère Sam, après le départ de Rachel.

— Bon, que voulez-vous savoir d'autre ?

Rien, en fait, mais il lui posa encore quelques questions afin de ne plus penser à Sam.

Alors qu'ils arrivaient devant une petite maison datant des années 1980 qui aurait été assez banale sans sa vue sur la mer, Ellie s'arrêta.

— Eh bien, me voilà arrivée chez moi, dit-elle en souriant. Vous voyez, nous n'avons fait aucune mauvaise rencontre.

— C'est vrai. Eh bien, je vais vous souhaiter une bonne nuit.

Elle ne dit rien, puis leva les yeux vers lui.

— Vous voulez venir boire un café ?

— Je croyais que vous vouliez vous coucher de bonne heure.

— En effet, mais je vais d'abord m'asseoir un peu et décompresser. La journée a été très dure. Et nous pourrons parler un peu plus du cabinet médical, si vous le souhaitez. C'est comme vous voulez.

Le cabinet médical était bien la dernière chose qu'il avait en tête. Mais avoir l'occasion d'en apprendre davantage sur elle...

— Je ne tiens pas tellement à boire un café.

Avait-elle changé de visage ? Peut-être.

Il pencha la tête sur le côté et esquissa un sourire.

— Mais si vous avez du thé...

Elle eut un petit rire et pivota sur ses talons.

— Vous feriez mieux d'entrer, alors.

2

Pourquoi avait-elle invité Nick chez elle ? Ellie n'en revenait pas. Elle devait avoir perdu la tête.

— Venez. Désolée, c'est un peu en désordre. Je suis partie en trombe, ce matin, je n'ai pas eu le temps de tout nettoyer.

— Ne vous en faites pas, dit-il en riant. J'ai déjà vu pire.

— Sans doute, mais je n'en suis pas fière pour autant.

Il rit de nouveau, ce qui la troubla plus qu'elle ne l'aurait voulu. Elle s'affaira avec la bouilloire, trop consciente de la présence de Nick dans son dos. Quelle importance, après tout, ce qu'il pensait d'elle ou de sa maison ?

— Ce sont des dessins de vos enfants ?

Il regardait la porte du réfrigérateur où étaient affichées les œuvres respectives d'Oscar, de Maisie et d'Evie. Son sourire mélancolique la toucha.

Pourquoi n'avait-il pas d'enfant ?

— Oui, en tout cas, ce ne sont pas les miens. Comment voulez-vous votre thé ?

Il se retourna et arbora cette fois un sourire plus détendu.

— Avec du lait et sans sucre.

Il regarda autour de lui.

— Comment va-t-on au jardin ? J'imagine que vous en avez un ?

— Oh oui, un charmant jardin, mais il faut traverser le salon, ou bien ressortir par la porte de devant et faire le tour de la maison.

Il haussa les sourcils.

— Ce n'est pas particulièrement pratique pour sortir la poubelle.

Elle eut un rire ironique.

— Ne m'en parlez pas ! La conception de cette maison est ridicule. Quelqu'un a condamné la porte qui, d'ici, permettait d'accéder au jardin. Certes, c'est pratique d'avoir davantage de placards et plus d'espace pour le plan de travail, mais une porte de derrière serait aussi très utile. Si le désordre ne vous gêne pas, je peux vous faire faire un petit tour pendant que l'eau chauffe.

— Le désordre ne me gêne pas du tout, répondit-il en riant.

Et il la suivit pour qu'elle lui fasse visiter la maison. Elle lui montra la porte qui avait été condamnée, dit regretter l'absence d'une buanderie, lui fit découvrir la salle à manger qui jouissait d'une vue magnifique sur la mer, puis trois chambres exiguës et une minuscule salle de bains.

— Je ne m'attendais pas à cela, dit-il.

— À quoi alors ? À ce que tout soit bien rangé ?

Il rit et l'enveloppa d'un regard très doux.

— Non, pas du tout. C'est le désordre habituel, c'est la même chose dans toutes les familles. Non, c'est la vue sur la mer qui me surprend. Vous avez eu beaucoup de chance de trouver ça. C'est toujours très recherché.

— Absolument. C'est pour cette vue que nous avons acheté la maison. David ne fait jamais rien par accident – enfin, peu de chose, fit-elle comme en passant tandis qu'ils redescendaient au rez-de-chaussée. Et la vue sur la mer serait géniale si seulement j'avais le temps de l'admirer. Mais même si c'était le cas, je ne pourrais pas beaucoup profiter du panorama à cause de la configuration stupide de la maison. Elle est trop petite pour y vivre avec trois enfants, mais je n'ai pas les moyens d'effectuer des agrandissements ni de déménager. Et David considère que si je veux faire construire une extension ou changer de maison, je n'ai qu'à lui demander de revenir vivre avec moi.

— J'imagine que, pour vous, ce n'est pas une option, dit-il prudemment.

Elle éclata de rire et le ramena dans la cuisine.

— De toute façon, je ne crois pas qu'il parle sérieusement. Alors, même si je pensais que c'était une bonne idée, ce qui n'est pas le cas, je reste coincée ici.

— Alors, qu'avez-vous l'intention de faire ?

— Transférer le salon sur le devant et installer la salle à manger à l'arrière de la maison, pour qu'elle soit plus proche de la cuisine, et mordre sur le jardin pour créer un espace familial et une autre chambre avec une salle de bains. Ainsi, on pourra davantage profiter de la vue sur la mer, ce qui actuellement n'est possible que depuis la salle à manger, pièce que j'utilise rarement, et de ma chambre, où je dors avec les rideaux tirés. Un vrai gâchis !

— Le matin, vous pourriez rester au lit avec une tasse de thé, et contempler la mer. Un vrai bonheur.

— Avec trois jeunes enfants en train de grimper sur moi ? C'est la porte ouverte à toutes les catastrophes !

— Oui, peut-être… La disposition des pièces au rez-de-chaussée est absurde, je vous l'accorde. À votre place, j'abattrais toutes les cloisons, si vous ne voulez pas vous lancer dans des travaux trop coûteux.

— Mais alors, je n'aurais plus aucun endroit où me réfugier au calme, et il y aurait des jouets partout dans la maison ! Tenez, voici votre thé, fit-elle en lui tendant la tasse qu'elle venait de remplir.

Elle l'invita à le suivre au salon et, comme en chemin elle écartait du pied un jeu de cubes qui encombrait le passage, Nick eut un petit rire.

— Vous auriez besoin d'une fée. Quelqu'un qui viendrait ranger la nuit, pendant que tout le monde dort.

Elle se blottit contre les coussins du canapé.

— Quelle bonne idée ! Ça existe, une fée spécialisée dans les travaux ménagers ?

Il rit et s'installa à l'autre bout du canapé. Comme il étendait les jambes devant lui, elle le vit esquisser la petite grimace qu'elle avait déjà remarquée chez lui.

— Ça va ? demanda-t-elle.

— Pourquoi cette question ?

— Vous venez de faire une grimace.

— Ah ! Je vois. Ce n'est rien, juste une ancienne fracture qui se rappelle à mon bon souvenir lorsque j'en fais un peu trop.

— Un peu trop ? Vous êtes resté assis presque toute la journée, et ça a été la même chose ce soir.

— Oui, mais hier j'ai rapporté toutes mes affaires dans ma nouvelle maison. J'ai trimballé beaucoup de cartons.

— Vous n'avez pas fait appel à une entreprise de déménagement ?

Il sourit.

— Mais si. Seulement, il a fallu que je réorganise tout. C'est ma faute. J'aurais dû indiquer plus précisément aux déménageurs où je voulais qu'ils déposent les choses. Peu importe, maintenant tout est en place, ou presque. Il ne me reste plus qu'à défaire les cartons.

Elle se demanda où il habitait. Poser la question pouvait paraître indiscret, mais maintenant qu'il avait vu dans quel désordre elle vivait, connaître son adresse n'aurait rien d'un secret d'État. Même si cela ne la regardait pas...

— Où se trouve votre maison ?

— Pas loin d'ici, dans une petite allée privée d'une demi-douzaine de maisons, tout près de l'escalier qui mène à la plage.

— Jacob's Lane. Je connais bien cet endroit. Il y a des maisons ravissantes, dans cette allée. Laquelle est la vôtre ?

— Celle en bois, à droite, qui date des années 1970, avec un toit bizarre à une seule pente.

— Je vois très bien de quelle maison il s'agit. Elle est restée inhabitée un long moment. Je l'aime beaucoup.

— Oui, moi aussi. Vue de l'extérieur, elle n'a rien de particulièrement intéressant, mais, à l'intérieur, c'est différent. Et le jardin est très joli. Toutes les pièces donnent dessus. La seule chose qui manque, c'est la vue sur la mer, mais je peux facilement aller la voir à pied, elle est tout près.

Il la gratifia une nouvelle fois de son étrange sourire, qui semblait exercer un effet magique sur elle.

Pourquoi ? Il semblait lui avoir pardonné sa sortie déplacée du matin, aussi devait-elle lui en être reconnaissante. Et elle avait intérêt à ne pas laisser des bouffées de désir tout à fait déplacées compromettre ses chances d'avoir une relation de travail paisible et amicale avec son nouveau collègue.

— Vous n'avez pas trop de travaux à faire ?

— Non, pas vraiment. Simplement mettre ma touche personnelle et procéder à quelques ajustements.

— Vous n'allez pas vous lancer dans des transformations comme celles que je voudrais faire ici ?

— Oh ! non ! Je n'en ai aucune envie. Pas maintenant. J'ai déjà eu assez de problèmes, à présent je rêve d'une vie tranquille.

Elle rit.

— J'aimerais bien, moi aussi, mais ce n'est guère possible avec trois jeunes enfants. Franchement, je trouverais déjà génial de pouvoir dormir six heures par nuit !

Elle étouffa un petit bâillement et s'excusa, mais il lui sourit.

— Je dois m'en aller, dit-il. Vous avez eu une longue journée et voilà que je vous empêche d'aller vous coucher. Peut-être parviendrez-vous à avoir six heures de sommeil ?

— Oh ! ce serait un vrai bonheur ! Je pourrais même prendre une tasse de thé en me réveillant et profiter de la vue sur la mer. Ce serait une vraie nouveauté pour moi.

Il rit et se leva, en esquissant de nouveau une grimace. Il alla poser sa tasse dans la cuisine et se dirigea vers la porte d'entrée. Là, il se retourna et sourit à Ellie.

— Merci pour le thé et la visite guidée de la maison. Et pour toutes les informations que vous m'avez données sur le cabinet médical.

— Je vous en prie, c'était un plaisir. Et merci de m'avoir raccompagnée chez moi, même si ce n'était pas vraiment nécessaire. On se voit lundi.

— J'ai hâte d'y être.

Il hésita un instant, puis la prit par les épaules et l'embrassa sur la joue. Après quoi, il sortit et repartit en direction de chez lui.

Elle le regarda s'en aller, le doigt sur la joue, à l'endroit où il l'avait embrassée. Son menton mal rasé lui avait laissé un picotement sur la peau, et elle avait senti son parfum, ce qui lui avait coupé le souffle.

C'était fou. Elle avait l'esprit troublé par la fatigue, les deux verres de vin qu'elle avait bus au dîner et sa réaction inattendue au contact d'un homme qu'elle avait cru détester.

Elle prenait conscience qu'en fait, elle ne le détestait pas. Elle l'aimait bien. Beaucoup, même. Et elle avait envie d'en savoir plus sur lui – pourquoi il n'avait pas d'enfant, pourquoi son mariage n'avait pas marché, et pourquoi il était venu s'installer ici. Sur un coup de tête, semblait-il.

Elle se posait trop de questions dont les réponses ne la regardaient pas. Ce n'était qu'un collègue. Rien de plus.

— Ressaisis-toi, Ellie, dit-elle en refermant la porte d'un geste décidé.

Ah ! Pourquoi était-elle si charmante ? C'était stupide, vraiment, mais Nick aurait préféré ne pas trouver Ellie aussi jolie. Il n'avait pas envie d'être attiré par une femme avec trois enfants.

Elle et lui étaient appelés à travailler ensemble et il ne voulait surtout pas compromettre ses chances de s'adapter à un nouveau poste qu'il espérait garder sur le long terme. Et cela impliquait de ne pas avoir de réaction déplacée face à une femme qui n'était pas faite pour lui.

De retour chez lui, les cartons entassés dans les différentes pièces de la maison le firent soupirer. Ils contenaient toute sa vie – et certains celle de Samuel. Ceux-là, il n'était pas encore prêt à les ouvrir. Peut-être ne le serait-il jamais.

Il se prépara une tasse de camomille et mit le chauffage. Il ne faisait pas particulièrement froid, mais la maison était restée inoccupée pendant des mois. Elle avait besoin d'être réchauffée, qu'on y remette de la vie.

Un réfrigérateur décoré de dessins d'enfant ? Des jouets éparpillés sur le plancher ?

Mais non. Il laissait cela à Ellie.

De toute façon, il n'avait pas le choix. Par chance, grâce à ses sœurs, ses parents connaissaient la joie d'être grands-parents. Il n'avait donc pas à se sentir coupable.

Il se laissa tomber sur le canapé du salon. Un instant, il songea à allumer la télévision pour se changer les idées, mais il s'adossa aux coussins et, sa tasse de camomille à la main, passa en revue la soirée et ce qu'elle lui avait appris.

Brian était veuf et travaillait à temps partiel. Il avait trouvé tous les autres chaleureux et se réjouissait de les avoir pour collègues. Travailler de nouveau en équipe serait agréable, après quatre années en tant que remplaçant pour pouvoir veiller sur son frère, devenu de plus en plus dépendant. Il s'était rendu disponible pour aider ses parents, mais l'esprit de camaraderie et le sentiment d'appartenir à un groupe lui avaient beaucoup manqué durant cette période.

Il était heureux de retrouver tout cela avec des collègues qui l'accueillaient à bras ouverts. Et il y avait Ellie.

Ellie, ses longs cheveux noirs, ses yeux gris-vert si expressifs et son humour à froid. Sans parler des délicieuses courbes de son superbe corps, qui lui donnaient une irrésistible envie de la serrer dans ses bras. Mais cela aurait été de la folie. Certes, elle était très séduisante, mais aussi mère de trois jeunes enfants dont il ne voulait surtout pas s'occuper.

Menteur.

Il soupira, but une gorgée de camomille et grimaça. Il n'aimait pas cette infusion, mais où avait-il mis la bouteille de whisky qu'il gardait pour les jours de moral en berne ? Mystère ! Peut-être était-ce mieux ainsi.

Il avait beaucoup à faire le lendemain. Et le dimanche, s'il ne voulait pas que sa hanche et sa cheville le lui fassent payer au prix fort, il ferait bien de se reposer. Il retourna à la cuisine poser sa tasse dans l'évier et alla se coucher.

Le lundi matin, les enfants furent sages comme des images. Ellie les déposa à la garderie et se rendit à pied au cabinet médical où elle arriva à 8 h 10, ce qui lui laissait tout le temps de préparer ses consultations du matin.

La voiture de Nick n'était pas sur le parking. Quelle satisfaction d'être au travail avant lui...

— Bonjour !

Il apparut en haut de l'escalier alors qu'elle mettait le pied sur la première marche. Elle ne put s'empêcher de sourire.

— Je n'ai pas vu votre voiture. Je pensais être arrivée avant vous...

— Désolé de vous décevoir. Je suis ici depuis 7 h 30. Lucy et Julia sont venues de bonne heure pour parler avec moi de la journée qui m'attend. Elle a l'air déjà assez chargée.

— Elle le sera. Il y a toujours beaucoup de travail. Avez-vous pris une tasse de thé ?

— Non, j'ai bu un café, mais il y a encore de l'eau chaude. J'irai m'en servir un autre tout à l'heure.

Elle hocha la tête et, en passant devant lui, sentit son parfum – un parfum qu'elle aurait été capable de reconnaître entre mille, depuis le vendredi soir, quand ils s'étaient retrouvés côte à côte à la table d'Andy et de Lucy. Elle l'avait senti de nouveau un peu plus tard lorsque, au moment de la quitter, il l'avait embrassée. Ce n'était pas un parfum d'after-shave ou d'eau de Cologne. C'était plus subtil que cela mais l'envie de poser la tête contre son torse et de le respirer à fond avait été immédiate...

Reprends-toi ! Le travail t'attend. Ce n'est plus le moment de rêvasser. Nick n'est qu'un collègue, rien de plus.

Si elle se le répétait suffisamment souvent, peut-être finirait-elle par le croire.

Elle se prépara une tasse de thé, qu'elle emporta dans sa salle de consultation, et s'installa devant son ordinateur.

On frappa à la porte.

— Entrez !

Nick apparut, le visage grave.

— Auriez-vous deux minutes ? L'un de vos patients est venu me voir, il préférerait apparemment avoir affaire à vous, mais j'ai vu que votre planning était complet. Il s'agit de James Golding.

— Ah ! C'est Jim. Oui, bien sûr, je peux le voir. C'est un charmant vieux monsieur, il a eu un triple pontage mais fait encore de temps en temps des crises d'angine de poitrine. C'est peut-être ce qui l'amène aujourd'hui. Je vais dire à Katie de l'inscrire à mon planning.

— Très bien. Je pense qu'en fait, il est déjà là.

— Parfait. Je vais le recevoir. Si vous voulez, vous pouvez prendre mon premier patient. Je ne sais pas du tout qui c'est, le problème d'un éventuel suivi ne se pose donc pas.

— Entendu. Je vais voir Katie. Merci.

— Ne me remerciez pas. Je préfère recevoir moi-même M. Golding, il doit y avoir quelque chose qui l'inquiète. Il n'est pas du genre à se faire du souci pour rien.

— Bien. Merci. À tout à l'heure, peut-être.

Ils échangèrent un sourire, puis elle se dirigea vers la salle d'attente. Jim Golding était assis dans un coin de la pièce, les mains crispées sur sa canne.

— Bonjour, Jim. Vous vouliez me voir ?

Il leva les yeux vers elle et lui adressa un sourire las.

— Ils m'ont dit que vous étiez occupée, dit-il d'un air gêné.

— Non, nous avons fait un échange, mon collègue et moi. Je vais m'occuper de vous. Vous venez ?

En réalité, elle ne disposait pas de beaucoup de temps ; il y avait toujours un tas de paperasses à remplir avant de commencer les consultations, et elle allait prendre du retard. Mais en voyant avec quelles précautions il se levait, elle comprit que quelque chose n'allait pas.

— Prenez votre temps, dit-elle doucement tandis qu'elle guidait le vieil homme vers la salle de consultation.

Après l'avoir fait asseoir, elle se pencha vers lui, le regard attentif.

— Alors, Jim, dites-moi ce qu'il y a.

— Comment va-t-il ? demanda Nick.

Ellie posa sa tasse près de la bouilloire. Par où commencer ?

Nick se leva et s'approcha d'elle.

— Ellie ? Qu'y a-t-il ?

Elle fit la grimace.

— Je ne sais pas vraiment. Il dit qu'il va bien, mais il avait ressenti un ou deux élancements, alors je l'ai adressé à Megan pour qu'on lui fasse un ECG à douze dérivations ainsi qu'un bilan sanguin. Par simple précaution. Il m'a aussi confié un document avec ses directives anticipées, c'est-à-dire son refus d'un acharnement thérapeutique. Autrement dit, il refuse toute tentative de réanimation.

— Vraiment ?

— Oui, et ça ne me plaît pas du tout. Il me cache quelque chose. J'ai comme une intuition.

Nick eut un petit rire.

— Je connais ça. Parfois, moi aussi, j'ai des intuitions.

— Ne vous en plaignez pas. Faites confiance à votre instinct. C'est ce que je fais et, dans ce cas précis, c'est bien pour ça que je m'inquiète.

— Vous vous faites peut-être du souci pour rien.

Il se trompait, hélas ! Alors qu'elle avait regagné sa salle de consultation pour étudier les résultats des tests de son patient, elle entendit un cri. Elle sortit et trouva Nick agenouillé dans le couloir, penché sur M. Golding.

— Que s'est-il passé ?

— Je ne sais pas. Un infarctus du myocarde, peut-être ? Il faut lui refaire un ECG.

Il ouvrit la chemise du vieil homme et commença à ausculter celui-ci.

— Vous entendez quelque chose ? demanda-t-elle.

— Non. Son cœur ne bat plus. Appelez une ambulance, voulez-vous ?

Et il se mit à exercer des pressions sur la poitrine de M. Golding dans l'espoir de le réanimer.

— Non, Nick ! Arrêtez !

Elle s'accroupit près de lui et lui immobilisa les mains.

— Il a laissé des directives anticipées, vous vous souvenez ? Il a signé ce document avant d'aller voir Megan. Nous ne pouvons pas le réanimer, et je ne souhaite pas le faire. Sa femme est morte l'an dernier. Sans elle, la vie a été très dure pour lui. Il ne souhaitait pas lui survivre.

— L'a-t-il précisé par écrit ?

— Oui, c'est enregistré sur l'ordinateur, et nous avons aussi le document papier dans nos fichiers. Il l'a signé devant témoins.

Nick leva lentement ses mains et, pendant un long moment, contempla l'homme avant de lui fermer les yeux. Après quoi, il se redressa.

— Nous devons le transporter ailleurs en attendant qu'on vienne le chercher, dit-il. Je m'en occupe pendant que vous téléphonerez au bureau et demanderez une ambulance.

Elle hocha la tête, alla dire à Katie de prévenir une ambulance, puis elle laissa un message sur le répondeur de la fille de Jim pour qu'elle la rappelle.

Ses patients attendaient, elle n'avait pas le temps de s'attendrir sur le sort du vieil homme, auquel elle s'était attachée au fil des mois. Mais elle avait le cœur lourd. Il lui fallait juste un moment…

Elle venait d'essuyer quelques larmes lorsqu'elle entendit la porte s'ouvrir. Elle se retourna et sentit les bras de Nick l'enlacer.

— Je suis désolé de n'avoir pas réussi à le sauver, lui murmura-t-il à l'oreille.

Soudain gênée, elle se dégagea.

— Ne regrettez rien. C'était ce qu'il voulait. J'aurais simplement voulu pouvoir en faire plus pour l'aider.

Il la lâcha et lui caressa la joue pour chasser une larme qu'elle venait de laisser échapper.

— Vous l'avez aidé à obtenir ce qu'il souhaitait, Ellie. Il a eu une mort rapide, sans angoisse. Je crois qu'il savait ce qui était en train de lui arriver.

Elle hocha la tête, respira un grand coup et, se forçant à sourire, se redressa.

— Nous ne sommes pas censés être touchés par la mort de l'un de nos patients.

— C'est vrai.

Mais son sourire parlait pour lui. Après s'être assuré qu'elle se sentait mieux, il retourna à ses patients, la laissant régler les choses avec la fille de M. Golding.

— Je suis désolée que vous ayez perdu un patient le jour même où vous prenez votre poste ici.

Levant les yeux, il croisa le regard affligé d'Ellie. Il éteignit son ordinateur et quitta sa chaise.

— Tout va bien, dit-il. Ce sont des choses qui arrivent, les gens atteignent la fin du chemin. D'ailleurs, ce n'était pas mon patient. Et vous, ça va ?

— Oui, ça va.

Il n'en était pas convaincu.

— Vous travaillez tard, ce soir.

— Non. J'ai toujours des consultations le lundi soir. C'est une journée chargée, mais là, j'ai terminé. J'avoue que je suis contente que vous ayez été là. J'ai parlé à la fille de M. Golding, je lui ai annoncé la nouvelle. Elle m'a rappelée après s'être rendue auprès de lui, elle voulait nous remercier de nous être occupés de lui et de l'avoir laissé partir comme il le souhaitait. Apparemment, il lui avait téléphoné pour dire que je le soumettais à toutes sortes d'analyses stupides, mais qu'il me laissait faire parce que j'avais été vraiment gentille avec lui.

— Vous savez ce qu'il m'a dit lorsque je l'ai trouvé par terre, dans le couloir ? « Oh ! Seigneur, pourquoi faut-il que je crée tant d'histoires ! »

Elle eut un petit rire étranglé.

— C'est tout à fait lui. Il était toujours si discret !

En voyant son sourire triste, il eut envie de la prendre de nouveau dans ses bras pour la consoler.

— Vous devez aller chercher les enfants ? demanda-t-il.

— Non. Liz les a ramenés chez moi, elle les préparera pour le coucher.

— Je vous raccompagne, alors. Ma journée est finie.

Elle hésita, puis lui sourit.

— D'accord. Mais seulement jusqu'au coin de votre rue. Je ferai le reste du chemin toute seule.

— Parce que vous ne voulez pas que votre belle-mère se fasse des idées ?

Elle rit, sans doute parce qu'il avait vu juste.

— En quelque sorte. De toute façon, il vaut mieux que vous ne rencontriez pas les trois petits monstres en fin de journée. Ils peuvent se montrer odieux lorsqu'ils sont fatigués !

— Ne vous inquiétez pas, dit-il en souriant. Je dois rentrer m'occuper du chien.

— Un chien ? Je ne savais pas que vous en aviez un. Vous disiez que vous n'aviez aucune obligation d'aucune sorte.

Le sourire qu'il affichait s'estompa légèrement.

— Je n'en avais pas jusqu'à hier, quand mes parents m'ont confié l'animal. C'est le chien de mon frère.

— Mais alors, pourquoi est-ce vous qui vous en occupez ?

Il détourna le regard.

— Mon frère est mort l'année dernière.

— Oh ! Nick, je suis désolée. J'étais loin de me douter...

Sa voix pleine de compassion le déstabilisa. Il attrapa son sac, le mit à son épaule et descendit l'escalier avec Ellie.

— Vous ne pouviez pas savoir. En fait, ce chien, Rufus, s'est attaché à moi. Apparemment, je lui manque, alors j'ai dit que j'allais m'en charger. Mes parents sont allés à Kettering avec ma sœur, ils ont juste fait un saut ici pour déposer Rufus chez moi.

Il lui tint la porte et marcha à ses côtés, calant le pas sur le sien.

— À quoi ressemble ce chien ? demanda-t-elle.

— C'est un épagneul nain, un Cavalier King Charles. Il est adorable, et très calme. Il passait le plus clair de son temps sur le lit de Samuel et il nous avertissait lorsque mon frère allait avoir une crise, ce qui nous était incroyablement utile, bien sûr.

— Il avait suivi un entraînement spécial ?

— Non, aucun, et il était plutôt du genre désobéissant, mais il était très attaché à Sam, ils avaient un lien extraordinaire. Il parvenait à le calmer et, alors que Sam ne reconnaissait déjà plus aucun d'entre nous, il reconnaissait encore Rufus.

— Ce pauvre chien a dû être très malheureux quand votre frère est mort.

— Oui, dit-il avec un long soupir.

Il était incapable d'en dire davantage. La souffrance était toujours aussi vive, plus d'un an après la mort de Sam.

— Que lui est-il arrivé ? demanda Ellie. Je parle de votre frère.

— Il est né avec de nombreux handicaps. Personne ne savait pourquoi, mais il souffrait de maux multiples et, pendant trente-huit ans, mes parents ont consacré tout leur temps à s'occuper de lui.

Pas seulement ses parents. Lui aussi. Mais c'était une autre histoire.

— Je suis désolée, dit-elle en lui posant la main sur le bras.

De nouveau, il sentit une boule se former dans sa gorge. Il continua de marcher et, lorsqu'ils arrivèrent au bout de la rue, il ralentit et sourit à Ellie.

— Bon, me voilà arrivé. J'imagine que vous connaissez le chemin pour rentrer chez vous ?

Elle le regarda, l'air pensif.

— Est-ce que ça va ?

— Oui, bien sûr. Pourquoi ça n'irait pas ?

Elle le gratifia d'un sourire très doux.

— Parce que vous êtes triste.

Oui, il était triste. Et aussi rongé par le remords, parce qu'il s'était senti soulagé lorsque Sam était mort, le délivrant ainsi d'un lourd fardeau. Et il en avait honte.

Il se força à sourire.

— Tout va bien, Ellie. Est-ce que, demain, je vous verrai ?

— Oui, je travaille le lundi, le mardi et le vendredi.

— Je ferai chauffer l'eau pour votre thé, promit-il.

Elle sourit et, se haussant sur la pointe des pieds, lui posa un baiser sur la joue.

— D'accord, dit-elle. Prenez soin de vous, Nick. À demain.

Elle tourna les talons et s'éloigna, le laissant en proie à un étrange sentiment de solitude.

Puis il rentra chez lui et se mit à la recherche de Rufus, qu'il n'eut pas de mal à trouver. Le petit chien était roulé en boule dans son panier placé dans le vestibule, à côté des cartons contenant les affaires de Samuel. En entendant Nick rentrer, il leva la tête et, ouvrant de grands yeux tristes, il remua la queue.

— Salut, petit bonhomme, dit Nick d'une voix enrouée.

Il s'accroupit près de lui. Rufus se leva, posa les pattes sur lui et se mit à lui lécher le visage en poussant de petits gémissements.

— Désolé, mon pote, je suis un bien mauvais substitut, pas vrai ?

Rufus agita la queue et s'assit, le regard plein d'espoir.

Après une dernière caresse, Nick se dirigea vers la cuisine.

— Allez, viens, camarade, nous allons trouver quelque chose à manger. Ensuite, tu auras droit à ta promenade et, au retour, nous regarderons s'il y a quelque chose de bien à la télévision, d'accord ?

Rufus le suivit, remuant toujours la queue et fixant de son regard triste le moindre des mouvements de son nouveau maître.

3

Le lendemain, Ellie vit à peine Nick, mais, comme il l'avait promis, l'eau de la bouilloire était déjà chaude quand elle arriva au travail. Cela la fit sourire.

Lorsqu'ils se croisèrent dans l'escalier, elle lui demanda s'il allait bien.

— Oui, bien sûr. Pourquoi cette question ?

Elle n'avait pas l'intention de lui reparler de son frère, et surtout pas au travail. Aussi se contenta-t-elle de lui sourire.

— Parfait, alors, dit-elle en s'éloignant.

Elle le revit plus tard à l'autre bout du couloir qui desservait les salles de consultation, mais il la gratifia d'un simple sourire. Ils étaient visiblement aussi pressés l'un que l'autre.

Le soir, elle quitta le cabinet médical sans qu'ils se soient de nouveau croisés.

Bizarrement, le seul fait de savoir qu'il était dans le bâtiment l'avait perturbée toute la journée. Elle n'avait cessé de penser à lui, nourrissant le secret espoir, chaque fois qu'elle se déplaçait dans les locaux, de tomber sur lui.

C'était ridicule, car *ce n'était qu'un collègue.* Rien de plus. Si elle se le répétait assez longtemps, peut-être finirait-elle par le croire.

Ellie passa le mercredi avec ses enfants, jouant avec eux dans le jardin, et le jeudi ils voulurent aller à la plage avec leurs pelles et leurs seaux. Elle avait essayé de ne pas penser à Nick, mais lorsqu'ils passèrent devant sa maison, elle ne put s'empêcher de la regarder.

Elle aurait adoré visiter l'intérieur, mais sans doute n'était-ce pas une très bonne idée, compte tenu des réactions qu'elle avait en présence de cet homme.

Comme ils arrivaient devant l'escalier qui descendait vers la plage, il se mit à pleuvoir. Ils rebroussèrent chemin et se rendirent dans un parc à jeux couvert où elle passa le plus clair de son temps à déplorer d'être ainsi obsédée par Nick.

Il pleuvait encore le vendredi matin. Ellie prit donc la voiture et, avant de conduire les enfants à la garderie, passa chez Liz et Steven pour y déposer leurs affaires, car c'était le week-end où David devait s'occuper des trois petits.

En arrivant sur le parking du cabinet médical, elle constata que la voiture de Nick n'était pas là. C'était bizarre, car il arrivait toujours avant elle et, aujourd'hui encore, elle avait un peu de retard. Peut-être était-il venu à pied, malgré la pluie ?

Dans la salle de repos, l'eau de la bouilloire était encore chaude, mais toujours pas trace de Nick. Elle en ressentit un certain malaise. C'était stupide. Elle se prépara un café et redescendit au rez-de-chaussée où elle s'attaqua à des résultats d'analyse et à une pile de demandes de prescription, avant de recevoir son premier patient.

Elle ne vit Nick qu'après avoir fini de déjeuner.

— M'éviteriez-vous ? demanda-t-elle sur le ton de la plaisanterie alors qu'ils se croisaient dans l'escalier.

Il s'arrêta et arbora un large sourire.

— Et pourquoi ferais-je une chose pareille ? En fait, j'espérais vous voir. Si je ne me trompe pas, vous n'avez pas les enfants ce week-end ?

Étonnée par la question, elle hocha la tête.

— Pourquoi ?

— Je me demandais si vous accepteriez d'être ma première

invitée. Enfin, si vous n'avez rien de mieux à faire, ce dont je doute.

Elle esquissa un sourire.

— Eh bien, voyons, laissez-moi réfléchir. À part faire une lessive, nettoyer la maison de fond en comble, m'occuper du jardin...

— Dois-je prendre cela comme un refus ?

— Absolument pas. Votre invitation est pour quand ?

— Je ne sais pas. Quand vous voulez. Venez dîner ce soir, ou bien demain, ou alors venez déjeuner demain, ou dimanche – c'est comme vous préférez, je suis libre.

— Nous pourrions dîner ensemble ce soir, mais ça vous laisse peu de temps pour préparer, non ? À moins que vous n'ayez prévu d'acheter des plats à emporter ?

Il hocha la tête.

— J'ai passé une commande par Internet. Elle me sera livrée à 19 heures. Donc, ce soir, c'est parfait.

— Vous savez cuisiner ?

— Que feriez-vous si je vous répondais « non » ? dit-il en riant.

— Je commencerais par goûter ce que vous me servez.

— Rassurez-vous, je sais faire la cuisine. Avez-vous des allergies alimentaires ?

— Non.

— Tant mieux ! Me voilà soulagé, car j'ai déjà tout commandé. Alors, disons... 19 h 30 ?

Une bouffée d'excitation s'empara d'elle.

— 19 h 30, c'est parfait. Puis-je apporter quelque chose ?

— Non, j'ai tout ce qu'il faut. Il suffit que vous veniez, vous, avec de l'appétit.

Nick se sentait nerveux.

Pourquoi, pour l'amour du ciel ? Il ne s'agissait pas d'un rendez-vous amoureux. Il avait simplement invité une collègue à dîner chez lui, presque à l'improviste.

Le hall d'entrée s'ouvrait sur la salle à manger. La première chose à faire était donc d'évacuer les cartons qui encombraient la pièce. Il les transféra tous dans l'une des chambres et, lorsque sa commande arriva, il avait fait place nette et était prêt à accueillir son invitée.

Il alluma le four et commença à préparer le saumon. Après quoi il ouvrit les avocats, composa la sauce chili qui les accompagnait, fit cuire le riz et dressa sur une assiette les puddings au chocolat qui, eux, n'étaient pas faits maison. Il pensa aussi à mettre le vin au frais.

Entendant des pas sur le gravier, il alla ouvrir. Ellie montait les marches du perron, une plante verte dans les mains. Elle lui tendit le pot en souriant.

— C'est pour vous. Un petit cadeau pour la pendaison de crémaillère.

Il prit la plante et embrassa son invitée sur la joue, en essayant d'ignorer le trouble qui s'était emparé de lui.

Il la fit entrer. À peine avait-il posé le pot sur une table basse qu'Ellie était déjà accroupie près de Rufus, le couvrant de caresses.

— Oh ! il est vraiment adorable, dit-elle tandis que le chien roulait sur le dos pour qu'elle lui chatouille le ventre.

Nick rit.

— Oui, c'est vrai, mais d'habitude il est plutôt timide.

— Là, on ne le dirait pas ! répondit-elle en riant.

Elle se redressa et jeta un regard curieux autour d'elle.

— Ça mène où ? demanda-t-elle en avisant un petit escalier situé sur sa gauche.

— Au salon. Je vais nous servir quelque chose à boire, nous emporterons nos verres là-haut. Il donne sur le jardin et, comme il fait encore jour, vous verrez à quoi il ressemble. À moins que vous ne vouliez d'abord visiter la maison ?

Elle rit, le regard pétillant.

— Absolument ! Je suis terriblement curieuse. Je suis passée bien des fois devant cette maison en allant à la plage et je me suis toujours demandé à quoi elle pouvait bien ressembler à l'intérieur. Vue de l'extérieur, elle a l'air tellement originale ! Ça me fascine. Je peux la visiter ?

— Bien sûr ! Prenons nos verres avec nous. Nous aurons vite fait le tour du bâtiment, vous risquez fort d'être déçue. Puis-je vous offrir du vin blanc ou préférez-vous autre chose ? demanda-t-il en se dirigeant vers la cuisine.

— Du vin blanc, ce sera parfait. Merci. Ouah ! La cuisine est d'une taille impressionnante.

— Tout est assez grand ici. Même si les chambres ne sont pas immenses, elles sont spacieuses et il y en a quatre. L'avantage, c'est que si l'une de mes sœurs a envie de passer des vacances au bord de la mer avec sa petite famille, je peux tous les accueillir ici. Venez voir. Nous allons commencer par l'aile des chambres, ensuite nous monterons au salon.

— L'aile ? C'est impressionnant !

— Non, pas du tout ! protesta-t-il en riant. Ça n'a rien d'extraordinaire. En fait, c'est surtout pratique. Très simple, vraiment, mais ça me convient. Je suis un homme simple.

Il n'y avait rien de simple chez Nick, se dit Ellie en lui emboîtant le pas. Un célibataire qui achète une grande maison pour que ses sœurs viennent passer des vacances au bord de la mer avec leurs enfants ? Un homme capable d'adopter le chien de son frère décédé parce que l'animal s'est attaché à lui ? Et pourtant, ce même homme avait tout quitté pour venir s'installer à Yoxburgh. Pourquoi ?

Il l'emmena dans un couloir en zigzag et arriva dans un vestibule étroit sur lequel donnaient plusieurs portes. Il les ouvrit les unes après les autres, expliquant la fonction de chaque pièce.

— Les chambres se trouvent de ce côté-ci, et toutes ont vue sur le jardin. En face, ce sont les salles de bains et la buanderie qui, elles, n'ont pas besoin d'une vue particulière.

Ellie jeta un coup d'œil dans la première chambre. C'était une longue pièce étroite avec, tout au fond, une fenêtre, mais elle ne put guère en voir davantage.

— Vous avez beaucoup de cartons entassés ici, dit-elle.

— Oui, toutes mes affaires sont dedans depuis que Rachel est partie et que nous avons vendu la maison.

— J'imagine que Rachel est votre femme ?

— Mon ex-femme, oui. Elle... Elle est partie.

Comme David...

— Bon, poursuivit-il, un certain nombre de cartons datent de cette époque-là, mais les autres contiennent les affaires de Samuel. Mes parents ne savaient pas quoi en faire, alors j'ai tout apporté ici. Il me semblait impossible de jeter tout ça et ma maison est spacieuse, mais il faudra bien qu'un jour, je fasse le tri.

Elle l'observa attentivement. Gêné, il détourna le regard, comme s'il ne voulait pas la laisser lire en lui.

— Vous pensez beaucoup à lui, n'est-ce pas ? dit-elle doucement.

Il ne répondit pas et, quittant la chambre avec elle, il continua de lui faire visiter la maison. Il lui montra les deux chambres suivantes, qui ressemblaient beaucoup à la première, puis ouvrit la dernière porte.

— Voici ma chambre, dit-il. Elle est plus grande que les autres, bien sûr. Elle comporte un dressing-room et une porte donnant sur le jardin, ce qui est très agréable.

Elle regarda autour d'elle, impressionnée par les dimensions de la pièce et la blancheur impeccable du linge de lit. Elle poussa un soupir.

— Oh ! je suis jalouse de tout l'espace dont vous disposez ! dit-elle en lâchant un petit rire.

Comme elle se tournait vers lui, elle surprit sur son visage comme une expression de culpabilité.

Pourquoi donc se serait-il senti coupable ?

— Vous en avez assez vu ? demanda Nick.

Sans attendre la réponse d'Ellie, il rebroussa chemin, regrettant soudain de lui avoir montré cette maison qui, contrairement à celle qu'elle occupait actuellement, aurait été idéale pour elle et ses enfants.

— Venez, dit-il, nous allons mettre le poisson au four. Du saumon et du riz, ça vous va ?

— Oh non, c'est horrible !

Mais son regard taquin démentait ses propos. Il regagna la cuisine avec un petit rire. Il enfourna le saumon, puis conduisit Ellie au salon.

— Oh ! quelle jolie pièce ! s'exclama-t-elle. J'adore ce plafond mansardé ! Et quel merveilleux coucher de soleil !

— Oui, je pourrais rester assis là pendant des heures à regarder le ciel changer.

Il lui présenta une corbeille de noix et de raisins qu'il avait prise sur une étagère.

— Il vaut mieux mettre les raisins hors de portée de Rufus.

— Il vole la nourriture ?

Il regarda le chien qui, couché au pied d'Ellie, quémandait sa part sans aucune honte. Il éclata de rire.

— À votre avis ?

Le plat était merveilleux. Simple, frais, parfaitement cuisiné. Absolument délicieux.

Tout comme Nick, pensa Ellie. Mis à part la simplicité. Nick Cooper n'avait rien de simple. Elle s'en doutait déjà, mais après avoir passé plus d'une heure avec lui, elle était convaincue à présent que tout un monde se cachait derrière ce regard pensif. Elle n'avait aucune idée de ce qui avait pu le blesser à ce point, mais la mort de son frère l'avait certainement affecté.

Était-ce la culpabilité du survivant ? Peut-être. Ou peut-être tout simplement le chagrin d'avoir perdu un être cher.

Après le dîner, ils retournèrent au salon. Elle se blottit dans les coussins du canapé tandis qu'il prenait place dans un gros fauteuil, tout à côté d'elle.

— Parlez-moi de votre frère, dit-elle doucement.

Il détourna le regard et resta immobile. Elle regretta de lui avoir fait cette requête, mais il était trop tard.

— Que voulez-vous savoir ?

— Pas ses problèmes de santé, mais quelle personne il était, ce qu'il était capable de faire, et quel était votre rôle.

Il la regarda fixement.

— Mon rôle ?

— Dans toutes les familles dont un des membres souffre d'un handicap, l'ordre des priorités est bouleversé. C'est inévitable. J'imagine que ça a été aussi votre cas.

— C'est vrai. J'étais son frère. La situation était compliquée. Si Samuel représentait un poids dans ma vie, il était aussi un point d'ancrage, quelqu'un que j'écoutais et qui me vouait un amour inconditionnel.

— Il pouvait communiquer avec vous ?

— Oh ! oui. Il avait une sorte de langage que je parvenais à comprendre, et nous passions de bons moments ensemble avant qu'il ne devienne vraiment très malade. Quand nous étions enfants, je trouvais tout ça normal, je me disais que la vie était comme ça. Mais quand j'ai eu douze ans et lui onze, ma mère est tombée enceinte. Elle a eu des jumelles, et tout a changé.

— Tout ?

Il hocha la tête.

— Mon père a abandonné son travail et a commencé à travailler à la maison pour aider ma mère. Et j'ai dû m'occuper de plus en plus de Samuel. Bien sûr, j'allais à l'école, et lui aussi, quand il en avait la force. Il était inscrit dans une école spécialisée. Mais le soir, les week-ends et pendant les vacances, c'était moi qui me chargeais de lui, pour que maman puisse s'occuper de mes sœurs et papa travailler. Nous ne sortions presque plus, car Samuel devenait de plus en plus lourd, et se déplacer avec quatre enfants et un fauteuil roulant s'avérait vraiment difficile. Nous y avons renoncé.

— Alors, toute la vie de votre famille tournait autour de votre frère, entre les quatre murs de la maison ?

— Oui. Et comme mon père devait gagner de l'argent pour nous faire vivre, finalement j'ai dû m'occuper non seulement de Samuel, mais aussi de mes sœurs, ce qui permettait à maman de faire tout le reste dans la maison, et à mon père de travailler. À dix-sept ans, je rêvais d'avoir une vie à moi. Mes petites sœurs n'avaient que cinq ans et elles adoraient aller au parc à jeux, ce que je détestais, mais je devais les y accompagner. Ou bien je restais enfermé dans ma chambre avec Sam, et je révisais mes cours. Voilà à quoi ressemblaient mes journées. Et un jour, j'ai décidé que c'était mon tour.

Elle fronça les sourcils, quelque chose dans la voix de Nick la faisait frissonner.

— Votre tour ?

— J'ai pensé que ce serait une bonne idée de rouler à vélo sur le toit du garage.

Elle ouvrit de grands yeux.

— Quoi ? Mais... Pourquoi ?

Il eut un petit rire sans joie.

— Peut-être pour attirer l'attention sur moi ? Je savais que je me blesserais, mais je m'en moquais. C'était l'été, on était en vacances, j'en avais assez de devoir m'occuper de mes frère et sœurs. Notre jardin était en pente et le garage était adossé au talus. J'ai trouvé une planche que j'ai appuyée contre le mur du fond pour qu'elle me serve de rampe. Et je me suis lancé sur le toit avec mon vélo pour atterrir dans l'allée. Inutile de préciser que cela s'est mal terminé, fit-il avec un petit sourire.

Elle se sentit mal.

— Que s'est-il passé ?

— Quand j'ai touché le sol, ma pédale gauche s'est cassée et je me suis brisé la cheville. Je me suis aussi écrasé sur la barre du vélo, ce qui a réduit mon bassin en miettes.

Il marqua une pause.

— Et il y a eu quelques dommages collatéraux dans la même zone, fit-il avec un sourire sarcastique.

— Des dommages collatéraux ?

— Disons que c'est ce qui explique pourquoi Rachel et moi, nous n'avons pas eu d'enfant. Enfin, c'est l'une des raisons.

Mon Dieu ! Elle imaginait la scène.

— Vous avez perdu connaissance ?

— Malheureusement non, dit-il avec ce rire forcé auquel elle commençait à s'habituer. Du moins pas avant que les ambulanciers arrivent et me remettent la cheville en place. Ça a été un moment pénible. Pour tout le monde, en fait. Mes parents étaient effondrés, mes sœurs pleuraient et Samuel criait parce qu'il avait compris qu'il se passait quelque chose. Et moi, j'avais mal, mais j'avais au moins réussi à attirer leur attention.

— Et cela vous a-t-il fait du bien ?

Il rit encore.

— Non, pas du tout, bien sûr ! Mais ça m'a permis de mieux comprendre ce que Samuel vivait tous les jours. Ne pas dépendre des autres pour les soins intimes est une chose à laquelle j'accorde beaucoup de prix, maintenant.

— Je veux bien vous croire. Comme je vous plains d'avoir vécu cela !

— Me plaindre ? Je me suis comporté comme un idiot ! Je n'ai eu que ce que je méritais. Mais mes parents, eux, ne méritaient pas ce surcroît de stress et de soucis. Je me suis vraiment senti coupable. Quand je suis sorti de l'hôpital, j'ai beaucoup réfléchi. Mes parents avaient dû, eux aussi, se poser des questions, car ils m'ont demandé comment je vivais le fait qu'ils se déchargent de nombreuses tâches sur moi. Alors, je me suis lâché et ç'a été une vraie révélation pour nous tous.

Elle fronça les sourcils.

— Je ne comprends pas.

— Je ne m'étais jamais plaint. Je faisais tout ce qu'ils me demandaient. Et je leur en voulais de plus en plus, jusqu'au jour où je ne l'ai plus supporté.

— D'où cette cascade stupide à vélo ?

— Exactement. Mon père m'a traité d'idiot, et il avait parfaitement raison. Je vais devoir assumer toute ma vie les conséquences de ma stupidité. Il a fallu que j'apprenne à vivre avec, et je ne pouvais m'en prendre qu'à moi-même.

— Combien de temps êtes-vous resté à l'hôpital ?

— Des semaines. Je ne sais pas exactement combien. J'ai manqué le début du premier trimestre, à l'automne, et j'ai eu tout le temps de pleurer sur mon sort pendant que je subissais tout un tas d'opérations sur les parties les plus intimes de mon anatomie, fit-il avec un petit rire gêné.

Et pourtant il s'était marié...

— Vous avez dû avoir un bon chirurgien, dit-elle.

Il hocha la tête.

— Oui, il était excellent, mais il n'a pas pu faire de miracle. On peut dire que j'ai découvert la notion d'auto-contraception de la plus dure des façons.

Elle imagina ce jeune garçon qui, sur le point de devenir un adulte, avait dû subir des semaines de rééducation et accepter le fait que sa vie entière allait être à jamais marquée par une cascade idiote qui s'était mal terminée.

— La vie donne parfois des leçons difficiles à digérer.

— C'est vrai, mais cela aurait pu être pire encore. Mon chirurgien a été formidable. C'est en partie à cause de lui que j'ai voulu faire médecine. J'envisageais une carrière d'urologue.

— Et vous êtes devenu médecin généraliste.

— Oui, cela m'offrait plus de diversité, de flexibilité dans ma vie professionnelle, et je voulais être là pour Samuel. Je leur devais bien ça, à lui et à mes parents. Tout va bien pour moi, maintenant. Enfin, à part la question des enfants, mais j'en ai pris mon parti. Je croyais que c'était aussi le cas pour Rachel, mais elle m'a quitté quand l'état de santé de Samuel s'est aggravé et que mes parents ont de plus en plus fait appel à moi pour les aider. Elle avait rencontré quelqu'un d'autre.

— Elle a choisi *ce moment-là* pour vous laisser ? Quand vous aviez tant besoin d'être soutenu ? Quelle honte !

— Mais cela arrive. Votre mari vous a bien quittée alors que vous étiez enceinte.

— Oui, c'est vrai, mais ne parlons pas de lui. Dites-moi, Rachel a eu des enfants avec son nouveau partenaire ?

— Oui. Elle était enceinte lorsqu'elle m'a quitté. Et, bien sûr, je ne pouvais pas être le père. C'était impossible sans FIV.

— Une FIV ? C'était donc une option possible ?

— Oui. Il restait une chance de pouvoir me prélever quelques spermatozoïdes viables si nous voulions tenter d'avoir un enfant. Mais cela supposait de pratiquer une FIV, avec tout son cortège de traitements assez lourds, et il n'y avait aucune garantie que cela réussisse. Rachel n'avait pas envie de se lancer là-dedans. Elle avait une amie qui était passée par là et en avait gardé un souvenir horrible.

— Il n'y a pas d'autre moyen possible ?

— Non. Je me suis si bien esquinté lors de ma cascade qu'il n'y a pas d'autre solution.

— J'imagine qu'autrement, tout fonctionne normalement ? dit-elle sans réfléchir.

L'entendant éclater de rire, elle sentit ses joues s'enflammer. Elle se cacha le visage dans les mains.

— Je n'arrive pas à croire que j'aie pu dire une chose pareille ! Oh ! je suis vraiment désolée...

L'air rieur, il secoua lentement la tête.

— Non, il ne faut pas. Cela en valait la peine, rien que pour voir la tête que vous faites ! Et, je vous rassure, tout marche parfaitement bien, je vous remercie de vous en inquiéter.

Il sourit, le regard espiègle.

— Ma mère s'en est aperçue. Un jour, elle est entrée dans la salle de bains et m'a surpris m'adonnant à ce que font tous les ados. Elle est devenue toute rouge et m'a dit : « Eh bien, cela répond à la question » et elle est partie en refermant la porte derrière elle. J'ai cru mourir de honte ! J'ai laissé passer une bonne heure avant d'oser sortir de la salle de bains.

Elle se mordit la lèvre, mais ne put se retenir bien longtemps de rire. Il se joignit à elle.

— Désolée, je sais qu'il n'y a rien de drôle là-dedans, mais...

— Mais si, c'est drôle ! Je ne le pensais pas, à l'époque, mais maintenant je suis le premier à en rire.

— Eh bien, on peut dire que vous avez eu beaucoup de chance. Ou bien alors, votre chirurgien était particulièrement brillant. Je n'arrive pas à croire que vous ayez pu vous en sortir aussi bien. C'est incroyable !

— En effet. Vous voulez vérifier ?

Elle croisa son regard, médusée, et un bref instant ils restèrent tous les deux silencieux. Puis il sourit et elle vit une lueur malicieuse briller dans ses yeux.

— Je crois que je vais passer mon tour, si vous n'y voyez pas d'inconvénient, répondit-elle en souriant.

Mais son cœur battait à tout rompre. Elle ne pouvait s'empêcher de penser qu'à l'autre bout de la maison, il y avait la chambre de Nick.

Jamais elle n'avait désiré un homme autant qu'elle le désirait, lui.

Pourquoi avait-il dit cela ?

Nick n'en revenait pas. Alors que tout se passait bien entre Ellie et elle et qu'ils semblaient aussi à l'aise l'un que l'autre, il avait fallu qu'il gâche tout. Il avait voulu plaisanter, bien sûr. Enfin, pas vraiment. Certes, il ne s'était pas attendu à ce qu'elle accepte, mais si elle l'avait fait, il n'aurait sûrement pas tenté de la dissuader. Bien au contraire.

— Je crois que je m'en remettrai, dit-il en quittant son fauteuil. Voulez-vous un autre café ?

— Non, je... Je vais rentrer chez moi, dit-elle en se levant à son tour. J'ai des choses à faire.

— Un vendredi, à 11 heures du soir ?

— Nick, je...

Elle descendit l'escalier et s'arrêta près de la porte.

— Il faut que j'y aille.

Il l'avait suivie. Il marqua une pause quand il fut à un mètre d'elle, par sécurité, et croisa son regard. Ce qu'il y lut l'encouragea à parler avec sincérité.

— Vous n'y êtes pas obligée si vous n'en avez pas envie. Je ne cherchais pas à vous draguer, Ellie, mais je serais plus qu'heureux si vous vouliez rester. Vraiment.

Ils se regardaient les yeux dans les yeux et, pendant quelques instants qui parurent durer une éternité, ils retinrent tous deux leur souffle.

Elle fit alors un pas vers lui, puis un autre.

— Ce n'est pas vraiment une bonne idée, dit-elle d'une petite voix.

— Non, peut-être pas.

Il lui caressa la joue et, comme il passait lentement le pouce sur ses lèvres sèches, elle les humecta du bout de la langue.

Le souffle court, il déglutit.

— Restez avec moi, Ellie, dit-il d'une voix sourde.

Avec un petit soupir, elle se lova dans ses bras et leva le visage vers le sien.

4

Nick prit délicatement le visage d'Ellie entre ses mains et se pencha vers elle.

Il lui donna un baiser plein de douceur, de tendresse, mais celui-ci la toucha au plus profond d'elle-même, excitant chacune de ses cellules nerveuses.

Sa bouche avait un goût de café et de chocolat à la menthe, dû aux friandises qu'ils avaient grignotées après le dîner. Il l'embrassait en prenant tout son temps, jouant de sa langue avec une telle science qu'elle s'entendit gémir de plaisir.

Il la serra étroitement contre lui.

— Ah, c'est si bon, dit-il en plaquant les hanches contre les siennes.

Ils étaient si proches l'un de l'autre qu'elle eut la preuve physique de l'effet qu'elle lui faisait.

— Je constate que tu ne m'as pas menti, dit-elle dans un souffle pour détendre l'atmosphère.

Il eut un petit rire.

— Je crois qu'il faudrait vérifier cela de plus près.

Il avait dit cela d'un ton si souriant qu'elle éclata de rire.

— Oh ! sûrement, mais peut-être ferions-nous mieux de trouver un endroit plus approprié.

— Allons dans ma chambre, dit-il en la dévorant des yeux.

Elle hocha la tête. La prenant par la main, il l'emmena jusqu'à sa chambre. Il n'eut pas besoin d'allumer les lampes, car un magnifique clair de lune inondait la pièce d'une lumière douce.

Il guida Ellie jusqu'au lit et la fit s'allonger.

— Je te désire tellement, dit-il en lui emprisonnant le visage entre ses mains. J'ai eu envie de toi dès l'instant où tu t'es déchaînée contre moi à l'accueil.

— Je ne sais vraiment pas ce qui m'a pris, de me montrer aussi violente.

Elle se sentait encore honteuse de s'être comportée de cette façon. Mais il sourit.

— Tu l'étais, c'est vrai, mais ça t'allait tellement bien ! Tu étais outrageusement belle.

Il lui caressait le visage, puis ses mains descendirent lentement vers le bas de son T-shirt et se glissèrent dessous.

Elle retint son souffle et s'efforça de rentrer le ventre, consciente qu'après trois grossesses, il n'était plus aussi plat qu'avant.

Il fronça les sourcils tandis qu'il lui caressait le ventre de sa main chaude.

— Pourquoi fais-tu ça ? Détends-toi. Tu es belle, Ellie.

— Je suis flasque.

— Non, tu as eu trois enfants. Sois fière de ton corps et de ce qu'il a accompli. C'est formidable. Un tel cadeau. Tu ne dois jamais en avoir honte.

Ces mots suffirent à la rassurer. Libérée de la crainte qu'il ne la désire plus quand il la verrait nue, elle osa être elle-même.

— Je crois que tu as trop de vêtements sur toi, dit-elle, soudain plus audacieuse.

— Je crois que nous sommes tous les deux trop habillés, répondit-il en souriant.

Il se débarrassa de son sweat et ôta tout aussi rapidement son jean et son slip.

— C'est mieux, comme ça ?

Elle le regardait sans rien dire, admirant ce corps splendide qui montrait clairement qu'il la désirait. En voyant ces longues jambes, les abdominaux parfaitement sculptés, le ventre plat, le torse solide et les épaules puissantes de Nick, elle se sentit de nouveau envahie par le doute.

— Hé, dit-il en fronçant les sourcils.

Il s'approcha et lui caressa le visage.

— Tu veux que je ferme les rideaux ?

Elle secoua la tête.

— Non. J'ai peur, c'est tout.

— Alors, laisse-moi t'aider.

Il lui enleva doucement son T-shirt, puis défit le bouton de son jean, qu'il fit lentement glisser le long de ses jambes tandis qu'il couvrait de baisers ses hanches et son ventre.

— Une petite culotte en dentelle, dit-il avec un sourire. Soulève-toi.

Il la débarrassa de son jean, puis de son slip et la serra alors étroitement contre lui.

— C'est mieux ainsi, dit-il en s'emparant de ses lèvres.

Son baiser se fit fiévreux tandis qu'ils se serraient l'un contre l'autre, en proie au même désir, et impatients de le satisfaire.

— J'ai envie de toi, dit-il, le souffle court.

— Moi aussi...

Ils se jetèrent sur le lit, bras et jambes entremêlés, les lèvres toujours scellées, les mains avides de s'explorer mutuellement. Nick faisait preuve d'un savoir-faire redoutable, au point qu'elle ne put s'empêcher de l'implorer.

— Maintenant, Nick, s'il te plaît...

Lorsqu'il la pénétra, elle recueillit dans sa bouche le gémissement qu'il laissa échapper. Ils restèrent un instant immobiles, jouissant du flot de sensations qui les submergeait.

— Ah, c'est tellement bon, dit-il au bout d'un long moment.

Il l'embrassa de nouveau et commença à bouger en elle. Le corps arqué, elle se fondait en lui, promenant ses mains sur ce corps qui semblait connaître mieux qu'elle-même chacun de ses points les plus sensibles.

Elle sentit la tension monter en elle. Cramponnée à Nick, elle suppliait, quémandait, et soudain elle se laissa emporter par la vague d'un plaisir indicible tandis que Nick se raidissait et entrait en elle une dernière fois.

La tension disparut chez lui comme chez elle. Il se laissa

tomber sur elle avec un petit rire et roula sur le côté, l'entraînant avec lui pendant qu'il retrouvait peu à peu une respiration normale.

— C'était incroyable, dit-il avec un sourire en lui caressant les cheveux.

— C'est vrai. J'adore ton chirurgien.

Il partit d'un grand rire et se mit sur le dos en poussant un long soupir.

Elle se redressa et, appuyée sur un coude, étudia le corps de Nick, qu'elle voyait parfaitement grâce au clair de lune.

— Tu as eu un fixateur externe sur ton bassin, dit-elle en suivant du bout du doigt les petites cicatrices argentées dessinées sur les hanches de son amant.

— J'en ai eu un aussi sur ma cheville, jusqu'à ce qu'ils réussissent à la reconstruire.

— C'est pour cette raison que tu boites parfois ? À cause de ta cheville ?

Il hocha la tête.

— Elle n'aime pas le froid. Une fois, j'ai essayé un bain glacé pour voir à quoi cela ressemblait, ça a été une vraie torture. Il y a tout un échafaudage là-dedans, mais au moins j'ai pu garder mon pied. J'ai bien failli le perdre.

— Ton accident était donc si terrible que ça ? Tu t'es vraiment esquinté, pas vrai ?

— Oui, et je crois que mes parents ne s'en sont jamais remis.

— Ils savent pourquoi tu as fait ça ?

Il hocha la tête tandis que son sourire s'effaçait.

— Je ne me rappelle pas le leur avoir dit, mais à l'hôpital on m'a donné pas mal de substances diverses et, apparemment, j'ai tout déballé, ce qui a déclenché un énorme sentiment de culpabilité chez mes parents. Je ne pensais pas me blesser aussi gravement en me lançant dans cette cascade. Je croyais m'en tirer avec quelques bleus, quelques égratignures, au pire avec un bras cassé… J'étais à mille lieues d'imaginer que ça finirait aussi mal. Mais, malgré tout, quand j'ai vu que j'avais enfin attiré l'attention de tous, je me suis dit à l'époque que tout ça en valait la peine.

— Mais, aujourd'hui, tu ne vois plus les choses de la même façon.

— Non, bien sûr. Je me suis conduit comme un imbécile et je n'ai eu que ce que je méritais. Mais j'étais gamin, et nous commettons tous des erreurs. Seulement, la plupart d'entre elles n'entraînent pas de conséquences aussi douloureuses. Non seulement pour moi, mais pour tout le monde, et en particulier pour Samuel. C'est ce qui m'a vraiment fait très mal, plus que tout le reste.

Elle le regarda fixement, horrifiée.

— Ils lui ont dit pourquoi tu avais fait ça ?

— Non, il l'a deviné. Il s'est mis à pleurer quand il m'a vu dans cet état. Et pendant toutes ces semaines où je suis resté couché, démuni, j'ai réalisé ce qu'il endurait, lui, de façon permanente, et ça m'a fait évoluer. J'ai changé, pour le mieux. Rien que pour ça, cette expérience valait la peine d'être vécue. Grâce à elle, je me suis amélioré. J'en avais vraiment besoin.

Elle sentit les larmes lui venir aux yeux en songeant à l'adolescent qu'il avait été, un garçon désespéré que personne ne se rende compte du poids qu'il portait. Un garçon trop gentil pour en parler, jusqu'au jour où cela lui était devenu insupportable.

Elle s'allongea près de lui, la tête posée sur son torse, et passa le bras autour de sa taille tandis qu'il l'enlaçait. Il l'embrassa sur les cheveux.

— Tout va bien, Ellie. Vraiment. Tout ça, c'est du passé. J'ai retrouvé la paix et, maintenant, c'est fini.

Était-ce vrai ? Elle n'en était pas sûre.

Il lui donna un baiser rapide et s'assit au bord du lit.

— Je dois sortir Rufus. Attention les yeux !

Il alluma la lampe de chevet et commença à se rhabiller.

Elle vit alors en pleine lumière les cicatrices qu'il avait sur la jambe gauche, la plus importante étant celle sur la cheville.

Au moins, j'ai pu garder mon pied.

— Tu l'emmènes faire une promenade ?

— Oui, pas loin, jusqu'à l'escalier de la plage. Je n'en ai pas pour longtemps.

— Il faudrait que je rentre chez moi.

Elle n'en avait pas vraiment envie, mais elle ne voulait pas avoir l'air de s'incruster.

Il se tourna vers elle.

— Vraiment ?

— Je n'ai pas pris ma brosse à dents.

La raison invoquée était pathétique, mais elle n'avait rien trouvé d'autre.

Il rit et vint lui poser un baiser sur les lèvres.

— Je suis sûr qu'on va pouvoir arranger ça. Je t'en prie, reste.

— D'accord.

— Garde le lit au chaud pour moi.

Il l'embrassa une nouvelle fois et s'en alla.

Lorsqu'elle l'entendit sortir de la maison en compagnie de Rufus, elle se leva et se rendit à la salle de bains. Avait-elle le temps de prendre une douche avant qu'il revienne ?

Elle entra dans la cabine, ouvrit le robinet et attrapa le gel douche. Il avait la même odeur que Nick. Lorsqu'elle commença à l'étaler sur sa peau, elle sentit sur elle la caresse des mains de son amant, le contact de sa bouche sur la sienne, la chaleur de ses bras qui l'enlaçaient.

L'imagination était une chose merveilleuse.

Nick entendit l'eau couler. Après avoir donné un biscuit à Rufus pour le faire tenir tranquille, il retourna dans la chambre, en prenant soin de fermer la porte au cas où le chien aurait l'idée de le suivre.

Ellie était dans la douche. Il se déshabilla rapidement et la rejoignit dans la salle de bains.

— Quelle bonne idée ! dit-il en se glissant derrière elle, la serrant contre lui.

— Oh ! tu m'as fait peur ! s'exclama-t-elle en se retournant, le sourire aux lèvres.

— Désolé. La tentation était trop forte.

— C'est trop tard, j'ai fini, dit-elle d'un ton navré.

— Dommage, mais moi, non.

Il lui adressa un sourire espiègle.

— Allez, viens, tu sais bien que tu en as envie.

Elle ne résista pas plus longtemps. Elle explora tout son corps, se livrant sur lui à des caresses de plus en plus audacieuses. Il ferma les yeux, le souffle court.

— Tu me rends fou, dit-il.

— Peut-être est-ce le moment d'aller dans un endroit plus confortable.

Elle s'enroula dans une serviette, le laissant se rincer sous la douche.

Il ne tarda pas à la rejoindre...

Ellie rentra chez elle après le petit déjeuner, le temps de lancer une lessive et de faire un peu de ménage, puis elle retourna chez Nick, apportant brosse à dents et vêtements de rechange. Ils passèrent le week-end ensemble, sans rien faire.

Enfin, pas vraiment. Ils emmenèrent Rufus se promener sur la plage et allèrent déjeuner dans un restaurant au bord de la rivière. Après quoi, ils regagnèrent la maison de Nick et passèrent l'après-midi à faire l'amour.

Le soir, Nick prépara des pâtes délicieuses qu'ils dégustèrent devant la télévision, puis ils sortirent Rufus avant de retourner au lit.

Le lendemain, ils se rendirent en voiture à Dunwich Heath et firent faire une longue promenade à Rufus avant de déjeuner dans une brasserie, puis ils reprirent la route pour rentrer à Yoxburgh.

Elle prit alors conscience que, pour la première fois, elle n'avait pas, de toute la journée, pensé un seul instant aux enfants, et en éprouva un terrible sentiment de culpabilité.

Durant le trajet, Ellie resta silencieuse, comme absente.

— Qu'y a-t-il ? demanda Nick.

— Rien du tout.

— Mais si. Allons, parle-moi. Nous devons être honnêtes l'un envers l'autre, Ellie.

— Je me sens coupable.

— À cause de David ? Dis-moi que ce n'est pas cela, je t'en prie.

Elle le regarda un bref instant, comme s'il avait perdu la tête, puis elle eut un petit rire.

— Non ! Il ne s'agit absolument pas de David. Je n'éprouve aucune culpabilité à son égard.

— Bien.

Il ralentit et rangea la voiture sur le bas-côté de la route. Puis il coupa le moteur et défit sa ceinture de sécurité.

— Que s'est-il passé, Ellie ? demanda-t-il en se tournant vers elle. Pourquoi t'a-t-il quittée alors que tu étais enceinte ?

Elle soupira et détourna les yeux, fixant un regard vide sur le pare-brise.

— Il pensait que le bébé n'était pas le sien, dit-elle après un long moment de silence. Il partait très souvent, et pour très longtemps. Alors qu'il revenait chez nous après avoir été absent près de trois mois, la première chose qu'il a voulu faire, comme d'habitude, ça a été de coucher avec moi. Mais nous n'avions pas de préservatif et je ne prenais pas la pilule, car j'allaitais encore Oscar, alors j'ai refusé de faire l'amour. Il m'a annoncé qu'il n'y avait pas de problème, car pendant son absence, il s'était fait faire une vasectomie. Il n'y avait donc aucun risque que je tombe enceinte.

— Mais c'est ce qui est arrivé.

Elle hocha la tête.

— Lorsqu'il est revenu, six semaines plus tard, j'avais fait un test de grossesse car j'avais un retard de règles. Le test était positif. Je lui ai donc annoncé que nous allions avoir un autre bébé et il a dit que ce ne pouvait pas être le sien.

Il fronça les sourcils.

— Mais il n'est pas retourné à la clinique pour qu'ils vérifient l'efficacité de la vasectomie ?

— Non. Il n'avait pas eu le temps, apparemment. Mais il persistait à dire qu'il ne pouvait pas être le père et il m'a demandé d'avorter. J'ai refusé. Il ne voulait pas avoir d'autre enfant, et sûrement pas l'enfant d'un autre, m'a-t-il lancé. Je lui ai répondu qu'il serait mal placé pour me faire des reproches *si* j'avais trouvé quelqu'un d'autre, étant donné qu'il me laissait si souvent seule. Alors, il est parti.

— C'est ce qui nous est arrivé, à Rachel et à moi. Je n'étais jamais là, alors elle a trouvé quelqu'un d'autre qui, lui, était présent. C'est assez banal.

Elle haussa les épaules.

— Je sais, mais je n'avais pas eu d'amant. Pourtant, il a considéré qu'il s'agissait d'un aveu et il m'a quittée. En partant, il a dit qu'il n'entretiendrait pas l'enfant d'un autre. Sa mère m'a téléphoné pour me supplier de faire un test ADN afin de prouver l'identité du père du bébé, mais j'ai refusé, car je savais parfaitement qui était le père. Alors il a demandé le divorce en m'accusant d'adultère.

— Et tu n'as pas protesté ?

— En fait, cela m'était égal et, de toute façon, la vie s'avérait plus simple sans lui. Il a obtenu le divorce, mis la maison à mon nom, et il me verse une pension. Lorsque Evie est née, elle ressemblait comme deux gouttes d'eau à son frère et à sa sœur, bien sûr. Aucun de mes enfants ne me ressemble, alors soit ils ont tous pour père mon ex-mari, soit aucun n'est de lui. Mais il ne voulait pas l'entendre.

— Il ne voyait donc pas cette ressemblance ?

Cet homme était stupide. Nick espérait bien ne jamais le rencontrer.

Ellie lui adressa un sourire las.

— Sans doute, mais je pense qu'il était trop fier pour admettre s'être trompé. Pourtant, sa mère s'est débrouillée pour faire faire le test d'ADN à mon insu, ce qui m'a évidemment mise hors de moi, mais mon ex-mari a alors eu la preuve qu'il m'avait accusée à tort, et il a voulu revenir à la maison.

— Et tu as refusé.

— Oui. Il ne m'a pas fait confiance, il m'a accusée de l'avoir trahi et ensuite il n'a jamais voulu me présenter ses excuses, prétendant que j'avais fait en sorte de l'embrouiller en insinuant que j'avais pris un amant. Mais c'était faux. J'avais simplement dit que, si je l'avais fait, il n'aurait guère pu me le reprocher. En tout cas, aujourd'hui, il accepte de reconnaître qu'Evie est sa fille et il prend les trois enfants avec lui le week-end. Il fait de son mieux pour être un bon père, mais nous ne sommes pas toujours d'accord sur la façon dont il s'y prend.

— Il les gâte ?

— Toujours. Ils ont tout ce qu'ils veulent, ce qui n'est pas bien pour eux. Mais bon... Il les voit, il garde le contact avec eux, et ils en ont besoin. Alors j'essaye simplement de limiter les dégâts et de remettre les choses au point quand je peux.

— Et ses parents à lui, qu'en pensent-ils ?

— Ils sont furieux, ils lui en veulent d'avoir quitté sa famille sans avoir établi les faits, mais ils le soutiennent et ils ont toujours su qu'Evie était sa fille. Liz voulait juste le lui prouver, ce qu'elle a fait grâce au test ADN. Même si je le lui ai longtemps reproché, c'était probablement la chose à faire. Au moins, mon ex-mari reconnaît maintenant que c'est bien lui le père.

Nick hocha lentement la tête.

— Bon, si ce n'est pas à cause de David, alors pourquoi te sens-tu coupable ? C'est à cause de nous ?

— J'ai adoré ces moments passés avec toi. Et pas un instant je n'ai pensé aux enfants. Quel genre de mère suis-je donc ?

— Une mère tout à fait normale. Tes enfants sont en sécurité, tu le sais. Tu m'as seulement donné un peu de ton temps, et cela t'est permis, non ? Tu as le droit d'être toi-même.

— Mais je n'ai pas le sentiment d'avoir été moi-même durant ces deux jours. Je suis la mère de trois enfants et pas...

— ... La femme chaleureuse, généreuse, vibrante qui a passé

les deux dernières nuits dans mon lit à faire l'amour avec moi ? La femme qui m'a fait rire et sourire ? Tu peux être les deux, Ellie. Tu es mère, mais tu as le droit d'avoir des sentiments pour d'autres personnes que tes enfants. Tu as le droit de prendre du temps pour toi, de faire autre chose que t'occuper d'eux. Nous pouvons passer du temps ensemble.

Elle secoua la tête.

— Comment ? Je ne dispose que d'un week-end sur deux, et encore pas toujours. Et je ne souhaite pas vraiment qu'il se crée un lien entre toi et eux parce que, si les choses tournent mal entre nous, ils en souffriraient et cela, je ne le veux pas. De toute façon, ils ont déjà une figure paternelle auprès d'eux, puisque leur père s'occupe d'eux.

— Alors, nous nous verrons seulement les week-ends où ils seront avec lui, quand tu seras disponible, et nous passerons de merveilleux moments ensemble. Je ne t'en demande pas plus, Ellie. Je ne suis pas un adolescent travaillé par ses hormones. J'apprécie la qualité plus que la quantité. Et s'il arrive qu'on doive annuler l'un de nos week-ends, je ne me comporterai sûrement pas comme un sale gamin exigeant.

Contrairement à David. David qui apparemment réclamait toute l'attention d'Ellie chaque fois qu'il revenait passer quelques jours avec elle.

— Je le sais, dit-elle, mais tu mérites mieux.

— Je ne désire rien de plus, Ellie. Je n'ai pas besoin d'être avec toi sept jours sur sept, vingt-quatre heures sur vingt-quatre. Et je ne demande pas à faire partie de la vie de tes enfants. Comme tu l'as dit, ils ont un père.

Il sourit et l'embrassa.

— De toute façon, nous nous verrons tous les jours au cabinet médical.

— Mais je ne travaille que trois jours par semaine...

— Peu importe. Ne t'inquiète pas, Ellie, tout ira bien.

Il lui adressa un sourire rassurant et remit le moteur en marche pour prendre la route du retour.

— Tu veux du thé ?

Elle secoua la tête.

— Non merci, Nick. Je dois rentrer chez moi. Je ne sais pas exactement à quelle heure Liz va me ramener les enfants. Ça peut être entre 16 h 30 et le moment du coucher. David doit s'imaginer que je passe la journée à les attendre, assise derrière la porte d'entrée.

Il rit et la prit dans ses bras.

— Alors, vas-y, regagne ta chaise près de la porte, je te reverrai demain. J'irai à pied au travail, comme cela, tu auras ta place sur le parking. On annonce de la pluie pour demain, inutile que vous vous fassiez tous tremper.

— Tu es vraiment un amour.

— J'aime faire plaisir, dit-il en lui donnant un long baiser. Allez, rentre chez toi, Ellie, avant que je t'emmène dans ma chambre et que je te mette en retard.

— J'aimerais bien, dit-elle avec un petit rire. Merci, Nick. Pour tout. Ça a été un merveilleux week-end.

— Oui, nous avons passé deux jours extraordinaires.

Il l'embrassa encore et, avec un sourire plein de regrets, il la laissa partir.

— Allez, rentre chez toi. Je te téléphonerai ce soir.

— Envoie-moi plutôt un texto. Si les enfants rentrent tard, je serai peut-être encore occupée à les coucher.

Il hocha la tête. Attrapant le sac dans lequel elle avait mis ses vêtements de rechange, elle quitta la maison en gardant dans son cœur la chaleur du sourire de Nick.

— Maman, maman, regarde ce que papa nous a donné !

Ellie fronça les sourcils en voyant les deux tablettes, des modèles destinés aux enfants et censés être incassables.

Elle croisa le regard de Liz.

— Je croyais que nous nous étions mis d'accord à ce sujet, dit-elle à mi-voix. Ils sont trop jeunes pour avoir du matériel électronique, David le sait. Ce n'est pas bon pour leur développement. S'il veut les distraire, qu'il parle avec eux.

— Mais vous savez comment ils sont, Ellie. Maisie ne parle que des licornes et des sirènes et Oscar passe son temps à courir en prétendant qu'il est un avion. David ne sait pas comment s'y prendre avec eux.

— Eh bien, il n'a qu'à leur parler de licornes et d'avions ! Ou bien les emmener au parc, ou jouer avec eux, au lieu de leur acheter des baby-sitters électroniques hors de prix, ce qui lui permet de passer le week-end accroché à son téléphone pour vérifier ses investissements !

— Il n'est pas comme ça ! répondit Liz d'une voix faible.

— J'ai vécu cinq ans avec lui, Liz. Je *sais* comment il est.

La petite Evie déjà à demi endormie dans ses bras, elle appela les aînés.

— Venez dire au revoir à grand-mère et dites-lui merci pour les cadeaux et pour vous avoir gardés ce week-end.

Une fois son ex-belle-mère partie, elle emmena les enfants au salon et posa Evie par terre avec une boîte de jouets.

— Maman, je n'arrive pas à faire ce jeu avec la licorne ! gémit Maisie.

Ses gémissements se muèrent en cris lorsque Ellie confisqua les tablettes en précisant qu'ils ne pourraient jouer avec qu'une demi-heure par jour, et seulement le week-end.

Lorsque Ellie leur demanda ce qu'ils avaient fait avec leur père, il s'avéra qu'ils avaient passé la plupart du temps à s'amuser avec ces maudits jeux électroniques, alors que David savait parfaitement qu'elle ne voulait pas mettre ce genre d'appareils entre les mains d'enfants aussi jeunes.

Il était presque 22 heures lorsque les trois petits s'endormirent. Épuisée, et surtout très en colère, elle se prépara une tasse de café qu'elle emporta au salon.

À peine s'était-elle assise qu'elle reçut le texto que Nick lui avait promis.

Comment ça s'est passé ?

Elle poussa un petit grognement et répondit :

Il leur a acheté des tablettes. J'ai presque envie de le tuer.

La réponse ne se fit pas attendre.

Oublie. Ça nuirait à ta carrière. Tu as envie qu'on se parle ?

Elle l'appela, et le seul fait d'entendre sa voix suffit à la calmer.

— Pourquoi est-ce qu'il fait ça ? Il sait pourtant ce que je pense de ces trucs-là. Nous en avons souvent parlé, lui et moi. Il ne tient aucun compte de ce que je dis, il n'en fait qu'à sa tête.

— Alors, reprends ces tablettes aux enfants et explique-leur qu'ils ne pourront s'en servir que lorsqu'ils seront avec leur père. C'est simple.

Elle rit.

— On voit bien que tu ne connais pas mes enfants ! Mais le pire, c'est qu'il n'a rien donné à Evie. C'est comme si elle n'existait pas.

— Quel âge a-t-elle ?

— Quinze mois. Je sais que, pour l'instant, elle ne se rend pas compte de cette injustice, mais, bientôt, ça va changer. Il sait qu'elle aussi est sa fille. Pourquoi ne peut-il pas les traiter tous les trois de la même façon ? Je voudrais simplement...

— Quoi ? Qu'il se comporte autrement ? Ou bien avoir été plus clairvoyante et compris qui il était ? Laisse tomber. Je suis passé par là avec Rachel. Les regrets ne servent à rien, sinon à nous faire du mal. Il vaut mieux agir et gérer les problèmes tels qu'ils se présentent. Impose aux enfants des règles pour l'utilisation des tablettes, même s'ils protestent. Ils finiront par s'y faire. Et achète un joli cadeau à Evie.

S'appuyant contre les coussins du canapé, elle soupira.

— Tu es tellement raisonnable, toi.

— Je ne l'ai pas toujours été. Peut-être David a-t-il simplement besoin que la vie lui donne quelques leçons.

— Je voudrais bien... Mais excuse-moi, je ne devrais pas te parler de mes problèmes, surtout après avoir passé un si merveilleux week-end avec toi. Je te remercie, j'avais l'impression de vivre un rêve. C'était tout simplement idyllique.

— Hé, ne prends pas un ton si triste, dit-il d'une voix douce. Nous pourrons revivre cela dans deux semaines.

— J'aurais tellement voulu que cela ne s'arrête pas ! Bien sûr, j'adore mes enfants, mais c'était tellement agréable de laisser un moment mon autre moi s'exprimer.

— Je comprends. Dis-moi, que fais-tu, là, maintenant ?

— Je suis sur mon canapé, en train de boire un café.

— Un déca ?

Elle sourit.

— Ne t'inquiète pas, ça ne m'empêchera pas de dormir. Curieusement, j'ai l'impression de ne pas avoir beaucoup dormi ce week-end.

— Je me demande bien pourquoi.

Elle l'imagina, un sourire paresseux et sexy sur le visage. Soudain, elle ne put retenir un bâillement.

— Oh ! désolée, je suis vraiment vannée. Il faut que j'aille dormir.

— Moi aussi. Rufus est épuisé. Je crois que la promenade à Dunwich était un peu longue pour lui. Mais c'était tellement agréable. Nous devrions la refaire quand le temps le permettra.

— Oui, ce serait bien.

Comme elle bâillait de nouveau, il rit et lui souhaita bonne nuit.

Elle coucha, toujours contrariée par l'histoire des tablettes mais réconfortée par le son de la voix de Nick et la chaleur de son sourire.

Et dans deux semaines, ils pourraient de nouveau passer un merveilleux week-end ensemble...

5

— Bonjour ! L'eau de la bouilloire est encore chaude, fit Nick d'un ton léger.

Voyant que la salle de repos était bondée, Ellie, tout en prenant sa tasse, lui répondit du même ton neutre et amical.

— Bonjour ! Merci de m'avoir laissé la place sur le parking. J'espère que vous ne vous êtes pas trempé jusqu'aux os ? fit-elle en se choisissant un sache de thé dans la boîte.

— Juste un peu mouillé. Ne vous inquiétez pas, je suis assez imperméable. Alors, comment allaient vos petits bouts de chou, ce matin ?

En guise de réponse, elle leva les yeux au ciel.

— À ce point ? demanda-t-il en souriant.

— Oh oui. Hier soir, ils étaient épuisés, surexcités par leurs jeux électroniques, et passablement grognons au moment d'aller se coucher. Et aujourd'hui ce n'était pas mieux. Je plains le personnel de la garderie.

— On dirait que tu ne lui as toujours pas pardonné, dit-il en baissant la voix pour ne pas être entendu des autres.

— C'est vrai, répondit-elle tout bas. Je jurerais qu'il ne leur a acheté ces tablettes que pour me contrarier.

Elle se tourna vers ses collègues.

— Alors, comment se présente la journée ? Tout Yoxburgh a été frappé par la peste ?

Lucy rit et se leva.

— Pas tout à fait, mais le téléphone n'a pas arrêté de sonner, je crois que nous allons être très occupés. Il vaut mieux que je me mette au travail si je veux pouvoir rentrer chez moi avant la nuit.

— Eh bien, moi aussi, je vais y aller, dit Nick. À plus tard !

De nombreux patients avaient appelé, en effet, et Ellie découvrit que la moitié de ceux inscrits à son planning réclamait une consultation en urgence.

Pourvu que ce soient des cas simples, faciles, sans complication.

Si le premier patient requérait en effet un traitement banal, le deuxième, en revanche, était un asthmatique qui ne parvenait plus à respirer. Elle lui administra de l'oxygène et des médicaments, puis demanda à Megan, l'une des infirmières, de le surveiller. Ellie s'occupa ensuite de trois autres patients puis Megan l'avertit que l'état de l'asthmatique s'était aggravé. Ellie l'examina donc à nouveau et téléphona à l'hôpital où travaillait Andy, le mari de Lucy. Le Yoxburgh Park Hospital était situé de l'autre côté du parc, juste en face du cabinet médical. La solution la plus rapide était que le patient s'y rende directement avec l'aide de sa femme, sans attendre l'arrivée d'une ambulance, ce qu'ils firent.

Ellie retourna à ses consultations, mais fut de nouveau interrompue par un appel concernant un patient en phase terminale qui avait de toute urgence besoin d'être placé sous soins palliatifs. Elle donna son autorisation et promit de passer le voir dès qu'elle aurait une minute, puis elle téléphona à la pharmacie. Tout cela ne lui prit que cinq minutes, mais elle dut à nouveau interrompre ses consultations pour répondre à une urgence.

Il était midi passé quand elle eut enfin le temps de revoir ses prescriptions, de compléter ses dossiers et d'appeler les patients qui avaient demandé une consultation par téléphone.

Elle monta à la salle de repos à 13 h 05 et y trouva presque tous ses collègues occupés à liquider la paperasse quotidienne. Comme Lucy lui tendait une pile d'ordonnances à signer pour ses patients, Ellie s'assit afin de les compléter aussi rapidement que possible.

Une tasse de café se matérialisa devant elle. Levant les yeux, elle croisa le regard plein de sympathie de Nick.

— Oh ! vous êtes un ange ! Merci.

Afin de garder leur relation secrète, elle préférait ne pas le tutoyer en public. Du moins pour l'instant.

— Avec plaisir, répondit-il en s'asseyant face à elle. Pourriez-vous m'accorder quelques instants ?

Elle posa aussitôt son stylo.

— Je viens de voir l'une de vos patientes, Judith Granger. Elle était venue vous consulter pour des problèmes d'intestin. La douleur s'est aggravée au cours du week-end, elle se sent très fatiguée et un peu essoufflée. Je crains qu'il n'y ait autre chose. Elle a maigri et dit que c'est parce qu'elle n'a pas le temps de manger. Elle indique aussi qu'elle n'a pas très faim, mais cela semble plutôt lui faire plaisir.

— Ce qui n'est pas votre cas ?

— Non. Elle a perdu plusieurs kilos au cours des deux derniers mois, et puis il y a cette fatigue. Elle semble être anémiée.

— Vous pensez à un cancer de l'intestin ?

— C'est possible. Je l'ai envoyée au laboratoire faire des analyses de sang et de selles. Nous verrons bien les résultats, mais je pense qu'il faudrait l'adresser d'urgence à l'équipe spécialisée dans le cancer colorectal afin de procéder à un examen plus approfondi. J'ai pensé que je devais vous tenir au courant.

— Oui, merci. Quand l'ai-je vue la dernière fois ? Serais-je passée à côté de quelque chose ?

— Non, je ne crois pas. Vous l'avez reçue il y a quatre mois, et c'est après que la perte de poids a commencé. Elle dit qu'elle ne se sentait pas si mal que cela jusqu'à ce week-end.

— Y a-t-il des saignements ?

— Elle n'a rien remarqué, apparemment. Je lui ai dit que j'allais vous en parler.

— Merci. Je regarderai les résultats des analyses de près.

Elle replongea dans sa pile d'ordonnances, tout en avalant ce qui lui tenait lieu de déjeuner.

Alors qu'elle venait de terminer et s'apprêtait à partir, elle reçut un appel de l'infirmière qui s'occupait du patient en fin de vie. Celui-ci venait de mourir subitement.

La nouvelle l'abattit. Elle aurait voulu le voir, être là pour sa femme autant que pour lui, et c'était désormais trop tard.

— D'accord, j'arrive, dit-elle avec un soupir.

— Une visite à faire ? demanda Nick dans un murmure.

— Oui, je dois aller signer un certificat de décès.

— Veux-tu que je m'en charge ?

— Je te remercie, mais non. C'était mon patient, et j'avais noué une relation avec lui et sa femme. Je dois y aller moi-même.

Il hocha la tête, lui sourit et retourna à sa paperasse.

Ellie mit le reste de son déjeuner frugal au réfrigérateur. Peut-être aurait-elle le temps de le finir plus tard.

— Salut.

— Salut, toi.

— Tu es disponible pour bavarder ? Les enfants sont couchés ?

— Oui, ils sont allés au lit de bonne heure, et heureusement sans broncher. Après cette dure journée, je n'avais pas envie de batailler avec eux.

— Comment ça s'est passé, avec la veuve de ton patient ? Tu as pu finir de déjeuner ?

— Non. Enfin, pas avant 16 heures. Comme on pouvait s'y attendre, cette femme était triste, résignée, soulagée aussi que ce soit fini pour lui. Elle ne réalise pas tout à fait ce qui est arrivé, mais tu sais comment c'est. Même lorsqu'on s'y attend, la mort d'un être cher vous surprend toujours, on n'est jamais prêt à ça.

Il pensa aussitôt à Samuel dont il n'avait toujours pas accepté la disparition.

— Oui, je connais ça. Bon, dis-moi, comment s'est passé le reste de ta journée ?

— Oh ! c'était chargé. Trop de choses à faire, pas assez de temps. Et toi ?

— Ma journée ressemble beaucoup à la tienne. Je n'en ai toujours pas fini avec la paperasse, je vais devoir la terminer de bonne heure demain matin, avant de partir au travail. Ce pauvre Rufus va avoir un réveil difficile !

— Que fait-il toute la journée, pendant que tu travailles ? Quelqu'un le sort ?

Il jeta un coup d'œil au chien qui s'était endormi sur ses genoux et sourit.

— Non, une petite trappe lui permet de sortir dans le jardin quand il en a envie. Et quand je rentre, je joue avec lui, je lui fais des câlins. Matin et soir, il a droit à sa promenade, quel que soit le temps. Mais il n'aime pas la pluie.

— Il a dû être malheureux, ce matin !

Nick rit.

— Quand il pleut, je lui mets un petit manteau, mais aujourd'hui, vu le temps exécrable, il a été ravi de retrouver sa couverture à la maison.

— Pauvre Rufus !

— Oh ! il n'est pas à plaindre. En ce moment, il est sur mes genoux et s'il pouvait ronronner, il le ferait.

— Je le comprends, dit-elle.

Il gémit.

— Ah, ne dis pas cela, Ellie, c'est une vraie torture ! J'essaye de ne pas trop penser à notre week-end, mais ça ne m'aide pas.

Elle eut un petit rire plein de regrets.

— Désolée. Je ne voulais pas te torturer.

— Tant mieux. Notre prochain week-end ensemble me semble tellement loin !

— Ne m'en parle pas. Et nous ne sommes que lundi ! On a encore onze jours à attendre, dit-elle d'un ton si désespéré qu'il éclata de rire.

— Nous pourrions faire preuve de créativité, au travail. Nous enfermer dans un placard, par exemple.

— Comme si nous en avions le temps !

— C'est vrai. Bon, alors il ne nous reste qu'à faire l'amour par téléphone.

En l'entendant s'étrangler de rire, il sourit.

— C'est bien toi qui prétendais ne pas être un ado travaillé par ses hormones ? dit-elle sans cesser de rire.

— Vraiment ? Alors je me dédis.

— Tu sais quoi ? Je vais te rendre la vie plus facile et raccrocher. J'ai une lessive à lancer avant d'aller me coucher, et je suis claquée.

— Oui, moi aussi. La journée a été longue. On se voit demain. Fais de beaux rêves.

— Oui, toi aussi.

Il marqua une petite pause, pensant qu'elle ajouterait quelque chose. Peut-être un « je t'aime » ?

Mais elle raccrocha et il ressentit alors une curieuse sensation. Du soulagement ? Ou de la déception ? Il n'aurait su le dire, mais c'était extrêmement troublant.

Il alla se coucher en s'interrogeant sur la nature exacte des mots qu'elle n'avait pas prononcés.

Les résultats des analyses de Judith Granger revinrent. Il y avait du sang dans l'échantillon des selles et la malade souffrait d'une grave anémie.

Lorsque, le vendredi, Ellie alla déjeuner dans la salle de repos, Nick y était déjà.

En la voyant, il fronça les sourcils. Comme toujours, il avait compris que quelque chose n'allait pas.

— Un problème ? demanda-t-il à mi-voix.

— Judith Granger. Tu avais raison. Elle a un déficit en fer et ils ont trouvé du sang dans ses selles.

— Ça ne me surprend pas. Tu lui en as parlé ?

— Non. Katie lui a demandé de ma part de revenir me voir et elle a pris rendez-vous pour cet après-midi. Je ne veux pas qu'elle passe le week-end à s'interroger sur ce qu'ils ont trouvé. Elle a le droit d'être mise au courant. Mais elle va devoir attendre deux semaines avant de savoir de quoi elle souffre exactement.

— Ce n'est pas facile d'annoncer de mauvaises nouvelles aux patients, mais j'ai l'impression qu'elle est du genre à préférer qu'on lui dise ce qu'il en est.

Elle hocha la tête.

— C'est vrai. Merci d'avoir vu qu'il y avait peut-être quelque chose de grave. Je me donnerais des gifles pour ne pas m'en être aperçue plus tôt.

— Hé, tu n'as rien à te reprocher. J'ai lu tes notes. Elle n'avait aucun symptôme assez grave pour laisser penser qu'il pouvait s'agir d'un cancer. Et peut-être que ce n'est pas ça. Elle peut souffrir de bien d'autres choses.

Mais Ellie en doutait.

Lorsqu'elle reçut Judith, elle préféra ne rien lui cacher.

— Je suis désolée de ne pas pouvoir vous annoncer de meilleures nouvelles, Judith.

— Tout va bien, docteur Kendal, répondit sa patiente avec un sourire vaillant. Je pensais que vous trouveriez quelque chose et, d'une certaine façon, j'en suis contente. Au moins je sais qu'il ne s'agissait pas du fruit de mon imagination et que je ne vous ai pas fait perdre votre temps.

— Mais non, ce n'est jamais une perte de temps pour nous ! Vous connaissez votre corps mieux que personne. Si vous ressentez quelque chose d'anormal, c'est qu'il y a un problème, et il vaut mieux vérifier cela le plus tôt possible. Très souvent, il s'avère qu'en fait, il n'y a rien de grave, comme c'est peut-être le cas maintenant. C'est pourquoi je vais vous adresser à une équipe de spécialistes. Vous devrez prendre rendez-vous cette semaine.

— Et que me feront-ils ?

Ellie prit tout son temps pour lui expliquer en détail les tests qu'elle aurait probablement à subir, insistant sur la possibilité de revenir la voir à tout moment si Judith avait besoin d'en parler avec elle.

Une fois de plus, Ellie termina tard sa consultation et arriva avec cinq minutes de retard à la garderie, où elle récupéra les enfants.

Comme c'était le week-end, Maisie et Oscar n'avaient qu'une idée en tête : jouer avec leurs tablettes.

Elle tenta de les faire changer d'avis.

— Il fait un temps superbe. Allons nous promener au bord de la plage.

— Je ne veux pas aller me promener, dit Maisie. Je veux jouer au jeu de la licorne !

— Non, tu y as déjà passé beaucoup de temps. Nous allons prendre l'air et profiter du soleil.

Elle chaussa les deux aînés, leur mit un pull-over, installa Evie dans son porte-bébé et quitta la maison avec sa petite troupe.

Une fois dehors, les enfants oublièrent les tablettes et se mirent à courir en direction de Jacob's Lane, car c'était toujours le chemin qu'ils prenaient pour aller à la plage.

Lorsqu'ils passèrent devant la maison de Nick, elle ne put s'empêcher de jeter un coup d'œil vers les fenêtres du salon. N'y voir personne la déçut un peu.

C'était stupide. Pourquoi avait-elle envie de le voir alors qu'elle était avec les enfants ? À moins qu'elle ne cherche à l'écarter définitivement de sa vie. Par ailleurs, elle ne souhaitait pas qu'il se lie avec les enfants, car, comme il l'avait souligné, ils avaient déjà un père.

Oh ! pourquoi était-ce si compliqué ?

Comme elle se retournait pour voir où étaient passés les enfants, elle l'aperçut. Nick tournait au coin de la rue, Rufus trottinant à côté de lui.

Dès que le petit chien la vit, il se précipita, les oreilles au vent, vers elle. Elle se baissa pour le caresser.

— Bonjour.

Nick était là, devant elle, tout souriant. Son jean et ses chaussures étaient trempés.

— Alors, tu as réussi à les arracher à leurs tablettes ?

Elle se redressa et lui sourit, un peu gênée.

— Oui, j'ai voulu leur faire prendre l'air. On dirait que tu as été surpris par une vague.

— Oui, ce n'était pas prévu. Je l'ai vue arriver et j'ai attrapé

Rufus avant qu'elle l'emporte. Cela ne le gêne pas d'avoir les pattes mouillées, mais il est pris de panique s'il perd pied.

Il se pencha vers la petite fille installée dans le porte-bébé.

— Coucou, Evie !

Ellie inspecta la ruelle du regard.

— Les enfants, où êtes-vous ? cria-t-elle, prise d'un début de panique.

Elle entendit alors des rires, et Oscar et Maisie sortirent de leur cachette, un arbuste planté à l'entrée de l'allée menant chez Nick.

— Petits monstres, venez ici !

Elle se tourna vers Nick.

— Désolée, le respect de la propriété privée est une notion encore un peu floue pour eux.

Il rit tandis que les enfants venaient vers eux en courant.

— Vous êtes qui ? demanda Maisie en le dévisageant.

Ellie sentit son cœur se serrer. Ce genre de situation n'était pas censé se produire.

— Je m'appelle Nick. Et toi, qui es-tu ?

— Je m'appelle Maisie, et là, c'est Oscar. Pourquoi vous parlez avec ma maman ?

Ellie intervint aussitôt.

— Nick est médecin, lui aussi ; il vient de s'installer à Yoxburgh, voilà pourquoi je le connais.

— Vous travaillez avec ma maman ? demanda Maisie.

— Oui.

— Est-ce que vous êtes amis ? demanda Oscar.

— Oui, en quelque sorte, répondit Nick avec un petit sourire. Nous nous voyons beaucoup au travail, alors on peut dire que nous sommes amis.

— Vous savez piloter un avion ? demanda soudain Oscar.

Nick éclata de rire et secoua la tête.

— Non, pas du tout.

— Mon papa, lui, il sait, déclara Maisie, l'air très fier.

— Non, je ne crois pas, dit Ellie en fronçant les sourcils.

— Il dit qu'il peut. Il a une amie qui a un avion et elle le laisse le piloter.

Maisie changea brusquement de sujet, comme le font souvent les enfants.

— Comment s'appelle votre chien ? demanda-t-elle à Nick.

— Rufus.

Il se tourna vers Ellie.

— Nous pourrions peut-être aller boire un café chez moi ?

— Et on peut avoir quelque chose à manger ? demanda Oscar.

— C'est à votre maman de décider, mais si elle est d'accord, je vous trouverai sûrement quelque chose à grignoter.

Avant même qu'Ellie ait eu le temps de réaliser ce qui se passait, ils se retrouvèrent tous chez Nick qui, entouré des enfants, se mit à fouiller dans les placards de la cuisine.

— C'est étonnant, pour un médecin, d'avoir autant de nourriture si peu diététique, dit-elle d'un ton sec.

— Tu trouves ? rétorqua-t-il en posant un énorme paquet de chips sur la table.

Les chips étaient peu salées et cuites au four. Puis il ajouta une barquette d'airelles au menu... Finalement, il ne se nourrissait pas si mal que cela.

Après s'être éclipsé pour enfiler des vêtements secs, Nick revint et posa devant chacun des enfants, agenouillés sur les chaises de la cuisine, un petit bol de chips, une poignée d'airelles et un verre d'eau. Rufus, plein d'espoir, avait choisi de se poster entre Oscar et Evie, comme s'il savait qu'il avait là de fortes chances de récupérer tout ce qu'ils laisseraient tomber.

— Il n'est pas bête, dit Nick en voyant qu'Ellie avait suivi du regard le manège du chien.

Elle rit.

— Non, je vois ça. C'est vraiment un opportuniste.

— Il est au régime. Mes parents l'ont beaucoup trop gâté.

— J'imagine. Ils ont dû avoir des moments très durs, l'an dernier.

Il poussa un petit grognement.

— Cela a été dur pour eux pendant trente-neuf ans, dit-il

en préparant le café. Après, ils ne savaient pas trop quoi faire d'eux, mais leurs petits-enfants les occupent.

— Les enfants excellent dans ce domaine.

— Ne m'en parle pas.

Le café était prêt. Il lui tendit une tasse et ils restèrent l'un à côté de l'autre, appuyés contre le comptoir, regardant les enfants grignoter leurs chips.

— Où sont tes parents ? demanda Nick. Tu ne m'as pas parlé d'eux.

— Mon père vit dans l'Oxfordshire. Je ne le vois pas souvent. Ma mère est morte quand j'avais quinze ans. Mon père s'est remarié et rien n'a plus été pareil.

— Quand cela s'est-il passé ?

— J'avais dix-neuf ans quand il s'est remarié. À l'époque, j'étais à l'université ; quand je suis revenue passer l'été chez moi, toute la décoration de la maison avait été refaite. Il n'y avait plus aucun souvenir de ma mère. La seule pièce qui n'avait pas été touchée, c'était ma chambre, mais mon père avait laissé sa femme faire ce qu'elle voulait partout ailleurs.

Ellie s'éclaircit la gorge. Cela lui avait fait mal. Tellement mal qu'elle n'avait pas remis les pieds chez son père pendant trois ans. Depuis, elle n'y était retournée qu'à de rares occasions.

— Je suis désolé, murmura Nick. Ça a dû être horrible.

— Tout va bien, j'ai surmonté ça. Et je suis une grande fille, maintenant. J'ai ma maison et, même si elle n'est pas vraiment pratique, elle est à moi, c'est mon refuge, l'endroit où je peux me détendre et être moi-même. Certes, elle n'est pas toujours bien rangée ni particulièrement calme, mais c'est notre chez-nous, notre foyer. Je considère que nous avons beaucoup de chance, la situation aurait pu être pire.

Maisie repoussa son bol de chips.

— Maman, on peut aller dans le jardin ?

— Cela dépend de Nick. Il a peut-être des choses à faire...

— Non, pas de problème. Allez-y, les enfants, dit-il en ouvrant la porte donnant sur le jardin.

Ils restèrent une heure dehors. Les deux aînés explorèrent

le moindre recoin, suivis de Rufus, tout excité. Ellie, assise sur un banc, gardait Evie tout près d'elle.

Lorsqu'ils prirent congé tous les quatre, Nick les regarda s'éloigner, en proie à des sentiments mitigés. Ces enfants étaient adorables, mais Ellie avait raison, il avait des choses à faire, ouvrir les cartons empilés dans la première chambre d'ami, par exemple. Mais peut-être pas aujourd'hui.

Il retourna à la cuisine et, planté devant le feu, songea à ce qu'Ellie avait dit sur sa mère et la seconde femme de son père. Cela avait dû être très dur pour elle de revenir dans une maison où ne subsistait aucun souvenir de sa mère. Elle prétendait avoir surmonté cette épreuve, mais il n'en croyait rien. Perdre sa mère à quinze ans avait certainement été un drame. Il se rappela sa réponse lorsqu'il avait pris des nouvelles de la veuve du patient qui venait de décéder.

Tu sais comment c'est. Même lorsqu'on s'y attend, la mort d'un être cher vous surprend toujours, on n'est jamais prêt à cela.

Il avait cru qu'elle s'exprimait en tant que médecin, mais elle parlait en fait de la perte de sa mère.

Pauvre Ellie. Et qu'avait-elle dit à propos de sa maison ? Qu'elle la considérait comme son foyer, comme un refuge. Il comprenait ce qu'elle voulait dire. Même si sa maison à lui ne correspondait pas encore exactement à ce qu'il souhaitait, il s'y sentait bien. C'était son foyer, son refuge. Mais lui, il aimait sa maison, alors que ça ne semblait pas être le cas d'Ellie. Mais peut-être se trompait-il.

Il se servit un autre café, s'assit à la table de la cuisine et avala le reste des chips laissé par les enfants. Rufus, le regard plein d'espoir, attendait près de la porte d'entrée.

— Ils sont partis, Rufus, va sur ta couverture, mon vieux.

Mais Rufus ne bougea pas et se mit à pousser de petits gémissements.

Nick savait ce que le chien ressentait. Lui qui avait souhaité se retrouver seul avec ses pensées, soudain il n'en avait plus envie. La maison lui semblait immense, vide et sans âme depuis qu'ils étaient tous partis.

Pourtant, il ne voulait pas avoir à s'occuper d'enfants. Il n'avait pas besoin de cela dans sa vie. Il refusait d'avoir des responsabilités ou de s'engager. Ce temps-là était terminé.

Mais Ellie... Ellie, c'était différent. Pas plus que lui, elle n'avait envie qu'il se lie avec les enfants. Et la semaine suivante, les trois petits seraient avec leur père. Il aurait de nouveau Ellie pour lui tout seul. Il attendait ce week-end avec impatience.

Il consulta son téléphone pour voir ce qu'ils pourraient faire, mais renonça rapidement. Pour lui, ça n'avait aucune importance. Tout ce qui comptait, c'était qu'ils soient ensemble. Ils se promèneraient peut-être en ville, ou prendraient le ferry... En fait, il s'en moquait.

Tout ce qu'il voulait, c'était être avec elle.

6

La semaine parut durer une éternité, mais le vendredi arriva enfin. Ellie déposa les sacs des enfants chez Liz et Steven, conduisit les trois petits à la garderie et débarqua dans la salle de repos en affichant un grand sourire.

— Tu as l'air toute joyeuse, dit Dev.

— Parce que c'est le week-end et que David prend les enfants. Alors ce soir, je rentre chez moi, je me jette sur mon lit et j'y reste jusqu'à dimanche.

— C'est un excellent plan, dit une voix derrière elle. Je ferais bien la même chose, moi aussi.

En entendant ce que Nick disait, elle eut le plus grand mal à ne pas éclater de rire.

— Un café ? proposa-t-il, le visage impassible, en se dirigeant vers la bouilloire.

— Euh... Oui, merci. Avec plaisir.

Elle s'assit à table en feignant de consulter son téléphone. Lorsque Nick posa la tasse devant elle, elle leva les yeux et, croisant son regard malicieux, se sentit troublée.

— Merci, dit-elle d'une voix éraillée.

— Avec plaisir, dit-il, l'air innocent.

Et il partit, la laissant reprendre ses esprits. Elle attendit deux minutes avant de rejoindre sa salle de consultation, en emportant son café.

Presque aussitôt, on frappa à la porte. Elle alla ouvrir et se trouva face à Nick.

— Que puis-je pour toi ? demanda-t-elle en souriant.

— Eh bien, c'est une question intéressante, dit-il tout bas.

Il la poussa à l'intérieur, referma la porte derrière lui d'un coup de talon et, prenant Ellie dans ses bras, l'embrassa.

Elle s'écarta en riant.

— Arrête ! Je dois me concentrer.

— Moi aussi, mais tu as tout fichu en l'air en annonçant tes plans pour ce week-end. Car j'imagine que j'en fais partie ?

— Absolument ! À moins que tu ne...

— Oh non, pour rien au monde je ne voudrais en être exclu. Bien, je vais faire des petites courses sur Internet. Tu veux quelque chose de particulier ?

— Oh ! peu importe. Je veux bien tout essayer.

Il eut un petit sourire.

— Je m'en suis aperçu. Mais là, je parlais de notre dîner.

— Va-t'en, Nick, dit-elle en le poussant vers la porte. J'ai vingt patients à voir ce matin et beaucoup de paperasse à liquider avant de pouvoir rentrer chez moi. Commande ce que tu veux. Quand termines-tu ?

— À 18 h 30, avec un peu de chance.

— Appelle-moi quand tu auras fini, j'irai chez toi à pied. Je n'ai pas envie que David voie ma voiture dans ton allée.

— Il y a des risques que cela arrive ?

— Peut-être. Ils passent par là pour aller à la mer, quand le temps permet de jouer sur la plage. J'espère qu'ils ne le feront pas parce que, si les enfants passent devant ta maison, ils diront certainement à leur père qu'ils sont allés chez toi.

Il fronça les sourcils.

— Et alors ? Est-ce vraiment un problème ?

— Oui, je pense. Je n'ai pas vraiment envie qu'il soit au courant, pour nous deux. Je ne veux pas qu'il fasse des suppositions, ni qu'il me pose des questions, ou qu'il interroge les enfants. Ce que je fais ne le regarde pas.

— Tu le crois vraiment capable d'interroger les enfants ?

— Je ne sais pas. C'est possible. Ce que je veux, Nick, c'est garder notre relation pour nous deux. Je ne veux pas la partager. C'est trop intime.

Trop récent, aurait-elle pu ajouter. Elle ne le fit pas, mais elle vit dans les yeux de Nick qu'il avait compris.

— Oui, tu as raison, dit-il. Et le trajet n'est pas long entre nos deux maisons, sans compter que tu n'as pas besoin de beaucoup de bagages, si tu t'en tiens à ton plan.

Il lui posa un petit baiser sur les lèvres et quitta la pièce.

Restée seule, elle s'interrogea. Pour quelle raison exactement ne voulait-elle pas que David soit au courant ?

Parce que cela ne le regardait pas ? Ou parce que ce qu'elle ressentait pour Nick était si violent qu'elle ne se reconnaissait plus et n'osait pas y croire ?

Après tout, que partageaient-ils, mis à part leur goût pour la médecine et des nuits torrides ? Si torrides qu'elles lui avaient révélé des facettes d'elle-même dont elle n'avait jamais soupçonné l'existence. Mais pouvait-on construire une relation uniquement sur le sexe ?

Il y avait autre chose entre eux. De la tendresse, du respect et ce qui ressemblait à de l'affection. Pas à de l'amour. Pas encore. Mais... peut-être ?

Non, elle n'était pas prête à rendre publique la relation qu'elle avait avec Nick. Elle ne voulait pas que les gens soient au courant, et surtout pas son ex-mari. Il y avait dans sa vie trois petits êtres très importants qui empêchaient cette liaison de l'amener où que ce fût, si ce n'était dans le lit de Nick.

Il était temps de se mettre au travail. Elle appuya sur l'Interphone afin de recevoir son premier patient.

Nick appela Ellie à 18 h 45 pour l'avertir qu'il était rentré. Elle prit son sac contenant quelques vêtements de rechange, sa brosse à dents, et se précipita chez lui.

La porte s'ouvrit avant même qu'elle ait le temps de sonner. Rufus, frétillant de la queue, courut vers elle.

— Salut, mon chou, dit-elle en le caressant. Tu as l'air content de me voir, pas vrai ?

Elle se redressa, et Nick la fit entrer, affichant un grand sourire.

— Tout va bien ?

— Maintenant, oui, répondit-elle en lui souriant.

Il eut un petit rire et la serra dans ses bras.

Cette simple étreinte lui donna bizarrement un sentiment de sécurité comme elle n'en avait pas connu depuis deux ans, et peut-être même depuis bien plus longtemps que cela. Peut-être depuis qu'elle avait perdu sa mère, vingt ans auparavant.

Allons ! Elle devenait bêtement sentimentale. Ça n'avait rien à voir.

Elle renversa la tête en arrière et il s'empara de ses lèvres. Ce baiser plein de promesses fut brutalement interrompu par le bruit d'une voiture qui s'arrêtait devant la maison.

— Ah, j'avais oublié, dit-il. J'espère que tu as faim.

— Je suis affamée ! Je n'ai pas eu le temps de déjeuner.

— J'ai commandé un repas chinois. J'espère que cela te va.

— Absolument. Ne les fais pas attendre !

Après le dîner, Nick sortit Rufus pendant qu'Ellie mettait de l'ordre dans la cuisine et de l'eau à chauffer au cas où Nick aurait envie d'un café à son retour. Ces tâches domestiques lui donnèrent le sentiment étrange de vivre quelque chose d'à la fois irréel et familier.

La porte d'entrée s'ouvrit et Rufus arriva, agitant la queue.

— Vin ou café ? demanda-t-elle par-dessus son épaule, en continuant de s'affairer.

S'approchant dans son dos, Nick l'embrassa dans le cou.

— Hum… Avec plaisir, dit-il.

— Alors, tu veux quoi ?

— Toi. À part ça, un verre de vin. Mais je crois que nous devrions d'abord tenir un peu compagnie à Rufus. Il est resté seul toute la journée et ce serait assez moche de foncer dans la chambre en le laissant en plan, même si c'est bien tentant.

Elle le regarda, touchée qu'il se soucie à ce point du bien-être du petit animal. Jamais David n'aurait réagi ainsi.

— Tu es incroyablement gentil, dit-elle en souriant.

Elle se pencha vers le chien.

— Allez, Rufus, viens faire un câlin sur le canapé avant que je te vole ton maître.

— Quelle excellente idée, dit Nick.

Ils se rendirent au salon et, après avoir mis de la musique, il tendit un verre de vin à Ellie, assise près de lui sur le canapé.

— Comme c'est bon, dit-elle.

— La musique ou le vin ?

— Tout. J'ai l'impression que ce n'est pas tout à fait réel.

Il lui posa un tendre baiser sur les lèvres.

— C'est réel, Ellie.

— Vraiment ? Ça n'en a pas l'air. Je me sens un peu comme Alice au Pays des merveilles. Je m'attends à ce que quelqu'un me coupe la tête.

Il rit, la serrant étroitement contre lui.

— Personne ne te coupera la tête. Tu es en sécurité avec moi.

Ah bon ? Elle n'en était pas sûre du tout. Mais il y avait une chose dont elle était sûre, c'était que, pour rien au monde, elle n'aurait voulu échanger sa place contre une autre.

Ellie se réveilla la nuque raide, le chien ronflant sur ses genoux et le bras de Nick pesant lourdement sur ses épaules.

— Hé, dit-elle en lui donnant de légers coups dans les côtes.

Il battit des paupières, lui sourit et s'étira en lâchant un énorme bâillement avant de consulter sa montre.

— Il est 23 heures, dit-il. Que s'est-il passé ?

Devant son air perdu, elle ne put s'empêcher de rire.

— Moi aussi, j'ai dormi.

Il bâilla de nouveau, imité par Rufus qui referma ensuite les yeux en poussant un gros soupir.

— Je crois que nous allons pouvoir aller nous coucher, dit Nick en riant.

Il saisit le petit chien et le posa par terre, puis se leva.

— Je le sors quelques minutes, dit-il. Si tu veux, tu peux prendre la salle de bains la première.

Au retour de Nick, Ellie était déjà au lit, attendant qu'il ait fini d'installer Rufus pour la nuit.

Il la rejoignit dans la chambre et l'embrassa sur les lèvres.

— Accorde-moi deux minutes, je prends une douche.

Quand il vint se coucher, il se colla contre elle en laissant échapper un grognement sourd.

— Oh ! c'est si bon...

— Tu es trempé, dit-elle.

— Oui, désolé, je ne voulais pas te faire attendre.

Elle rit et se blottit contre lui.

— Je ne me plains pas. Tu sens merveilleusement bon. J'adore ton gel douche !

Appuyée sur un coude, elle lui caressa le torse, puis les hanches. Il voulut saisir sa main, mais elle lui attrapa le bras et, se plaçant à califourchon sur lui, commença à osciller, se frottant contre son bassin avec un sourire coquin.

— Tu es diabolique, tu le sais, n'est-ce pas ? dit-il en grommelant.

— Hum... C'est amusant, non ?

— Une vraie torture !

— J'arrête ?

— Ellie...

Elle se souleva un bref instant. Il ferma les yeux et voulut l'attraper, mais elle le repoussa et lui maintint les bras au-dessus de la tête.

— Ne bouge pas, dit-elle.

Il obéit et la laissa le taquiner et le tourmenter jusqu'à ce que la frustration devienne si insupportable qu'il manque hurler.

Alors, elle se baissa vers lui et le laissa la pénétrer.

Fou de désir, il la prit par les hanches et la plaqua contre lui. Animés de la même fièvre, ils firent longuement l'amour, comme s'ils ne pouvaient se rassasier l'un de l'autre, jusqu'à tout oublier.

Ellie et Nick ne passèrent pas tout le week-end au lit, principalement à cause de Rufus, mais aussi parce qu'il faisait un temps superbe et qu'ils avaient envie d'en profiter.

— Je ne connais pas la région, dit Nick. Où voudrais-tu qu'on aille ?

— Peut-être à Walberswick. J'ai adoré cet endroit lorsque nous y sommes allés l'été dernier, les enfants et moi. Rufus devrait adorer, lui aussi. C'est magnifique. Une plage de sable fabuleuse, avec la mer qui s'étend jusqu'à l'horizon et, derrière soi, les dunes... C'est superbe !

— Eh bien, alors, allons-y, dit-il en souriant.

Ils prirent la route de la côte jusqu'à Walberswick et garèrent la voiture près de la plage.

— Ouah, comme c'est beau ! dit Nick en découvrant la vue qui s'offrait à eux.

La mer était à marée basse, et le sable mouillé était ferme sous leurs pas. Ils se déchaussèrent, roulèrent le bas de leurs jeans et marchèrent sur la plage, main dans la main, tandis que Rufus galopait partout, s'amusant comme un petit fou.

Après le déjeuner, ils retournèrent chez Nick, se mirent au lit et firent de nouveau l'amour, en prenant tout leur temps. Ils s'accordèrent ensuite une petite sieste, se rhabillèrent et se rendirent à la cuisine.

— Des écrevisses et des linguine avec une pointe de chili ? proposa Nick, la tête plongée dans le réfrigérateur.

— Oh ! ça promet d'être délicieux. Puis-je t'aider ?

Il secoua la tête. Elle s'installa alors au comptoir consacré au petit déjeuner et le regarda travailler.

— Tu aurais fait un bon chirurgien, dit-elle.

— Non. Je ne peux pas rester debout pendant des heures, ma cheville n'aime pas ça. J'ai opté pour la médecine générale et j'ai découvert que ça me plaisait beaucoup. Et toi ? Pourquoi es-tu médecin généraliste ?

— Ce qui m'a décidé, c'est que ça permet de maintenir un équilibre entre vie privée et vie professionnelle. Et maintenant, je n'imagine pas faire autre chose. J'adore mon métier. Je peux suivre mes patients dans la continuité, observer l'effet des traitements, constater l'amélioration de l'état des malades. On soigne des bébés, on les voit grandir et se développer – c'est génial. Tellement varié et intéressant, et si riche en émotions. En étant généraliste, j'ai l'impression de pouvoir vraiment changer quelque chose dans la vie des gens, et c'est très important pour moi.

Il hocha la tête, l'air pensif, et lui décocha un petit sourire.

— Exactement.

Ce simple mot était lourd de signification.

Elle le regarda, il continuait de préparer le dîner et elle s'interrogea. Était-elle en train de tomber amoureuse ?

Non, ce n'était pas possible. Elle l'aimait bien et ils avaient beaucoup de choses en commun, voilà tout. Ce n'était pas de l'amour.

Le lendemain après-midi, il était 15 heures lorsque Ellie reçut un appel de Liz.

Persuadée que celle-ci voulait la prévenir qu'elle allait bientôt lui ramener les enfants, Ellie fut parcourue d'un long frisson en entendant la voix inquiète de son ex-belle-mère.

— Ellie, pouvez-vous venir ? Steven a fait une chute, je dois l'emmener à l'hôpital. Je crois qu'il s'est cassé le bras. Ellie, s'il vous plaît…

— Oui, bien sûr, j'arrive tout de suite. Vous êtes chez vous ?

— Oui. Je vous en prie, faites vite.

Et elle raccrocha.

Ellie se tourna vers Nick.

— Mon ex-beau-père a fait une chute, Liz croit qu'il s'est cassé le bras. Elle va le conduire à l'hôpital. Je dois y aller.

— Je te ramène chez toi, tu vas avoir besoin de ta voiture.

Comme ils sortaient de la maison, il lui posa la main sur le bras.

— Et si je t'accompagnais là-bas ? Je sais que tu veux que notre relation reste secrète, mais il s'agit d'une urgence. Je pourrais examiner ton beau-père, peut-être immobiliser son bras et lui donner un analgésique. Cela te permettrait de t'occuper des enfants et de les tenir à l'écart pour qu'ils ne soient pas trop choqués par l'événement.

Elle réfléchit un moment, puis hocha la tête.

— Si tu peux...

— Mais bien sûr ! Vas-y, je te suis. J'ai ma trousse médicale dans ma voiture.

Il s'agissait d'une fracture de Pouteau-Colles, une fracture du radius avec déplacement. Nick comprit immédiatement qu'une intervention chirurgicale s'imposait.

Ellie était en train de consoler Evie qui pleurait, blottie dans les bras de Liz. Oscar et Maisie, l'air un peu perdu, étaient assis dans l'allée.

— Ramène-les chez toi, dit doucement Nick. Je m'occupe de ton beau-père.

Elle fit monter les enfants dans la voiture, le laissant gérer la situation. Il se dirigea vers l'homme qui, assis sur une marche du perron, se soutenait le bras. Il s'accroupit devant lui et nota son extrême pâleur. Le blessé était en sueur et visiblement très choqué.

— Bonjour. Vous êtes Steven, n'est-ce pas ? Je m'appelle Nick Cooper. Je suis un nouveau collègue d'Ellie. Elle m'a demandé de venir donner un coup de main. Vous permettez que je vous examine ?

— Oui, bien sûr.

Il s'avéra qu'il avait du mal à bouger les doigts et que la fracture était clairement déplacée.

— Sentez-vous vos doigts, Steven ?

— Oui, mais j'ai des sensations bizarres. Mon bras est cassé, n'est-ce pas ?

— Oui. Vous allez devoir aller à l'hôpital. Je vais appeler une ambulance. À moins que vous ne l'ayez déjà fait ? demanda-t-il en s'adressant à Liz.

— Non. J'ai juste téléphoné à Ellie. Merci infiniment d'être venu. Vous nous êtes d'une aide précieuse. Les enfants étaient inquiets...

Elle se mordit la lèvre, prête à pleurer.

— Cela va aller, dit-il en lui posant la main sur le bras. Je vais appeler une ambulance.

Il prit son téléphone et formula sa requête. Après avoir raccroché, il s'accroupit de nouveau près du blessé.

— Steven, vous souvenez-vous de ce qui s'est passé ?

— Non, pas vraiment. Je me suis senti bizarre, j'avais chaud, j'étais en sueur, et puis je me suis retrouvé par terre, et mon bras me faisait très mal. Je ne sais pas comment c'est arrivé.

— Cela ressemble à une légère perte de conscience. Vous êtes-vous déjà évanoui ? Ou avez-vous eu déjà l'impression que vous étiez sur le point de perdre connaissance ?

— Pas exactement, mais il m'est arrivé une ou deux fois de me sentir proche de l'évanouissement.

— Récemment ?

— Oui. Chaque fois je me suis senti un peu bizarre, mais je n'y ai pas vraiment prêté attention.

— Je n'arrive pas à le croire ! dit Liz en s'asseyant à côté de lui. Comment as-tu pu ne rien me dire ?

— Je ne voulais pas faire des histoires pour rien, répondit-il en soupirant.

Nick poussa un petit grognement. La dernière personne à lui avoir tenu ce genre de propos, c'était Jim Golding, et il était mort quelques minutes après.

— Ce n'est pas faire des histoires que de signaler des incidents indiquant que quelque chose ne va pas, dit-il. Les chutes n'arrivent pas par hasard. Peut-être n'y a-t-il rien de grave, mais il faut procéder à des examens pour en avoir le cœur net. Je vais vous ausculter et vous donner un analgésique en attendant l'arrivée de l'ambulance.

Le rythme cardiaque de Steven était stable, quoiqu'un peu trop rapide. Nick lui administra dix milligrammes de morphine, comme il l'indiqua aux ambulanciers arrivés peu après.

Après avoir assisté au départ de Steven pour l'hôpital et s'être assuré que Liz allait bien, Nick retourna à sa voiture et consulta son téléphone.

Il avait manqué quatre appels d'Ellie. Elle devait être morte d'inquiétude. Il allait courir la retrouver et la rassurer.

Que se passait-il donc ?

Dès qu'Ellie ouvrit la porte, elle entendit un fort bruit d'eau et, lorsqu'elle s'avança dans le vestibule, elle réalisa qu'elle pataugeait dans une sorte de mare. Elle sentit son estomac se nouer.

Le lave-vaisselle. Elle l'avait mis en route avant de quitter la maison le vendredi matin. Il devait y avoir une fuite. Oh ! non !

— Restez ici, dit-elle aux enfants en les faisant asseoir sur une marche de l'escalier.

Elle ouvrit la porte de la cuisine et eut un choc ; un spectacle de désolation s'offrait à elle.

Une partie du plafond s'était effondrée et l'eau, venue de l'étage supérieur, coulait à flots, inondant tous les meubles, les appareils ménagers.

Prise de panique, elle grimpa l'escalier quatre à quatre et ouvrit la porte de la chambre de Maisie et d'Oscar. La même scène d'horreur que dans la cuisine lui apparut. Des pans entiers de Placoplatre étaient tombés, des morceaux de l'isolation du grenier pendaient au-dessus du lit de Maisie… Levant les yeux, elle vit l'eau qui s'échappait du réservoir installé sous le toit.

Pourquoi fuyait-il ? Comment était-ce possible ? Elle n'avait même pas d'échelle pour monter voir ce qui s'était passé.

Elle regardait autour d'elle, incrédule, dépassée par l'ampleur des dégâts, totalement sous le choc.

Que dois-je faire ? Les enfants. Il faut faire sortir les enfants...

Elle courut les rejoindre, prit Evie dans ses bras, saisit la main d'Oscar et l'entraîna vers la porte, Maisie sur ses talons. Au moment où elle allait sortir, elle entendit un énorme bruit derrière elle et fut secouée par un long frisson.

Encore un morceau de plafond qui venait de s'écrouler quelque part dans la maison ?

Elle poussa les enfants dehors avant qu'une nouvelle catastrophe se produise et les mit à l'abri dans la voiture. Là, au moins, ils étaient en sécurité. Puis elle appela Nick. Il ne répondait pas. Elle essaya encore à trois reprises, sans plus de succès. Alors, elle se mit à trembler de tout son corps.

Et si cela s'était produit alors que les enfants étaient couchés ? Ils auraient pu être tués alors qu'ils dormaient dans leur chambre !

Elle devait les emmener ailleurs. Dans un endroit sûr. Mais où ? Elle ne pouvait pas retourner chez Liz et Steven, ils ne seraient pas là. Il y avait bien Lucy et Andy, mais ils étaient partis pour le week-end et sans doute n'étaient-ils pas encore rentrés.

Nick, où es-tu ? J'ai besoin de toi...

Elle s'apprêtait à le rappeler lorsqu'elle aperçut sa voiture qui s'engageait dans l'allée.

Jamais elle n'avait été aussi heureuse de voir arriver quelqu'un.

7

Ellie avait une mine affreuse...

Nick se mordit la lèvre. Il aurait dû la rappeler. Comprendre qu'elle se faisait beaucoup de souci.

Il sortit de sa voiture et la rejoignit à la hâte.

— Ellie, il va bien...

Elle secoua la tête.

— Non, il ne s'agit pas de Steven, dit-elle d'une voix tellement bizarre qu'il prit peur.

— Ellie ? Qu'est-il arrivé ?

Elle se jeta dans ses bras et fondit en larmes.

— Ellie, parle-moi. Que se passe-t-il ? Est-ce qu'un des enfants... ?

— Non, c'est ma maison. Il y a une fuite d'eau. Tout est inondé, les dégâts sont énormes...

Il l'étreignit un bref instant, puis alla jeter un coup d'œil à l'intérieur. Il entendit l'eau, qui coulait toujours. Ce n'était pas bon signe.

— Sais-tu d'où vient la fuite ? demanda-t-il.

— Du réservoir du grenier. Enfin, je pense, le plafond s'est écroulé juste en dessous. Je ne suis pas montée là-haut, mais je crois que la fuite vient de là.

— Où se trouve le robinet d'arrêt ?

— Euh... Sous l'évier, mais la cuisine est en ruines, comme la chambre des enfants, et l'eau coule sur les fils électriques. J'ai juste fait sortir les petits...

Voyant que son visage se décomposait de nouveau, il lui caressa doucement le bras.

— Tu as bien fait. Reste ici, je vais m'assurer qu'il n'y a pas de danger. Où se trouve le compteur électrique ?

— Dans un placard, sous l'escalier.

— Bien. Je reviens tout de suite.

Il trouva facilement le compteur et constata qu'il avait disjoncté. Après avoir coupé l'alimentation électrique, il se rendit à la cuisine et se fraya un chemin à travers les débris de Placoplatre pour accéder à l'évier.

Il ferma le robinet d'arrêt et tendit l'oreille. Le débit de l'eau s'affaiblit jusqu'à n'être plus qu'un goutte-à-goutte. Parfait. Maintenant, il devait trouver la cause de cette fuite.

Il monta à l'étage et pénétra dans la chambre située au-dessus de la cuisine. L'eau y avait fait des dégâts considérables. Les lits des enfants disparaissaient sous des amas de Placoplatre, et des lambeaux de l'isolant du grenier, complètement trempés, pendaient des chevrons et continuaient de goutter. À travers le trou béant qui s'ouvrait dans le plafond, il aperçut le réservoir. À coup sûr, il avait le coupable sous les yeux.

Il retourna sur le palier. Levant les yeux vers la trappe du grenier, il constata qu'elle n'était pas équipée d'une échelle permettant d'y accéder. Il sortit alors une chaise de la chambre d'Ellie, grimpa dessus, poussa le panneau qui fermait la trappe et, à la force du poignet, se hissa dans le grenier.

S'éclairant avec son téléphone, il s'approcha du réservoir. Comme il l'avait soupçonné, le flotteur était sorti de son logement, si bien que plus rien n'empêchait le réservoir de se remplir en permanence. Le trop-plein qui aurait dû l'empêcher de déborder était submergé, bloqué sans doute par des toiles d'araignées. Il se rappelait que cela était arrivé chez ses parents, mais ils s'en étaient aperçus avant qu'il n'y ait des dégâts.

Ce qui n'était pas le cas ici. La maison d'Ellie allait être inutilisable pendant des semaines, peut-être même des mois. Ses enfants et elle se retrouvaient à la rue.

Mais non. Il ne le permettrait pas.

Il trouva un bout de bois qui traînait dans le grenier et s'en servit pour coincer la manette, au cas où le robinet de sécurité céderait, puis il redescendit retrouver Ellie.

Elle était assise dans la voiture avec les enfants. Elle avait encore les yeux rougis, mais elle ne pleurait plus.

— Alors ? demanda-t-elle.

— C'est le réservoir qui a débordé, et le trop-plein devait être bloqué. J'ai coupé l'eau et l'électricité, il n'y a donc plus de danger. Tu ferais mieux d'aller chercher ce dont tu vas avoir besoin pour cette nuit. Tu viens chez moi.

— Chez toi ?

— Tu ne peux pas rester ici, sans eau ni électricité. C'est inhabitable pour l'instant.

Elle le regarda fixement, l'air perdue.

— Mais nous ne pouvons pas aller chez toi, tu n'as pas de lit pour les enfants et... je... je vais voir si Lucy est rentrée et...

— Non, il n'en est pas question, dit-il d'un ton ferme. Et avant que tu en parles, tu n'iras pas non plus chez Liz, elle a déjà suffisamment à faire avec Steven. Et j'ai des lits pour les enfants. Tu vas venir chez moi.

Elle secoua la tête.

— Mais... Ce n'est pas possible ! Tu n'as sûrement pas envie de nous avoir tous dans ta maison !

— Ne sois pas ridicule, Ellie. Bien sûr que je vous veux chez moi ! J'ai trois chambres d'amis. Pourquoi ne pas les utiliser ?

Elle finit par acquiescer.

— D'accord, mais juste pour cette nuit. Je trouverai une solution demain. Et je n'ai pas besoin de retourner dans la maison, j'ai les affaires des enfants dans la voiture.

— Et toi ?

— Je n'avais pas encore défait mon sac quand Liz a téléphoné. Depuis, je n'ai pas eu le temps de m'en occuper.

— Très bien. Alors, ferme la maison, nous nous occuperons de tout cela demain matin.

— Mais comment ? Nous serons au travail.

Elle avait l'air désespérée, comme dépassée par les

événements. Il prit donc les choses en main, sans même se donner le temps de réfléchir, car c'était ce qu'il avait toujours fait, toute sa vie durant.

— Non, Ellie. Tu n'iras pas travailler. Tu dois t'occuper de régler les problèmes de ta maison. Je te remplacerai, au travail.

— Comment ? Nous sommes tous débordés. Je dois voir mes patients. Je passerai quelques coups de téléphone entre deux consultations. Ça ira...

— Ce n'est pas le moment d'y penser. Allez, il est temps de venir vous installer chez moi, de trouver quelque chose à manger pour les enfants, et ensuite, nous reparlerons de tout cela, d'accord ?

À son grand soulagement, elle hocha la tête. Il se pencha alors vers les enfants en affichant un grand sourire.

— Hé, vous savez quoi ? Vous allez tous venir dormir chez moi. Ça va être amusant, non ? Vous vous souvenez d'être déjà venus dans ma maison ?

Ils acquiescèrent, le visage rayonnant.

— Rufus est là-bas ? demanda Maisie.

— Oui, et il sera très content de vous revoir. Allez, on y va !

Il faisait assez chaud pour rester dehors, mais Ellie frissonnait. Assise sur un banc dans le jardin de Nick, elle regardait les enfants jouer dans l'herbe avec Rufus. Plus elle y réfléchissait, plus la situation dans laquelle elle se trouvait lui semblait horrible.

Un autre frisson la traversa. Où Nick était-il passé ? Que faisait-il ? Il les avait installés dans le jardin, puis il était retourné dans la maison. Préparait-il les lits ?

La première chambre était encombrée de cartons qu'il ne pouvait certainement pas déplacer en si peu de temps. Peu importait. Les enfants et elle pouvaient très bien dormir tous dans la même chambre, s'il le fallait. Au moins ils seraient au sec et en sécurité.

Elle jeta un coup d'œil du côté des fenêtres, mais rien ne bougeait. Que faisait Nick ?

Elle aurait pu aller voir, mais elle ne voulait pas perdre les enfants de vue. Alors elle restait là, à frissonner sur ce banc, en se demandant si l'inondation était sa punition pour avoir passé le week-end avec Nick au lieu de rester chez elle.

Elle payait cher le joli rêve qu'elle avait vécu.

Ellie tremblait encore.

Nick l'avait aperçue depuis les fenêtres de la chambre. Elle avait l'air d'être gelée, perdue et, pour tout dire, dévastée.

Il installa la dernière couette et se rendit à la cuisine préparer une boisson chaude qu'il apporta à Ellie.

— Tiens, dit-il en lui tendant la tasse avant de s'asseoir près d'elle.

— C'est du thé ? demanda-t-elle d'une petite voix en soufflant sur le breuvage fumant.

— Oui. Et je t'ai apporté du chocolat.

Elle lui jeta un regard en coin et esquissa un petit sourire moqueur.

— Est-ce que par hasard tu me donnerais les premiers secours ?

— Bien vu. Tu es sous le choc, Ellie. C'est difficile à surmonter, mais tu n'as pas à t'inquiéter, au moins pour cette nuit. J'ai préparé les lits. J'ai pensé que tu voudrais garder Evie avec toi, alors j'ai poussé le lit double contre le mur afin qu'elle ne puisse pas tomber en dormant. Et j'ai installé les lits jumeaux dans l'autre chambre pour Maisie et Oscar, comme cela, ils seront ensemble.

— Comment se fait-il que tu aies autant de lits ?

— Je te l'ai dit, mes sœurs ont des enfants. J'ai simplement apporté ici des lits que nous avions dans notre maison à Bath.

Il lui promena le morceau de chocolat sous le nez.

— Allez, mange-le.

Elle obéit tout en continuant de surveiller les enfants comme si elle craignait pour leur sécurité.

— Tout va bien, Ellie, dit-il doucement. Il ne leur est rien arrivé.

— Mais cela aurait pu. Si le plafond s'était effondré pendant qu'ils dormaient...

— Mais ce n'est pas ce qui s'est passé. Il n'y avait personne et personne n'a été blessé.

— Par pur hasard. Une vraie chance. Oh ! Nick, comment vais-je remettre tout ça en état ? Je n'y arriverai jamais ! Et tous ces appareils que je vais devoir remplacer, la bouilloire, le grille-pain... Par où commencer ?

Elle avait besoin d'être réconfortée. Il lui passa un bras autour des épaules et la serra contre lui.

— Demain matin, tu prendras contact avec ta compagnie d'assurances, tu leur diras ce qui s'est passé et tu les laisseras gérer la situation. Tu es assurée, n'est-ce pas ?

— Oui, bien sûr. Mais que vont-ils faire ? Engager un plombier, je suppose, et après ?

— Ils sortiront de la maison tout ce qui a été endommagé, ils installeront des déshumidificateurs pour assécher la structure et, une fois que tout sera bien sec, ils effectueront les réparations, changeront la décoration et la moquette, remplaceront les meubles et l'électricité, referont la cuisine...

— Mais ça va prendre des semaines !

— Peut-être même des mois, mais ne t'inquiète pas. Vous êtes tous sains et saufs, vous avez un endroit où vivre... Tout va bien se passer, Ellie.

Elle secoua la tête et s'écarta.

— Nous ne pouvons pas rester aussi longtemps ici. Ce n'est pas raisonnable. Tu n'as aucune envie de nous avoir chez toi.

— Mais si ! protesta-t-il en essayant de se montrer convaincant.

— Mais non ! Tu m'as dit que tu voulais une vie tranquille. Crois-moi, avec mes enfants, c'est tout sauf tranquille ! Et si je dois tout le temps faire attention à ne pas...

— Ellie, arrête, dit-il en lui prenant les mains. Tout se

passera bien. Et si les enfants et toi, vous ne vous plaisez pas chez moi, ta compagnie d'assurances vous trouvera un logement provisoire. Mais, pour l'instant, tu n'as pas à t'inquiéter. Laisse-moi vous accueillir chez moi, je t'en prie.

Elle le regarda fixement comme si elle avait un phénomène de foire devant elle.

— Pourquoi ? Pourquoi fais-tu tout cela pour nous ?

— Et pourquoi pas ? Je suis sûr que tu en ferais autant pour moi. Et pour n'importe qui d'autre.

Il lui sourit.

— Tu te souviens de ce que tu m'as dit sur les raisons qui t'ont poussée à choisir la médecine générale ? Ça te permettait, m'as-tu dit, de changer la vie des gens et, pour toi, c'est cela qui est important. Ça l'est pour nous tous. Et il est si facile pour moi de t'aider, j'en suis très heureux. Par ailleurs, pourquoi ne vous voudrais-je pas chez moi ? Au cas où tu ne l'aurais pas remarqué, j'apprécie assez ta compagnie.

— Mais nous ne pouvons pas...

Il devina à quoi elle pensait avant qu'elle l'ait formulé. Il se sentit presque blessé qu'elle le tienne en si piètre estime.

— Sérieusement, Ellie... Ta maison est en ruine, tes enfants et toi, vous êtes à la rue, et tu t'imagines que je pense au sexe ? Je croyais que tu me connaissais mieux que ça.

Elle soupira.

— Excuse-moi. C'est simplement que... il y a longtemps que j'ai décidé que personne ne partagerait mon lit avec les enfants dans les parages. Et certainement pas un homme que je ne connais que depuis quelques semaines. Même si ces semaines comptent beaucoup pour moi...

Il sourit et la serra contre lui.

— Oui, pour moi aussi. Mais sache que je ne suis ni stupide ni égoïste, et je te comprends parfaitement. Je t'offre un lieu sûr où t'installer, sans aucune contrainte, et pour l'instant tu n'as guère le choix.

— Nous pourrons toujours aller chez Liz et Steven quand il sera sorti de l'hôpital.

— Je pense qu'il en a pour un moment, sa fracture nécessitera une intervention chirurgicale. Et lorsqu'il rentrera chez lui, il lui faudra beaucoup d'aide. Je crains que tu ne puisses pas compter sur Liz avant un bon bout de temps. Il s'est fait une très vilaine blessure.

— Oui, j'ai vu. Et dire que je ne pense qu'à moi, alors que ses problèmes sont beaucoup plus graves que les miens ! Quel genre de personne je suis, pour réagir ainsi ?

— Quelqu'un de tout à fait normal. Tu t'inquiètes pour ta maison et pour tes enfants. Ce sont eux, ta priorité. Par ailleurs, tu sais que Steven est en de bonnes mains et que tu ne pourrais rien faire de plus pour lui. Liz a dit qu'elle te tiendrait au courant dès qu'elle aurait des nouvelles.

Ellie hocha la tête, s'adossa contre le banc et but son thé, les yeux toujours posés sur les trois précieux petits êtres qui étaient toute sa vie.

Assis à côté d'elle, il l'observa en train de surveiller les enfants. Pourvu que la situation ne finisse pas par gâcher la relation naissante qu'il avait avec Ellie. D'autant qu'ils n'étaient pas les deux seuls à être concernés, dans cette histoire. Les enfants l'étaient tout autant.

Ellie et les enfants. Ils étaient tous très importants pour lui.

Le téléphone d'Ellie sonna au moment où les enfants se mettaient à table pour dîner.

— Désolée, dit-elle, je dois prendre cet appel. C'est David.

Et elle alla dans la cuisine.

Nick pouvait capter quelques bribes de ce qu'elle disait et, soudain, il l'entendit prononcer son nom. Comment David allait-il réagir ? Mais, de toute façon, il n'y avait aucun moyen de lui cacher la vérité.

Ce n'était pas le moment de se poser ce genre de question, les enfants réclamaient toute son attention.

— Hé, Oscar, ne donne pas à manger à Rufus. La nourriture des hommes n'est pas bonne pour lui.

— Pourquoi ?

Il retint un sourire. L'âge des *pourquoi ?* Il avait connu ça avec ses sœurs, puis avec ses neveux et nièces. Apparemment, c'était universel.

— L'estomac des chiens est différent du nôtre.

— Pourquoi ?

— C'est comme ça.

Il préféra changer de sujet.

— Il s'est bien amusé avec vous au jardin.

— Je l'aime beaucoup, dit Maisie. Il a l'air toujours content.

— Il est content quand vous êtes là. Il adore les enfants. Vous avez fini ?

— On peut avoir du dessert ? demanda Oscar, plein d'espoir.

Nick réfléchit à ce qu'il avait dans le réfrigérateur.

— Voulez-vous des yaourts ?

— Vous avez des glaces ?

— Non, Maisie, je n'en ai pas. Je peux vous préparer un dessert avec du yaourt, des myrtilles et de la banane. Qu'en dites-vous ?

L'idée parut leur plaire. Il débarrassa leurs assiettes et rapporta de la cuisine le yaourt et les fruits, qu'il posa sur la table.

Ellie réapparut peu après.

— Désolée. Il avait reçu un message de sa mère, mais il n'arrivait pas à la joindre. Il voulait savoir ce qui se passait.

— Il va revenir ? demanda Nick en coupant la banane dans les bols avant d'y ajouter le yaourt.

— Non, il ne peut pas, il est à l'aéroport. Je lui ai dit que je gérerai la situation.

— Tu lui as parlé des dégâts dans la maison ?

— Oui, et je lui ai expliqué que nous étions accueillis chez un ami et qu'il n'avait pas besoin de s'inquiéter. Mais, en réalité, il se faisait surtout du souci pour son père. Il savait que tu avais aidé Steven et il paraît savoir qui tu es. Dites-moi, les enfants, est-ce que vous êtes passés devant la maison de Nick quand vous êtes allés à la plage avec papa ce week-end ? Et vous lui avez parlé de Nick et de Rufus ?

Les petits hochèrent la tête.

Elle échangea avec lui un regard qui en disait long, puis porta de nouveau son attention sur les enfants.

— Je crois que je vais t'aider à manger, Evie, dit-elle en prenant la cuiller de l'enfant pour la plonger dans le bol de yaourt aux fruits.

Nick se demanda ce que David et elle avaient bien pu se dire d'autre.

Une heure plus tard, les enfants étaient au lit et il fallut attendre encore une heure et demie avant qu'ils soient tous les trois endormis. Ellie resta encore un long moment assise au bord du lit double qu'elle partageait avec Evie.

Elle entendit Nick avancer doucement dans le couloir. Il s'arrêta sur le seuil de la chambre.

— Tout va bien ? demanda-t-il à mi-voix.

Elle hocha la tête et, se levant avec précaution pour ne pas réveiller Evie, elle sortit de la chambre.

— Que se passe-t-il ?

— Rien, mais comme tu tardais à revenir, je me suis demandé si tu avais du mal à les coucher.

— Non, simplement j'avais peur qu'ils ne se réveillent, et le salon est assez loin des chambres. Je ne crois pas pouvoir m'éloigner d'eux. Ils risquent de se réveiller et de se demander où ils sont.

— Tu veux un café ?

Elle lui sourit.

— J'adorerais. Je vais t'accompagner et je reviendrai le boire ici.

— J'ai une meilleure idée. Va dans ma chambre, j'y apporterai le café. Nous pourrons nous asseoir sur le lit et bavarder en laissant la porte ouverte. Si l'un des enfants se réveille, tu l'entendras.

Comme elle hésitait, il secoua la tête avec un petit sourire de regret.

— Ellie, nous avons déjà eu cette conversation, non ? Allez, vas-y et mets-toi à l'aise. Je ne serai pas long.

Elle se hissa sur la pointe des pieds et l'embrassa sur la joue.

— Tu es un amour, dit-elle.

Elle se rendit dans la chambre de Nick et, trouvant la lumière du plafonnier trop crue, elle alluma les lampes de chevet et s'assit sur le lit, adossée aux oreillers. Elle n'avait dormi ici qu'une seule fois, blottie dans les bras de Nick. Il lui semblait que cela s'était passé il y avait une éternité. Tant de choses étaient arrivées depuis.

Nick réapparut bientôt, apportant sur un plateau non seulement le café, mais aussi une assiette de sandwichs.

Elle se redressa, soudain consciente qu'elle mourait de faim.

— Des sandwichs ? J'hallucine !

Il sourit.

— Je les ai préparés il y a un moment, car je ne savais pas si tu pourrais quitter les enfants. Je me suis dit que tu mangerais ces sandwichs tout en continuant de veiller sur eux, si nécessaire. Mais c'est bien mieux que tu les avales ici.

Il s'assit sur le lit, posant le plateau entre eux.

Elle poussa un soupir de satisfaction.

— Je pourrais prendre goût à me faire dorloter de cette façon, dit-elle.

— C'est quand tu veux, répondit-il avec un sourire.

Il se pencha vers elle et lui donna un petit baiser sur les lèvres.

— Allez, mange, maintenant !

Elle ne se le fit pas dire deux fois. Elle dévora ses sandwichs et sirota son café, puis, une fois repue, poussa un gros soupir.

— Ah, quel bonheur ! J'étais affamée. Merci beaucoup – pour tout. Je ne sais pas ce que j'aurais fait sans toi.

— Eh bien, sans moi, tu ne te serais pas retrouvée dans cette situation, car tu n'aurais pas passé le week-end avec moi. Tu aurais détecté la fuite d'eau à temps pour empêcher tous ces dégâts.

— Peut-être pas. Je ne l'aurais peut-être pas vue avant que le plafond s'écroule en pleine nuit dans la chambre des enfants. Quand j'y pense, ça me donne des cauchemars.

Elle frissonna.

— Il ne faut pas, dit-il d'un ton ferme. Parce que ce n'est pas arrivé et tout va bien – enfin, pas si bien que cela, bien sûr, mais au moins personne n'a été blessé. Bon, qu'est-ce que David a dit au sujet de la maison ?

Elle soupira et leva les yeux au ciel.

— Oh ! pas grand-chose. Il voulait savoir si nous allions bien, mais, naturellement, il s'inquiétait surtout pour son père. Il voulait avoir de ses nouvelles et s'assurer qu'il allait bien. Il m'a demandé s'il pouvait me laisser gérer la situation pour la maison, et je lui ai rappelé que cela se passait toujours comme cela.

— Je t'ai entendu citer mon nom.

— Oui, il l'a mentionné parce qu'il savait que tu avais aidé son père. Il a dit : « C'est le Nick qui habite Jacob's Lane ? » J'imagine que les enfants lui ont tout raconté quand ils sont passés avec lui devant chez toi. Il a certainement appris que tu avais un chien.

— Il sait que tu es installée ici ?

— Non. Il m'a demandé où j'étais allée, puisqu'il était évident que je n'étais pas à la maison pendant la fuite, alors je lui ai dit que j'étais partie pour le week-end. Il se pose sûrement des questions, mais je ne peux rien y faire.

— Vous êtes divorcés, non ? Tu as le droit d'avoir une vie privée.

Elle eut un petit rire.

— Oh ! je sais qu'il n'a pas mené une vie de moine depuis notre séparation, mais, pour lui, c'est différent. Il n'est pas une mère.

— Et alors ? C'est pareil !

— Non, pas vraiment. Les enfants ne vivent pas avec lui et ils ignorent tout de sa vie intime. Pour moi, c'est plus difficile d'avoir une histoire avec un homme. Et je ne sais pas comment David prendrait ça. Non pas que cela le regarde, mais je préfère ne pas avoir à aborder le sujet avec lui. Il voulait savoir pourquoi je ne m'étais pas installée chez ses parents, alors je lui ai fait remarquer que je n'avais pas les clés de la maison et que, de toute façon, je ne voulais pas ennuyer Liz avec mes problèmes. Je lui ai demandé de ne pas parler à sa mère de l'inondation, ni des dégâts qu'elle a provoqués. Je lui dirai tout ça moi-même quand je saurai que Steven va bien.

— Tu as bien fait. Et maintenant, cesse de te faire du souci. Tout cela va finir par s'arranger.

Elle soupira et, le regard vide, fixa le mur.

— Non, je ne crois pas que ce soit aussi simple. Oh ! qu'est-ce que je vais faire, Nick ? dit-elle d'une voix lasse. Je ne sais même pas par où commencer.

— En fait, c'est assez simple. Lucy doit être rentrée, à présent. Appelle-la pour la prévenir que tu dois prendre ta journée demain. Et demain matin, la première chose à faire est de téléphoner à la compagnie d'assurances. Tu as ton contrat ?

— Oui, mais pas avec moi. Tous mes papiers sont restés à la maison, dans la salle à manger qui, elle, n'a pas été touchée par l'inondation. Je passerai les chercher demain matin.

— Je peux y aller maintenant. Où sont-ils rangés, exactement ?

— Oh... Tu es sûr ? Tu n'es pas obligé de faire ça, Nick. Je peux m'en charger.

— Et laisser les enfants seuls avec un inconnu... ? Non, je vais y aller, Ellie. C'est mieux pour eux. Bon, dis-moi où trouver ces documents.

Elle n'insista pas, il avait raison.

— Dans le buffet, sur l'étagère du bas, dans un gros classeur noir qui contient tous les papiers importants.

— Il y a autre chose que tu voudrais récupérer ? Des choses de valeur ? L'alarme ne fonctionne plus puisque le courant est coupé.

— Je voudrais juste les bijoux de ma mère.

— Où sont-ils ?

— Dans ma chambre, dans la commode où je range...

Elle eut un petit rire gêné, assez ridicule.

— Tu trouveras la boîte dans le tiroir du haut, sous ma lingerie.

— De quelle couleur est-elle ?

— Quoi ? La boîte ou ma lingerie ?

Il eut un sourire en coin.

— Je parlais de la boîte.

— Elle est en cuir marron clair. Par la même occasion, peux-tu me prendre aussi quelques sous-vêtements de rechange pour demain ?

— D'accord. C'est tout ? Rien d'autre ?

— Non, rien d'autre. Merci, Nick.

Elle l'embrassa et lui sourit.

— David m'a dit que sa mère t'appelait « le bon samaritain ». Elle a raison, c'est ce que tu es. Je ne sais pas ce que j'aurais fait sans toi cet après-midi. J'étais sous le choc. Et toi, tu as pris les choses en main, tu as coupé l'eau et l'électricité, tu as tout fait comme il fallait. Si tu n'avais pas été là...

— Mais j'étais là. Et maintenant, tu es ici, à l'abri.

— Seulement pour une nuit.

Il secoua lentement la tête.

— Tu n'es pas obligée de partir, tu sais. Tu peux rester ici aussi longtemps que tu voudras.

— Nick, tu l'as dit toi-même, ça peut durer des mois.

— C'est très bien. Vraiment. Les enfants et toi, vous êtes sains et saufs, et c'est tout ce qui compte. Pour le reste, on trouvera toujours une solution.

Il se pencha pour lui donner un long baiser plein de tendresse, puis il se dirigea vers la porte.

— Nick, attends, il te faut les clés.

— Elles sont dans la cuisine. Ne t'inquiète pas, avant de partir je vérifierai que tout est en sécurité. Appelle Lucy.

Et il sortit de la chambre.

Elle faillit pleurer en songeant à la gentillesse et à la compassion dont il faisait preuve. Mais elle prit son téléphone et appela Lucy.

Il était temps qu'elle se retrousse les manches.

Se diriger dans la maison à la lumière d'une lampe de poche n'était pas chose facile, mais au moins Nick voyait où il mettait les pieds.

Il trouva le gros dossier noir et l'ordinateur d'Ellie, et il les porta dans le vestibule. Après quoi, il monta à l'étage et prit dans le tiroir de la commode la boîte à bijoux et quelques sous-vêtements de rechange, comme elle le lui avait demandé. La vue de toute cette lingerie le troubla un moment, mais il se ressaisit. Pour l'instant, il valait mieux écarter toute idée de ce genre.

Comme il passait devant la chambre en ruine des enfants, il l'éclaira avec sa torche électrique et vit les ours en peluche.

Des nounours trempés, imbibés d'eau, mais adorés.

Il avança prudemment dans la pièce, craignant que le parquet en aggloméré, gorgé d'eau, ne cède sous son poids. S'emparant des peluches, il sortit de la chambre en prenant toujours autant de précautions. Puis il passa dans la chambre d'Evie où il récupéra le nounours resté au fond du berceau et redescendit au rez-de-chaussée.

Il mit tout ce qu'il avait collecté dans la voiture et revint dans la cuisine. Il avait apporté une glacière, qu'il remplit de ce qu'il trouva dans le réfrigérateur. Au moment de partir, une pensée lui vint. Il revint sur ses pas et prit les dessins des enfants fixés sur la porte du réfrigérateur.

Après avoir fermé la maison à clé, il monta dans sa voiture et repartit chez lui. Comme il s'engageait dans l'allée, il vit la porte d'entrée s'ouvrir. Ellie était là, sa silhouette se dessinant en ombre chinoise dans la lumière du vestibule. Et pour la première fois depuis qu'il s'était installé dans cette maison, il eut vraiment l'impression de rentrer chez lui.

De retrouver une famille ?

Mais cette famille n'était pas la sienne. Et elle ne le serait jamais, si Ellie gardait le même état d'esprit.

Le regrettait-il ? Il se posait la question.

8

Ellie avait attendu Nick dans la cuisine et guetté son retour par la fenêtre. Lorsqu'elle entendit la voiture s'engager dans l'allée, elle ressentit... Quoi ? Du soulagement ? De la joie ?

Elle ne s'attarda pas à analyser ses sentiments, préférant courir lui ouvrir. Lorsqu'il la serra dans ses bras, elle eut l'impression que tout redevenait normal.

— Je suis désolé d'avoir été si long. Ça va ?

— Maintenant, oui, répondit-elle en se blottissant contre lui. Désolée d'avoir été un peu hystérique tout à l'heure. Tu as tout trouvé ?

— Oui, et j'ai apporté quelques autres petites choses aussi. J'ai vidé ton réfrigérateur. Comme le mien est à peu près vide, on aura la place de tout y mettre. Et j'ai aussi apporté leurs peluches. Elles sont trempées et sales, il va falloir les laver, mais j'ai pensé que les enfants seraient contents de les avoir. Ah, encore autre chose. J'espère qu'ils ne sont pas trop abîmés, c'était difficile de s'en rendre compte à la lueur d'une lampe de poche.

Il retourna à la voiture et en sortit quelque chose. Lorsqu'elle comprit ce que c'était, elle laissa échapper un petit sanglot, émue qu'il ait songé à lui rapporter ce qui avait tant d'importance pour elle.

— Tu as pris leurs dessins ?

Il sourit.

— Oui, je trouvais dommage de les laisser là-bas, et la porte de mon réfrigérateur est bien nue. Peut-être que cela aidera les enfants à se sentir chez eux ici.

Il sortit de sa poche les magnets qu'il avait rapportés de chez elle et les posa sur le comptoir.

— Voilà de quoi les fixer sur la porte du réfrigérateur.

Ce qu'elle fit tandis qu'il allait chercher dans la voiture le reste de ce qu'il avait rapporté.

Pendant qu'ils buvaient un café et se partageaient un gâteau venant de chez Ellie, elle sortit ses papiers d'assurances du gros dossier noir et les feuilleta rapidement.

— Eh bien, cela m'a l'air assez simple. Tout ce que j'ai à faire, c'est de leur téléphoner et ils m'enverront un expert. Ensuite, les choses suivront leur cours.

— Parfait. Et Lucy ? Elle est d'accord ?

— Oui, elle a été merveilleuse. Elle m'a dit que si j'avais besoin de quelque chose, je n'avais qu'à demander. Je verrai cela au fur et à mesure. Oh ! et Liz a téléphoné. Steven a été opéré. Il va bien, mais ils vont le garder quelques jours pour lui faire faire des examens. Ils pensent qu'il a peut-être des problèmes cardiaques, c'est ce qui aurait provoqué son malaise. Ils veulent regarder ça de plus près.

— Je me demande ce que ça peut être, murmura Nick en fronçant les sourcils. De l'arythmie ? Il m'a dit qu'il avait eu très chaud et il était en sueur. Et très pâle aussi.

— Qui sait ? J'espère en tout cas que ce n'est pas trop grave. Lucy m'a dit que, demain, vous vous partageriez mes patients. Si j'ai terminé mes démarches auprès de l'assurance de bonne heure, je vous rejoindrai et je ferai ce que je pourrai. Je vais emmener les enfants à la garderie, mais je ne peux pas demander à Liz d'aller les chercher, du moins tant qu'on n'en saura pas davantage sur ce qui a causé le malaise de Steven.

— Non, bien sûr. Ne t'inquiète pas pour le travail, nous nous en sortirons d'une manière ou d'une autre.

« D'une manière ou d'une autre » était l'expression qui convenait.

Au cabinet médical, c'était de la folie, comme tous les lundis matin, mais s'y ajoutait le fait que c'étaient les vacances de Pâques et que Dev était en congé.

Nick prit une partie des patients d'Ellie en charge, les autres étant reçus par Lucy et Brian. Avec l'aide des infirmières praticiennes, ils parvinrent à boucler les consultations du matin.

Ils étaient tous réunis dans la salle de repos, profitant de la pause déjeuner pour signer les renouvellements d'ordonnance et examiner les résultats des tests, quand Ellie fit son apparition dans la pièce. Elle avait l'air épuisée et rongée par le remords.

— Je suis tellement désolée. La matinée n'a pas été trop dure ?

Nick se leva aussitôt pour faire chauffer la bouilloire.

— Tout s'est bien passé. Et toi, comment ça s'est passé avec la compagnie d'assurances ?

— C'est la raison de ma venue ici. L'expert doit venir à 14 h 30, alors j'ai demandé de laisser les enfants à la garderie jusqu'à 17 heures. Si j'ai terminé plus tôt, je viendrai ici et je ferai mes consultations de l'après-midi, ou du moins le plus que je pourrai, mais si je ne peux pas... Je ne sais pas comment faire.

— Ne t'occupe pas de ça, déclara Brian d'un ton ferme. Prends ta journée, occupe-toi des problèmes de ta maison. On te verra demain, si tu peux venir. Sinon, on se débrouillera. Pour l'instant, assieds-toi, bois un café et détends-toi un moment.

— Ce n'est pas juste ! Vous n'avez pas des résultats d'analyse que je pourrais examiner, ou des renouvellements d'ordonnance à signer ?

— Non, c'est fait, dit Nick en posant une tasse de café devant elle. Mais, si tu veux, tu peux jeter un coup d'œil sur le rapport du décès de Jim Golding. Il avait un anévrisme non diagnostiqué dans l'arc aortique. Il y a eu rupture.

Elle étudia le document et ouvrit de grands yeux.

— Ah, pauvre Jim ! Pas étonnant qu'il se soit senti patraque. Il a dû souffrir durant des jours, peut-être même des semaines.

— En fait, il était dans un triste état. La directive de refus de soins était inutile, nous n'aurions jamais pu le réanimer.

Elle hocha la tête lentement, le regard triste. Il comprenait ce qu'elle ressentait.

— Tu n'as rien à te reprocher, Ellie. Tu ne l'as pas laissé tomber. Il m'a dit : « Je suis content que ce ne soit pas le Dr Kendal. » Je crois qu'il ne voulait pas te créer du souci et j'ai l'impression qu'il savait qu'il était sur le point de mourir. Il était prêt, Ellie.

— Je sais. C'est ce qu'il disait quand il a demandé à signer la directive anticipée. Il était prêt à rejoindre Kitty. Elle lui manquait trop. Désolée, dit-elle en essuyant une larme qui roulait sur sa joue. Bon, je ferais mieux d'y aller si je veux savoir ce que l'expert compte faire.

— Ne reviens pas ici de toute la journée, dit Brian d'un ton sans appel. Nous nous débrouillerons sans toi.

— Mais je...

— Il n'y a pas de mais qui tienne. Fais ce que tu as à faire. La terre ne s'arrêtera pas de tourner parce que tu ne viens pas travailler.

Elle hocha la tête et s'en alla.

— Merci, Brian, dit Nick. Elle ne veut jamais laisser tomber personne. Mais... Si tu avais vu l'état de la maison ! Et elle se fait aussi du souci pour son beau-père, il est tombé à la suite d'un malaise dont on cherche maintenant la cause. Je crois qu'il fait partie de nos patients, non ?

— Oui, en effet. Je regarderai son dossier.

Il se leva, avec une certaine raideur dans sa façon de se déplacer.

— J'ai hâte que les travaux soient terminés et que nous ayons notre nouvelle salle de repos au rez-de-chaussée. Ma hanche n'aime décidément pas les escaliers. Elle n'aime pas grand-chose, en fait. Je crois que je vais devoir prendre le taureau par les cornes et régler ce problème, fit-il avec un petit sourire.

Après qu'il eut quitté la pièce en boitant, Nick croisa le regard de Lucy.

— Ça fait des années qu'il a besoin d'une opération de la

hanche, dit-elle. Il n'a pas pu y penser tant qu'il s'occupait de sa femme, et depuis... Eh bien, je crois qu'il considère qu'il n'a pas le temps.

— Mais c'est fou !

— Maintenant, c'est comme ça, Nick. Nous sommes toujours débordés. Tu n'imagines pas à quel point nous sommes tous ravis de t'avoir avec nous. Quant à Ellie... Vas-y doucement, Nick. Elle a traversé tellement d'épreuves, elle n'a pas besoin d'en connaître d'autres.

— Je sais. Ne t'inquiète pas, Lucy. Je veille sur elle et sur les enfants.

— Ne lui brise pas le cœur.

Comme il fronçait les sourcils, elle secoua la tête.

— Ne fais pas semblant de ne pas comprendre, Nick. J'ai vu la façon dont vous vous regardiez, tous les deux. Je ne suis pas stupide.

— Moi non plus, et pour rien au monde je ne voudrais lui faire de mal. Je lui offre simplement un toit, un endroit où elle est en sécurité, tout le temps qu'il faudra.

— Bien, dit-elle en se levant. Allez, il est temps de retourner au travail. Tu viens ?

Il hocha la tête et la suivit, songeant à ce qu'elle venait de lui dire.

Elle a traversé tellement d'épreuves... Elle n'a pas besoin d'en connaître d'autres... Ne lui brise pas le cœur...

— Comment ça s'est passé, avec l'expert ?

Ellie haussa les épaules et tenta de sourire.

— Assez bien, d'une certaine façon. Ils vont réparer les dégâts. Je dois juste enlever tout ce je veux conserver, et ils mettront tout ce qui n'a pas été abîmé dans les pièces qui n'ont pas été touchées par l'inondation. Ils répareront ce qui peut l'être et remplaceront le reste.

— Combien de temps ça va prendre ?

Elle haussa les épaules et posa le couteau avec lequel elle épluchait les légumes.

— Quelques semaines… peut-être deux mois. Le plus gros problème, c'est le sol en aggloméré dans la chambre, et les éléments et le comptoir de la cuisine. Tout ça doit être remplacé, ainsi que l'installation électrique, les peintures, la moquette et… Oh ! c'est sans fin !

— Tu pourras choisir la cuisine que tu veux ?

— Oui, apparemment, dans les limites du raisonnable. Si je veux quelque chose de plus luxueux, ou entreprendre des travaux d'agrandissement, je devrai payer la différence. Mais je ne pense pas que cela vaille la peine d'investir dans cette maison qui, de toute façon, est trop petite pour nous quatre. Il serait préférable que je la vende pour acheter quelque chose qui nous convienne mieux.

— Tout à l'heure, tu disais que ça s'était assez bien passé, d'une certaine façon. Que voulais-tu dire ?

— Eh bien, je n'ai pas droit à un relogement temporaire, ça fait partie d'une option dans le contrat d'assurance. Une option que je n'avais pas prise.

— Mais ce n'est pas un problème ! Je t'ai dit que tu pouvais rester ici aussi longtemps que tu voudrais.

— Merci, c'est très généreux de ta part, et j'accepte pour l'instant ta proposition. Je verrai avec Liz et Steven, quand il ira mieux…

— Ellie, je t'en prie ! Ils ne sont plus très jeunes, et la présence de très jeunes enfants est épuisante.

— Alors, pour toi aussi, ce sera pénible. Tu n'as certainement pas envie d'avoir à les supporter.

— Absurde ! Je n'ai jamais dit ça. Seulement, je sais que, lorsque mes parents reçoivent le week-end l'une de mes sœurs accompagnée de toute sa petite famille, le dimanche soir ils sont à bout de forces et n'ont qu'une envie : qu'ils rentrent tous chez eux, même s'ils les adorent.

— Et toi ? Que se passera-t-il si tu ne peux plus nous supporter ? Où irons-nous ?

Au bord des larmes, elle lui tourna le dos, tentant de se ressaisir. Elle sentit qu'il la prenait par les épaules et l'attirait doucement vers lui.

— Arrête, Ellie. Cesse de te torturer. Oui, parfois ce sera très bruyant et énervant, nous nous marcherons un peu les uns sur les autres, mais franchement j'adore vous avoir tous ici. Et toutes les familles connaissent des moments d'agacement. En général, cela ne dure pas plus de dix minutes. Nous y arriverons, Ellie. J'y arriverai. Tout ira bien. Allez, viens que je te fasse un câlin, et cesse de t'inquiéter.

Elle se retourna et se blottit dans ses bras avec un petit soupir.

— Qu'est-ce que j'ai fait pour te mériter ? dit-elle.

Il rit.

— Tu ne me connais pas encore très bien. Je t'aurai déjà porté sur les nerfs avant la fin de la semaine.

— Pourquoi ?

— Tu ne me connais pas vraiment. Je suis sûr qu'il y a chez moi tout un tas de choses qui vont t'agacer.

Elle s'écarta légèrement et leva les yeux vers lui.

— Eh bien, jusqu'à présent, ça n'est encore jamais arrivé.

— Il suffit d'attendre un peu, dit-il en souriant. C'est notre dîner que tu es en train de préparer ?

— Oui. Les enfants sont au lit depuis longtemps, ils étaient fatigués. J'ai rapporté le lit pliant d'Evie de la maison, elle dormira mieux. J'ai pris aussi le babyphone. Comme ça, je pourrai me détendre au salon sans avoir à m'inquiéter des enfants. Et je leur ai rapporté quelques jouets, aussi.

— J'ai une idée, tu me diras ce que tu en penses. Je pourrais mettre tous les cartons qui encombrent l'autre chambre dans le garage, et transformer celle-ci en salle de jeux. Il y a un canapé-lit dans cette pièce, ça pourrait devenir un petit salon pour toi.

— Et nous serions moins dans tes pattes, conclut-elle sans savoir si elle se sentait soulagée ou rejetée.

Il éclata de rire.

— Ellie, il n'est pas question de ça ! Mais le salon est à

l'étage et Evie pourrait tomber dans l'escalier et se faire mal. Il faut que j'installe une barrière pour empêcher qu'elle dévale les marches.

— J'en ai une à la maison. Je l'apporterai ici.

— Parfait. Bon, qu'est-ce qu'on mange, ce soir ?

Nick déménagea les cartons après le dîner. Cela lui prit une bonne heure et, quand il eut fini, sa hanche lui faisait mal. Mais il avait fait place nette dans la pièce, il ne restait plus qu'à passer l'aspirateur, mais pour cela il fallait attendre que les enfants soient réveillés. Peut-être faudrait-il installer une petite table et des chaises d'enfants, et tout serait parfait.

Après avoir rangé le dernier carton contenant les affaires de Sam dans le garage, il posa la main dessus, ferma les yeux et respira lentement.

— Tu me manques, Sam, dit-il.

Il sortit, verrouilla la porte et rentra dans la maison.

Il y avait un bruit d'eau. Ellie devait être en train de prendre une douche. Il fut saisi d'une envie folle de la rejoindre. Ah, la situation allait être difficile à vivre.

Il retourna dans la cuisine. Tout était parfaitement rangé, et le lave-vaisselle était en marche. Il se prépara une tasse de thé et s'apprêtait à aller la boire au salon lorsque Ellie apparut, en peignoir, une serviette-éponge enroulée autour de ses cheveux. Elle était ravissante. Beaucoup trop pour sa tranquillité d'esprit.

— J'imagine que tu n'as pas de sèche-cheveux ?

— Non, désolé.

— Il faut que je fasse une liste de ce que je dois prendre chez moi. J'irai tout chercher demain. Mais je voudrais d'abord avoir une conversation avec toi.

— À quel sujet ? demanda-t-il en fronçant les sourcils.

— Au sujet de ma présence ici et de la façon dont nous allons nous organiser. Si les enfants et moi devons rester plusieurs semaines chez toi, je tiens à participer aux frais. Aux dépenses d'électricité, de gaz, de nourriture... Ou bien nous partirons.

Elle semblait si déterminée qu'il s'abstint de protester.

— D'accord. J'ai fait de la place pour la salle de jeux.

— J'ai vu. Merci infiniment. Demain, j'y mettrai leurs jouets et toutes leurs affaires, nous t'encombrerons moins ainsi.

— Ellie, vous ne m'encombrez pas.

Comme elle secouait la tête avec un air de reproche, il préféra ne pas insister.

— Bon. Veux-tu du thé ?

Au cours de la semaine suivante, ils tombèrent dans une sorte de routine. Nick préparait le petit déjeuner pour tout le monde les jours où Ellie travaillait tandis qu'elle se chargeait du dîner presque tous les soirs. Elle avait profité du week-end pour rapporter de chez elle ce qu'elle avait oublié de prendre, et la cohabitation se passait bien.

Un peu trop bien, au goût d'Ellie. Ils étaient constamment ensemble et cela la préoccupait. Mais lorsque, le vendredi soir, elle aborda de nouveau le sujet avec Nick, il déclara d'un ton ferme que ce n'était pas un problème. Pourtant, les enfants passaient beaucoup de temps avec lui et ils risquaient de finir par trop s'attacher à lui. Comme elle, d'ailleurs.

— Demain, nous te débarrassons le plancher, annonça-t-elle le vendredi soir.

Il leva les yeux au ciel.

— C'est tout à fait inutile. De toute façon, ce week-end, j'assure les consultations du samedi matin. Je ne serai même pas ici.

— Mais tu auras terminé à 11 heures. Et les enfants veulent rendre visite à leurs grands-parents. Nous irons les voir en fin de matinée.

— Comme tu veux, mais tu n'as pas besoin de faire ça.

— Mais si, il le faut, Nick. Nous passons trop de temps ensemble, ça va finir par créer des problèmes, surtout avec David.

— Comment serait-il au courant ?

— Par les enfants. Ils ne cessent de parler de toi et de Rufus. Maisie s'est entichée de toi. C'est Nick par-ci, Nick par-là... David commence à poser des questions bizarres.

— Et c'est un problème.

— Pas encore, mais ça risque de le devenir.

Il hocha la tête, le regard dans le vide.

— D'accord. Eh bien, tu as l'autre pièce à ta disposition, maintenant. N'hésite pas à l'utiliser chaque fois que tu en as envie, j'essayerai de ne pas vous encombrer.

L'avait-elle blessé ? Oh ! Seigneur ! C'était vraiment trop difficile. Comment avait-elle pu penser que cela marcherait ?

— Mais voyons, Nick, tu es chez toi. C'est à nous d'éviter de te gêner.

— Ellie, cessons cette conversation. J'ai bien compris que tu ne souhaitais pas que les enfants s'attachent à moi et je veillerai à ce que cela n'arrive pas.

Il prit son ordinateur portable, le posa sur la table et l'ouvrit.

— Excuse-moi, mais j'ai du travail.

— Très bien, dit-elle aussitôt. Je vais aller lire un peu. À demain.

Elle sortit sans se retourner et alla dans la salle de jeux. Mais, malgré tous ses efforts, elle ne parvint pas à se concentrer sur sa lecture, tant sa vue était brouillée.

Ah, comme Nick regrettait de s'être montré aussi brutal ! Mais Ellie avait raison. Il passait trop de temps avec les enfants et elle, contrairement à ce à quoi il s'attendait.

Eh bien, le lendemain, après ses consultations, il emmènerait Rufus se promener sur la plage, mais assez loin, vers la jetée, pour éviter toute rencontre avec Ellie et les petits.

Il se fit un thé qu'il emporta au salon avec son ordinateur. Il n'avait pas menti, du travail l'attendait. Des notes à mettre à jour, des dossiers à relire... Autant commencer sans tarder.

À 10 h 30, Ellie emmena les enfants voir leurs grands-parents. Ainsi, Nick retrouverait une maison calme. Comme il faisait beau, elle pourrait acheter des sandwichs qu'ils iraient manger sur la plage si Liz ne les gardait pas à déjeuner.

Quand sa belle-mère vint lui ouvrir, elle comprit immédiatement qu'il n'y aurait pas d'invitation à déjeuner et se félicita d'avoir laissé les enfants dans la voiture. Liz avait un visage à faire peur : les traits tirés, les yeux cernés, l'air tendu, elle paraissait épuisée.

Ellie la serra dans ses bras.

— Nous ne resterons pas longtemps, mais les enfants ont vraiment envie de vous voir tous les deux. Maisie s'est beaucoup inquiétée pour son grand-père et ils ont tous réclamé de venir vous rendre visite.

— Allez vite les chercher, mais vous ne resterez que quelques minutes. Il est tellement fatigué !

— Je comprends. Comment a-t-il supporté l'opération ?

— Il a eu très mal au bras et nous sommes tous les deux assez préoccupés par son évanouissement.

— En avait-il eu d'autres ?

Liz soupira.

— Non, mais il ne conduisait plus depuis des semaines, il préférait me confier le volant quand nous devions aller quelque part. Il n'a rien dit à personne de ses problèmes jusqu'à ce que Nick l'interroge sur sa chute. Heureusement qu'il lui a posé toutes ces questions ! À l'hôpital, il a eu des analyses de sang et on l'a connecté à un moniteur cardiaque. Il y aurait peut-être un problème avec son cœur... Je ne me rappelle pas vraiment le nom...

— Peut-être s'agit-il d'une PCE ?

— Oui, je crois que c'est ce qu'ils ont dit. Qu'est-ce que c'est ?

— PCE, perte de conscience éphémère. Elle peut être provoquée par un dérèglement du rythme cardiaque. Que va-t-il se passer maintenant ?

— Il doit revoir le cardiologue la semaine prochaine, mais... Oh ! vous le connaissez, Ellie. Il déteste faire des histoires et il n'a pas envie d'y aller, mais je me fais tellement de souci pour lui...

Ellie la serra un instant dans ses bras.

— Il doit y aller. Je lui parlerai. Et ne vous inquiétez pas, ils vont trouver une solution. Peut-être devra-t-il avoir un pacemaker ou peut-être suivre un traitement pour réguler son cœur.

— Il prend un nouveau médicament qui s'appelle... ami-quelque chose ?

— Amiodarone ? C'est un antiarythmique. L'important, c'est que Steven ne fasse pas d'autre chute. Cela pourrait avoir de graves conséquences, comme il a pu le voir.

Elle retourna à la voiture.

— Venez, les enfants, mais rappelez-vous que grand-père est malade, alors vous devez être très sages.

Elle prit Evie dans ses bras et accompagna les petits jusqu'au salon où Steven somnolait.

En les entendant entrer dans la pièce, il ouvrit les yeux.

— Bonjour, mes chéris, dit-il d'une voix chaleureuse. Ah, comme vous m'avez manqué !

Maisie alla se blottir contre lui.

— Est-ce que tu vas bien, grand-père ?

— Très bien, maintenant que tu me fais un câlin.

Oscar, planté devant lui, semblait fasciné par son bras dans le plâtre.

— Qu'est-ce que c'est ?

Steven se lança dans des explications qui amenèrent l'inévitable « pourquoi ».

— Parce que c'est comme cela quand on se casse quelque chose, répondit Ellie. Et si tu jouais avec ta petite voiture ? Tu peux la faire rouler sur le parquet avec Evie.

Elle lui tendit le jouet qu'elle venait de sortir de son sac, mais il fit la moue, l'air têtu.

— Mais moi aussi, je veux un câlin.

— Tu en auras un quand ton tour viendra.

— Promis ?

— Promis. Mais je dois parler un moment avec grand-père.

— Et après, on retournera chez Nick ? demanda innocemment Maisie.

Elle entendit Liz faire un drôle de bruit.

— Oui, ma chérie.

Elle se tourna vers sa belle-mère.

— Je ne voulais pas vous en parler pour ne pas vous inquiéter, mais, quand je suis rentrée chez moi dimanche dernier, j'ai trouvé la maison inondée. Le réservoir installé dans le grenier avait fui. Il n'y a plus de courant électrique et la maison est pour l'instant inhabitable. Nick a la gentillesse de nous héberger, le temps que tout soit réparé.

— Oh ! mon Dieu ! Mais, Ellie, tu aurais dû venir ici.

— Non, vous avez déjà assez de soucis comme ça. Nick vit dans une grande maison, où il peut nous accueillir sans que cela pose le moindre problème. De toute façon, ce n'est que pour quelques semaines, et je lui paye un loyer.

— Et ta maison ? demanda Steven. Tu es sûre que les travaux seront faits correctement ?

— Oh oui, c'est la compagnie d'assurances qui s'occupe de tout. David est au courant.

Sauf qu'il ignorait qu'elle s'était installée chez Nick avec les enfants. Mais là, il allait le savoir.

Soucieuse de ne pas fatiguer Steven, Ellie écourta sa visite et retourna chez Nick avec les enfants.

Elle ne lui avait pas reparlé depuis la veille et se demandait comment il allait se comporter avec elle. Mais il n'y avait pas lieu de s'inquiéter. Dès qu'ils eurent franchi la porte, il sortit du salon et vint à leur rencontre en affichant un large sourire.

— Bonjour tout le monde ! Où êtes-vous allés ? Vous vous êtes bien amusés ?

— Nous sommes allés voir grand-père, dit Maisie. Il a un gros pansement sur le bras. Il l'a cassé.

— Oui, je sais, j'étais avec lui quand ça s'est passé.

— Je veux un pansement comme grand-père, déclara Oscar.

— Mais non, dit Nick. Crois-moi, se briser les os n'a rien d'agréable.

— Pourquoi ?

— Parce que c'est comme ça. Comme lorsque tu te blesses en tombant, sauf que c'est encore bien plus douloureux.

— Vous vous êtes déjà cassé quelque chose ?

Il hocha lentement la tête.

— Oui, et j'ai eu très, très mal. Mais c'était il y a très longtemps et, maintenant, je vais bien.

Sauf qu'il se mettait à boiter lorsqu'il abusait de ses forces et qu'il n'avait pu être père parce que Rachel avait refusé d'avoir recours à une FIV, pensa-t-elle. Il avait dû en avoir le cœur brisé.

La gorge nouée, elle parvint pourtant à lui sourire.

— Comment cette première consultation du samedi matin s'est-elle passée ?

— Très bien, sans aucun problème. Et comment va Steven ? Il se rétablit ?

— Lentement. Il doit revoir le cardiologue la semaine prochaine. Ils pensent qu'il s'agit d'une syncope, sans doute provoquée par une arythmie. Alors ils surveillent son cœur. Je n'arrive pas à croire qu'il n'ait rien dit à Liz.

Il leva les yeux au ciel.

— Oh ! ça arrive fréquemment. Probablement craignait-il trop qu'on lui trouve quelque chose de grave. Vous avez déjeuné ?

— Non, je pensais acheter des sandwichs et aller les manger sur la plage. Le temps est magnifique.

— Vous devriez venir aussi, dit Maisie. Avec Rufus.

Ellie retint son souffle. Il hésita un moment, puis afficha un petit sourire en coin.

— C'est vous qui décidez.

Les enfants se mirent à sauter partout, très excités, imités par Rufus qui gambadait en poussant des petits aboiements joyeux. Elle rit.

— Je crois que c'est oui, dit-elle, et elle croisa le regard de Nick.

Qu'avait-elle bien pu faire pour mériter cet homme ?

Sauf qu'il ne lui appartenait pas, et elle devait s'en souvenir.

9

Ils passèrent un très bon moment sur la plage. Auparavant, ils s'étaient rendus chez Ellie pour prendre dans le garage le brise-vent, les seaux et les pelles des enfants, puis, armés de sandwichs au fromage, de chips, de quelques fruits et d'une grande bouteille d'eau, ils s'étaient installés au bord de l'eau.

La construction de châteaux de sable obtint un grand succès. Les enfants entreprirent de creuser une douve et essayèrent de la remplir d'eau. Mais bientôt ils se lassèrent de ce jeu, retrouvant soudain toute leur énergie pour enterrer Nick dans le sable.

Bien sûr, Ellie dut participer à l'entreprise. Cela ne lui aurait posé aucun problème si Nick ne l'avait regardée d'une drôle de façon quand, penchée vers lui, elle entassait du sable sur son torse.

— Bon, qu'allez-vous faire de moi, maintenant ? demanda-t-il d'un ton innocent.

Mais il n'y avait rien d'innocent dans ses yeux.

Assise sur ses talons, tenant Evie sur ses genoux, elle l'observa attentivement.

— Je ne sais pas. Les enfants, à votre avis, que devons-nous faire de lui ?

— Lui verser de l'eau tout partout ! suggéra Maisie en se tordant de rire.

Et avant qu'Ellie puisse l'arrêter, elle prit un seau et courut vers la mer.

— Maisie, non ! Attends-moi.

Mais la petite fille ne l'écoutait pas.

— Maisie !

Au même moment, une énorme vague arriva, faisant tomber l'enfant. Ellie posa Evie sur le sable, mais avant même qu'elle ait eu le temps de bondir sur ses pieds, Nick se ruait déjà vers l'eau.

La vague, en se retirant, avait entraîné Maisie et, durant quelques instants, Ellie eut l'horrible certitude que l'enfant était en train de se noyer.

Mais Nick était là. Il se jeta à l'eau et récupéra la petite fille, qu'il ramena sur la plage en larmes et suffoquant.

Ellie se précipita vers eux et tendit les bras pour serrer Maisie contre son cœur.

— Oh ! merci, merci ! J'ai cru que...

— Je sais, coupa Nick. Moi aussi, j'ai cru... mais elle va bien.

— Maman, maman, répétait Maisie, toute tremblante.

Ellie l'étreignit de toutes ses forces.

— Elle a froid, dit Nick en l'enveloppant dans une serviette de bain. Pas vrai, Maisie ? Tu devrais t'asseoir, Ellie. Si tu lui fais un câlin, tout ira bien.

Vraiment ? Oh ! comme elle l'espérait ! Les jambes molles, elle se laissa tomber lourdement sur le muret de la promenade et regarda ses deux autres enfants.

— Surveille-les de près, Nick. Ils s'échappent si vite.

— Je sais. Ne t'inquiète pas, je ne les quitte pas des yeux. Je vais remballer nos affaires et nous allons rentrer nous réchauffer à la maison.

Elle hocha la tête et posa un baiser sur les cheveux mouillés de sa fille. Tandis qu'elle la berçait pour la réchauffer, elle entendit Nick parler aux deux autres d'un ton chaleureux et rassurant.

Chargé du sac de plage contenant pelles et seaux, le coupe-vent coincé sous le bras, il revint bientôt avec Evie et Oscar. Il s'accroupit pour se mettre à la hauteur de Maisie.

— Comment te sens-tu, ma puce ?

— J'ai froid, répondit-elle d'une petite voix tremblotante.

— Moi aussi. Fin avril est un peu tôt pour se baigner dans

la mer. On attendra l'été pour recommencer. Tu sais ce qu'on va faire ? On va rentrer à la maison et, après avoir pris une douche chaude, on fera des petites galettes qu'on mangera dès qu'elles seront prêtes. Qu'en dis-tu ? On y va ?

Il lui tendit la main. Elle la prit aussitôt et, l'air confiant, quitta les genoux de sa mère.

La petite troupe s'ébranla, Nick et Maisie en tête. Ellie suivait derrière, donnant la main à Oscar et portant Evie sur sa hanche. Elle regardait l'homme solide qui marchait devant elle en bavardant avec sa petite fille. Elle sentit son cœur se serrer. Tout aurait pu être si différent...

Après sa douche, Maisie se sentait si bien qu'elle semblait avoir oublié l'incident.

Tous participèrent à la confection des galettes, qu'ils dévorèrent avec gourmandise. Les enfants allèrent ensuite jouer dans le jardin avec Rufus. Ellie les fit dîner de bonne heure et les mit au lit. Épuisés par le grand air et l'exercice physique, ils s'endormirent rapidement.

Pendant ce temps-là, Nick avait préparé un dîner pour deux.

Leur repas terminé, il chargea le lave-vaisselle tandis qu'elle nettoyait la table en essayant d'oublier les émotions de la plage.

— Comment fais-tu ? demanda-t-elle.

— Faire quoi ? demanda-t-il, l'air surpris.

— Faire en sorte que rien n'ait l'air dramatique. Maisie a manqué se noyer et, l'instant d'après, elle voulait faire des galettes !

Il sourit.

— Je voulais lui changer les idées, et quel enfant résiste à l'envie de faire des galettes et de les manger ?

— Aucun, bien sûr, mais je n'y ai pas pensé. C'était génial. Merci. Et merci de lui avoir sauvé la vie. J'ai cru qu'elle était en train de se noyer, Nick, dit-elle, les larmes aux yeux. Si tu n'avais pas été là...

— Il y avait du monde sur la plage, Ellie. Tout le monde était prêt à la sauver. Elle ne se serait pas noyée.

— Cela aurait pu arriver.

— Mais cela ne s'est pas produit, comme le plafond de leur chambre ne s'est pas effondré sur eux. Allez, viens, nous allons boire un verre et nous allonger sur le lit pour nous détendre un peu.

— Pas au salon ?

Il lui adressa un petit sourire, comme pour s'excuser.

— J'ai un peu forcé sur ma hanche, elle se venge. J'avoue que je m'étendrais volontiers un moment.

La culpabilité la gagna.

— Oh ! Nick, tu aurais dû me le dire ! Tu es resté debout durant des heures, avec la cuisson des galettes, la préparation du dîner, et tout le reste. Où as-tu mal ? Montre-moi.

— Oh ! toujours au même endroit, répondit-il en passant la main sur sa fesse et sa cuisse gauche.

Elle le regarda, l'air songeur. Il se tenait un peu tordu, comme s'il avait les muscles noués.

— Que dirais-tu d'un massage ? Lorsque j'ai fait mon stage d'orthopédie, un kinésithérapeute m'a montré comment s'y prendre. Ça pourrait te faire du bien.

— Tu sais quoi ? dit-il en riant. Je trouve ça génial. Allez, fais-moi souffrir.

Pourquoi avait-il accepté ?

Nick avait repoussé la couette et, couché sur le ventre, vêtu de son boxer-short, il sentait les mains chaudes et fermes d'Ellie masser ses muscles fessiers et sa cuisse.

Et il trouvait cela très excitant.

Cela faisait huit jours qu'Ellie et ses enfants habitaient chez lui et la semaine lui avait paru très longue et difficile à vivre, d'autant qu'ils se voyaient aussi au travail. Cela ne lui laissait aucun répit, car il la désirait comme un fou et devait n'en rien laisser paraître, comme maintenant, où il gardait les dents serrées, la bouche fermée, et ses pensées pour lui.

Ellie le massait en vraie professionnelle, avec une telle énergie qu'il ne put retenir un petit cri de douleur.

— Ça va ? demanda-t-elle.

— Je survivrai, répondit-il, la mâchoire crispée. Mais si tu pouvais y aller plus doucement là où il y a les cicatrices...

— Désolée.

— Il ne faut pas, c'est nécessaire d'y mettre de la vigueur. Et là, tu assures !

Elle rit et continua son massage. Il sentit ses muscles se détendre et un délicieux bien-être s'installer.

— Voilà, je crois que cela devrait aller, dit-elle en lui embrassant le dos. Désolée pour cette séance de torture. Tu peux te lever.

Sûrement pas. Si la douleur avait affaibli sa libido, celle-ci était revenue en force, maintenant qu'il ne souffrait plus. Il remonta son boxer-short, mais ne bougea pas.

— Je crois que je vais rester allongé un petit moment, dit-il d'un ton dégagé.

— Tu veux que je t'apporte quelque chose à boire ?

Du bromure ? Ou peut-être ce whisky qu'il n'avait toujours pas réussi à retrouver...

— Je veux bien du thé.

Cela occuperait Ellie quelque temps à la cuisine, et lui aurait le temps de reprendre ses esprits et le contrôle de son corps.

Ellie fut surprise de voir Nick arriver pieds nus dans la cuisine, en jean et T-shirt.

— Oh ! Tu t'es levé ? Je croyais que tu voulais te reposer.

— J'ai changé d'avis. Je me sens mieux. Merci, dit-il en l'embrassant sur la joue.

— Le thé est prêt. On va le boire au salon ?

— Pourquoi pas ?

Ils montèrent à l'étage. Nick prit place sur l'un des canapés, étendit les jambes devant lui et regarda fixement le plafond à chevrons.

— À ton avis, qu'est-ce que je pourrais faire avec ces planches en pin ?

Assise sur l'autre canapé, elle leva les yeux et contempla à son tour le plafond.

— Je ne sais pas. Elles virent un peu à l'orange. Tu pourrais peut-être y passer un badigeon gris-blanc qui atténuerait leur teinte d'origine. Ce serait une façon de moderniser un peu ce style Nouvelle-Angleterre, non ?

Il étudia le plafond, l'air pensif.

— L'idée me plaît. Je pense peindre toutes les pièces en blanc et poser une moquette gris anthracite. Mais je dois encore y réfléchir. Il faut d'abord que je m'habitue à cette maison. Sans doute dois-je attendre qu'elle me parle.

— Comme la mienne, qui me hurle depuis quatre ans qu'elle ne me convient pas du tout ?

Il la regarda avec un petit sourire amusé.

— Oui, quelque chose dans ce genre. Quand commencent les travaux chez toi ?

— Lundi, en principe. Ils vont d'abord stocker ailleurs tout ce qui doit être conservé. Mais j'y aurai accès si j'ai besoin de récupérer quelque chose. Le problème, c'est qu'il me faut des vêtements pour aller au travail et je ne sais pas où je vais pouvoir les mettre. Et il y a aussi les affaires des enfants. Peut-être pourrais-je demander qu'on m'apporte ma commode ici ? Cela t'ennuierait ?

— Mais pourquoi ? Ça ne m'ennuie pas du tout, bien sûr. Et tu n'as pas besoin de déménager ta commode, j'en ai une dans le garage que tu peux utiliser. Si tu veux, on ira chercher tes affaires demain. Nous trouverons bien un endroit où les installer.

— Tu es sûr ?

— Mais oui ! Prends tout ce qu'il te faut. Il y a plein de place dans la salle de jeux.

Il avait dit cela aussi simplement que si cette pièce avait toujours eu cette fonction dans la maison.

Ah ! Qu'aurait-elle fait sans lui ?

— Café ?

Abandonnant ses ordonnances, Ellie leva les yeux et adressa un sourire à Nick.

— Avec plaisir. Tu es mon sauveur. Je n'ai pas eu le temps d'en prendre ce matin, j'ai dû passer sur le chantier avant de venir ici. Ah, au fait, j'ai eu des nouvelles de Judith Granger.

— Elles sont mauvaises ?

— Non. Enfin, pas trop. Elle a des polypes. Elle est sur une liste d'attente pour passer une coloscopie. Ils vont lui ôter ces polypes et les faire analyser pour voir si c'est cancéreux ou pas. Ainsi, on en aura le cœur net, mais je ne sais pas quand aura lieu l'opération.

Il lui servit son café et s'assit face à elle.

— Alors, qu'est-ce qui te préoccupe ?

Comment avait-il deviné ?

Elle jeta un coup d'œil à Dev et à Brian, et secoua la tête.

— Oh ! rien d'important. Merci pour le café. Je vais redescendre, j'ai quelques lettres à écrire.

— Oui, moi aussi, dit-il en se levant. À plus tard, les amis.

Il la suivit jusqu'à son bureau et referma la porte derrière lui.

— Allez, dis-moi ce qui se passe.

— David vient ce week-end chez ses parents et, naturellement, il veut voir les enfants. Mais Liz et Steven ne se sentent pas assez en forme pour héberger les petits. Alors je me demandais s'ils pouvaient dormir chez toi.

— Mais toi, où seras-tu ?

— Chez toi, bien sûr. Si tu es d'accord...

— Pourquoi serait-ce un problème ? dit-il en riant.

— Tu avais peut-être envie de passer un week-end sans les enfants.

Il sourit et l'enveloppa d'un regard tendre.

— C’est vrai, j’en avais envie, mais seulement parce que j’aurais adoré rester seul avec toi. Ça me manque.

— Tu es sûr ?

— Que ça me manque, ou que cela ne me gêne pas que les enfants dorment à la maison ?

Elle rit.

— Que les enfants dorment chez toi.

— Je t’assure que cela ne me pose aucun problème.

— Ah, merci. Que ferais-je sans toi ?

— Tu trouverais sûrement des solutions.

Il la prit par les épaules et l’embrassa. C’était un baiser léger, comme pour réaffirmer simplement leur relation.

— Je ferais mieux de retourner au travail, dit-il. Et toi aussi. À plus tard.

Le vendredi, David alla chercher les enfants à la garderie et passa tout l’après-midi avec eux, ainsi qu’une partie de la soirée. Ellie en profita pour se rendre sur le chantier et regarder où en étaient les travaux, puis elle retourna chez Nick et lança une lessive.

Elle était en train de charger la machine à laver pour la seconde fois lorsque Nick apparut à la porte de la buanderie.

— Encore du linge à laver ? dit-il.

— Oui, toujours. Je préfère ne pas penser à ta note d’électricité.

Il balaya cette considération d’un revers de la main.

— À quelle heure les enfants doivent-ils revenir ?

— Je vais les chercher à 19 heures.

Il regarda sa montre et haussa les sourcils.

— C’est dans dix minutes.

— Je sais, mais je les connais bien, ils doivent encore être en train de dîner.

Elle mit le lave-linge en route et se redressa.

— Bon, il est temps que j’aille les récupérer. Notre dîner est dans le four, j’ai mis de l’ordre dans le salon et la cuisine, et passé l'aspirateur dans les chambres. Et j'ai emmené Rufus faire le tour du pâté de maisons.

— Tu es une perle ! Merci.

— Je remplis simplement ma part du contrat, dit-elle avec un petit sourire.

Comme elle passait devant lui, il l'arrêta et l'embrassa. Contrairement à celui du matin, au travail, c'était cette fois un long baiser, plein de promesses.

Il releva la tête, esquissant un petit sourire.

— Tu ferais mieux d'y aller, dit-il.

Elle hocha la tête et partit, pleine de regrets qu'ils n'aient pas pu avoir leur week-end à eux.

Lorsqu'elle arriva chez sa belle-mère, les enfants avaient fini de dîner. Durant le trajet du retour, ils ne cessèrent de bavarder, racontant ce qu'ils avaient fait avec leur père. Elle apprit ainsi qu'ils étaient passés devant chez elle pour voir les travaux. Cela la contraria. En quoi cela regardait-il David ?

Dès qu'ils furent arrivés chez Nick, elle prépara les enfants pour les mettre au lit.

— Qui a envie qu'on lui raconte une histoire ? fit une voix derrière elle.

— Moi, moi, moi ! s'écria Maisie.

Ellie se retourna. Nick se tenait sur le seuil de la chambre.

— Serais-tu volontaire ?

— Ça m'en a tout l'air.

Elle eut un petit rire.

— Eh bien, tu pourrais en lire une à Maisie et à Oscar pendant que je coucherai Evie. Ensuite, je viendrai leur en lire une autre. D'accord ?

Les enfants hochèrent la tête, ravis à l'idée d'avoir deux histoires avant de s'endormir.

Ellie emmena Evie dans la chambre qu'elles partageaient toutes les deux. Tandis qu'elle couchait l'enfant, elle pouvait entendre la voix chaude de Nick dans la pièce voisine.

Elle prit le biberon qu'elle avait préparé et le donna à la petite Evie, lovée dans ses bras.

— Et si je te lisais une histoire, à toi aussi ?

L'enfant somnolait déjà. Elle s'endormit profondément alors que l'histoire avait à peine commencé.

— Pauvre bébé, murmura Ellie. Tu as eu une journée fatigante.

Elle lui ôta son biberon de la bouche et la mit au lit. Dans la chambre à côté, Nick venait de prononcer le mot « fin ». Puis ce fut le silence.

Quittant la chambre sur la pointe des pieds, elle retrouva Nick dans le couloir. Un doigt sur les lèvres, il lui fit comprendre que les deux aînés s'étaient endormis. Elle entra dans leur chambre pour leur donner un baiser sur le front et ressortit sans faire de bruit.

— Ils ont un bon sommeil, dit Nick lorsqu'elle le rejoignit dans la cuisine.

— Oui, grâce au ciel ! Merci pour ton aide.

— C'était un plaisir. Le dîner est prêt. Tu as faim ?

— Une faim de loup. Mettons-nous à table, j'ai l'estomac dans les talons.

Le lendemain matin, les enfants se réveillèrent à l'aube. Lorsque Ellie entra dans leur chambre, Nick s'y trouvait déjà.

— Ils sont en pleine forme, dit-il en regardant Maisie faire des bonds sur son lit.

— Papa a dit que, s'il faisait beau, il nous emmènerait à la ferme du parc !

Ellie éprouva un certain soulagement. S'ils allaient là-bas, il y avait moins de risque de tomber sur eux aux abords de la plage, ce qui lui garantissait une certaine intimité avec Nick. Il fallait juste que le temps y mette du sien.

Nick avait dû faire le même raisonnement, car il écarta les rideaux et contempla le ciel.

— Eh bien, il semble que la journée sera belle, annonça-t-il avec un grand sourire. À quelle heure dois-tu amener les enfants chez ta belle-mère ?

— À 9 heures. Pourquoi ?

— Parfait. Nous avons le temps d'emmener Rufus faire une promenade avant que tu partes. Qu'en dites-vous, les enfants ?

— Je pourrai tenir sa laisse ? demanda Maisie.

Oscar réclama aussitôt de bénéficier du même privilège. Leur dispute aurait pu s'envenimer si Nick n'était pas intervenu d'un ton très calme.

— Vous pourrez le faire chacun à votre tour.

— Moi la première ! revendiqua Maisie.

— Non, moi ! protesta Oscar.

— Vous savez quoi ? dit Nick. C'est le premier qui aura mis ses chaussures et sera prêt à partir qui tiendra Rufus en laisse le premier.

Ellie déposa les enfants chez sa belle-mère à 9 heures tapantes. Elle se hâta de retourner chez Nick et, à peine rentrée, se jeta dans ses bras.

Il l'étreignit de toutes ses forces, puis la regarda dans les yeux.

— Bon, nous sommes seuls. Et maintenant, qu'allons-nous faire ?

Elle eut un petit sourire.

— Du café ? Il vaut mieux leur laisser une demi-heure, au cas où ils auraient oublié quelque chose. Et j'ai envie d'en boire un.

— Un cappuccino ?

— Génial. Allons le boire dans le jardin. Le temps est magnifique, ce serait dommage de ne pas en profiter.

Ils s'installèrent sur un banc, le visage tourné vers le soleil.

— C'est tellement agréable, dit-elle en poussant un soupir de satisfaction. J'adore ce jardin. Il a toujours un côté à l'ombre et un autre au soleil, à n'importe quelle heure du jour. Je t'envie vraiment. Le mien est toujours à l'ombre le matin et en plein soleil l'après-midi.

— Où en sont les travaux ?

— Ils ont démoli une bonne partie de ce qui doit être remplacé, c'est à peine si j'ai reconnu les lieux. Mais lorsque j'y suis allée, le chef de chantier était au téléphone, je n'ai pas pu lui demander combien de temps tout cela durerait. J'ai vu la benne remplie de tous les éléments de cuisine. Si tu veux, nous pourrons aller y jeter un coup d'œil.

— Tu as décidé ce que tu voulais faire de cette maison ?

— Non. Je pense que je vais la faire remettre en état et la mettre aussitôt en vente. Elle est vraiment trop petite pour nous.

— Tu as les moyens de t'installer ailleurs ?

— Oui, car je n'ai aucun emprunt à rembourser. Je pourrai donc acheter quelque chose de mieux, à condition de rester raisonnable.

— Tu n'auras plus la vue sur la mer.

Elle rit.

— Oh ! tu sais à quel point j'y tiens !

Elle cessa de rire en voyant la façon dont il la regardait.

— Viens te coucher, dit-il doucement.

— Quoi, en plein jour ? répondit-elle d'un ton taquin.

— Rien n'oblige à attendre qu'il fasse nuit. J'ai juste besoin de te tenir dans mes bras, dit-il en fixant sur elle un regard brûlant.

Elle lui caressa la joue.

— Quel dommage ! J'espérais mieux.

Il éclata de rire et la fit se lever.

— Si tu savais à quel point tu me rends heureux en me disant cela...

10

Plus tard, Nick et Ellie sortirent pour aller voir le chantier.

Maintenant que la maison était entièrement vidée, elle semblait encore plus petite et plus triste que jamais. Et bruyante, avec le ronflement des déshumidificateurs en arrière-fond.

Ils se rendirent au jardin afin d'avoir un peu plus de calme.

— Les travaux ne vont pas rendre cette maison plus habitable pour vous quatre, dit Nick. Et le jardin est vraiment petit.

— C'est vrai. Tout est trop petit ici. Mais ça fera l'affaire tant que je n'aurai pas trouvé mieux.

Une maison comme la sienne ? pensa-t-il, le cœur serré.

— Tu as choisi les éléments de cuisine ?

— Non. J'ai pris une brochure... Je regarderai ça lundi.

Elle semblait découragée. Il la prit par les épaules et l'étreignit un bref instant.

— Si nous allions déjeuner ? Tu connais un endroit où nous pourrions aller ?

— Il y a une brasserie de l'autre côté de la rivière. Il paraît qu'elle est bien. Je sais comment y aller.

Ce jour-là fut à l'image des week-ends suivants où David exerçait son droit de visite. Il prenait les enfants pour la journée tandis qu'elle s'occupait d'eux le soir, les faisant dormir chez Nick. Cette organisation leur permettait de passer la journée ensemble et elle avait l'impression de vivre un rêve.

Les travaux de sa maison progressaient. Tout comme ceux du cabinet médical. La salle de repos fut bientôt terminée.

Elle se trouvait désormais au rez-de-chaussée, à la grande satisfaction de Nick.

Il s'avéra que Judith Granger n'avait pas de cancer, ce qui fut un grand soulagement pour Ellie. À présent, elle était moins stressée au travail car Liz pouvait à nouveau lui donner de temps en temps un coup de main pour les enfants. Le cœur de Steven semblait s'être stabilisé, grâce à son nouveau traitement.

Mais il n'en allait pas de même pour le cœur d'Ellie.

Vivre avec Nick, l'écouter échanger avec les enfants, entendre les petits jouer dans le jardin avec Rufus, sans parler des journées entières passées avec son amant lorsque David était là pour le week-end, tout cela ressemblait à un rêve. Un rêve qui allait prendre fin lorsqu'elle devrait regagner sa maison.

Et, bien avant qu'elle y fût prête, ce jour-là arriva. Les travaux étaient terminés. Ou presque. Il ne restait plus qu'à installer le nouveau lave-vaisselle et la nouvelle machine à laver. Le plombier devait venir le lundi suivant. Elle pouvait désormais emménager chez elle.

David ayant pris les enfants avec lui, elle passa ces deux jours à remettre en place tout ce qui avait été stocké dans le garage. Elle fit aussi les lits dans les chambres, qui sentaient encore la peinture fraîche. Et, de retour chez Nick, elle commença à rassembler les affaires qu'ils avaient apportées chez lui.

Elle était en train de récupérer les jouets qui traînaient dans la salle de jeux lorsque Nick entra dans la pièce et alla s'asseoir sur le canapé, la regardant d'un air pensif.

— À quelle heure dois-tu aller chercher les petits ?

— À 17 heures. Pourquoi ?

— Ça nous laisse deux heures. Viens te coucher avec moi, Ellie.

Elle détourna les yeux, incapable de croiser son regard.

— Non, il ne vaut mieux pas.

— Pourquoi ? Tu m'as évité tout le week-end. Je ne comprends pas. J'ai fait quelque chose de mal ?

— Non ! Non, bien sûr... C'est seulement que... je ne pense pas que ce soit une bonne idée. Pas maintenant.

— Mais pourquoi ?

Parce que, chaque fois que nous faisons l'amour, je tombe un peu plus amoureuse de toi, et cela me tue.

Elle se tourna vers lui.

— Parce que ça fait des semaines que nous t'avons envahi et j'ai conscience de profiter de ta nature généreuse. Et je ne veux rien faire qui rende les choses encore plus difficiles pour nous tous alors que nous allons rentrer chez nous.

— En quoi cela rendrait-il les choses plus difficiles ?

— Je ne sais pas exactement ce que je ressens pour toi. Et chaque fois que nous faisons l'amour, j'ai les idées encore plus confuses. Oui, je te suis très attachée et j'éprouve beaucoup de gratitude envers toi, et aussi une attirance physique, c'est évident, mais je ne sais pas s'il y a quelque chose de plus. Et je ne sais pas non plus si tu as vraiment envie d'être avec nous ou si tu ne fais cela que parce que c'est dans ta nature de secourir les gens. Tu l'as fait toute ta vie. Et plus nous sommes proches l'un de l'autre, plus il est difficile de savoir ce qui est réel et ce qui relève d'une illusion.

Il se leva et lui tendit la main.

— Viens, Ellie.

— Ne me touche pas, Nick. Laisse-moi... Ce n'est pas que je ne te désire pas...

Il laissa retomber sa main et recula. Il semblait perdu, mais résigné.

— D'accord. Je respecte ton choix et, bien sûr, jamais je ne t'obligerai à faire quoi que ce soit contre ton gré. Je ne veux surtout pas que tu restes avec moi par *gratitude*.

Il consulta sa montre.

— Je dois aller promener Rufus. À plus tard.

Nick ne comprenait pas.

Pourquoi Ellie réagissait-elle ainsi ? Elle parlait de *gratitude* ? Il y avait sûrement autre chose dans leur relation. Beaucoup plus que cela.

Il ne cessait d'y réfléchir tout en marchant. Avait-elle raison de le décrire comme quelqu'un qui prenait tous les canards boiteux sous son aile et veillait sur eux ? Était-ce par habitude qu'il se comportait avec elle comme il le faisait ? Il n'en avait pas l'impression.

Pourtant, peut-être étaient-ils trop proches l'un de l'autre, comme elle le disait. Mais il avait envie d'être proche d'elle ! Et il était sûr qu'elle aussi en avait envie. Ou, du moins, en avait-elle eu envie. Qu'est-ce qui avait changé ?

Il vit soudain Rufus s'asseoir et refuser de faire un pas de plus. Il prit alors conscience qu'il marchait depuis deux heures.

Sa cheville lui faisait atrocement mal, sa hanche aussi. Il regarda autour de lui mais il ne savait pas du tout où il était. Il consulta le plan de la ville sur son téléphone.

Il n'était qu'à trois rues de chez Ellie, sa maison était cachée par des immeubles. Il avait dû tourner en rond, comme les idées dans sa tête.

Il revint lentement chez lui en boitant, avec un Rufus récalcitrant. Il arriva enfin à bon port précisément au moment où Ellie faisait sortir les enfants de la voiture.

Elle lui jeta un bref coup d'œil et fronça les sourcils.

— Ça va ? Tu es parti depuis des heures.

— Mais oui, ça va. Je suis allé explorer le coin.

— Tu boites.

— Juste un peu. Je me suis perdu, j'ai trop marché.

Il sourit aux enfants qui couraient vers lui, même la petite Evie qui fit quelques pas avant de se laisser tomber par terre.

— Eh, mais tu marches, ma belle ! s'écria-t-il en la relevant.

Il la prit dans ses bras et la porta à l'intérieur.

— Nick, dit la petite fille d'une voix claire en lui tapotant le visage.

Ému, il déglutit. Comme il aimait cette enfant ! Il les aimait tous. Depuis quand ? Ellie avait raison. Cela allait être très dur de les voir quitter cette maison. Ils allaient tous beaucoup lui manquer.

Comment ai-je pu laisser faire cela ?

Le déménagement eut lieu le lendemain. Le plombier était intervenu, comme promis. Ellie confia les enfants à Liz tandis qu'elle retournait prendre le reste de ses affaires chez Nick.

Elle remplissait le coffre de sa voiture lorsqu'il rentra chez lui.

— Je crois que j'ai tout, dit-elle. Je vais faire un dernier tour dans la maison pour vérifier que je n'ai rien oublié.

Il la suivit à l'intérieur et s'assit sur une marche de l'escalier, Rufus couché à ses pieds.

Elle réapparut bientôt.

— Je pense n'avoir rien laissé, dit-elle. Mais si jamais...

— Je te l'apporterai au travail.

— Merci.

Elle avait une petite voix triste et il eut envie de pleurer. Pour elle, pour lui, pour les enfants.

Il se leva. Sa cheville le faisait encore souffrir.

Ils se tenaient debout, l'un face à l'autre, immobiles, puis elle fit un pas vers lui. Il la prit dans ses bras et la serra étroitement contre lui.

— Toi aussi, tu vas me manquer, répondit-elle d'une voix mouillée de larmes. Merci, merci pour tout ce que tu as fait pour nous. Je ne sais pas ce que nous serions devenus sans toi.

— Tu t'en serais très bien sortie. Tu es forte, Ellie.

Il la lâcha et s'écarta, avec l'impression de s'arracher le cœur.

— Tu ferais mieux d'y aller, maintenant. Il se fait tard.

Elle hocha la tête et saisit son sac posé par terre.

— Tes clés, dit-elle.

Il les prit en faisant attention de ne pas lui toucher la main, conscient que, s'il avait de nouveau le moindre contact avec elle, il n'aurait pas la force de la laisser partir.

Il la regarda s'en aller, puis referma la porte. La première chose qu'il vit lorsqu'il entra dans la cuisine, ce furent les dessins des enfants restés sur la porte du réfrigérateur. Il sentit sa gorge se nouer.

Non. Il n'allait *pas* pleurer.

Il se servit un verre de vin, qu'il emporta dans la salle de jeux.

Il regarda autour de lui, croyant entendre encore les voix des trois petits, leurs rires, leurs cris, leurs larmes. Et la voix d'Ellie.

Il lui était impossible de rester dans cette pièce. Il alla au salon, s'assit sur le canapé et contempla le plafond.

Tu pourrais y passer un badigeon gris—blanc... Ce serait une façon de moderniser un peu ce style Nouvelle-Angleterre...

Avec un juron, il alluma la télévision, à laquelle il ne s'intéressa pas plus qu'à son verre de vin.

Rufus lui sauta sur les genoux et lui lécha le visage.

— Ah, Rufus, tu as faim ?

Il descendit avec lui à la cuisine et lui remplit sa gamelle, mais le chien n'y toucha pas. Sans doute Ellie lui avait-elle déjà donné à manger.

Il sortit dans le jardin, toujours suivi de Rufus. Et toujours hanté par le souvenir de tous les moments qu'il avait partagés avec Ellie.

Pourquoi le départ d'une femme qu'il ne connaissait pas trois mois auparavant créait-il chez lui un tel sentiment de solitude ? Il avait l'impression d'être perdu. Et rejeté.

Peut-être s'était-il bercé d'illusions. Peut-être Ellie avait-elle seulement cherché à protéger ses enfants. Il pouvait le comprendre. Mais alors, qu'est-ce qui les empêcherait de poursuivre leur relation comme avant ?

Il ne pouvait répondre à cette question tout seul. Ils devaient en parler ensemble.

Mais pas maintenant. Ellie avait besoin de temps pour comprendre ce qu'elle ressentait vraiment pour lui, chose qu'elle n'avait pu faire tant qu'ils vivaient sous le même toit.

Il lui fallait être patient. Laisser à Ellie le temps d'y voir clair dans ses sentiments.

Mais cette attente allait le tuer.

Ellie n'avait pas l'impression d'être chez elle.

Pourtant, c'était elle qui avait choisi tout ce qui avait dû être remplacé – les tapis, la couleur des murs, les éléments de la cuisine... Mais la maison lui faisait l'effet d'un logement provisoire. Une simple location, dont elle voyait surtout les défauts.

Les enfants ne semblaient pas plus heureux qu'elle de se retrouver là. Evie avait perdu l'habitude de dormir dans son berceau et, en allant au lit, Maisie avait à plusieurs reprises réclamé Nick, avec qui elle avait tissé un lien particulier depuis qu'il l'avait sauvée de la noyade.

Elle-même ne parvenait pas à trouver le sommeil. Malgré ses efforts, elle ne pouvait s'empêcher de penser à lui, à ses bras qui l'enlaçaient, à sa bouche sur la sienne, à leurs corps qui s'entendaient si bien, à sa voix chaude... Elle entendait encore les mots qu'il avait prononcés la veille dans l'après-midi.

Viens te coucher avec moi, Ellie...

Et elle l'avait repoussé. Maintenant elle le regrettait, car ils auraient pu s'offrir une dernière fois ce moment doux-amer, avant que le rêve se brise.

Car tout cela était irréel. Elle avait rencontré Nick à la fin du mois de mars et l'on n'était qu'en juin. Ce ne pouvait être qu'un rêve. Ce genre de chose n'existait que dans les livres.

Il s'agissait seulement de gratitude et de sexe. Un mélange dangereux.

Il était temps de reprendre pied dans la réalité, même si cela faisait mal.

Nick laissa passer deux semaines avant de craquer.

Durant cette quinzaine, il avait passé la maison au peigne fin et fini par retrouver un jouet et un T-shirt appartenant à Maisie. Un T-shirt qu'elle adorait, car il s'ornait d'une licorne. En le voyant, il faillit fondre en larmes.

Il s'était ensuite rendu dans la salle de jeux, mais elle lui avait paru si triste et si vide qu'il profita du week-end pour y installer des rayonnages rapportés de la maison de Bath. Après quoi il se mit à trier le contenu des cartons qu'il n'avait toujours pas ouverts. Il commença par ceux venant de son ancienne maison. Il mit presque tout à la décharge ou bien en fit don à des œuvres charitables. Il ne souhaitait pas conserver des souvenirs de l'échec de son mariage.

Le week-end suivant, il ouvrit les cartons de Sam, ce qui lui déchira le cœur. Il y trouva toutes sortes de choses – une carte postale du bord de mer où Sam et lui étaient allés faire leur dernière sortie à la plage, une photo le représentant avec Sam sur le sable, et un sucre d'orge à demi mangé.

Ils avaient passé une journée fantastique. Après avoir sorti son frère de son fauteuil roulant, il l'avait fait asseoir sur le sable et lui avait enterré les jambes. Sam avait ri aux larmes.

Ils avaient quitté la plage avant qu'il fasse trop froid et il avait acheté pour Sam un sucre d'orge à la menthe. Son frère avait déclaré qu'il n'avait jamais rien mangé de meilleur. Il avait voulu en garder un morceau pour pouvoir le respirer de temps en temps et se souvenir ainsi de cette journée passée à la mer.

Le sucre d'orge avait-il gardé son parfum ?

Ôtant le papier de cellophane qui recouvrait la friandise, il la huma et sourit. L'odeur de menthe était encore là, plus faible, certes, mais assez présente pour réveiller ses souvenirs.

Il replaça soigneusement le papier autour de ce qui restait du sucre d'orge et remit celui-ci dans la boîte, avec la photo et la carte postale. Puis il ouvrit une autre boîte.

Celle-ci renfermait toute une série de photos dont une qui les représentait tous les deux en fauteuil roulant. Elle avait été prise juste après son accident de vélo.

Il y avait aussi la dernière photo de Sam, avec Rufus couché près de lui. C'était juste avant qu'il décède.

Sa vue se brouilla. Balayant d'un revers de main les larmes qui roulaient sur ses joues, il remit la photo dans la boîte et referma celle-ci.

Tant de souvenirs, tant de moments heureux.

Car ils avaient été heureux. Sa vie n'avait pas été marquée uniquement par de la tristesse. Il avait oublié à quel point Sam et lui avaient pu partager des moments de pur bonheur.

Malgré tous les problèmes, il avait aimé son frère de tout son cœur. Pourquoi ne s'en était-il pas rendu compte avant ?

Ellie s'était trompée. Ce qui le liait aux gens, ce n'était pas un besoin d'aller au secours des canards boiteux, mais un amour inconditionnel. L'amour qu'il avait eu pour Sam, pour ses sœurs, pour ses parents. L'amour qu'il avait pour elle et pour ses enfants. Et il fallait qu'il le lui dise.

Il consulta sa montre. Midi. Serait-elle chez elle ? Il savait que c'était un week-end où David prenait les enfants. Il l'avait entendue le dire à une collègue. Ce n'était pas par elle qu'il l'avait appris, car ils s'évitaient soigneusement. Le moins qu'on pouvait dire, c'était que l'atmosphère était tendue entre eux.

Il était temps que cela change. Il fallait mettre les choses au clair. Il lui avait laissé assez de temps pour réfléchir.

Il était temps de déjeuner. Ellie n'en avait pas très envie, mais cela lui changerait peut-être les idées et l'empêcherait de s'apitoyer sur son sort.

Elle commença à préparer un sandwich au fromage, mais cela lui rappela la plage, le jour où Maisie avait failli se noyer. Si Nick n'avait pas été là...

On frappa à la porte. Elle posa le sandwich et alla ouvrir.

— Nick ?

— On peut parler ?

Elle s'effaça pour le laisser entrer.

— Tu veux un café ?

— Non. Je veux t'emmener voir quelque chose qui pourrait résoudre ton problème de logement.

Elle le regarda attentivement, mais il ne laissa rien transparaître.

— Vraiment ? Ce matin, je suis allée visiter une maison, c'était affreux. Alors, où se trouve cette merveille ?

— Allons-y, si tu es d'accord.

— Heu... Oui, d'accord. C'est loin ? Il faut prendre la voiture ?

— Non, on peut y aller à pied.

— Parfait.

Elle prit ses clés, vérifia que les fenêtres étaient fermées et le système d'alarme enclenché.

— Où allons-nous ? demanda-t-elle en refermant la porte derrière elle.

— C'est par ici.

Comme ils s'engageaient dans Jacob's Lane, elle ralentit le pas et s'arrêta.

— Nick...

Il se tourna vers elle et la regarda droit dans les yeux.

— Ellie, il faut que nous parlions. Il y a tant de non-dits entre nous. Tant de choses que nous avons besoin d'exprimer. Nous nous devons ça l'un à l'autre.

Elle hésita, mais il ne la quittait pas des yeux. Et elle lut dans son regard tout l'amour qu'il lui portait, ses blessures et sa volonté de l'écouter. Alors elle hocha la tête et le suivit chez lui.

Lorsqu'elle entra dans la maison, Rufus se précipita vers elle, frétillant de la queue.

— Salut, mon chou, dit-elle en se penchant pour le caresser.

Mais Nick attendait.

— Viens avec moi.

Il la prit par la main et l'emmena vers la salle de jeux. Mais il passa devant sans s'arrêter et se dirigea vers sa chambre. Où voulait-il en venir ?

— Voici la suite parentale, dit-il. Il y a plein d'espaces de rangement et une douche assez grande pour deux.

Elle ne s'en souvenait que trop bien.

— Par ici, on accède au jardin, dit-il en ouvrant la porte du patio. Il est entièrement clos, parfait pour les enfants et les chiens, qui peuvent ainsi y jouer sans danger. Là-bas, il y a la place de construire un nouveau garage, ce qui permettra de transformer l'ancien en salle de jeux.

Il reprit la visite de la maison.

— Là, il y a trois autres chambres et une salle de bains familiale qui pourrait être réaménagée. Et voici la buanderie, et une porte donnant sur le jardin.

Elle le suivait, sachant exactement où il voulait en venir. Mais, comme il l'avait dit, il fallait qu'ils s'expriment.

— Bon, la cuisine, fit-il. Il est tout à fait possible de l'agrandir pour en faire aussi une vraie salle à manger. Et, à l'étage, il y a le salon. Il mériterait d'être modernisé, comme me l'a suggéré une bonne amie, dit-il en se tournant vers elle, le sourire aux lèvres.

— Suis-je une bonne amie ? demanda-t-elle, la gorge nouée, tandis qu'ils montaient l'escalier.

— Oui, je le crois. Toi aussi, non ?

— Nick, que veux-tu ? J'ai besoin de savoir.

— Oui, je comprends, dit-il en entrant dans le salon. Assieds-toi. Il y en a pour un bon moment.

Il prit une boîte, s'assit à côté d'elle sur le canapé et, soulevant le couvercle, il sortit de la boîte une photo qu'il lui tendit.

— Qui est-ce ? demanda-t-elle.

— Samuel. Et en voici une autre nous montrant tous les deux. C'était la dernière fois que nous sommes allés ensemble à la plage. Ça date d'il y a cinq ou six ans. Nous avons passé une merveilleuse journée, on a beaucoup ri. C'est un souvenir précieux pour moi.

Elle regarda attentivement le cliché. Nick et son frère paraissaient à la fois si semblables et si différents.

— En voici une autre, dit-il. Elle a été prise après mon accident. Je me suis retrouvé en fauteuil roulant pendant quelque temps et j'ai fait l'expérience de ce que Sam vivait tous les jours. Il se moquait de ma maladresse à manœuvrer mon fauteuil, mais le sien était électrique, ce qui lui facilitait les choses.

Il souriait en évoquant ces souvenirs. Il reprit les photos et, perdant son sourire, lui en montra une autre.

— Celle-ci, où il est avec Rufus, date d'il y a dix-huit mois environ. C'était juste avant sa mort.

— Oh ! comme il avait changé !

Elle était au bord des larmes. Sur la photo, Sam était rongé par la maladie, le regard vide, une main posée sur son fidèle petit chien.

— Il ne faut pas pleurer, Ellie. Ça a été une délivrance pour lui et nous avons tous versé assez de larmes. Maintenant, il faut juste se souvenir de nos moments de bonheur avec lui, et il y en a eu beaucoup.

— Je croyais que tu lui en voulais ?

— Oui, pendant des années, j'ai pensé qu'il était un fardeau pour moi. Mais j'ai compris que nous avons été heureux, Sam et moi. Nous avons eu une belle enfance, même si elle était différente des autres. Et ce n'est pas Sam qui a causé l'échec de mon mariage. Ce mariage était une erreur, tout simplement. Je ne pouvais pas exiger de Rachel qu'elle réponde à mes attentes alors qu'elle n'avait pas la moindre idée de ce dans quoi elle s'engageait.

— Comment ça ?

— Je passais beaucoup de temps à m'occuper de Sam, à aider mes parents, et j'étais incapable de donner des enfants à Rachel sans avoir recours à une FIV alors qu'elle ne voulait pas de cette méthode. Pourquoi aurait-elle dû accepter tout cela ? Mais ces problèmes ont mis en lumière ce qui manquait dans notre couple : un véritable amour, un amour inconditionnel. Si nous nous étions aimés, nous aurions pu surmonter ces obstacles. Je regrette que ça n'ait pas marché entre nous, mais ce n'était pas la faute de Sam. C'était la mienne.

Il marqua une courte pause avant de poursuivre ses confidences.

— Je croyais avoir fait beaucoup de sacrifices pour lui, mais en fait, c'est lui qui m'a apporté énormément de choses en me permettant de mieux me connaître. J'ai fait ce que je voulais faire dans la vie, je suis devenu médecin, et un être humain assez acceptable, j'espère. Je suis devenu celui que je voulais être. Du moins jusqu'au jour où je t'ai rencontrée. Et là, tout a changé.

— Changé ?

Il lui sourit tendrement.

— Oui. Grâce à toi, j'ai découvert chez moi des envies dont j'ignorais l'existence. J'avais renoncé à l'idée d'avoir un jour une famille, je pensais l'avoir accepté. Et puis, soudain, tu m'es apparue avec tes trois beaux enfants et j'ai pris conscience de tout ce qui me manquait. Cette chaleur et cette joie prenaient soudain tout leur sens pour moi.

— Ah, c'est donc cela qui t'attirait ? La présence des enfants ?

— Non ! C'est toi. Toi, ta chaleur, ta gentillesse, ton côté malicieux, ton humour, ton incroyable sensualité. Les enfants m'apparaissaient comme un frein. Je pensais qu'à cause d'eux notre relation n'irait pas plus loin. Mais quand vous êtes venus habiter ici, j'ai découvert que, loin d'être un fardeau, cette vie de famille m'apportait de la joie.

— Pas toujours.

— Non, bien sûr ! Mais ils sont une source de joie. Je les adore. Je t'adore. Et c'est toi que je veux. Je t'aime tant ! Si tu savais comme tu m'as manqué… Mais si tu reviens vers moi, ne le fais pas par gratitude ni par pitié. Fais-le par amour et parce que tu veux passer ta vie avec moi. Je te demande de m'épouser, Ellie. Et si tu refuses ce mariage, je préfère renoncer à toi plutôt que de nous exposer tous à souffrir encore bien davantage.

Elle le regardait fixement, essayant d'enregistrer ce qu'il venait de dire. Et, soudain, elle fut submergée par le bonheur.

— J'ai besoin de toi. Tu m'as tellement manqué ! Je ne pouvais plus manger, ni dormir ni penser. Je croyais qu'une fois rentrée chez moi, j'y verrais plus clair, mais tout ce que j'ai vu, c'était que j'avais tort. Je suis tellement désolée.

Elle tendit la main et lui caressa doucement la joue.

— Je t'aime tant, Nick ! Je n'osais pas y croire, j'ai pensé que c'était trop rapide, que ce ne pouvait pas être vrai… Mais ce n'est pas un rêve. Nous nous aimons.

— Dois-je comprendre que c'est oui ?

— Oui, oui, trois fois oui ! s'écria-t-elle en riant.

Il la serra si fort dans ses bras qu'elle crut étouffer.

— Merci, dit-il.

— Ne me remercie pas, Nick, dit-elle en s'écartant pour le regarder. Tu m'as tant donné. Tu m'as permis de croire de nouveau à l'amour. Et redonné la capacité de faire confiance.

Ça n'a pas de prix pour moi. Et j'ai réfléchi. Tu m'as parlé de FIV, de cette possibilité pour toi d'avoir un enfant.

Il détourna le regard.

— Je n'en ai pas besoin, Ellie. Tu as trois beaux enfants et je les aime déjà. Pourquoi voudrais-je autre chose ?

— Je ne sais pas. Mais peut-être que, moi, j'ai envie de porter ton enfant ?

Il la regarda, les yeux brillant d'un nouvel éclat.

— Tu ferais ça ? Ce n'est pas facile, Ellie. La FIV est une procédure éprouvante.

— Je sais, mais je suis prête à supporter ça pour quelque chose d'aussi important.

Il secoua la tête, incrédule.

— J'ai presque quarante et un ans. J'ai réussi jusque-là à survivre sans avoir d'enfant à moi.

— Non. Tu t'es résigné, c'est tout. Tu n'es plus obligé de le faire si tu n'en as pas envie.

— Je n'arrive pas à croire que tu puisses faire cela pour moi.

— Je t'aime, Nick, dit-elle, les larmes aux yeux. Et je n'ai que trente-cinq ans. Rien ne presse, nous avons le temps. N'y pensons plus pour l'instant. C'est juste une proposition de ma part. Une preuve de mon amour inconditionnel pour toi.

Il resta silencieux un long moment.

— D'accord, nous y réfléchirons. Pour le moment, le plus important, ce sont tes enfants. Comment vont-ils réagir ? Vont-ils m'accepter ?

— T'accepter ? dit-elle avec un petit rire amusé. Ils ne cessent de te réclamer depuis que nous sommes partis de chez toi.

Elle lui prit la main.

— Tu leur manques, Nick. Tu me manques. Nous voulons simplement rentrer à la maison.

Épilogue

Profitant du soleil d'avril, ils étaient assis dans le jardin et regardaient les enfants qui jouaient dans l'herbe avec Rufus.

Nick se pencha vers Ellie et sourit.

— Heureuse ?

— Oui, bien sûr, très heureuse. Et toi ?

— À ton avis ? Je trouve que tout se passe à la perfection.

C'était vrai. David avait racheté la maison d'Ellie pour disposer d'un pied-à-terre le week-end, ce qui lui permettait d'avoir son intimité lorsqu'il venait avec sa petite amie, la pilote d'avion. L'argent de cette vente allait être investi dans les travaux prévus dans la maison de Nick.

— Alors, que dirais-tu si nous commencions les agrandissements ? dit-il. Nous allons avoir bientôt besoin d'une chambre supplémentaire et il faudrait que la transformation du garage en salle de jeux se fasse avant l'hiver. Crois-tu que ce soit possible ?

— Oui, je crois. Nous pouvons toujours confier les enfants à David et Ava. Elle adore s'occuper d'eux et lui est devenu beaucoup plus raisonnable. Je n'aurais jamais pensé que cela arriverait un jour.

Il rit et lui baisa la main avant de lui caresser le ventre, arrondi par la grossesse.

— Je n'aurais jamais pensé non plus que ce bébé nous arriverait un jour, dit-il. J'ai encore du mal à le croire.

— Moi pas, répondit-elle en riant. J'avais oublié les nausées du matin. Heureusement, c'est fini, maintenant.

Il la serra tendrement contre lui.

— Je suis si heureux. Je me demande comment les enfants vont réagir quand le bébé sera là.

— Ils seront ravis. Maisie était très excitée quand Evie est née. Et Oscar sera enchanté d'avoir un petit frère.

Elle leva les yeux vers lui.

— Et si nous l'appelions Samuel ?

Il eut soudain le regard plus brillant. Il se pencha vers elle pour l'embrasser.

— Je trouve que c'est une merveilleuse idée...

CHARLOTTE HAWKES

Le don Juan du Moorlands Hospital

Traduction française de
JOËLLE TOUATI

BLANCHE

HARLEQUIN

Titre original :
UNWRAPPING THE NEUROSURGEON'S HEART

Ce roman a déjà été publié en 2020.

1

— Anouk, vous avez créé le dossier de la petite qui est tombée d'une toile d'araignée ?

— Oui, elle est là ?

— L'hélico vient de se poser, indiqua l'infirmière.

— Tout le monde est prêt ? demanda Anouk à l'équipe de réanimation.

Seul manquait le neurochirurgien. Elle avait appelé la neuro il y avait déjà dix minutes ; on lui avait dit que le service était débordé. Avec un soupir agacé, elle pivota sur ses talons, et se retrouva nez à nez avec le plus sexy des médecins du Moorlands Hospital.

Le Pr Solomon Gunn.

Un mètre quatre-vingt-cinq, silhouette athlétique et musclée, un physique de karatéka davantage que de chirurgien.

En percevant un effluve de son parfum boisé, Anouk réprima un petit frisson. Elle n'avait encore jamais travaillé avec celui que tout le monde surnommait « le bourreau des cœurs », et elle n'y tenait pas, mais pour la fillette qui avait fait une mauvaise chute c'était une chance. Le Pr Gunn comptait parmi les meilleurs de sa spécialité.

Son seul tort était de causer des ravages parmi le personnel féminin de l'hôpital. Il jouait de sa réputation de tombeur et, pourtant, toutes les femmes étaient secrètement amoureuses de lui. Anouk y compris, ce qui la désolait, car Solomon Gunn représentait l'antithèse de son idéal masculin.

— Docteur Anouk Hart, j'imagine...

— Oui, acquiesça-t-elle froidement. Vous êtes là pour ma patiente ?

— Tout dépend de qui est votre patiente, répondit-il avec un sourire enjôleur.

— Une enfant de sept ans qui est tombée d'un filet d'escalade.

— Alors vous avez de la chance : je suis votre homme.

— Super..., maugréa-t-elle, les yeux au ciel.

Malgré elle, Anouk était un peu gênée et, du coup, sur la défensive.

— Remarquez, j'ai de la chance aussi..., déclara le Pr Gunn en la déshabillant du regard.

D'ordinaire, elle aurait trouvé cette attitude grossière mais, là, elle en fut légèrement troublée.

— Je vous préviens, je ne suis pas de celles qui se prosternent à vos pieds, rétorqua-t-elle avec un geste de la tête en direction d'un petit groupe d'infirmières qui observaient la scène avec des regards énamourés.

— Oh ! c'est juste qu'elles sont contentes des tourtes maison que j'ai apportées ce matin.

— Pardon ?

— C'est Noël. Ne jouez pas les Grinch.

Anouk ne pouvait s'empêcher de fixer les lèvres du Pr Gunn, qu'elle sentait presque sur sa peau. Cela dit, il avait visé dans le mille. Elle détestait Noël. Les fêtes de fin d'année ne lui rappelaient que des mauvais souvenirs.

— Des tourtes maison ? Faites par qui ? Votre femme de ménage ?

— Faites de mes mains.

Il les agita devant lui et Anouk remarqua combien elles étaient viriles, puissantes. Pas du tout les doigts fins que l'on associe généralement aux chirurgiens. Ces mains avaient accompli des miracles sur des centaines de patients, mais ce n'était pas ce genre de prouesses qu'elles évoquaient à Anouk... Elle s'interdit toutefois de se laisser aller aux fantasmes.

— Vous m'épatez... Mais à mon avis, ce ne sont pas vos tourtes qui intéressent mes collègues.

— Je vous assure qu'elles sont délicieuses.

— Quelle modestie... Maintenant, si vous avez fini de jouer au Meilleur Boulanger d'Angleterre...

Le Pr Gunn esquissa un sourire amusé.

— Vous êtes aussi agressive avec tout le monde ? Ou c'est un traitement spécial que vous me réservez ? En fait, je crois connaître la réponse. Vous n'êtes là que depuis deux mois, mais vous vous êtes déjà fait une réputation.

Surtout, ne pas mordre à l'hameçon.

— Ah oui ? Laquelle ? demanda Anouk, et elle le regretta aussitôt.

Une expression narquoise se peignit sur les traits de Solomon Gunn, et elle crut qu'il ne répondrait pas.

— Celle d'un excellent médecin, à l'écoute, dévoué.

— Oh..., bredouilla-t-elle en se mordant la lèvre inférieure. Merci.

— Mais vous avez l'air d'avoir avalé un manche à balai.

— Pardon ?

Anouk sentit ses joues s'empourprer.

— Excusez-moi... Mais reconnaissez que vous êtes un peu... stricte.

Anouk ouvrit la bouche, puis elle la referma. En vérité, elle avait entendu pire sur son compte. Certes, tout le monde s'entendait à dire qu'elle était formidable avec les patients, mais froide et distante avec ses collègues. Voire hautaine.

Seule Saskia la connaissait sous son vrai jour – sa meilleure amie depuis que leurs mères s'étaient crêpé le chignon, vingt-cinq ans plus tôt, pour une sombre querelle entre starlettes de cinéma.

— Perso, je vous trouve plutôt sympa, ajouta Solomon Gunn, qui semblait prendre un malin plaisir à ce petit jeu. Mais ça doit venir de l'effet que j'exerce sur la gent féminine...

— Ça vous amuse, de coller aux pires clichés machos ?

— Je parie que le charme est une tare, à vos yeux.

— Vous êtes incorrigible ! Mais vous allez le prendre comme un compliment, je suppose.

— Si ce n'en est pas un, je suis vexé, déclara-t-il, une main sur le cœur, avec un rire qui ne laissa pas Anouk de marbre.

Elle se serait giflée. Cet homme provoquait chez elle des réactions physiologiques, malgré les ordres contraires de son cerveau.

— Bon, trêve de plaisanterie, dit-elle, nous avons une petite fille qui est tombée de la hauteur d'un étage.

— Sur la tête, et elle a perdu connaissance pendant environ une minute, enchaîna Gunn.

Anouk fut étonnée qu'il se soit renseigné, mais elle n'en montra rien.

— Exact. Donc si vous pouviez cesser de faire les yeux doux à notre contingent féminin et passer en mode pro, ce serait une bonne chose…

— Mes patients passent toujours avant tout le reste, répliqua-t-il sèchement.

— Je… Je sais, c'est vrai. Excusez-moi. Vous avez une réputation professionnelle irréprochable.

— Il n'y a donc que mon image personnelle qui laisse à désirer ?

Au moins, Solomon Gunn avait retrouvé son sourire aguichant, mais Anouk fut tout de même soulagée que la jeune blessée arrive enfin.

— Voici Isobel, annonça un infirmier. Sept ans, normalement en pleine forme, pas d'allergies, pas de traitement, vaccins à jour. Il y a une heure, elle a fait une chute d'environ trois mètres, suite à une altercation avec un autre enfant dans un filet d'escalade. Elle est tombée face contre terre et elle est restée inconsciente un peu plus d'une minute. Elle s'est ouvert l'arcade gauche et elle a perdu deux dents.

— OK, merci.

— Et voici sa grande sœur Katie, ajouta l'infirmier. La maman va arriver.

La fillette se tourna vers le Pr Gunn et lui adressa discrètement un signe négatif de la tête. Bien qu'intriguée, Anouk n'avait pas le loisir de se poser des questions. Elle devait s'occuper de sa patiente.

— Bonjour, Isobel. Je m'appelle Anouk, je suis médecin. Tu te rappelles ce qui s'est passé, ma puce ? Posez deux abords veineux, s'il vous plaît ! ordonna-t-elle à son équipe.

La petite fille marmonna des paroles incohérentes.

— Tu peux ouvrir les yeux ? Très bien, la félicita Anouk en examinant ses pupilles. Maintenant, est-ce que tu peux prendre une grande inspiration et retenir ton souffle ?

Délicatement, elle ausculta le torse et l'abdomen de la fillette.

— Parfait. Tu peux me parler ? Est-ce que tu as mal au ventre ?

— Non, murmura faiblement Isobel. Katie ?

— Elle est juste là, mon petit chat. Elle viendra près de toi dès que nous aurons fini de t'examiner.

« Préparez aussi 2,5 milligrammes de morphine, lança Anouk. Pour calmer la douleur, précisa-t-elle à Isobel. Tu es très sage, c'est bien. »

Avec douceur, elle lui posa la perfusion, puis termina son examen et quitta la chambre dans l'intention de dresser un bilan avec la mère de l'enfant. Or celle-ci n'était toujours pas arrivée. La sœur d'Isobel, assise sur une chaise en plastique, ne devait pas avoir plus de dix ou onze ans.

— Katie, c'est bien ça ? lui demanda Anouk en prenant place à ses côtés. Ta maman n'est pas encore là ?

— Non, mais vous pouvez tout me dire, répondit-elle d'un ton très mature. Vous pouvez aussi me poser des questions. C'est moi qui suis responsable de ma petite sœur.

Anouk se remémora le regard que le Pr Gunn et la fillette avaient échangé. La mère travaillait-elle ? Négligeait-elle ses enfants ? Anouk ne connaissait que trop bien ce genre de situations. Néanmoins, elle devait suivre le protocole.

— En effet, tu as l'air d'une jeune fille très sérieuse, mais je préfère attendre que ta maman soit là.

Katie se leva et s'approcha de la baie vitrée de la chambre.

— Je pourrais parler au Dr Gunn ? demanda-t-elle.

— Pas pour l'instant. Il s'occupe de ta sœur.

— Je sais, il est neurochirurgien, répliqua Katie avec une pointe d'agacement, comme irritée d'être traitée comme un bébé. Il va sûrement lui faire passer un scanner pour voir si elle n'a pas de traumatisme crânien.

— Tout à fait.

— Il viendra me parler dès qu'il pourra, assura-t-elle, mais Anouk lisait l'inquiétude dans son regard.

Juste à ce moment-là, toutefois, le Pr Gunn leva la tête et les regarda. Puis il quitta la chambre.

— Ça va, Katie ? s'enquit-il gentiment.

Anouk avait entendu dire qu'il était très doux avec les malades, mais c'était la première fois qu'elle le voyait à l'œuvre, et elle en oubliait presque son côté coureur de jupons. Il n'en était que plus charmant.

— La doctoresse ne veut rien me dire, bougonna Katie.

— Je préfère attendre la mère.

À nouveau, la fillette et le Dr Gunn échangèrent un regard.

— Mauvais jour ? lui demanda-t-il.

— Elle ne peut pas se lever, aujourd'hui. Comme elle se reposait, on est allées un moment au parc, avec Izzy. Maman ne pourra jamais venir toute seule à l'hôpital.

— Je vais appeler Malachi, déclara le Pr Gunn. Il ira la chercher.

Le soulagement se peignit sur les traits de Katie.

— Oh ! merci ! J'envoie un SMS à maman.

Anouk ne comprenait pas tout, mais la teneur de cette conversation lui était douloureusement familière. Cela dit, elle s'identifiait peut-être à tort.

— En attendant, je vais expliquer au Dr Anouk qu'elle peut s'adresser à toi, déclara Solomon Gunn.

Katie coula un regard méfiant en direction d'Anouk.

— Tu peux lui faire confiance, ajouta Gunn. J'ai entièrement confiance en elle.

Ce n'étaient que des mots pour rassurer une enfant, Anouk le savait, néanmoins son cœur se gonfla.

— Mieux je comprendrai, mieux je pourrai vous aider, ta sœur et toi, dit-elle à Katie.

La fillette la dévisagea avec un regard intense, qui la mit mal à l'aise.

— OK, dit-elle enfin. Tu appelles Malachi, hein ? demanda-t-elle à Gunn.

Furtivement, les yeux de Katie s'emplirent de larmes, mais elle reprit très vite sa contenance et entreprit de composer un texto, comme si elle n'avait pas le temps de s'apitoyer sur son sort. Comme si elle assumait beaucoup trop de responsabilités pour une enfant de son âge. Anouk s'efforça de surmonter la tristesse qui l'envahit soudain.

— Vous pouvez venir une seconde, s'il vous plaît ? lui demanda Gunn.

Elle le suivit sans un mot.

— La maman de Katie et d'Isobel souffre d'une sclérose en plaques, lui expliqua-t-il. Elle a des hauts et des bas. Aujourd'hui, malheureusement, Michelle ne peut pas se lever sans l'aide de ses filles.

Une boule dans la gorge, Anouk prit une profonde inspiration. Elle n'avait pas grandi dans le même contexte, mais les conséquences étaient à peu près similaires. Tout du moins tout aussi injustes.

— Et le papa ?

— Décédé d'un ACR il y a deux ans.

— Qui est Malachi ?

— Mon frère. Il va aller voir s'il peut conduire Michelle à l'hôpital. Si ce n'est pas possible, nous déciderons de ce que nous pouvons dire à Katie. Elle est mature, mais elle n'a que onze ans et elle prend déjà beaucoup sur elle.

— Elles n'ont pas de famille ? demanda Anouk, même si elle se doutait de la réponse.

— Non. Je vais passer un coup de fil au centre, voir si quelqu'un peut venir tenir compagnie à Katie tant que je suis en service.

— Vous vous donnez beaucoup de mal pour ces enfants...

Anouk croisa les bras sur la poitrine, comme pour contenir

les émotions qui se bousculaient en elle et qu'elle ne voulait pas révéler.

Elle aurait voulu prétendre que ce n'était que de l'empathie pour ces fillettes, mais force lui était de reconnaître que Solomon Gunn n'y était pas pour rien. Sa gentillesse à l'égard de la petite Isobel et de sa famille avait quelque chose de profondément touchant.

Anouk en avait honte mais elle était attirée par cet homme, en dépit de sa réputation de séducteur. Ce côté si humain qu'elle venait de lui découvrir ne le rendait que plus intéressant.

— Et alors ? répliqua-t-il en haussant les épaules.

À l'évidence, il cachait quelque chose, et Anouk brûlait de savoir quoi. Mais elle s'efforça de ne plus penser à lui et retourna auprès d'Isobel, qu'un brancardier s'apprêtait à conduire au scanner.

— Je peux aller avec elle et lui donner la main ? demanda Katie d'une voix désespérée qui brisa le cœur d'Anouk.

D'ordinaire, elle acceptait que l'un des parents accompagne leur enfant, mais là, elle ne voulait pas exposer inutilement une fillette de onze ans aux rayons X.

— Et si j'y allais, moi ? suggéra le Pr Gunn. Tu nous attendras dans le couloir. Je tiendrai la main d'Izzy pour toi.

Katie hésita un instant, puis elle le remercia.

— Alors allons-y !

— Vous allez mettre une combinaison de plomb ? demanda Anouk.

— Bien sûr, c'est obligatoire.

— Vous n'avez pas de patients en neuro ?

— Rien qui ne puisse attendre, si ce n'est une dame qui m'inquiète un peu, Mme Bowman, mais je vais appeler le service pour qu'on la surveille.

Que Solomon Gunn se substitue à la mère de ces fillettes en disait long sur sa personnalité, et Anouk aurait mis sa main à couper qu'il n'avait pas l'habitude d'en révéler autant auprès de ses collègues.

— En plus de votre réputation de play-boy, vous allez vous muer en héros au grand cœur, lui chuchota-t-elle discrètement.

Il lui jeta un regard noir, avant de la gratifier d'un sourire forcé. Clairement, il n'agissait pas ainsi dans l'objectif de faire grimper sa cote, et Anouk était de plus en plus fascinée par la dualité de cet homme.

— Allez, en route ! dit-elle gaiement. Ne t'inquiète pas, Izzy, Katie t'accompagne au scanner, et elle sera là quand tu ressortiras.

Lorsque la sœur aînée saisit la main de sa cadette, sur le brancard, Anouk en eut les larmes aux yeux. Mais elle les refoula. Ce n'était pas le moment de succomber aux émotions. Pas plus qu'au charme de cet irrésistible neurochirurgien.

2

— Qu'est-ce qui t'arrive, *bratik* ?

Perdu dans ses pensées, un gobelet de café tiède entre les mains, Sol prit le temps de se ressaisir avant de répondre à la question de son frère.

— Izzy s'en sort bien, tout compte fait. Pas d'hémorragie cérébrale, pas de fracture des cervicales ni de la mâchoire, comme on le craignait. Un stomato va venir s'occuper d'elle. Elle a plusieurs dents qui bougent et elle en a perdu deux, que quelqu'un a récupérées dans une boîte en plastique. À mon avis, ce ne sont que des dents de lait. On aura un diagnostic plus précis quand la mâchoire aura désenflé.

Ils avaient laissé Isobel avec sa mère et sa sœur, en soins intensifs pédiatriques mais, sans échanger un mot, ils avaient décidé de rester dans les parages. Tôt ou tard, Michelle aurait besoin d'aide.

— Je sais tout ça, répliqua Malachi. La pédiatre m'a déjà tout dit. C'est toi que je trouve bizarre...

Une image d'Anouk se forma dans l'esprit de Sol, qu'il chassa aussitôt.

— Je ne vois pas de quoi tu parles.

Ce n'était qu'un demi-mensonge : les deux frères ne s'aventuraient jamais en terrain personnel, et Sol n'aurait su analyser son état d'esprit actuel.

— Mais si, tu sais très bien ! Tu oublies que c'est moi qui ai fait ton éducation. Tu ne peux rien me cacher.

D'ordinaire, Sol aurait riposté du tac au tac mais là, pour une raison inexplicable, il était à court de répartie. Sans doute était-il préoccupé par Izzy. Ou alors il était ralenti intellectuellement, à force d'attendre sur une chaise en plastique dur dans un couloir d'hôpital mal éclairé. À moins qu'Anouk n'ait ressuscité des fantômes qu'il croyait depuis longtemps enterrés... Il ne parvenait pas à déterminer ce qui le fascinait chez cette grande blonde, mais il l'avait tout de suite trouvée attirante.

Saskia, déjà médecin à Moorlands, avait organisé une soirée en discothèque afin de présenter son amie à ses futurs collègues. La veille, Sol avait pu constater qu'Anouk était un bon médecin, très compétente, très sérieuse. En boîte de nuit, il était clair en revanche qu'elle n'était pas dans son élément.

La première fois que leurs regards s'étaient croisés, il avait éprouvé une sensation inédite, inexplicable. Comme un coup de poing dans la poitrine. Ou dans le ventre.

D'ordinaire, lorsqu'une femme lui plaisait, il lui offrait un verre et, la plupart du temps, il passait la nuit avec elle. Une aventure sans lendemain, mutuellement satisfaisante, entre adultes consentants, comme il les aimait. Mais là, quelque chose l'avait retenu.

Puis quelqu'un avait mis de la drogue dans le cocktail d'Anouk – c'était la seule explication plausible. Tout d'un coup, alors qu'elle n'avait quasiment rien bu, elle était devenue hagarde, désorientée. Sans perdre de temps, Sol avait revêtu son armure de chevalier servant et emmené la belle empoisonnée sur son fier cheval blanc, avant que quiconque ne la voie dans cet état. Car il n'aurait su dire pourquoi, mais il avait senti qu'elle en aurait été profondément blessée.

Il avait donc récupéré le sac et le manteau d'Anouk, et il s'était discrètement éclipsé avec elle, en la tenant fermement par la taille. Un jeune gars avait tenté de le provoquer, sans doute celui qui avait mis la drogue dans le verre. Un seul mot de la part de Sol avait suffi à le faire fuir.

Une fois Anouk chez elle, il avait attendu qu'elle s'endorme pour la laisser. Comme l'aurait fait Saskia, si elle n'avait pas quitté la soirée prématurément au bras de Malachi.

Sol était retourné à la discothèque pour alerter la direction, puis il était rentré chez lui. Plusieurs femmes l'avaient accosté ; aucune ne l'avait séduit, ce soir-là.

Ni depuis, du reste.

Quant à Malachi, il ignorait que son frère l'avait vu partir avec Saskia, et Sol n'avait pas l'intention de le lui dire. Pas ici, en tout cas. Lorsque Malachi était arrivé à l'hôpital avec la mère d'Izzy, Saskia avait feint de ne pas le connaître. Sol aurait très certainement un jour ou l'autre l'occasion de charrier son frère à ce sujet.

Pour l'instant, plutôt qu'affronter son regard inquisiteur, il préférait contempler le fond de son gobelet de café.

— Je sais bien que c'est toi qui m'as élevé, Mal, et que tu as vendu ton âme au diable pour qu'on mange à notre faim.

Sol sentait son frère qui le dévisageait, mais il ne pouvait pas se résigner à lever les yeux.

— Tu fais dans le mélo, ce soir, *bratik* ? À cause d'Izzy ?

— Sûrement...

Deuxième mensonge de la soirée.

— Pas de raison, cette chute n'était pas si grave.

— C'est vrai.

Sol vida son gobelet, l'écrabouilla et le jeta dans la poubelle de l'autre côté du couloir.

— Joli panier, le félicita Malachi.

— Tu ne te demandes jamais ce qu'on serait devenus si on n'avait pas eu une mère droguée ?

— Non, répondit Malachi d'un ton cassant. Je ne me pose pas ce genre de questions. Je ne pense pas au passé.

— Quelle enfance nous a-t-elle offerte ? poursuivit Sol néanmoins. Il fallait tout le temps tenir son dealer à distance, alors que le principal souci d'un môme, normalement, c'est de savoir s'il va commander des Lego ou un Action Man pour Noël.

— Eh bien, pas nous. Je n'ai pas envie de parler de ça.

— Tu avais huit ans, j'en avais cinq.

— Je sais quel âge on avait. C'est de l'histoire ancienne. Ça ne sert à rien de ruminer.

— OK...

Sol pinça les lèvres, et le silence s'installa. Malachi avait beau prétendre que la page était tournée, ils savaient tous deux que, s'ils avaient réellement fait table rase du passé, ils n'auraient jamais fondé Care to Play, un centre pour jeunes aidants de cinq à seize ans, comme ils auraient aimé en trouver lorsque eux-mêmes étaient enfants. Cela dit, Sol et Mal s'en étaient bien sortis, malgré l'adversité.

Anouk la psychorigide aurait-elle une meilleure opinion de lui si elle connaissait cet aspect de sa vie ?

Mais après tout, quelle importance ?

— Je monte voir mes patients, déclara Sol en se levant. Je redescends dans un moment.

Et là-dessus, il s'éloigna dans le couloir, sans attendre la réponse de son frère, qui se contenta de hocher la tête en le suivant des yeux.

Anouk gravissait l'escalier lorsqu'il franchit les doubles portes coupe-feu, et ils parurent aussi surpris l'un que l'autre.

— Vous êtes encore là ? demanda-t-elle.

— Comme vous pouvez le voir.

— Je pensais que vous étiez parti. On m'a dit que la maman d'Izzy était arrivée.

Nerveusement, elle jeta un coup d'œil par-dessus son épaule, comme pour s'assurer que personne ne risquait de les voir. Sans doute ne voulait-elle pas qu'on s'imagine qu'elle était la nouvelle conquête du bourreau des cœurs. De son côté, il avait presque envie de lui signaler que son métier ne lui laissait pas le loisir de multiplier les aventures. Toutefois, il se garda de formuler ce commentaire. Anouk pouvait penser de lui ce qu'elle voulait, il s'en moquait. Les autres aussi, d'ailleurs. Qu'on le prenne pour un don Juan. Il préférait qu'on lui colle cette image plutôt que dévoiler son vrai visage.

Quel que fût son vrai visage.

— On est restés pour aider, avec Mal.

— Mal ?

— Malachi.

— Ah oui, votre frère. C'est lui qui est allé chercher la mère des petites.

— Il est là. Avec Saskia, crut-il bon d'ajouter.

— OK, acquiesça simplement Anouk.

Intéressant. Elle n'était donc pas au courant qu'il y avait... une histoire entre son amie et Malachi. Sol aurait été curieux de savoir ce qu'elle se rappelait de cette soirée. Avait-elle le souvenir d'avoir été droguée ? Savait-elle qui l'avait ramenée chez elle ?

— Quant à moi, il est maintenant grand temps que je rentre chez moi.

— Une conquête vous attend ?

— Toujours.

Au regard méprisant d'Anouk, Sol répondit par un sourire, puis il poursuivit son chemin dans l'escalier, en montant les marches deux à deux.

Anouk martelait fébrilement sa tablette tout en attendant l'ascenseur.

Pourquoi diable Solomon Gunn lui faisait-il cet effet ? Il l'attirait physiquement, impossible de le nier, mais ce qui la contrariait davantage, c'est qu'elle ne pouvait s'empêcher de voir en lui quelqu'un de beaucoup plus sensible que le cliché du séducteur qui lui collait à la peau.

Elle qui d'ordinaire fuyait ce genre d'homme comme la peste.

Privée d'enfance à cause d'une mère immature, elle avait tiré leçon des erreurs de la grande Annalise Hartwood, incarnation des pires travers de la star hollywoodienne.

Elle l'avait vue séduire play-boy après play-boy, jeunes premiers et réalisateurs en vue, convaincue d'en faire ce qu'elle voulait. Et chaque fois, invariablement, elle se faisait plaquer. Chaque fois la même fin pathétique. Le père d'Anouk avait sans doute été le plus odieux, et c'était elle qui en avait fait les frais. On s'était servi d'elle, on l'avait manipulée et ensuite, par-dessus le marché, elle avait dû recoller les morceaux du fragile ego de sa mère.

Évidemment, celle-ci ne lui avait jamais témoigné aucune reconnaissance, bien au contraire. Anouk n'était jamais à la hauteur des espérances de la célèbre actrice de cinéma : trop timide, trop maigre, trop intello, trop gauche.

Il lui avait fallu des années, et l'amitié sans faille de Saskia, pour comprendre que ce n'était pas elle, mais sa mère qui avait le plus de problèmes.

Les confessions qu'elle lui avait faites sur son lit de mort avaient été l'épisode le plus douloureux. Une trahison qui avait démoli Anouk.

C'est là qu'elle avait décidé de fuir son ancienne vie. Elle avait changé de nom, s'était inventé d'autres parents, et elle était partie en Grande-Bretagne. La fidèle Saskia avait tout quitté pour l'accompagner.

Depuis plus de dix ans qu'elle vivait en Angleterre, le Pr Gunn était le premier à raviver le souvenir cuisant de son enfance...

L'ascenseur arriva enfin et... comme par hasard, il s'y trouvait. Alors qu'elle prenait l'ascenseur juste pour éviter de le croiser dans l'escalier... Un bref instant, il lui parut presque aussi gêné qu'elle.

Mais c'était ridicule. Le bourreau des cœurs ne se troublait jamais.

— Vous montez ? Ou pas ? demanda-t-il en empêchant les portes de se refermer sur une Anouk pétrifiée. Franchement, on dirait que je vous fais peur.

— Pas du tout. Je vous croyais parti rejoindre votre dernière conquête...

— J'y vais, dit-il en s'adossant contre la paroi de la cabine, ses longues jambes musclées tendues devant lui. J'avais juste oublié quelque chose en neuro.

Anouk le dévisagea, sceptique. Il n'avait ni manteau, ni sacoche.

— Quoi ?

— Pardon ?

— Qu'avez-vous oublié ?

— C'est un interrogatoire de police ? répliqua-t-il en riant.

Il était inquiet pour l'une de ses patientes, se remémora Anouk. Comment s'appelait-elle, déjà ? Ah oui...

— Comment va Mme Bowman ?

— Ça va, répondit-il sèchement.

— Et maintenant, vous retournez auprès d'Izzy et de sa famille.

— Ah bon ?

— Vous jouez les durs, mais vous avez le cœur sur la main.

— Rumeur mensongère.

— Je ne crois pas.

L'ascenseur tressauta en s'immobilisant au rez-de-chaussée, et Anouk vacilla légèrement. Instinctivement, Sol lui saisit le bras, et elle fut parcourue d'une onde électrique.

La lueur qui s'alluma dans le regard du Pr Gunn lui indiqua qu'il avait lui aussi senti passer le courant.

Mal à l'aise, elle traversa le hall d'accueil à ses côtés. Dehors, la nuit était tombée et il faisait un froid glacial. Anouk s'arrêta devant l'entrée du parking.

— Je peux vous demander quelque chose ?

— Je vous écoute.

— Je..., commença-t-elle, et son courage s'évanouit. Ces tourtes, l'autre jour... Les guirlandes, c'était vous, aussi ?

Un sourire illumina le visage de Solomon Gunn.

— Quand on est hospitalisé, on a tendance à oublier que Noël est un moment de joie. Des tourtes et des guirlandes suffisent parfois à vous remonter un peu le moral.

— Des guirlandes bleues et blanches représentant le tracé d'un ECG...

— Une déco à thème !

— C'est vrai.

Un instant, ils demeurèrent face à face en silence, puis Sol fit mine de prendre congé.

— Je peux vous poser une autre question ?

Il se retourna et Anouk prit une profonde inspiration.

— Comment se fait-il que vous soyez aussi proche de la famille d'Izzy ? Quels liens vous unissent pour que vous ayez pris toutes les gardes de nuit de la période des fêtes juste pour rester avec elle, alors que votre frère est déjà là…

Sol avait des dizaines de réparties cinglantes au bout de la langue, mais il répondit aimablement :

— Mon frère et moi travaillons dans une association pour jeunes aidants. Katie et Isobel font partie de la trentaine d'enfants que nous accueillons.

— Tant que ça ?

Une expression peinée passa sur le visage de Sol.

— Ce n'est rien… Vous avez lu les statistiques ? Il y a environ 250 000 enfants qui s'occupent d'un proche malade, handicapé ou en perte d'autonomie. Certains ont à peine quatre ou cinq ans. Notre objectif est de venir en aide au plus grand nombre, mais nous venons tout juste d'établir un partenariat avec les collectivités territoriales. Parfois, le plus dur est de sensibiliser les consciences.

— Vous êtes engagé à ce point ? s'étonna Anouk.

Un instant, il garda le silence, comme s'il se livrait à un combat intérieur, et Anouk retint son souffle, sans vraiment savoir pourquoi.

— Nous organisons une collecte de fonds, samedi soir, pour faire connaître le centre.

— Solomon Gunn donne un gala de charité ?

Une ombre lui voila le regard, puis il haussa les épaules avec nonchalance.

— D'une pierre deux coups… Il y aura plein de femmes superbes.

À nouveau, un pesant silence s'installa.

Quelques heures plus tôt, Anouk aurait pris cette remarque au pied de la lettre. À présent, elle savait qu'il ne s'agissait que d'une façade. Et c'était ce qui l'effrayait le plus.

Était-elle réfractaire aux préjugés ? Ou trop naïve ?

— Venez avec moi.

Elle eut comme l'impression que le Pr Gunn avait prononcé cette invitation un peu trop impulsivement.

— Pardon ?

Un instant, elle crut qu'il allait pouffer.

— Soyez mon invitée à ce gala.

Des milliers de papillons se mirent à battre des ailes dans son cœur, une sensation étrange, comme elle n'en avait jamais éprouvé.

— C'est... un rendez-vous ?

— Pourquoi pas ? répliqua-t-il gaiement.

— Avec vous ?

— Votre enthousiasme me flatte, vous savez.

Elle lui décocha un regard sceptique.

— Vous n'avez pas besoin d'être flatté. Vous avez déjà toutes les femmes à vos pieds.

— Sauf vous.

Surtout, ne pas tomber dans le piège. Mais pourquoi était-ce beaucoup plus difficile avec lui qu'avec les autres ? Sans doute parce qu'il n'était pas comme les autres...

— C'est pour ça que vous m'invitez ? Parce que je n'ai pas eu le coup de foudre instantané ?

— Exactement. Mon ego ne supporte pas ce genre d'affront.

— Sarcastique, par-dessus le marché...

— Je viendrai vous chercher vers 19 h 30.

— Qui vous dit que je ne suis pas de garde ?

— Vous ne l'êtes pas.

— Ah bon ?

— Pas de panique. Je viens juste de jeter un coup d'œil au planning et je n'ai pas le souvenir d'y avoir vu votre nom.

Anouk se contenta de cette explication, même si elle n'y croyait pas trop.

— Et si je n'ai pas envie d'aller à ce gala...

— Vous avez d'autres projets pour samedi soir ? Ce sera une belle soirée, vous verrez, et vous ferez une bonne action.

Comment résister à un argument aussi convaincant ?

— Les gens vont croire que je suis votre nouvelle conquête.

— Certaines en seraient fières.

— Je ne suis pas comme certaines.

— Sûrement pas ! Vous êtes unique !

Malgré elle, Anouk se sentit tout émoustillée. Son cerveau était en train de perdre la bataille contre son corps.

— Voici ce que je vous propose, dit Sol. Je vous donne mon invitation et vous allez à la soirée avec Saskia, ou avec qui vous voudrez.

— N'importe qui ?

— N'importe qui.

— Même un amant ?

— Aïe ! fit Sol en se courbant, comme s'il venait de recevoir un coup dans le ventre. Vous savez où frapper les hommes... Oui, même un amant.

— Et vous louperiez ce gala qui vous tient tant à cœur ?

— Sûrement pas ! J'irai avec quelqu'un qui n'a pas de cavalier.

Anouk fut légèrement déçue, mais elle n'en montra rien.

— Évidemment, je suppose qu'il y a une liste d'attente pour sortir avec vous.

— Tellement longue que j'en suis épuisé d'avance. Je déposerai l'invitation en réa, demain.

Et avant qu'Anouk ait pu répliquer, Sol se dirigea vers sa voiture, comme il aurait sans doute mieux fait de le faire dix minutes plus tôt.

3

— C'est magnifique, s'émerveilla Anouk en contemplant les arches et le plafond voûté de la salle où se tenait le gala.

— Très chic, renchérit Saskia.

— Du coup, je me sens minable.

— Mais non ! Tu es superbe, dans cette robe. J'ai vraiment bien fait de te pousser à l'acheter.

— C'est vrai, tu as été de bon conseil, reconnut Anouk en effleurant l'élégante étoffe bleu roi.

Avec sa coupe cintrée, son décolleté plongeant et ses brides ornées de strass, cette robe lui procurait un incroyable sentiment d'assurance.

— On dirait une star de Hollywood.

— Je t'en prie... Je ne veux plus jamais entendre parler de cet endroit de cauchemar !

— Je sais, je plaisantais ! Il n'empêche que tu es sublime.

— J'aurais peut-être dû choisir une couleur plus festive...

Anouk contempla la robe vert émeraude qui mettait en valeur les courbes féminines et la peau mate de son amie.

— Je ressemble à un arbre de Noël, dit Saskia en riant. Remarque, si je suis aussi belle que celui-ci, je ne vais pas m'en plaindre ! ajouta-t-elle en désignant le majestueux sapin qui trônait à l'entrée de la salle.

— Tu es beaucoup plus belle et tu le sais. Au moins douze gars se sont déjà retournés sur ton passage.

— C'est sûrement toi qu'ils regardaient, mais peu importe. Ce soir, on est là pour se détendre et s'amuser !

Saskia s'empara d'une flûte de champagne sur le plateau d'un serveur en smoking, en le gratifiant d'un sourire qui le laissa béat. Puis elle tendit le verre à Anouk.

— Et toi ? Tu es malade ?

— Juste un peu barbouillée, ces jours-ci.

Anouk aurait pu soupçonner que son amie était enceinte, mais elle savait que c'était impossible. Ou elle serait tombée des nues ! Quelques mois plus tôt, Saskia était encore fiancée et Anouk savait qu'elle n'avait couché qu'avec un seul homme, avant son fiancé.

En revanche, lui était beaucoup plus volage. Anouk ne l'avait jamais aimé. Il lui rappelait trop les play-boys dont sa mère s'entichait.

Même genre que Sol..., lui chuchota une petite voix intérieure.

— Mais ne t'inquiète pas, ce n'est pas grave, affirma Saskia.

— Tu sais bien que je me méfie de l'alcool...

— Ce n'est pas une coupe de champagne qui va te soûler !

Anouk était néanmoins hésitante. La dernière fois où elle s'était autorisé un cocktail, il lui était arrivé quelque chose de bizarre : une sorte de trou noir. Elle se rappelait juste qu'elle commençait à se sentir à l'aise, puis qu'une sensation de panique l'avait gagnée. Pour finir, elle s'était retrouvée chez elle, au lit. Seule. Indemne.

Du reste, elle revoyait toujours sa mère écluser verre sur verre en avalant des comprimés. Autre chose avait-il d'ailleurs franchi ses lèvres, les dernières années ?

— Quelques gouttes de champagne ne feront pas de toi une alcoolique, déclara Saskia en glissant un bras sous le sien.

Anouk esquissa un sourire penaud.

— Je suis à ce point transparente ?

— Seulement pour moi. Oublie ta mère et détends-toi. On mérite toutes les deux de s'amuser. Et en plus, c'est pour une bonne cause !

— C'est vrai, tu as raison !

— Je commençais à croire que vous ne viendriez pas.

En reconnaissant cette voix chaleureuse, Anouk sentit ses jambes se dérober, sous l'étoffe bleue de sa robe. Saskia dégagea son bras de sous le sien afin de saluer Sol, comme s'il s'agissait d'un ami de longue date.

Cela dit, ils se connaissaient bien. Saskia travaillait à l'hôpital de Moorlands depuis des années, un établissement beaucoup mieux coté que la clinique où Anouk avait débuté. Pourquoi n'avait-elle pas changé plus tôt ?

Absorbée dans ses réflexions, elle n'entendit que vaguement son amie déclarer qu'elle allait voir les plans de tables, trop tard pour la retenir avant qu'elle ne se fonde dans la foule. Du coup, elle se retrouva seule avec Sol.

Comme si les deux cents invités du gala s'étaient subitement volatilisés. Une impression dont elle aurait mieux fait de s'alarmer.

— Vous êtes... sublime.

Bêtement, elle se sentit flattée par le fait qu'il ait semblé chercher le mot. Comme s'il ne s'agissait pas d'un simple effet de style. Et soudain, elle avait très chaud. Le Pr Gunn n'avait décidément pas usurpé sa réputation de bourreau des cœurs. Comme les autres, Anouk était en train de succomber.

— Vous pensiez que je ne viendrais pas ?

— Je me posais la question.

Vêtu d'un élégant costume qui soulignait à la perfection son torse musclé et sa taille athlétique, il sirotait un verre de liquide ambré dans un verre en cristal. Le col desserré de sa chemise blanche, sous un nœud papillon, lui donnait un petit air de débauche, comme s'il était déjà prêt à s'adonner à quelque plaisir interdit.

Avec elle ?

À cette pensée, une bouffée de chaleur la gagna, suivie d'un frisson de froid, et d'une nouvelle vague de chaleur. Cet homme était simplement trop... simplement trop !

Pas du tout ton genre, lui souffla la voix de la raison. Hélas, son corps refusait de l'écouter.

— J'aimerais vous présenter à quelques connaissances.

— Oh..., bredouilla Anouk, surprise. C'est pour ça que vous êtes venu me trouver ?

Il hésita, puis esquissa un sourire qui se voulait dépité, délicieusement charmeur.

— Pas vraiment.

La réponse sonnait comme un aveu mais, délibérément, il se garda d'en dire davantage et Anouk ne voulait pas rentrer dans son jeu en réclamant des précisions.

— Je vois..., dit-elle.

— Ah oui ? Alors si vous voyez, peut-être pourrez-vous m'expliquer pourquoi vous m'avez attiré comme un aimant, dès l'instant où je vous ai aperçue...

Anouk se serait giflée. Elle n'était tout de même pas idiote au point de gober tous ces compliments éculés...

— Cette tirade fonctionne, en général ?

Elle-même s'étonna du ton cassant qu'elle parvint à adopter.

— Je n'en sais rien, c'est la première fois que je la prononce. Je vous dirai, la prochaine fois.

Elle se mordit la langue pour s'abstenir de demander dans combien de minutes aurait lieu cette prochaine tentative. À l'évidence, le Pr Gunn la provoquait, et elle se maudissait de tomber si facilement dans le panneau.

Il la détailla d'un regard purement masculin, en s'attardant sur ses formes, et elle sentit son corps s'embraser.

— Cela dit, si ce n'était pas moi, un autre serait venu vous aborder. Vous êtes superbe, dans cette robe.

— Uniquement dans cette robe ?

Une lueur rieuse s'alluma dans le regard de Sol, et Anouk réalisa, trop tard, ce qu'elle venait de dire.

— C'est une invitation ? Je crains d'enfreindre l'éthique professionnelle si je vous avoue que je vous imagine nue.

— Je... C'est... Ce n'était pas ce que je voulais dire.

— Faites attention à ce que vous dites, *zolotse*, ou vous risquez de vous attirer des ennuis.

— *Zolotse* ? répéta-t-elle.

Le mot avait une consonance… slave ? Une sonorité des plus sexy, en tout cas, dans la bouche de Sol.

— *Zolotse*, confirma-t-il.

Et il s'approcha tout près d'Anouk. Troublée, elle avait du mal à respirer. Néanmoins, elle s'efforça de garder le contrôle.

— Vous ne m'en dites pas plus ?

Elle reconnaissait à peine sa propre voix, tant elle était chargée de désir.

— Non…

Maintenant qu'elle y pensait, Sol et Malachi avaient tous deux un léger type russe. S'ils l'étaient, cependant, personne à l'hôpital n'en savait rien.

Anouk serait-elle donc une privilégiée ? Et mince ! Cet homme était décidément bien mystérieux.

Trois heures s'étaient écoulées depuis qu'elle était arrivée. *Trois heures…* En compagnie de Sol, elle ne voyait pas le temps passer !

Il était drôle, intelligent, terriblement attirant. Certes, elle le savait déjà – ses collègues parlaient bien assez de lui. Mais c'était autre chose de le découvrir par elle-même.

Avec lui, elle se sentait… spéciale. Et elle avait beau se répéter qu'il n'était qu'un vil flatteur, chaque fois qu'il la regardait comme si elle était le seul être au monde, elle était parcourue d'un délicieux courant électrique.

Beaucoup se seraient damnés pour rencontrer les huiles à qui il la présentait. Une main au bas de son dos, l'effleurant à peine, il la guidait de petit groupe en petit groupe, au travers de la salle. Souriante et avenante, elle échangeait quelques mots avec les uns et les autres, comme elle avait appris à le faire avec sa mère, à Hollywood.

Toutefois, elle avait du mal à se concentrer sur les conversations, distraite par la chaleur intense qui émanait de cette main au creux de ses reins. Et elle se délectait des regards qu'on leur lançait. Admirateurs, envieux. Ou venimeux. À l'évidence, elle n'était pas la seule à remarquer que Sol avait des vues sur elle. Cela dit, il se comportait sans doute de la sorte avec toutes les femmes.

Il n'avait d'yeux que pour elle et se comportait comme si elle était sa compagne, et non une simple collègue, en se tenant presque collé contre elle.

Quelques jours plus tôt, elle s'en serait offusquée. Mais depuis qu'elle avait été témoin de sa gentillesse à l'égard de la petite Isobel et de sa famille, elle n'avait plus la même image de lui et elle était curieuse de le connaître davantage.

— Je vous avoue que je ne vous aurais jamais imaginé engagé dans une cause sociale. Puis-je vous demander ce qui vous a mené là ?

— Posez-moi toutes les questions que vous voudrez, *zolotse.* Je suis un livre ouvert.

Y avait-il là derrière quelque chose qu'il ne tenait pas à révéler ?

— Oserez-vous prétendre que vous êtes un incompris ? Que votre réputation de play-boy est une grossière exagération ?

— Pas du tout ! répliqua-t-il avec un sourire désarmant. Ma réputation est quelque chose dont je ne me suis jamais excusé.

— Vous en êtes fier ?

— Je n'irais pas jusque-là, mais je n'en ai pas honte.

En fait, elle s'acharnait à lui trouver des bons côtés. Exactement comme sa mère..., réalisa-t-elle avec horreur.

— Vous devriez, pourtant, répliqua-t-elle sur un ton de défi.

— Peut-être..., acquiesça-t-il avec une moue penaude. Mais pour ma défense, j'ai le mérite d'être honnête. Je ne fais jamais rien croire aux femmes, si ce n'est que je les trouve désirables, et je ne le dis que si c'est vrai !

— Elles se jettent à vos pieds et vous couchez avec elles.

— Ce sont des adultes en possession de toutes leurs facultés.

Anouk émit un petit sifflement hautain.

— Vous savez bien qu'au fond elles espèrent une relation durable.

— Certaines, peut-être, mais je ne leur donne aucune illusion.

Franchement, je ne vois pas ce qui vous choque, Anouk, dit-il d'une voix soudain très douce. C'est à cause de ce qui est arrivé à Saskia que vous tenez ce discours ? Ou quelqu'un vous a-t-il fait souffrir ?

Cette remarque lui fit l'effet d'une douche glaciale. Pourquoi diable s'était-elle aventurée sur ce terrain glissant ? Alors que rien ne l'y contraignait, elle se dévoilait beaucoup plus qu'elle ne l'aurait souhaité. Elle s'efforça toutefois d'afficher un sourire serein, comme si elle n'était pas le moins du monde gênée par le tour que prenait la conversation.

— Non, Dieu merci ! s'exclama-t-elle, en se gardant de préciser que les erreurs de sa mère lui avaient servi de leçon.

— Jamais ?

— Jamais ! affirma-t-elle.

D'un côté, elle regrettait de s'être engagée dans cette discussion épineuse, et elle aurait préféré ne pas se rendre compte que le Pr Gunn avait des qualités humaines.

De l'autre, en dépit des avertissements répétés de son cerveau, elle prenait un certain plaisir à ce petit jeu de la séduction.

— Dans ce cas, lui chuchota-t-il au creux de l'oreille, sachez que plein de femmes apprécient autant que moi les folles nuits d'amour qui n'engagent à rien.

Ne pas l'imaginer au lit, surtout pas. Hélas, il était déjà trop tard.

— À vingt ans, je veux bien… Mais quel âge avez-vous ? Trente-cinq ? Vous ne croyez pas qu'il serait temps de grandir ? De devenir adulte ? Vous n'êtes pas Peter Pan.

— Dommage. Vous auriez fait une jolie Fée Clochette.

— Certainement pas !

— Vous voyez ? Vous avez le tempérament de Clochette. Clairement, nous sommes faits l'un pour l'autre.

— Pas du tout, protesta Anouk, sans pour autant repousser la main de Sol qui s'attardait sur son épaule.

Et elle se laissa entraîner à l'écart, lorsque Sol remarqua deux hommes qui l'observaient avec concupiscence. Comme s'il la désirait rien que pour lui.

Mais sans doute se faisait-elle des idées ridicules.

En vérité, elle était presque impatiente, à présent, qu'il fasse le premier pas. Or la réalité revint brutalement s'immiscer dans le rêve en lequel la soirée s'était muée.

— Les Hinton, lui murmura Sol à l'approche d'un couple d'un certain âge, très chic et très bien conservé. Elle était avocate, spécialisée dans les droits de l'homme ; lui, chirurgien cardiaque.

— Enchantée, minauda Mme Hinton. Il me semble vous connaître, ma chère.

— Non, je ne crois pas, répondit Anouk aimablement.

Mais sous le regard scrutateur de son interlocutrice, son sourire se crispa.

— Comment avez-vous dit que vous vous appelez ? Hart ou Hartwood ? Jonathon, tu n'as pas l'impression d'avoir déjà vu cette jeune dame ?

— À l'hôpital, peut-être. Ou alors vous me confondez avec quelqu'un d'autre. J'ai une physionomie assez banale.

— Vous plaisantez, j'espère !

— Vous avez le physique d'une star ! renchérit Jonathon, et tout à coup son visage s'éclaira. Vous êtes le portrait tout craché d'Annalise Hartwood !

— Mais bien sûr ! s'exclama son épouse. Comment s'appelait sa fille, déjà ? Noukie, non ?

Un surnom qu'Anouk avait toujours eu en horreur, ce que sa mère savait pertinemment, elle en était certaine.

— Noukie, oui... Oh mon Dieu, mais c'est Noukie Hartwood !

Tout excités, les Hinton étaient aux anges, contrairement à Anouk, qui avait envie de hurler.

— Je m'appelle Anouk Hart, précisa-t-elle poliment.

— Ça alors, c'est incroyable ! Votre maman était une actrice fabuleuse ! Vous n'avez pas du tout l'accent américain. Il y a longtemps que vous vivez en Angleterre ?

— Je suis venue faire mes études ici il y a...

Anouk fit semblant de réfléchir, alors qu'elle savait au jour près à quel moment sa nouvelle vie avait commencé.

— Il y a un peu plus de dix ans, compléta-t-elle.

Lorsque sa mère était décédée et qu'elle s'était enfin sentie libérée. Elle n'en avait pas honte, et qui aurait pu la blâmer, après les révélations de sa mère ? Après dix-huit ans de mensonges ?

— C'est terrible, ce qui est arrivé à votre pauvre maman... Que Dieu protège son âme...

Terrible, certes, mais un énorme soulagement, pour Anouk. Le plus dur avait été de venir en Europe, dans l'idée de retrouver son père, pour apprendre qu'il n'était plus de ce monde et que la vérité demeurerait par conséquent enfouie à jamais. À ce souvenir, ses yeux s'emplirent de larmes mais elle les refoula.

Sans doute étonné par cette révélation, Sol ne la quittait pas des yeux, alors qu'elle aurait voulu disparaître six pieds sous terre. Soudain, elle avait l'impression d'être redevenue une enfant seule et triste, mal aimée et vulnérable.

Tu es devenue médecin, tu as réussi, se remémora-t-elle.

— Je sais que ça n'a pas été divulgué au grand public, poursuivit Mme Hinton, mais heureusement que vous étiez là pour accompagner votre maman... Vous avez été formidable.

— Non, je..., bredouilla Anouk, puis elle se ravisa.

Le passé appartenait au passé, elle n'avait pas besoin de se justifier.

— Quelle merveilleuse ambassadrice vous ferez pour les jeunes aidants ! N'est-ce pas, Jonathon ?

— Absolument ! acquiesça celui-ci, sans s'apercevoir davantage que son épouse du malaise grandissant d'Anouk. Noukie est le parfait exemple pour ces malheureux enfants... C'est bien qu'ils voient qu'on peut être né à Hollywood et avoir quand même la charge d'un proche.

Refusant d'entendre la suite, Anouk se mura en elle-même, et elle éprouva une bouffée de reconnaissance envers Sol, lorsque celui-ci mit poliment un terme à la conversation et l'entraîna dans un petit salon privé.

4

— Excusez-moi, bredouilla-t-elle en s'efforçant de faire bonne figure. Je ne sais pas ce qui m'est arrivé.

— Je pense que si, répliqua Sol d'un ton bienveillant.

Un étau comprimait la poitrine d'Anouk. Elle pouvait le nier, mais à quoi bon ?

— Noukie Hartwood, donc... Je ne savais pas.

Elle n'avait pas envie de rentrer dans les détails, mais elle rassembla son courage. Étrangement, Sol invitait à la confidence.

— J'ai toujours détesté Noukie.

— Et le nom de famille ?

— J'ai officiellement adopté celui de Hart en arrivant en Grande-Bretagne.

— Pourquoi ?

— Je ne sais pas... Pour mettre de la distance entre ma mère et moi, je suppose.

— Parce qu'elle était morte ?

— Elle a fait une overdose, répliqua Anouk sèchement. Je croyais que tout le monde était au courant.

Un instant, Sol sembla fouiller dans sa mémoire.

— Maintenant que vous le dites, effectivement, cette histoire me dit vaguement quelque chose.

Anouk n'avait pas besoin d'en rajouter ; pourtant, elle précisa d'une voix dure :

— Ce n'était pas intentionnel. Son dernier film allait sortir, elle voulait juste faire parler d'elle. Elle adorait ce genre de drames. Mais bref, je n'ai pas envie de m'appesantir sur le sujet, conclut-elle, la gorge nouée.

Et elle redressa les épaules, rejeta la tête en arrière, comme pour se donner de l'assurance.

La réponse de Sol, très posée, la prit au dépourvu.

— Personne n'aime mettre le doigt là où ça fait mal, et souvent c'est comme ça qu'on aggrave les problèmes. Pourquoi sommes-nous là ce soir, à votre avis, dans ce luxe obscène, dont le coût permettrait d'assurer le fonctionnement du centre pendant au moins un an ?

— Pour inciter les gens à la générosité ?

— Non, parce que les riches préfèrent se déculpabiliser en mettant la main à la poche, plutôt que regarder la misère en face.

La virulence de Sol éveilla la curiosité d'Anouk.

— Vous parlez comme quelqu'un qui est parti de rien, dit-elle, contente de pouvoir détourner le sujet de la conversation. Je vous croyais pourtant issu d'une famille fortunée...

— Vous changez de sujet.

— Et vous éludez ma question.

Pendant une longue minute, il l'observa en silence, et l'étau qui broyait la poitrine d'Anouk se resserra davantage, à tel point qu'elle avait peine à respirer. Dans l'espoir de calmer le tremblement de ses mains, elle s'empara d'un presse-papiers, sur un somptueux bureau ancien au plateau de cuir.

— Je n'ai pas envie de parler de mon enfance, dit-elle très honnêtement. J'ai tourné la page il y a longtemps.

— Si c'était vrai, vous ne seriez pas devenue si pâle, tout à l'heure. J'ai cru que vous alliez tomber dans les pommes... De toute façon, on ne peut pas faire une croix sur le passé et prétendre qu'il n'a jamais existé. Les antécédents jouent un rôle important dans ce que l'on devient. Ce n'est pas pour rien que vous êtes médecin aujourd'hui.

Anouk détestait la logique de ce raisonnement.

— Vous semblez me connaître mieux que je me connais moi-même, rétorqua-t-elle, sarcastique.

— Dites-moi que je me trompe.

Malheureusement, ça aurait été mentir...

— Parce que vous êtes bien placé pour comprendre ? rétorqua-t-elle.

— Mieux que vous ne pensez.

— Alors je vous écoute, racontez-moi votre passé.

— Ce n'est pas moi qui me sens mal, là maintenant...

Bizarrement, plus il lui témoignait de l'empathie, plus elle avait envie de lui jeter le presse-papiers à la figure. Mais préférant ne pas en arriver à cette extrémité, elle le reposa sur le bureau et, constatant qu'elle avait la mâchoire crispée, elle s'efforça de desserrer les dents.

— Vous croyez pouvoir m'aider ?

— Peut-être... En vérité, tout simplement, parler fait souvent beaucoup de bien.

— Mon enfance est morte et enterrée, affirma-t-elle, le menton défiant, en priant pour ne pas se mettre à trembler.

— Je vous l'ai dit, ça ne marche pas comme ça. Ne sous-estimez pas les monstres qui sommeillent en vous, Anouk. Ils existent, ils sont réels. Ils connaissent vos points faibles et ils savent frapper là où ça fait mal. Si vous les occultez, comment voulez-vous les anéantir ?

— Le genre de discours que vous tenez à vos patients, j'imagine... Vous y croyez ? Vous avez mis votre prêche en pratique ?

— Je n'en ai jamais eu besoin. Par chance, j'ai eu un parcours... sans encombre.

Était-ce la vérité ? Il paraissait très calme, très détendu, mais peut-être était-il un habile comédien.

Dans tous les cas, Anouk n'était pas disposée à raconter sa vie. Elle n'avait pas parlé de son passé depuis plus de dix ans, excepté avec Saskia, et même sa meilleure amie ne connaissait qu'une version abrégée et aseptisée du cauchemar qu'elle avait vécu.

— Dans le jargon psy, on dit qu'il faut faire face pour faire son deuil.

Anouk savait pertinemment qu'elle devait extérioriser

ses vieux démons, mais pour rien au monde elle ne l'aurait reconnu devant Solomon Gunn.

— Dans mon jargon, je vous dis merde ! riposta-t-elle.

Sol plongea son regard dans le sien, et elle baissa les yeux, préférant contempler la ligne sensuelle de sa bouche.

— C'est drôle, tout le monde dit que vous êtes une femme très douce, très conservatrice. Apparemment, vous ne montrez pas tout le temps le même visage… Pourquoi ?

Désarçonnée, elle entrecroisa les mains devant elle. Son cœur battait à cent à l'heure.

— Vous ne savez pas de quoi vous parlez, dit-elle, elle-même impressionnée par le ton hautain qu'elle était parvenue à prendre.

Sol parut néanmoins plus amusé qu'intimidé.

— Oh si, croyez-moi, je connais les femmes, et j'ai comme l'impression d'avoir touché un point sensible, Anouk Hart.

— Vous voulez que je vous dise où sont mes points sensibles ?

Encore une fois, elle ne réalisa que trop tard ce qu'elle venait de dire.

— Volontiers, acquiesça-t-il en riant. D'abord vous me proposez de vous déshabiller, et maintenant ça… Votre subconscient essaie je crois de nous transmettre un message… Mais vous avez réussi à noyer le poisson.

— Toujours ça de gagné ! rétorqua-t-elle en se calant sur un angle du bureau, les jambes étendues devant elle, les mains en appui sur le bois lustré.

Dans cette posture confiante, elle espérait donner le change, mais la réaction de Sol la déstabilisa. Très délibérément, il promena le regard tout le long de son corps, depuis son décolleté jusqu'à ses talons aiguilles, en s'attardant sur chacune de ses courbes, sous l'étoffe bleue de sa robe.

Gênée, elle croisa les bras devant elle, ce qui ne fit que souligner davantage sa poitrine. Le désir qui s'alluma dans les yeux de Sol lui procura un sentiment de puissance. Et pour une fois, elle décida d'adopter la philosophie de Saskia : ne pas réfléchir, agir. Au demeurant, Sol cesserait peut-être ainsi de lui poser des questions indiscrètes.

Délaissant le bureau, elle s'avança lentement vers lui. Il ne la quittait pas des yeux. Dans la pièce, la tension sexuelle était presque palpable, le silence assourdissant.

Anouk ne s'était jamais sentie aussi attirante, aussi sûre d'elle, aussi libérée.

— Vous me faites du charme ? demanda-t-il d'une voix rauque. Si c'est le cas, je peux vous dire qu'il va falloir être plus persuasive.

Ce n'était que pure provocation, ils le savaient tous deux.

— Je peux le faire, affirma-t-elle, avant que le bon sens ne la rappelle à la raison.

Elle avait l'impression qu'une entité indépendante de sa personne avait pris les commandes de son corps, une entité dotée d'un incroyable pouvoir de séduction et d'une audace qu'elle n'avait jamais possédée.

Grisée, elle descendit la fermeture de sa robe, dans son dos, lascive et langoureuse.

— Que faites-vous, Anouk ?

Le trouble dans la voix de Sol lui procura un délicieux sentiment de triomphe.

— Puisque c'est le seul moyen qui fonctionne avec vous, je mets un terme à votre interrogatoire sur mon passé, répondit-elle, épatée par la fermeté de sa voix, alors que des milliers de feux d'artifice explosaient sous sa peau.

— Je croyais que vous n'étiez pas là ce soir pour coucher avec moi.

Sol serra les poings, comme s'il essayait désespérément de garder le contrôle de ses mains, et Anouk sentit son rythme cardiaque s'accélérer, chaque fibre de son corps tendue à craquer.

— Oh ! on n'est pas obligés de se coucher…

Elle voyait qu'il ne se maîtrisait qu'au prix d'un suprême effort.

— Ce comportement ne vous ressemble pas, Anouk. J'essaie d'être gentleman… mais j'ai mes limites.

— Ce n'est pas ce que vous vouliez ? dit-elle en se passant la langue sur les lèvres. J'ai décidé de m'accorder du bon temps, j'en ai assez de jouer les saintes-nitouches, ajouta-t-elle afin de le convaincre qu'elle n'était pas si vertueuse qu'il semblait le croire.

Vertueuse, prude, timorée, rabat-joie... Autant de qualificatifs que sa mère lui avait assénés toute son enfance, désespérée que sa chère petite Noukie ne sache pas s'amuser.

Quand elle haussa les épaules, sa robe faillit glisser ; elle la retint juste à temps.

— Considérez que ce sera mon dernier avertissement, dit Sol, le regard rivé à la naissance de ses seins.

Anouk laissa tomber sa robe, puis elle l'enjamba gracieusement, elle-même étonnée de son aplomb, les yeux dans ceux de Sol. D'un geste vif, il l'attira contre lui.

— Tu ne diras pas que je ne t'avais pas prévenue, *zolotse*...

Et il effleura ses lèvres des siennes, comme pour la tester. Enivrée par ce jeu dangereux, elle le laissa enfouir les mains dans ses cheveux.

En soutenant son regard, très lentement, il posa de nouveau la bouche sur la sienne... et tout bascula.

Jamais personne n'avait embrassé Anouk de la sorte. Jamais elle n'aurait cru qu'un baiser puisse être aussi puissant, aussi intense, aussi enivrant. Sol la dévorait, il l'excitait, la torturait. Il avait quelque chose d'animal, de primitif, et elle abandonna toute retenue, toute considération intellectuelle, parcourue de sensations qu'elle n'avait encore jamais ressenties.

De sa langue, de ses lèvres, Sol éveillait en elle un désir brûlant, lancinant, qu'il attisa encore davantage en plaçant les mains de part et d'autre de sa taille.

C'était ainsi qu'elle imaginait l'effet de la kétamine : une brusque montée de tension, une sensation de flottement, un état de rêve éveillé, cotonneux, accompagné d'une conscience aiguë de tout ce qui se produisait en elle, de cette fièvre qui la consumait.

Les mains de Sol couraient sur sa peau nue, et les parties

couvertes de son corps les appelaient à grands cris. Lorsqu'il lui encadra le visage, elle se pressa contre lui.

Puis, réalisant qu'elle se montrait trop impatiente, elle le repoussa, les mains contre son torse. Le contact de ses muscles, sous ses paumes, déclencha un nouveau feu d'artifice sensoriel. Elle était incapable d'empêcher ses doigts d'explorer ce mur d'acier, avec la même application que sa grand-mère déchiffrant ses livres en braille, et elle n'avait aucun mal à imaginer la beauté de ce buste masculin, sous l'élégant costume. Elle en visualisait chaque relief, chaque creux, avec une netteté étonnante.

Elle avait hâte de le voir de ses yeux, et le désir grandissant en était presque douloureux. Jamais elle n'avait été aussi excitée. Certes, elle n'avait pas une immense expérience, mais elle n'était pas non plus une jeune vierge effarouchée, tant s'en faut.

Sans vraiment savoir ce qu'elle faisait, elle pressa ses seins lourds contre Sol, dans l'espoir de les apaiser. Il glissa une main entre eux et, du pouce, lui caressa un téton, lui provoquant un électrochoc de plaisir. Avec un petit gémissement, elle se cambra contre lui.

— Si tu continues comme ça, on ne pourra plus s'arrêter, chuchota-t-il près de sa bouche.

Les bras autour de son cou, elle l'attira à elle. Si elle devait commettre un acte aussi irréfléchi, aussi hardi, alors elle était déterminée à en savourer chaque seconde.

— Promesses, promesses..., murmura-t-elle.

— Méfie-toi, je t'aurai prévenue...

— Prouve-moi que ce ne sont pas que des mots, articula-t-elle en reprenant possession de sa bouche.

C'était de la folie.

Non pas le fait de se retrouver seul en marge d'une soirée avec une belle femme presque nue ; cela lui était souvent arrivé, mais jamais il ne s'était encore senti si près de perdre le contrôle.

Il avait beau se faire violence, il était incapable de résister au charme inexpérimenté d'Anouk. Le pouvoir qu'elle exerçait sur lui le privait de toute volonté.

Sa peau soyeuse, le contact de sa lingerie de dentelle sous ses doigts le mettaient au supplice. La façon dont elle frémissait le rendait fou de désir. Sans parler de cette délicieuse jarretière qu'elle portait, comme il ne l'aurait jamais imaginé de la part du Dr Hart. Devait-il lui ôter, lui laisser ? Elle lui inspirait tant de fantasmes...

Il la désirait avec une force effrayante, mais peu lui importait, elle était tout ce qui comptait, il n'avait plus la tête à s'inquiéter.

La tête inclinée, il captura sa bouche, savourant sa langue et ses lèvres, lui arrachant soupirs et gémissements.

Plaquée contre lui, elle ondulait au gré de ses caresses, les mains à l'intérieur de sa chemise, palpant son buste comme si elle souhaitait mémoriser le contour de chaque muscle.

Il ne se rappelait pas comment il s'était débarrassé de sa veste et de son nœud papillon. Ni du moment où il avait soulevé Anouk pour l'asseoir sur le bureau, ses seins durcis contre son torse, ses longues jambes nouées autour de ses hanches.

Son érection lui brouillait les idées ; néanmoins, il demeurait encore assez lucide pour savoir que, si elle continuait à se frotter contre lui, il ne répondrait bientôt plus de rien.

— Tu prends la pilule ? chuchota-t-il.

Elle leva les yeux vers lui, le regard ivre de désir.

— Hum ?

— Je n'ai pas de protection sur moi, parvint-il à articuler, alors qu'il ne pouvait penser qu'à une chose : se perdre en Anouk et la conduire à l'extase.

— Oh..., bredouilla-t-elle.

Du bout des lèvres, il effleura le rouge qui lui monta aux joues, et le halètement d'Anouk se répercuta dans son sexe de la même manière que si elle l'avait saisi de ses mains.

— Protection, répéta-t-il d'une voix lourde.

Après un instant de silence, elle secoua la tête.

— Oh mon Dieu, non... Je ne prends pas la pilule.

La mort dans l'âme, elle le libéra de l'étreinte de ses jambes. Or il n'entendait pas en rester là.

Impossible. Il devait apaiser la tempête qui faisait rage en lui. Et il ne pouvait pas laisser Anouk sur sa faim.

Alors il s'agenouilla, puis écarta sa culotte de dentelle.

— Attends..., bredouilla-t-elle en tentant de se redresser. Qu'est-ce que tu...

Pressé de goûter sa saveur, il ne la laissa pas terminer. Il lui saisit une jambe, la posa sur son épaule, et enfouit la langue dans son sexe. Avec un petit cri, elle s'agrippa à ses cheveux.

Elle avait le goût du plus doux des miels, et Sol était insatiable. Il jouait avec elle, traçait des cercles autour de son clitoris enflé, le léchait, le suçait, introduisait sa langue dans son sexe humide, et elle ondulait des hanches contre sa bouche.

Quand ses mouvements s'accélèrent et que son souffle se fit plus court, il lui saisit les reins et la maintint contre lui, prolongeant son extase, son agonie.

— Sol... S'il te plaît..., haleta-t-elle, s'offrant toute à lui.

Grisé, il glissa un doigt en elle et intensifia les mouvements de sa bouche. Avec un gémissement, elle s'arc-bouta et succomba à l'orgasme. Mais il n'avait pas terminé. Sans lui laisser de répit, il fit remonter le plaisir et la fit jouir une deuxième fois. Et il aurait volontiers continué, s'il ne l'avait sentie proche de défaillir.

Alors il s'écarta, à contrecœur, et reboutonna sa chemise, les mains tremblantes, puis il retrouva sa veste de costume et son nœud papillon. Au moins, ces gestes lui permettaient de reprendre ses esprits et de refouler le désir qui le dévorait encore.

Lentement, Anouk se redressa, magnifique, le regard hagard.

— Tu es habillé ? balbutia-t-elle.

La gêne qui se lisait dans ses grands yeux bleus toucha Sol en plein cœur.

— Je dois retourner auprès de mes invités.

— Bien sûr, acquiesça-t-elle avec un sourire contrit. C'était juste sexuel.

Et ce mot dans sa bouche raviva son excitation.

— Tout à l'heure, nous aurons plus de temps.

— Tout à l'heure ? murmura-t-elle en se cachant la poitrine, dans une attitude délicieusement sensuelle.

— Nous aurons toute la nuit. Crois-moi, ce n'étaient que des préliminaires.

Avant qu'elle ne puisse répondre, il quitta la pièce, redoutant de céder à la tentation.

Toute la soirée, il sentit son goût sur sa langue, son odeur sur ses doigts, incapable de se concentrer sur la moindre conversation.

Qui aurait cru que la discrète Anouk Hart se révélerait être sa kryptonite ?

5

Sol claqua brutalement la portière de sa voiture, sur le parking de l'hôpital.

Depuis le gala, il était d'une humeur massacrante.

Abandonner Anouk après cet avant-goût de son corps lui avait coûté un effort surhumain. La promesse d'une nuit de plaisir charnel avait été le seul moyen qu'il ait trouvé pour pouvoir retourner jouer son rôle : sensibiliser le public et collecter des fonds pour ces jeunes enfants qui assumaient trop de responsabilités et qu'il refusait de laisser tomber.

Même pour la plus divine des femmes.

Malheureusement, il ne pouvait pas prévoir que Malachi devrait partir dans l'urgence. Du coup, il avait dû renoncer à finir la soirée avec Anouk. Et depuis, son corps protestait.

Ce matin encore, il s'était réveillé à l'aube, avec une érection et des images d'Anouk. Il aurait juré avoir toujours son goût sur la langue, et en fermant les yeux il sentait encore sa chaleur sur son torse. Surtout plus bas, pour être honnête.

Comme un adolescent obsédé.

Quelle autre femme avait à ce point accaparé ses pensées ? Quelle autre avait-il désirée avec autant de force ? Il ne se reconnaissait plus.

Le pire est qu'il avait failli lui dire qu'il ne méritait pas la réputation qui lui collait à la peau. Huit ou dix ans plus tôt, il avait été un play-boy, en effet, mais ces dernières années, entre sa carrière et son investissement auprès des jeunes aidants, il n'avait plus le temps de séduire autant de femmes qu'elle semblait se le figurer.

Pour autant, même si les aventures sans lendemain le tentaient moins, il n'était pas prêt non plus à s'engager dans une relation sérieuse.

Si Anouk l'obnubilait, c'était tout simplement parce qu'il n'avait pas pu assouvir son désir, et il n'avait rien de plus à lui offrir que du plaisir physique.

Alors pourquoi se souciait-il autant de l'image qu'elle avait de lui ?

Furieux contre lui-même, il s'était levé avant l'aurore et s'était adonné à une séance d'exercice acharnée, dans sa salle de musculation personnelle, avec l'espoir de calmer ses ardeurs.

Ce n'était pas normal d'être ainsi hanté par une femme.

L'attirance était une chose ; ce désir qu'Anouk avait fait naître en lui était infiniment plus dangereux. Sol en était presque à se demander à quoi ressemblait une relation « normale ». Or il ne voulait pas s'engager sur cette pente savonneuse, car il n'était pas quelqu'un de normal, en cela qu'il était incapable d'aimer. Il l'avait constaté tout au long de son enfance. Plus sa mère était vulnérable, plus elle avait besoin de lui, plus il lui en voulait. Et parfois, la colère se muait en haine.

Il ne lui avait pas rendu visite une seule fois, dans ce centre où Malachi avait réussi à la faire placer quand il avait quinze ans. Et s'il avait assisté à son enterrement, ce n'était que parce que Malachi l'y avait traîné de force. Durant toute la cérémonie, il avait ruminé son ressentiment… Il avait déjà gaspillé assez de temps et d'énergie pour cette femme… Elle l'avait privé d'enfance… Malachi avait fait beaucoup trop de sacrifices qu'elle ne méritait pas…

Bref, il n'était pas fait pour une femme comme Anouk. L'amour supposait que l'on accepte tout de l'autre, y compris ses défauts. Lui ne voyait que les imperfections, et au bout d'un moment elles prenaient le dessus. Anouk méritait mieux que lui.

S'il avait un minimum de considération pour elle, alors il devait l'oublier.

Au moins, le régime sportif qu'il s'imposait depuis quelques jours semblait distraire son corps, et il comptait sur ses patients de neurologie pour lui occuper l'esprit.

Seulement, il ne s'attendait pas à être appelé en réanimation, et à devoir collaborer une nouvelle fois avec l'équipe d'Anouk. À croire que le destin avait décidé de les rapprocher.

À peine eut-il franchi les portes du service qu'il se retrouva nez à nez avec celle qui monopolisait ses pensées. Quelques secondes, elle le regarda d'un air gêné, puis elle baissa les yeux et se composa une expression professionnelle. Sol esquissa un sourire. Au moins, maigre consolation, elle paraissait aussi troublée que lui.

Après s'être éclairci la voix, elle interpella son équipe, d'un ton autoritaire :

— OK, tout le monde, un moment d'attention, s'il vous plaît. Nous allons recevoir une petite fille de vingt et un mois qui est tombée tête la première dans un escalier de béton. Elle a perdu pas mal de sang, mais elle respire et elle est consciente. L'hélico vient de se poser. Elle sera là dans quelques minutes.

Infirmières et aides-soignantes s'empressèrent de préparer le matériel pour l'accueillir, si bien que Sol se retrouva en tête à tête avec Anouk. Lui qui était déterminé à se montrer froid et distant, il avait déjà oublié ses résolutions.

— Je ne suis pas le seul, je vois, à faire des efforts de déco.

De la tête, il indiqua le petit sapin de Noël qui se dressait à côté des ordinateurs.

— Ce n'est pas moi, répliqua Anouk sèchement.

Et ses joues s'empourprèrent, piquant la curiosité de Sol. Pourquoi rougissait-elle ainsi comme une écolière ? Cela dit, sa gêne n'était pas faite pour lui déplaire.

— Qui a fait ce sapin ?

Elle le fusilla du regard, absolument charmante.

— Je n'en ai pas la moindre idée.

— C'est bizarre, je ne te crois pas.

Agacée, elle leva les yeux au ciel.

— C'est Saskia, voilà, tu es content ?

— Tu l’as laissée faire ? demanda-t-il en riant.

— Oui, pourquoi ?

Anouk croisa les bras sur la poitrine.

— Tu l’as autorisée à décorer la réa ? Alors que tu m’as fait toute une histoire pour quelques pauvres guirlandes ? Aurais-je réussi à te convaincre que ta rigueur quasi militaire était un peu exagérée ?

Elle lui jeta un regard assassin. Il la provoquait, et elle était résolue à ne pas rentrer dans son jeu.

— Tu as une haute opinion de toi-même, non ? Pour ta gouverne, sache que je n’ai aucune autorité sur Saskia.

— Mais c’est ta meilleure amie, rétorqua Sol, qui commençait à s’amuser. Si tu lui avais demandé de ne pas faire de sapin, j’imagine qu’elle t’aurait écoutée.

Pendant quelques secondes, interminables, Anouk le dévisagea sans un mot.

— Eh bien... J’ai pensé que ce serait sympa, dit-elle enfin, avec un regard qui envoya une onde de chaleur dans le sexe de Sol.

— Sympa ?

— Pour les patients. Descends de ton piédestal. Je n’ai pas fait ça pour suivre ton exemple.

— Dieu merci !

Il ne prit pas la peine de réprimer son rire.

— D’ailleurs, je te l’ai dit, ce n’est pas moi qui ai fait ce sapin.

— Non, c’est ton amie. Et tu ne l’as pas aidée, j’imagine...

Anouk se raidit, et il la gratifia d’un grand sourire. Incroyable, comme elle le mettait de bonne humeur. Lui qui s’était levé du pied gauche, elle éclairait soudain sa journée !

Tandis qu’elle s’occupait de la petite blessée, il ne pouvait s’empêcher de la regarder. Elle dégageait une sorte d’aura lumineuse.

Elle était fascinante.

Sans conteste, beaucoup plus intéressante qu’une femme tout simplement sexy.

Anouk avait élu domicile dans son esprit et, à l’évidence, il ne serait pas facile de l'en déloger. Plus il essayait de la chasser de ses pensées, plus elle s'y ancrait.

Ce qui ne laissait qu'une solution. Une solution que Sol n'aurait jamais envisagée, s'il avait été en possession de toutes ses facultés, et à laquelle il n'avait encore jamais recouru avec aucune autre.

La seule façon de cesser de fantasmer sur Anouk Hart était de la convaincre qu'ils n'avaient pas terminé ce qu'elle avait initié le soir du gala. Ce qui ne serait sans doute pas difficile, avec la tension érotique qui crépitait encore entre eux.

Toutefois, il ne voulait pas lui donner d'illusions. Ce n'était pas parce qu'il allait enfreindre l'une de ses règles d'or en lui proposant un deuxième rendez-vous qu'il avait davantage à lui offrir. Cela dit, il n'y avait même pas eu de premier rendez-vous, puisqu'elle avait refusé de venir au gala en sa compagnie. Bref, il était hors de question d'établir un semblant de relation.

Qui essaies-tu de convaincre ? Toi ou Anouk ? lui chuchota une petite voix intérieure, qu'il fit taire aussitôt. De sa part, il ne s'agissait que de désir sexuel.

Quant à elle, il était clair qu'elle avait eu un instant de folie, le soir du gala – il lui avait fait perdre la tête, Sol se plaisait-il à penser – et il y avait peu de chances pour que cela se reproduise. Tout du moins, pas sans résistance.

Le Dr Anouk Hart avait repris son masque de glace. Cependant, elle n'était plus aussi convaincante, dans le rôle de la prude sévère et froide. Le souvenir de ce qui s'était passé entre eux flottait sur son visage et une lueur de désir brillait dans son regard.

Sol n'avait pas l'ombre d'un doute : elle avait faim de lui comme il avait faim d'elle. Mais son intellect s'acharnait à refouler ses pulsions charnelles.

Ce qui impliquait qu'il devrait la séduire. « Lui faire la cour », comme aurait dit la vieille Mme Bowman.

À l'ancienne, très sagement.

Un petit jeu qui s'annonçait des plus excitants et dont il se réjouissait d'avance !

Pourquoi diable cet homme la troublait-il autant ?

Les yeux fixés sur les portes au fond du service de réanimation, Anouk n'osait pas le regarder.

Le soir du gala, elle avait été horrifiée par son propre comportement aguicheur. À présent, elle regrettait que cet instant ait été si bref. Depuis deux jours, elle faisait des rêves érotiques dont les images la poursuivaient toute la journée.

Rien que d'y penser, elle sentit ses seins se durcir, et croisa les bras devant elle afin de les cacher.

Heureusement, les brancardiers ne tardèrent pas à amener la petite fille qu'elle attendait.

— Voici Rosie, vingt et un mois, annonça le médecin de l'équipe Helimed. Sans antécédent jusqu'à cette chute, il y a environ une heure. Elle était avec sa mère au jardin public, elle a dégringolé plusieurs marches de béton. Ouverte au-dessus de l'œil gauche, Glasgow à 11. Sans doute une commotion cérébrale. Quelques jours d'observation seront sûrement nécessaires pour déterminer s'il y a des lésions intracrâniennes. On lui a fait 200 mg de paracétamol et 1 mg d'ondansétron.

— Pupilles ? s'enquit Anouk en se penchant au-dessus de la fillette.

— Elle n'ouvre pas les yeux.

— OK. Sol...

Inutile de lui en dire davantage, il avait déjà entrepris d'examiner l'enfant. Rassurée par sa voix calme et chaude, la petite Rosie réagissait à ses instructions.

Anouk donna une série de consignes aux infirmières de son équipe, qui s'exécutèrent aussitôt, puis elle se tourna vers son confrère de l'Helimed.

— Sa maman est là ?

— La voici, dit-il en désignant du geste une jeune femme blême, qui conservait néanmoins son sang-froid.

Anouk lui adressa un sourire réconfortant.

— Dans un premier temps, nous allons simplement ausculter Rosie, éventuellement lui administrer des antalgiques afin qu'elle ne souffre pas. Nous l'emmènerons ensuite au scanner.

Vous pouvez rester avec elle. C'est bien qu'elle vous voie et qu'elle vous entende. Parlez-lui.

— Mon mari devrait arriver d'un instant à l'autre...

— Très bien. Quelqu'un de l'accueil l'accompagnera jusqu'ici.

— Merci.

Dès que la jeune maman se tourna vers sa fille, son visage s'éclaira et elle adopta un ton joyeux et plein d'entrain.

La petite Rosie semblait minuscule, sur le matelas bleu. Après les premiers examens, on l'envelopperait dans une couverture et elle paraîtrait moins vulnérable, mais Anouk n'avait pas besoin du diagnostic du neurochirurgien pour savoir que les os d'un bébé de cet âge étaient extrêmement fragiles et qu'une hémorragie interne pouvait causer de graves dommages au niveau cérébral.

Son équipe travaillait vite, avec méthode et concentration. Avec les paramètres qu'on lui communiqua, Anouk pouvait déjà se faire une idée des traumatismes dont souffrait Rosie, avant de la préparer pour le scanner.

— Tu es d'accord pour que la maman l'accompagne ?

La voix chaleureuse de Sol se répandit en elle comme une coulée de caramel.

— Oui, elle y tient. On lui donnera une tenue de protection.

— Très bien.

La peau d'Anouk se hérissa soudain de chair de poule. Pourquoi Sol provoquait-il chez elle des réactions épidermiques, alors qu'ils étaient simplement en train de travailler ensemble, sans la moindre équivoque ?

— Ça te dit de déjeuner avec moi ? proposa Sol deux heures plus tard, et Anouk tourna la tête d'un mouvement si vif qu'elle s'en fit craquer les cervicales. La journée est étonnamment calme, ajouta-t-il. Pour une fois, on pourra peut-être manger un vrai repas.

— Un vrai repas ?

— Ce que la plupart des gens normaux mangent à midi.

— C'est-à-dire autre chose qu'un paquet de biscuits ? dit-elle en riant.

— Voilà ! Je t'invite, alors ?

La tentation était grande mais, au lieu d'accepter, elle demanda :

— Pourquoi ?

— Pour faire connaissance… Après ce qui s'est passé l'autre soir… Tout habillés, naturellement.

— Chut, on risque de t'entendre !

Anouk regarda nerveusement autour d'elle, avant de pousser Sol dans une chambre vide.

— Personne n'a rien entendu, ne t'affole pas. Alors, on va déjeuner ?

— Je ne crois pas que ce soit une bonne idée.

— Pas de panique, répliqua-t-il avec un sourire. Ce n'est qu'un déjeuner entre collègues, pas un rendez-vous. Rien d'ambigu.

— Là n'est pas la question. On pourrait nous voir.

— Et alors ? Tout le monde s'en fiche.

— Pas tant que tu le crois. Et moi, je ne m'en fiche pas.

— D'être vue en train de déjeuner avec un collègue ? Ou d'être vue avec moi ?

— Les deux. Du reste, je croyais qu'il n'y aurait rien d'ambigu…

— OK, j'ai menti, concéda-t-il avec un sourire ensorceleur.

Il savait exactement ce qu'il faisait, Anouk en était sûre. Il lisait sur son visage en feu le trouble que chacune de ses paroles lui causait.

— Tu es incorrigible !

— Merci.

— Ce n'était pas un compliment.

— Trop tard, je l'ai pris comme tel.

Les bras croisés, Sol s'appuya contre l'encadrement de la porte, dans une pose très virile, et Anouk se maudit d'être aussi impressionnée par son physique, subjuguée par ses yeux, de la teinte du meilleur cru d'un grand chocolatier, où brillait une lueur qu'elle aurait donné cher pour déchiffrer.

La sagesse aurait voulu qu'elle maintienne une certaine

distance entre elle et lui ou, mieux, qu'elle quitte la pièce. Pourtant, elle demeura immobile, tout près de Sol, une invitation silencieuse, quand bien même elle aurait voulu prétendre le contraire.

Il l'observait, lascif, puis laissa son regard courir du haut en bas de son corps. Quant à elle, elle était fascinée par ses lèvres... Ce qu'il lui avait fait avec cette bouche aurait dû être prohibé par la loi !

Elle était heureuse que ce ne soit pas le cas.

— Quelque chose ne va pas ? demanda-t-il soudain.

Provocation, elle en était certaine, mais elle ne voyait pas où il voulait en venir.

— Comment ça ?

— On dirait que tu es... hypnotisée.

— Hypnotisée ?

OK, elle avait l'air du perroquet de sa vieille voisine, qui les empêchait de faire la grasse matinée, quand elle habitait avec Saskia, dans un appartement cossu où les cloisons n'étaient pourtant pas particulièrement fines.

— Par ma bouche.

— Pas du tout ! s'écria-t-elle en soutenant son regard.

— Tant mieux. Je commençais à me demander si je n'avais pas une tache d'encre ou une miette.

Malgré elle, elle s'imagina lécher une miette à la commissure de ses lèvres.

— Non, non, tu n'as rien, bredouilla-t-elle.

— Dommage, soupira-t-il, comme s'il lisait dans ses pensées.

— Bon... Il faut que j'y aille.

— Je ne te retiens pas.

À grand-peine, elle parvint à mettre un pied devant l'autre, si bien que, lorsqu'elle parvint à la porte, et que Sol refusa de bouger, elle tituba légèrement.

Il la retint aussitôt et elle se retrouva entre ses bras, le cœur tambourinant.

La combustion fut instantanée. Il l'enlaça et l'attira à lui, goûtant à ses lèvres comme à un vin d'exception, savourant le contact de son corps chaud et souple contre son érection naissante.

Anouk se sentait vénérée, précieuse. Malgré elle, des gémissements lui échappaient et elle se cambrait contre lui. Les doigts dans ses cheveux, il murmurait des mots tels que « magnifique », « de la soie dorée ».

— N'exagère pas, balbutia-t-elle, tout près de sa bouche, redoutant de se laisser envoûter par ces belles paroles.

Il s'écarta, et enfouit les mains dans sa chevelure.

— Je n'exagère pas, j'ai l'impression de caresser le plus soyeux et le plus rare des matériaux.

— Laisse tomber les compliments bidon, je...

Du pouce, il lui effleura la lèvre inférieure, et elle en oublia ce qu'elle voulait dire.

Elle aurait voulu que ce moment dure une éternité et, en même temps, elle avait hâte de parvenir au terme de cette phase d'approche, que Sol l'emmène chez lui et qu'ils laissent libre cours à la folie qui les dévorait l'un et l'autre depuis qu'il avait plongé son visage entre ses cuisses, pour lui montrer ce que ses deux gentils petits amis n'avaient su lui offrir, pendant toutes ces années.

Il l'embrassa de nouveau, lentement, langoureusement, comme s'ils avaient tout le temps, comme s'ils n'étaient pas en service à l'hôpital.

Hôpital ! Une alarme retentit soudain dans l'esprit embrumé d'Anouk. Et elle n'aurait su dire où elle trouva la volonté de rompre ce baiser et de s'arracher à l'étreinte de Sol.

— Tu n'es qu'un vil flatteur, murmura-t-elle d'une voix étranglée.

— Quelle importance ? Si cela nous procure du plaisir à tous les deux ?

En effet, ces éloges la comblaient, mais elle savait qu'il n'avait pas plus d'estime pour elle que pour les centaines de filles qui l'avaient précédée, et elle ne voulait pas passer pour une idiote.

— J'ai du travail, dit-elle en pivotant sur ses talons.

Et avant de commettre la stupide erreur de se raviser, elle

s'éloigna dans le couloir. La dernière chose à laquelle elle se serait attendue fut la proposition que Sol lui lança :

— Viens avec moi au centre.

Non, elle devait refuser.

Lentement, elle s'immobilisa et se retourna.

— Pardon ?

— Viens avec moi au centre Care to Play, voir ce que nous faisons.

Il voulait donc lui montrer sa sphère privée ? Sa vie personnelle ? Anouk avait du mal à croire qu'il puisse être disposé à s'ouvrir ainsi à elle. Ou à quiconque, du reste.

Et à l'expression qui se peignit sur les traits de Sol, il n'en revenait pas non plus. Si elle ne se dépêchait pas d'accepter, il était fort probable qu'il fasse machine arrière. Or, même si elle s'était promis de ne plus succomber à son charme, elle ne voulait surtout pas qu'il se ravise.

Solomon Gunn lui avait jeté un sort. Depuis l'instant où elle l'avait rencontré, elle avait tenté de lutter contre l'attraction, en se disant qu'il n'était qu'un tombeur et qu'elle ne voulait pas sombrer dans les mêmes travers que sa mère.

Puis elle avait entrevu une autre facette du don Juan. Une bienveillance qui faisait défaut à la plupart des chirurgiens qu'elle connaissait. Outre la compassion dont il avait fait preuve envers la petite Izzy et la vieille Mme Bowman, Anouk avait pu constater à de nombreuses reprises combien il était humain.

Pour autant, elle n'était pas obligée de se laisser prendre dans les mailles du filet. N'était-elle pas immunisée contre les beaux garçons ?

Toutefois, l'heure n'était pas à l'autocritique. Dans l'immédiat, elle devait lui donner une réponse.

— Volontiers, acquiesça-t-elle. Je me ferais une joie de visiter le centre que tu as fondé.

— Je t'apporterai les formulaires à signer.

— Les formulaires ? Quels formulaires ?

— Pure formalité ; nous accueillons des mineurs. Tu es médecin, il n'y aura aucun souci.

— OK.

Rigoureux, donc... Anouk s'abstint de tout commentaire, mais elle prit note. Un signe supplémentaire du sérieux avec lequel Sol s'occupait de cette structure et de ces enfants.

Play-boy invétéré ? Ou bienfaiteur au grand cœur ? Chaque fois qu'elle croyait commencer à se faire une idée de sa personnalité, il lui révélait un nouveau visage et elle ne parvenait pas à le cerner.

Il l'intriguait davantage qu'elle n'aurait dû se l'autoriser.

6

— Bon, ça va faire une demi-heure que tu es là…, marmonna Anouk pour elle-même en pianotant sur le volant.

Et elle se décida à quitter sa voiture pour entrer dans le bâtiment qui abritait le centre Care to Play.

— Puis-je vous aider ? lui demanda une dame d'un certain âge, à l'accueil.

— Anouk Hart, se présenta-t-elle. Je…

Devait-elle préciser qu'elle avait rendez-vous avec Sol ? Qu'il lui avait donné les formulaires à remplir ? Non, mieux valait faire preuve de discrétion. Elle ne voulait pas que l'on s'imagine qu'elle se servait du centre pour gagner les faveurs de Solomon Gunn.

— Anouk, oui ! Enchantée, Barbara. Sol nous a parlé de vous. Izzy et Katie aussi.

— Elles sont là ?

— Bien sûr. Izzy est sortie hier de l'hôpital et la première chose qu'elle a demandé, c'est quand vous viendriez, déclara Barbara en riant.

— Les enfants ont une capacité de récupération qui me surprendra toujours. Il y a une semaine à peine, elle était dans mon service de réanimation.

— Elle est de retour chez elle et elle a recommencé à aider sa maman. Exemplaire. Comme la plupart des enfants que nous accueillons ici.

— Je comprends pourquoi Sol est aussi investi dans ce

lieu. J'imagine que les gens qui ont eu une enfance privilégiée n'ont pas tous envie de se confronter au malheur des autres.

— Exactement. Voilà pourquoi Sol et Malachi ont créé ce centre. Ils ont beau avoir de l'argent et d'excellentes situations aujourd'hui, ils n'ont pas oublié les conditions effroyables dans lesquelles ils ont grandi.

— Tout à fait..., bredouilla Anouk, en s'efforçant de conserver une expression impassible.

— Non seulement ils se sont occupés de leur mère, mais ils se sont sortis tout seuls du caniveau, poursuivit Barbara. Sans leurs campagnes de sensibilisation, personne ne nous connaîtrait et ce centre n'existerait pas – sans parler de celui qu'ils sont en train de construire !

Bien que stupéfaite, Anouk approuva de la tête.

Sol s'était occupé de sa mère ? Il s'était sorti seul du caniveau ?

Barbara évoquait cette partie de sa vie très librement, comme si tout le monde était au courant... Parlait-elle d'ailleurs du même Solomon Gunn, le beau neurochirurgien surnommé le bourreau des cœurs ? Était-il possible que ses collègues ignorent tout de lui ?

Cela dit, il arrivait que l'on envie Anouk lorsque l'on apprenait qu'elle était la fille d'une célèbre actrice, en dépit de l'enfance cauchemardesque qu'elle avait vécue. En était-il de même pour Sol ? Les gens affirmaient qu'il était issu d'un milieu nanti et portaient des jugements. Anouk elle-même avait été prompte à le cataloguer...

Qui était le vrai Solomon Gunn ?

— En tout cas, nous avons pensé que vous pourriez passer l'après-midi avec Libby, une enfant très agréable. Elle a six ans et elle vit seule avec sa mère, qui souffre... Enfin, je ne vous en dis pas plus. Vous savez qu'ici on ne parle pas de ces choses-là.

— Je sais, oui. Ici, les enfants redeviennent des enfants.

Barbara acquiesça de la tête.

— Aujourd'hui, Libby fabrique des Pères Noël pour le marché de Noël. Vous êtes douée pour les loisirs créatifs ?

— Pas trop, avoua Anouk avec un petit rire gêné, mais je ne demande qu'à apprendre. Sol n'est pas là ?

— Non, il y a eu un problème sur le chantier. Du coup, il s'est dit que vous seriez sans doute plus à l'aise sans lui, pour faire connaissance avec les enfants.

Étrange mais, en effet, Anouk était en quelque sorte soulagée.

— Ce n'est pas faux...

Était-ce son imagination, ou Barbara eut-elle soudain un sourire plus sincère, plus chaleureux ?

Anouk lui emboîta le pas, jusqu'à une table où était assise une petite fille vêtue d'un jean rose et d'un T-shirt orné d'une licorne, coiffée de deux tresses.

— Libby, voici Anouk. Elle va te donner un coup de main. Izzy et Katie nous ont parlé d'elle, tu te rappelles ?

La fillette leva vers Anouk un grand sourire édenté.

— Sol aussi nous a parlé de vous. Vous arrivez pile au bon moment pour m'aider à coller les têtes de Père Noël sur les sacs cadeaux. Vous pouvez me passer le coton pour les barbes, juste là, s'il vous plaît ? J'ai déjà fait les yeux. Après, on fera les bonnets, avec des pompons.

Barbara s'éclipsa discrètement, laissant Anouk seule avec Libby, qui semblait n'avoir aucun mal à prendre des initiatives.

— Tu veux bien découper le feutre pour les bonnets ? suggéra-t-elle. Je les collerai. Non... Attends... Regarde, je te montre.

Avec habileté, Libby confectionna un bonnet de Père Noël, en expliquant chaque étape à Anouk. La tâche n'était pas difficile, mais la fillette s'appliquait, avec la concentration intense d'une enfant de son âge.

À la pensée de ce qu'elle vivait au quotidien, le cœur d'Anouk se serra. Elle ne savait que trop bien ce que c'était que d'assumer les responsabilités d'un foyer. Elle-même s'était occupée de tout à la place de sa mère, telle l'assistante personnelle d'Annalise Hartwood, et non sa fille.

De surcroît, elle était aussi son souffre-douleur.

Elle s'empressa toutefois de faire barrage aux souvenirs.

— Tu attends Noël avec impatience ? demanda-t-elle, puis elle se mordit aussitôt la langue.

Libby prit le temps de réfléchir, puis elle hocha la tête, au grand soulagement d'Anouk, qui retenait sa respiration.

— Oui, je crois. Ça va mieux, maintenant, depuis que je peux venir ici.

— Bien sûr ! Ces paquets sont pour le marché de Noël ?

— Oui, ça va être super ! Il y aura des stands, des jeux, et Sol et Malachi nous préparent une surprise ! Une année, ils nous ont emmenés à la patinoire, une autre fois au parc d'attractions. Ces sorties sont des opportunités pour Care to Play de montrer que nous sommes des enfants comme les autres.

— C'est vrai, approuva Anouk, impressionnée par la maturité de cette enfant, ainsi que par l'aisance avec laquelle elle s'exprimait.

— En plus, on récolte de l'argent pour le centre, poursuivit-elle fièrement. Et pour acheter des nouvelles pièces pour notre village de Noël.

Anouk ignorait de quoi il s'agissait, mais, avant qu'elle n'ait pu interroger Libby, celle-ci souleva le couvercle d'une boîte pleine de Pères Noël, rennes, lutins et bonshommes de pain d'épice.

— J'ai déjà fait tout ça.

— C'est super !

Un sourire éclaira le visage de la fillette.

— Il ne faut pas le dire aux petits, chuchota-t-elle, mais, en vrai, le Père Noël n'existe pas.

— Qu'est-ce qui te fait penser ça ? demanda Anouk, prudente.

— Je le sais ! rétorqua Libby, presque vexée. L'année dernière, quand j'avais cinq ans, on est allées faire les courses ensemble avec maman, et elle a acheté mes cadeaux sans me le dire. Mais le jour de Noël, elle était trop fatiguée pour se lever toute seule et déposer les paquets sous le sapin. Alors elle a essayé de me faire croire que le Père Noël s'était trompé, qu'il les avait mis sous son lit.

— Ça se peut, dit Anouk, sans lever les yeux de sa tâche.

— Pas la peine de me protéger ; je suis très mûre pour une enfant de six ans.

Sans doute Libby répétait-elle une phrase qu'elle avait entendue, avec un tel détachement qu'Anouk en eut la gorge qui se serra.

— En fait, quand maman est malade, c'est moi qui passe l'aspirateur. J'avais vu depuis longtemps que mes cadeaux étaient là. J'ai essayé de lui dire, mais elle s'est fâchée, et elle était si contrariée que j'ai fait semblant de la croire.

— Il n'empêche que ça arrive que…, insista Anouk.

Libby ne la laissa pas terminer.

— Je voulais le dire à quelqu'un, et je t'aime bien. Je crois que je peux te faire confiance. Je peux ? demanda-t-elle, la tête penchée sur le côté, en scrutant le visage d'Anouk.

— Bien sûr ! répondit-elle, en s'efforçant de dissimuler son émotion.

Libby l'observa encore un instant, puis elle se remit à l'ouvrage, et Anouk l'imita, en priant pour que la petite fille n'entende pas les battements de son cœur.

Une bonne demi-heure s'écoula ainsi, dans un silence paisible, avant que Libby ne reprenne la parole.

— Tu sais qu'on va voir un spectacle, pour Noël ? Peut-être un magicien, ou bien des marionnettes.

Comme si la conversation précédente n'avait jamais eu lieu.

— Génial ! s'exclama Anouk, espérant paraître sincère.

— Ça va être super, surtout que cette fois ce sera un vrai spectacle, pas juste Sol et Malachi qui font les clowns ! Mais ils sont drôles, quand même. Ils sont trop cool !

— Tu trouves ?

L'adoration que la fillette semblait vouer à Sol ne le rendait que plus attirant.

— Évidemment ! Ça se voit tout de suite ! Normalement, ils sont tout le temps là. Mais depuis qu'ils ont commencé à construire le nouveau centre, on les voit moins.

Tout en collant un Père Noël sur un sac en papier, Anouk s'efforça d'adopter un ton naturel.

— D'après toi, quelle est leur plus grande qualité ?

— Ils sont juste hyper cool… Eux aussi, ils s'occupaient de leur mère, alors qu'elle ne les aimait même pas. Eh bien, ça ne les a pas empêchés de devenir riches et célèbres. Quand je serai grande, j'espère que je serai comme eux.

— Tu veux devenir chirurgien, comme Sol ?

— Sol est neurochirurgien, précisa Libby. Il sauve des vies. Mais je n'ai pas encore décidé si je veux faire médecin ou investisseur, comme Malachi, et devenir millionnaire. Tous les deux, ils disent toujours que, quand on veut quelque chose vraiment, et qu'on se donne la peine, on a de fortes chances d'y arriver.

— Ils ont raison, acquiesça Anouk, ne sachant trop que dire.

— Tu savais qu'ils aiment bien aider les ouvriers sur le chantier du nouveau centre ?

— Qui ça ?

— Sol et Malachi. Ils travaillent souvent sur le chantier. On les voyait, en été, quand on allait jouer au foot ou dans le parc. Ils déchargeaient des sacs du camion, ou bien ils sciaient du bois.

— Ah bon ?

L'image ne contribuait pas à apaiser les tiraillements qui taraudaient Anouk en permanence, ces derniers jours.

Pas étonnant que Sol ait une silhouette aussi athlétique. Chaque fois qu'elle avait réussi à chasser le souvenir de son corps musclé, elle s'était consolée en se disant qu'il devait consacrer des heures à soulever de la fonte. Sa mère avait un faible pour les adeptes du body-building, si bien qu'Anouk avait pu constater à maintes reprises que ce genre d'hommes s'aimaient tellement qu'il ne leur restait plus d'amour pour personne d'autre.

Elle s'était ainsi presque convaincue que le physique de Sol n'était pas naturel et, du coup, qu'il lui plaisait beaucoup moins. Mais maintenant qu'elle savait que sa carrure était due à de véritables travaux de force, de surcroît dans le but de construire un centre d'accueil pour enfants en détresse, il allait devenir plus compliqué de nier sa flamme pour cet homme.

— Un jour, ils étaient torse nu, et les grandes, elles ont dit qu'ils étaient canon, déclara Libby avec une moue sceptique. Mais moi, je trouve qu'ils ont eu raison de remettre leur T-shirt quand ils nous ont vus.

Dans ce domaine, apparemment, la fillette était moins en avance sur son âge que dans d'autres.

— C'est sûr ! approuva Anouk, en évitant d'imaginer Sol torse nu.

— Des fois, on leur apportait des bouteilles d'eau, quand il faisait très chaud.

— C'est très gentil.

— Sol et Malachi font tellement de choses pour nous... C'est normal qu'on pense à eux. C'est pour eux qu'on achète des scènes miniatures pour le village de Noël.

— Ils veillent sur vous parce que vous veillez sur les autres, dit Anouk d'une voix douce.

— Peut-être. En tout cas, ils savent très bien ce qu'on vit. C'est pour ça que c'est plus facile de parler avec eux.

Encore un nouvel élément... Anouk avait l'impression d'être comme un oisillon, en quête de la moindre miette à propos de Sol. Elle se mordit la lèvre inférieure.

— Comment se fait-il qu'ils s'occupaient de leur maman ? demanda-t-elle, l'air de rien.

— Ça, c'est leur histoire ! rétorqua Libby en la fusillant du regard, avec une expression digne d'une jeune femme davantage que d'une enfant de six ans.

Vexée, Anouk se força à sourire, et s'enjoignit de ne plus penser à Solomon Gunn, surtout torse nu sur un chantier de construction.

— J'ai fini de coller mes Pères Noël, annonça-t-elle. Je fais quoi, maintenant ?

Sol sut qu'elle était là avant même de la voir. Sa présence était perceptible dans l'atmosphère, l'air s'était chargé d'une nouvelle énergie.

En prenant une profonde inspiration, il se retourna lentement. Vêtue d'un long manteau, d'une écharpe verte à motifs de sapins et d'un bonnet en forme de gâteau de Noël, elle était à croquer.

— Tu passais dans le coin ?

— Ne joue pas les innocents. Libby m'a dit que je te trouverais là. Tu t'en doutais, j'imagine.

Il ne pouvait le nier. Libby était une enfant bavarde, et il aurait mis sa main au feu qu'elle parlerait du nouveau centre. En revanche, il n'était pas certain qu'Anouk se déplacerait.

— Tu n'étais pas obligée de venir.

Il en était toutefois extrêmement satisfait.

— J'étais certaine que tu dirais ça, répliqua-t-elle, les lèvres pincées.

Un sac de ciment sur l'épaule, il s'avança vers elle.

— Tu aimes la maçonnerie ?

— Tout ce que Mal et moi pouvons faire nous-mêmes, c'est de l'argent économisé pour le centre.

— Je te croyais millionnaire... À en croire les rumeurs qui circulent à l'hôpital, vous aviez des parents très riches...

Sol ouvrit la bouche, dans l'intention de répondre par une boutade, comme à son habitude, mais pour une fois il se trouva à court de répartie. Anouk avait employé un drôle de ton, comme si elle prêchait le faux pour savoir le vrai...

Cela dit, il n'avait pas honte de son histoire. Malachi avait raison : ce qui était passé était passé. Pour autant, Sol ne tenait pas à raviver l'humiliation de son enfance, surtout devant la fille d'une starlette hollywoodienne, née avec une cuillère en argent dans la bouche.

Quoique... Les Hinton n'avaient-ils pas insinué autre chose ?

— Mal et moi pouvons donner tout ce que nous voulons, ces centres doivent être autonomes, si nous souhaitons qu'ils nous survivent. Et si le modèle fonctionne, alors nous pourrons essaimer dans tout le pays.

— Vous avez pour objectif d'ouvrir d'autres Care to Play ?

— Oui, un maximum.

— Je... Je n'aurais pas cru.
— Tu ne peux pas tout savoir ! Je te fais visiter ?

Anouk parut surprise, puis elle hocha la tête, absolument divine avec son bonnet de Noël.

— Avec plaisir.

— Au fait, comment va la petite qui est tombée dans l'escalier ? s'enquit Sol en se dirigeant vers l'entrée du bâtiment, sans vérifier si Anouk le suivait.

Toutefois, en déposant son sac de ciment sur le sol, il entendit le bruit de ses talons. Pourquoi en éprouva-t-il un sentiment de victoire ? Comment cette femme était-elle parvenue à lui tourner ainsi la tête ? C'était du pur délire et il y était grand temps d'y remédier. Cependant, il avait le pressentiment que, s'il ne réagissait pas immédiatement, il serait très bientôt trop tard.

— Rosie ? demanda Anouk tandis qu'il déverrouillait le cadenas des portes provisoires. Crois-le ou non, elle se porte comme un charme. Tu sais qu'elle ne s'est fait aucune fracture, n'est-ce pas ?

— Et l'hémorragie cérébrale ?

— Rien de méchant. Nous l'avons gardée deux nuits sous surveillance. Elle est sortie hier.

— Elle a eu de la chance.

— Beaucoup, acquiesça Anouk, toujours épatée par ce genre de miracles.

Sol ôta la lourde chaîne qui retenait les battants de contreplaqué, puis il s'écarta et invita Anouk à entrer.

— Bienvenue dans notre nouveau Care to Play. En principe, on devrait emménager d'ici la nouvelle année.

Dans ce qui serait bientôt le hall d'accueil, Anouk regarda autour d'elle, les équipements high-tech, les enchevêtrements de câbles, en prévision sans doute de nouveaux gadgets pour les enfants, les radiateurs allumés pour sécher les plâtres.

Inexplicablement, Sol se sentait euphorique, à guetter les réactions de cette femme à la personnalité si complexe, qui faisait naître en lui des sentiments qu'il était incapable d'identifier.

De l'attirance, certainement, mais il avait déjà éprouvé de l'attirance pour des dizaines de femmes. Anouk ne l'attirait pas seulement physiquement, il y avait entre eux une espèce de... connexion. Non... Ce n'était pas ça non plus, mais il ne parvenait pas à trouver le mot juste.

— Qu'y aura-t-il ici ? demanda-t-elle en désignant un espace encore en chantier.

— Une scène. Certains de ces gamins ont un talent inouï, qui n'attend que d'être révélé et développé. Derrière le mur, là, il y aura deux salles de musique insonorisées, avec des instruments, pour que les enfants puissent jouer en groupe, s'ils le souhaitent. Sinon, ils pourront chanter en solo.

— Ces nouveaux locaux sont beaucoup plus grands que le premier centre.

— Quatre cents mètres carrés de plus, et beaucoup mieux équipés.

— Je vois ça, répondit Anouk avec un sourire qui fit chaud au cœur de Sol. C'est génial. Les enfants seront bluffés.

— J'espère. Viens, je te montre le reste.

Ils poursuivirent par les cuisines, les bureaux, les salles de musique et enfin les petits salons pour les temps calmes.

— Bien que l'idée soit de permettre aux enfants de jouer, de chanter, de faire des activités manuelles, il y a tout de même des moments où ils ont besoin de parler. Ils pourront alors s'isoler en petits groupes dans ces pièces.

— S'encourager les uns les autres.

— Exactement. Ils auront aussi la possibilité de se réfugier là pour discuter en tête à tête avec un adulte. Certains s'automutilent et ont besoin de soutien psychologique. En général, ces enfants ont trop longtemps assumé seul trop de responsabilités et ils ont fini par se laisser déborder, sans savoir vers qui se tourner.

La façon dont Anouk baissa les yeux n'échappa pas à Sol, ni le rouge qui lui monta aux joues, comme chaque fois qu'elle se sentait mal à l'aise.

— Tout va bien ?

— Grâce à Care to Play, ils ne seront plus jamais seuls. C'est formidable, bravo !

Là-dessus, elle pivota vers ses salons, en direction de la sortie, et se heurta à Sol, qui lui saisit les avant-bras afin de la stabiliser. À l'évidence, Anouk cachait un secret, et il était curieux de savoir lequel.

Toutefois, à l'instant où ils entrèrent en contact physique, une décharge électrique le parcourut, soudant ses mains aux bras d'Anouk. Il avait beau se faire violence, il était incapable de la lâcher. Il éprouvait un besoin quasi viscéral de connaître cette femme. En à peine une semaine, elle avait pris possession de tout son être.

— Que t'arrive-t-il ? demanda-t-il, avec une note d'urgence.

Ces pièces étaient conçues pour que les enfants s'y sentent dans l'intimité, en sécurité, pour qu'ils puissent exprimer ce qu'ils n'osaient même pas s'avouer à eux-mêmes.

Anouk contre son torse, son parfum frais et fleuri lui chatouillant les narines, Sol ne se sentait pas du tout en sécurité. Il brûlait de goûter de nouveau à ses lèvres, d'embrasser la veine qui pulsait dans son cou, mais il se maîtrisa. Car il souhaitait entendre sa réponse. C'était insensé, mais il désirait qu'elle se confie à lui, qu'elle cesse de le considérer comme un coureur de jupons invétéré.

Or, si elle se livrait, serait-il prêt à en faire autant ?

7

Elle leva les yeux vers lui et scruta longuement son visage, si bien que Sol crut un instant qu'elle s'apprêtait à lui faire des révélations.

Mais brusquement, son expression se durcit.

— Je ne vois pas de quoi tu parles, dit-elle avec un sourire forcé, en s'écartant de lui.

— Je suis sûr que si.

Elle lui coula un regard incendiaire, mais la façon dont elle déglutit péniblement n'échappa pas à Sol. Il aurait pu insister, pourtant quelque chose lui soufflait que ce serait contre-productif.

À nouveau, le silence s'installa.

— Pourquoi ? demanda-t-elle enfin.

— Pourquoi quoi ?

— Pourquoi voudrais-tu que je te raconte ma vie ?

Elle avait une voix à la fois agressive et peinée, traduisant un sentiment que Sol ne connaissait que trop bien.

— Alors que tu fais un secret de la tienne, ajouta-t-elle.

— Ce n'est pas vrai. Je t'ai invitée au centre. Tu as passé du temps avec les enfants, cet après-midi.

Sol recula de quelques pas, et cessa de fixer ces lèvres pulpeuses. En fait, Anouk n'exerçait sur lui qu'une attraction purement sexuelle, comme les autres.

Ou, sinon, de quoi aurait-il pu s'agir ?

— En effet, tu m'as beaucoup parlé de Care to Play, des

jeunes aidants, des bénévoles, des donateurs. Tu m'as expliqué comment fonctionnent les autres associations, en quoi la vôtre est différente, et tu m'as montré qu'il reste beaucoup de chemin à parcourir, que ces enfants requièrent encore plus de soutien.

— Tout à fait.

Anouk plongea son regard dans les yeux de Sol, avec une intensité presque insoutenable.

— Mais il y a une chose que tu as soigneusement omise... Pourquoi cette cause t'est-elle aussi chère ?

Il ne s'attendait pas à cette question, bien qu'elle fût prévisible. Et même s'il avait l'habitude d'y répondre, elle le déstabilisa.

— Quelle importance ? répliqua-t-il, posé, alors que son cœur cognait aussi fort que s'il venait de courir un cent mètres.

Anouk prit le temps de réfléchir, et Sol se demanda si elle cherchait ses mots ou si elle regrettait de s'être aventurée sur ce terrain.

— Je ne sais pas, finit-elle par admettre. Je suppose que c'était ça, en fait, le fond de ma question : est-ce que ça a de l'importance ?

— Je ne suis pas sûr de te suivre...

— Qu'est-ce qui compte le plus pour toi ? Les femmes ou les jeunes aidants ? Si ce sont les seconds, au lieu de passer pour un play-boy, tu ne préférerais pas mettre en avant ce côté de toi ?

— Non.

Anouk eut un mouvement de surprise.

— Pourquoi ?

Parce qu'on lui poserait trop de questions, exactement comme Anouk était en train de le faire, et qu'il ne voulait pas qu'en le voyant on voie avant tout un enfant malheureux.

Inexplicablement, toutefois, il aurait voulu qu'Anouk sache qu'il n'était pas qu'un tombeur, et pourtant il ne parvenait pas se résoudre à se montrer sous son vrai jour.

Car il avait beau prétendre le contraire, en vérité, il avait honte de son enfance. S'il avait pu, il aurait gommé ce chapitre de sa vie.

— Parce que je suis fier d'être un séducteur, affirma-t-il avec un aplomb qu'il travaillait depuis plus de dix ans.

Pour la première fois, cependant, il se trouva ridicule.

— Ah oui ? En fait, avec tout ce qu'on m'a raconté aujourd'hui, je commence à me demander où tu trouves le temps pour toutes ces conquêtes amoureuses qu'on te prête...

— Je suis très polyvalent, rétorqua-t-il en riant.

— Il faudrait que tu possèdes le don d'ubiquité, répliqua Anouk sans se démonter. Personne ne peut être présent à plusieurs endroits en même temps.

Il avait l'impression qu'elle lisait dans son âme. Mais si elle savait certaines choses de lui, elle ne pouvait pas tout savoir. Et elle n'en saurait jamais davantage. Tant pis s'il devait être cruel.

— Crois-moi, Anouk, tu n'es pas la première à confondre intimité sexuelle et intimité personnelle. Tu penses me comprendre, mais je ne t'ai donné que du plaisir, rien de plus.

Elle devint blême, et Sol se sentit méprisable. Mais mieux valait passer pour un grossier personnage plutôt que laisser ce désir irrationnel le dominer.

Un pesant silence s'installa, qu'Anouk finit toutefois par rompre.

— Tu es attaché à ces enfants parce que tu les comprends mieux que tu ne le laisses paraître devant les invités fortunés du gala.

— Pas vraiment.

— Tu as pourtant été comme eux, insista-t-elle en soutenant son regard.

Pris au dépourvu, Sol se demanda s'il pouvait bluffer. Étrangement, il pressentait qu'Anouk ne serait pas dupe. Et quelque part, malgré lui, il avait presque envie qu'elle perce sa façade.

— C'est Barbara qui t'a dit ça ? demanda-t-il, d'une voix miraculeusement calme et plate.

Anouk secoua la tête, mais il ne la crut pas.

— Elle sait pourtant qu'elle ne doit divulguer aucune information personnelle, à propos de personne, et à personne.

— Barbara ne m'a rien dit.

— Ça ne peut être qu'elle.

— Non, c'est Libby. Elle m'a dit que vous vous occupiez de votre mère, toi et ton frère.

Un instant, Sol demeura privé de voix.

— Que t'a-t-elle dit d'autre ? parvint-il enfin à articuler.

— Que c'était à toi, et pas à elle, de me raconter ton histoire.

— Libby tout crachée, marmonna Sol avec un petit rire cassant qui se réverbéra entre les murs de plâtre nu.

Et à nouveau, le silence s'installa.

— C'est donc vrai ? hasarda Anouk.

Il ne répondit pas. En niant, il aurait eu le sentiment de trahir une enfant de six ans. Toutefois, il ne savait que dire.

— Quel âge avais-tu ?

Les enfants du centre lui posaient systématiquement cette question ; il y avait répondu un millier de fois, au fil des ans. En revanche, il n'avait jamais toléré aucune indiscrétion de la part de ses collègues de l'hôpital. Mais avec Anouk, c'était différent. Il ne parvenait pas à couper court à cette conversation et, en même temps, il ne parvenait pas non plus à se montrer sincère.

La position était inconfortable. Presque oppressante.

Il aurait dû prendre congé. Si seulement il n'avait pas eu tellement envie de rester encore avec Anouk. Plus il y pensait, plus il lui paraissait évident que, si elle l'attirait autant, c'était parce qu'il n'était pas encore parvenu à ses fins.

Aussi détestable que fût cette explication, il n'en voyait pas d'autre. Aucune autre raison pour que cette femme lui mette ainsi la tête à l'envers.

La solution était de remédier à la situation. De la convaincre qu'il était dans leur intérêt à tous les deux de terminer ce qu'ils avaient commencé le soir du gala. Assouvir leur désir mutuel afin qu'il cesse de les ronger.

— Il n'y a pas encore l'électricité ici, dit-il de but en blanc. Les radiateurs sont alimentés par un générateur. Mais il y a un petit café sympa un peu plus loin dans la rue.

Un instant, ils se regardèrent sans rien dire, et Sol aurait mis sa main à couper qu'Anouk trouverait un prétexte pour s'esquiver. Mais contre toute attente, elle ajusta la bride de son sac sur son épaule et déclara :

— Eh bien, allons-y.

— Cette affreuse rengaine de Noël passe dans tous les commerces depuis au moins novembre, bougonna-t-elle en entrant dans le café.

Elle ne savait pas pourquoi elle avait accepté de venir là. Sans doute espérait-elle encore des confidences, bêtement.

— Voire octobre, renchérit Sol en riant.

Son malaise s'était dissipé sitôt qu'ils avaient quitté le chantier et qu'Anouk avait cessé de lui poser des questions.

— Choisis une table, dit-il, je vais commander. Qu'est-ce que tu prends ?

Pour sa part, elle était déçue. Si Sol ne voulait pas lui raconter son enfance, il aurait pu au moins l'embrasser. Elle avait cru qu'il était sur le point de le faire, quand il s'était approché d'elle, tout près, les mains sur ses bras. Mais non.

Du coup, elle avait été insistante, voire indiscrète. Alors qu'elle se moquait de qui était Solomon Gunn. Ce n'était pas comme si elle le fréquentait. Elle n'était pas naïve, elle savait qu'aucune femme ne mettrait jamais le grappin sur le bourreau des cœurs. Sauf que… quelque chose ne semblait pas raccord avec la réputation dont on l'avait affublé.

Tout du moins, Anouk essayait de s'en convaincre, pour se justifier de ce qui s'était passé au gala. Certes, elle n'éprouvait pas de regret, mais elle avait besoin de s'expliquer pourquoi elle avait soudain eu ce comportement de séductrice qui ne lui ressemblait pas du tout.

Et restait que cet homme l'intriguait, tout simplement !

Plus elle tentait de le sonder, plus il se fermait, plus il aiguisait sa curiosité.

— Moi, je prends un café aux épices de Noël, dit-il après avoir étudié l'ardoise. Tu as fait ton choix ?

— Un thé. Noir, ordinaire.

Il arqua les sourcils.

— Serait-ce une manifestation de ton aversion pour Noël ?

— Ce n'est pas une aversion.

— Tu détestes vraiment cette période de l'année ?

Il inversait les rôles avec une telle aisance qu'Anouk se demanda s'il le faisait exprès ou non.

— Oui, répondit-elle en haussant les épaules. Je ne suis pas comme toi, je n'aime ni les sapins, ni les guirlandes, ni les villages miniatures.

Le visage de Sol se rembrunit, et elle craignit d'avoir commis une maladresse.

— Pourquoi me parles-tu de villages miniatures ?

— Libby m'a dit que les enfants du centre vous achètent une nouvelle pièce chaque année.

Le sourire revint sur les traits de Sol puis, sans rien dire, il se dirigea vers le comptoir, laissant Anouk trouver une table, et il s'ordonna de ne plus chercher à interpréter chacune de ses paroles ou chacun de ses silences.

— Qu'est-ce qu'on fait là, au juste ? lui lança-t-elle impulsivement dès qu'il la rejoignit avec un plateau. Tu n'amènes pas tes conquêtes ici, j'imagine. Tout du moins, pas après les avoir déshabillées sur un opulent bureau. Avant, peut-être... Quand tu es encore dans la séduction...

Sans un mot, il ôta son manteau, puis il prit place en face d'Anouk et remua son café, pensif.

— Je suis autant dérouté que toi par cette... joute, dit-il enfin, mystérieusement.

— Que veux-tu dire par là ?

— Que ce petit jeu ne nous mènera nulle part.

— Je ne joue pas, répliqua-t-elle, sur un ton qu'elle voulait indigné mais qui se révéla moins convaincant qu'elle ne l'aurait souhaité.

— Par conséquent, je propose qu'on procède autrement,

poursuivit-il, ignorant sa répartie. Je crois qu'il faut qu'on se revoie.

— Qu'on se revoie..., bredouilla-t-elle. C'est-à-dire ?

— Au lit, précisa-t-il avec un sourire désarmant.

Bien que sidérée par cette réponse franche et directe, Anouk en éprouva un délicieux frisson.

— Une nuit de pur plaisir, ajouta-t-il, comme s'il craignait qu'elle n'ait pas compris. L'aboutissement de la soirée du gala.

Troublée par cette audace, Anouk revit l'expression qui s'était peinte sur les traits de Sol juste avant qu'il n'enfouisse le visage entre ses cuisses. Chaque cellule de son cerveau lui hurlait de refuser, mais elle garda le silence, contractée... Excitée, déjà.

— Par contre, il y aura des règles de base à respecter.

— Des règles ? répéta-t-elle.

— Pour éviter tout malentendu.

— Il n'y aura pas de malentendu, ne t'inquiète pas, dit-elle d'une voix traînante.

En proie soudain à un violent désir, elle avait l'impression d'être extérieure à son corps. Et alors que le bon sens aurait voulu qu'elle décline ces avances, elle avait hâte de connaître les « règles » et de passer à la suite du programme.

Qui était cette étrangère qui avait pris possession de sa personne ? Et qu'avait donc fait Sol à la véritable Anouk le soir du gala ?

Elle aurait dû s'écœurer. Finalement, elle était une femme facile, comme les autres. Faible. Exactement comme sa mère qui tombait sous le charme de tous les beaux gosses.

Mais Sol n'était-il réellement qu'un don Juan ?

Quelque chose dans sa posture, beaucoup plus tendue que d'ordinaire, quelque chose dans le soin qu'il mettait à choisir ses mots, quelque chose dans son regard semblait indiquer qu'il était beaucoup moins blasé qu'il le laissait paraître.

Ou alors Anouk se faisait des idées...

Quoi qu'il en soit, sa décision était prise. Une occasion de commettre un acte aussi osé avec un homme aussi séduisant que Solomon Gunn ne se reproduirait pas de sitôt.

— Laisse-moi deviner..., dit-elle langoureusement. La règle de base, c'est qu'il ne s'agit que d'une aventure sexuelle, sans lendemain, sans sentiment déraisonnable pour venir compliquer les choses.

— Exactement, à ceci près que j'ai l'intention d'être complètement déraisonnable...

— Oh ?

— J'ai l'intention de te faire passer la nuit la plus folle de ta vie, la plus torride.

Une fraction de seconde, Anouk crut qu'elle avait avalé sa langue.

— Le contraire me décevrait, dit-elle.

Et soudain, ils se levèrent tous deux, Sol l'aida à mettre son manteau et, main dans la main, ils quittèrent le café.

Dehors, la nuit était tombée. Les trottoirs étaient mouillés, mais il ne pleuvait plus. Un vent glacial s'était levé, pourtant Anouk ne sentait pas le froid, le bras de Sol autour de sa taille. À quelques jours de Noël, les rues étaient noires de monde.

— Tu ne trouves pas que c'est bizarre ? demanda Sol tout à coup, en ralentissant le pas et en regardant autour de lui. Il y a vraiment beaucoup de circulation, non, même pour cette période de l'année ?

— C'est vrai... Et les voitures roulent en sens interdit, constata Anouk. Il y a eu un accident quelque part...

— Quelque chose de grave, alors, pour qu'on ait instauré une déviation et qu'il y ait autant de monde...

Sol retira son téléphone de sa poche arrière et ils échangèrent un regard.

— Non, je n'appelle pas, décréta-t-il. Si on a besoin de moi à l'hôpital, ils ont mon numéro.

Anouk arqua les sourcils.

— Et le devoir professionnel ? Passe un coup de fil dans ton service, ou tu sais comme moi que tu auras des remords. Tant pis... C'est sûrement un signe...

— Je ne crois pas aux signes. Toi et moi, c'est inévitable, Anouk. Tu le sais comme moi, ajouta-t-il avec un clin d'œil.

On ne peut pas déjouer le destin. Même si on essayait, il nous rattraperait.

— Pas sûr... Je cours vite !

Sol éclata de rire. Un rire extrêmement sensuel.

— Plus tu courras vite, plus tu iras loin, plus dure sera la chute.

La sonnerie de son téléphone l'interrompit.

— Et mince..., grommela-t-il en lâchant la taille d'Anouk.

Dépitée, elle écoutait ses réponses laconiques et tentait de les interpréter.

— Gros accident, dit-il sombrement en raccrochant, quelques minutes plus tard. Une explosion au gaz sur Beechmore Street. Beaucoup de blessés, transférés chez nous et au Royal Hospital.

Saskia...

— Beechmore Street ! s'écria Anouk. C'est tout près de chez moi ! Je dois aller voir !

— Non, c'est dangereux. Tout le quartier a été évacué.

— Je dois aller voir, répéta-t-elle fermement.

Et elle s'avança sur le bord du trottoir pour héler un taxi.

— Tu ne trouveras jamais de taxi. Tout est bloqué, paraît-il. Allons à pied à l'hôpital.

Anouk eut un instant d'hésitation, puis elle pensa aux victimes.

— OK, acquiesça-t-elle.

L'hôpital ne l'avait pas appelée, mais, si la situation était critique, un médecin de plus serait le bienvenu.

Ils avaient à peine parcouru quelques mètres que la sonnerie de son téléphone retentit.

8

— On a les résultats de la gazo, déclara Anouk à son équipe. pH 7,04 ; lactates à 9.

— Bicarb ?

Elle jeta un coup d'œil à l'ordinateur.

— 8. Base à – 20. OK, les gars, reprenons du début. Voies aériennes ?

Elle attendit qu'on lui communique qu'elles n'étaient pas obstruées avant de demander :

— Fréquence respiratoire ?

La réponse se fit attendre, si bien qu'elle devina que la respiration jusqu'alors faible était maintenant absente. Immédiatement, elle entreprit une réanimation cardio-respiratoire.

La patiente était arrivée dans un état critique. Tout à leur honneur, les ambulanciers étaient parvenus à la transporter depuis le lieu de l'explosion jusqu'à l'hôpital, mais Anouk avait conscience qu'elle ne pourrait pas faire grand-chose pour cette jeune femme.

Elle détestait perdre un malade, quel que soit son âge, et là, le pronostic était sombre. Néanmoins, il était de son devoir de se battre.

Après plusieurs cycles de réanimation, elle finit toutefois par se résigner.

— Pouls ?

Tandis qu'une infirmière le vérifiait sur le moniteur, elle prit le poignet de la victime.

— Pas de pulsation.

À l'écran, le tracé était plat. Contrariée, elle consulta l'horloge et annonça l'heure du décès.

— On aura fait ce qu'on a pu, lui dit une collègue en lui tapotant l'épaule.

Anouk baissa la tête. Certes, elle faisait toujours tout ce qui était en son pouvoir, et ce n'en était que plus frustrant. Mais aujourd'hui, elle n'avait pas le temps de s'apitoyer ; de nouvelles victimes arrivaient sans arrêt, si bien qu'elle tira les rideaux et se dirigea vers le box suivant.

D'ordinaire, elle aimait l'urgence, les défis, les victoires, sauver des vies in extremis. Mais ce soir, elle avait la tête ailleurs.

D'une part, l'explosion avait eu lieu tout près de l'immeuble où Saskia et elle habitaient. Sur le chemin de l'hôpital, elle avait tenté à plusieurs reprises de la joindre ; chaque fois, elle était tombée sur sa messagerie. Toujours sans nouvelles, elle se faisait du souci.

Par ailleurs, elle n'arrêtait pas de penser à Sol. Sans cet accident, elle serait chez lui, en ce moment... Finalement, elle bénissait presque ce contretemps. N'avait-elle pas pris une décision trop impulsive ? N'aurait-elle pas regretté cette incartade ? Mais à présent, n'allait-elle pas regretter d'être passée à côté d'une nuit de folie, d'une opportunité qu'elle ne saurait peut-être plus jamais saisir ?

Bref, ce n'était pas le moment de penser à sa vie sexuelle.

Tandis que les brancardiers emmenaient la patiente décédée, elle s'apprêtait à entrer dans un box lorsque Sol l'interpella.

Son cœur bondit de joie et, soudain, tout s'éclaira.

— On m'a appelé pour un cycliste de trente-deux ans avec des fractures en T12 et L1, dit-il.

— Un de mes patients. Juste là.

Malgré son trouble, elle bascula instantanément en mode professionnel, et elle précéda Sol auprès du blessé. Sa compagne, pétrifiée d'angoisse, était assise à son chevet.

— Voici Jared. Il revient du scanner.

— Victime de l'explosion ?

— Oui. D'après ce que les témoins ont raconté aux ambulanciers, il a été soufflé. Il est passé par-dessus le guidon de son vélo et il a été projeté sur une voiture. Heureusement, il portait un casque. Le scanner a révélé des fractures de la troisième et de la quatrième côte, avec un pneumothorax droit, des fractures en T12 et L1. Des troubles neurologiques ne sont pas à exclure. Il présentait une plaie assez profonde à la cuisse droite, qui a été suturée. On lui a donné 14 mg de morphine.

— OK, je peux voir le scan ?

— Bien sûr. A priori, la moelle n'a pas été touchée...

Anouk s'étonnait elle-même : dans le contexte de l'hôpital, elle parvenait à collaborer avec Sol comme s'il ne s'était absolument rien passé entre eux. Une chance, le contraire eût été ennuyeux !

— Montre-moi le scan, demanda-t-il, alors que son téléphone sonnait.

À l'évidence, la nuit serait chargée.

Pendant plusieurs heures, Anouk travailla sans relâche, occupant ses pauses à chercher des lits pour les victimes de l'explosion, si bien qu'elle finit par perdre la notion du temps.

Elle avait le téléphone en main, pour appeler la neuro, lorsque Sol apparut.

— Tu tombes bien ! dit-elle en reposant le combiné. Je croyais que je n'arriverais jamais à avoir personne !

— Pour Jared ? Notre cycliste avec les fractures en T12 et L1 ?

— Pardon ?

— Je suis content : les fractures sont stables, l'intervention n'est pas nécessaire. Pas non plus de déficit neurologique. Tu peux le muter en soins intensifs, pas la peine qu'il aille en neuro.

Anouk héla une infirmière et la pria de s'occuper du transfert au plus vite, afin de libérer un lit. Puis elle attrapa Sol par sa blouse avant qu'il ne tourne les talons.

— Oui ?

Il regarda ses mains, mais elle n'avait pas le temps de se sentir gênée.

— J'ai besoin de toi. Pour un patient. C'est urgent.

— J'étais juste descendu pour faire le point sur Jared. J'ai un autre malade qui m'attend. Appelle Alice, elle ne devrait pas tarder à être dispo.

— Je ne peux pas me permettre d'attendre Alice.

Sur ces mots, Anouk entraîna Sol vers un écran et lui montra des radios. Vaguement, il lui vint à l'esprit qu'il aurait pu objecter, dans l'intérêt des patients de son service. Par chance, il partait du principe qu'il s'agissait d'un cas gravissime et qu'elle avait réellement besoin de lui.

— Elle s'appelle Jocelyn. Elle se trouvait devant l'immeuble au moment de l'explosion. Elle a été projetée contre un mur de l'autre côté de la rue. Perte de connaissance pendant une dizaine de minutes. À l'arrivée des ambulanciers, elle avait un Glasgow à 3, qui depuis est passé à 11. Attitude très agressive, ce qui d'après son mari n'est pas du tout dans sa nature. On l'a endormie pour l'envoyer au scan.

Anouk afficha d'autres clichés.

— Important hématome sous-dural, constata Sol. De très grande taille, ajouta-t-il, sourcils froncés.

— Oui, avec engagement temporal.

— La pression intracrânienne continue d'augmenter ?

— Oui.

Une intervention immédiate s'imposait. Dans le meilleur des cas, les neurochirurgiens parviendraient à drainer le sang, le cerveau reprendrait sa place et il n'y aurait pas de séquelle. Mais rien n'était gagné d'avance et il fallait agir vite.

Dans le pire des cas, Jocelyn mourrait.

— Je la prends en charge, déclara Sol. Alice s'occupera de mon patient, il est dans un état moins critique.

— Merci, murmura Anouk, soulagée de savoir sa patiente entre de bonnes mains.

La nuit fut mouvementée, mais les satisfactions assez nombreuses pour aider les soignants à tenir le coup pendant douze heures, qui se prolongèrent en dix-huit et s'étirèrent encore... Au bout de vingt-quatre heures, le flot des ambulances finit cependant par se tarir.

Anouk se dirigeait vers les vestiaires, lorsqu'elle croisa enfin Saskia. Elle l'avait aperçue à diverses reprises au cours de la nuit, mais toutes deux étaient tellement débordées qu'elles n'avaient pas eu le loisir de se parler.

Maintenant que le calme était revenu, elles tombèrent dans les bras l'une de l'autre.

— Si tu savais comme j'ai été soulagée quand j'ai su qu'il ne t'était rien arrivé !

— Et moi donc ! Il paraît que tu es arrivée en hélico ?

— On ne t'en a pas dit plus ?

Un vague malaise s'empara d'Anouk.

— Non...

— Kings Boulevard a été impacté par l'explosion.

— Il y a eu des dégâts dans notre immeuble ?

— Tout le quartier a été évacué. Des analyses sont en cours pour déterminer quels bâtiments sont structurellement intacts et quels autres présentent des risques d'effondrement.

Sans un mot, elles s'étreignirent de nouveau.

— Il ne nous reste plus qu'à aller à l'hôtel..., murmura Anouk, désemparée.

Saskia lui posa une main sur le bras, tout en déverrouillant son casier.

— Je... J'ai quelque part où aller.

— Où ça ?

— Chez Malachi, répondit-elle, embarrassée.

— Malachi ?

Le frère de Sol ? Anouk ne comprenait pas. Penchée en avant, son amie changeait de chaussures.

— Saskia, tu es là ? retentit la voix de Sol.

Et la tension qui régnait dans la pièce ne fit que monter d'un cran.

— Oh ! Anouk..., bredouilla-t-il en la voyant. Mal t'attend, dit-il à Saskia. Son hélico est sur le toit. Il ne veut pas le mobiliser trop longtemps, au cas où il y aurait de nouvelles urgences.

— J'y vais..., acquiesça Saskia, de plus en plus gênée.

Sol se tourna vers Anouk.

— J'ai entendu que vous alliez aller à l'hôtel... Il paraît que tout est complet. Le périmètre de sécurité est très large. Beaucoup de logements ont été évacués.

— Ah...

Inquiète pour son amie, Saskia était toujours là.

— Il reste peut-être une chambre de garde, avança-t-elle.

— Ça m'étonnerait, répliqua Sol. Tous les lits ont été réquisitionnés.

— Je peux peut-être demander à Malachi si tu peux venir chez lui, proposa Saskia en prenant la main d'Anouk.

— Ou vous pouvez venir chez moi, suggéra Sol.

Comme prévu initialement... Seulement, plus de vingt-quatre heures s'étaient écoulées depuis qu'Anouk avait relevé ce défi insensé... Et à présent, elle était épuisée – et d'humeur beaucoup moins téméraire.

— Je ne crois pas que ce soit une bonne idée.

— Pourquoi ? se récria Saskia.

Et Sol lui coula un regard reconnaissant.

— En tout cas, moi, je file ! déclara-t-elle en exerçant une pression sur la main de son amie. Je t'expliquerai, OK ? C'est compliqué...

Et là-dessus, elle disparut, laissant Anouk regarder fixement la porte se refermer derrière elle. Tout à coup, elle avait l'impression d'être redevenue adolescente, à la période de sa vie où elle avait pris conscience que tout le monde autour d'elle évoluait alors qu'elle stagnait dans une complète inertie, trop engluée dans les mélodrames de sa mère pour profiter de sa jeunesse.

Était-il possible qu'elle en soit toujours au même point ?

— Tu es au courant de quelque chose ? demanda-t-elle à Sol, repassant au tutoiement maintenant qu'ils étaient seuls.

Les mains dans les poches, il s'adossa contre le mur, dans une pose digne d'un mannequin.

— Possible...

— Mais tu ne veux rien me dire ?

— Je ne suis sûr de rien, répondit-il en haussant les épaules. Ils nous raconteront tout eux-mêmes quand ils en auront envie.

— Ils sortent ensemble ?

— Ce ne sont pas nos affaires. Bon, tu as un endroit où dormir ou tu veux venir chez moi ?

Et il attendit tranquillement, comme s'il lui offrait simplement un service. Or Anouk n'avait pas l'intention d'accepter, non parce qu'elle avait peur de ce qui se passerait, mais parce qu'elle redoutait d'en avoir *trop* envie.

Cela dit, que risquait-elle ? Une nuit de plaisir, voire deux ou trois ? Rien qu'au souvenir du gala, le désir se réveilla, presque douloureux.

Oui mais... N'avait-elle pas décidé vingt-quatre heures plus tôt que le destin avait joué en sa faveur ?

Elle y avait cru, tant qu'elle était préoccupée par ses patients, mais à présent la perspective d'une nuit seule à l'hôtel ne l'enchantait guère. D'autant moins qu'elle était invitée chez un homme beau comme un dieu...

— Au fait, comment va Jocelyn ? s'enquit-elle.

— Elle a été opérée. L'intervention a duré deux heures. On la maintient quelques jours en coma artificiel. On verra quand elle se réveillera...

— Tu aviseras en temps voulu ?

Sol répondit par un mouvement d'épaule.

Rien n'était certain, dans la vie. Mais s'il s'agissait d'un test afin de vérifier qu'il s'intéressait suffisamment à ses patients, il l'avait brillamment réussi !

Anouk allait venir chez lui. C'était inexorable.

— Je ne suis pas l'une de tes conquêtes, dit-elle, sans transition. J'accepte, mais seulement à condition que personne ne le sache.

— Quoi donc ? répliqua-t-il innocemment.

Agacée, elle prit une profonde inspiration.

— Tu sais très bien.

— Non, précise…

Sol arqua les sourcils, un sourire amusé flottant sur ses lèvres ô combien alléchantes.

Anouk poussa un soupir. Si elle était incapable de formuler les choses, comment les assumerait-elle ?

— Une nuit avec toi, répondit-elle sèchement.

— Non ? ! s'exclama-t-il. Je te proposais juste un endroit où dormir. Je n'ai pas le souvenir d'avoir mentionné… une relation sexuelle.

Ces mots dans sa bouche firent monter une bouffée de chaleur en Anouk.

— Je… Tu…, bafouilla-t-elle, gênée, et légèrement vexée. Non, effectivement, tu n'as rien mentionné de tel, poursuivit-elle d'un ton froid. Mais tu sais comment ça va se terminer. C'était d'ailleurs ce qui était prévu avant que l'hôpital nous appelle.

— Un signe du destin, d'après toi. Pour ma part, je ne crois pas à ce genre de trucs.

— Tu me l'as déjà dit. Tu es d'avis que le destin finit toujours par nous rattraper. Plus on le fuit, plus dure est la chute.

— Tu prêtes attention à chacune de mes paroles, j'en suis flatté, dit Sol en étendant langoureusement les jambes devant lui.

— Tu te moques de moi…, riposta Anouk.

Soudain, l'atmosphère était glaciale. Sol se redressa.

— Contrairement à la faible opinion que tu sembles avoir de moi, non, je ne me moque pas des femmes qui me plaisent.

— Ce n'est pas ce qui se dit.

— Je sais, marmonna-t-il en se dirigeant vers la porte. Mais là, je viens de passer vingt-quatre heures éprouvantes, et je ne suis pas d'humeur à ce genre de petit jeu.

— OK, murmura Anouk en prenant son sac et en lui emboîtant le pas, déroutée par cette réaction.

— Pour ce soir, sois tranquille, je t'offre un lit où dormir, rien de plus. On va devoir marcher. Ma voiture est restée au centre. Ça ne t'ennuie pas ?

— Pas du tout.

9

— Il s'est passé quelque chose avec l'un de tes patients ? hasarda Anouk alors qu'ils marchaient depuis un moment.

— Pourquoi ?

— Je te trouve... bizarre. Ça m'arrive, parfois, de m'attacher à un malade...

Sol ralentit, mais ne s'arrêta pas.

— Un décès, c'est ça ? insista-t-elle d'une voix très douce.

Les rues paraissaient étrangement calmes, après la tempête qu'ils avaient affrontée à l'hôpital.

— Un petit garçon de dix-neuf mois, dit-il enfin après un interminable silence.

Anouk ne répondit pas. Simplement, elle régla son pas sur celui de Sol, en espérant que cela suffirait. Elle ne comprenait que trop bien. Perdu dans ses pensées, Sol avançait tête baissée, les mains enfoncées dans les poches.

— C'est drôle, comme ça peut nous toucher, des fois, tu ne trouves pas ? dit-il au bout d'un long moment.

Question purement rhétorique, Anouk le savait ; néanmoins, elle éprouva le besoin de répondre :

— Tu parles des décès ?

— On voit des gens mourir tous les jours. C'est facile de se blinder. Mais après un accident de cette ampleur...

— Oui, c'est le nombre de victimes, je crois, qui est dur à accepter.

De nouveau, le silence s'installa et, lorsque Sol s'arrêta

devant une vitrine, Anouk prit conscience qu'ils étaient déjà dans la partie sud de la ville.

— Tu m'as parlé de village de Noël..., dit-il.

— C'est ça ?

— C'est ça.

Dans un décor enneigé, des petits trains tournaient en boucle, de minuscules figurines flânaient dans des ruelles bordées de magasins d'un autre temps, d'autres patinaient sur un lac gelé. À l'arrière-plan, un funiculaire grimpait à flanc de montagne, une route serpentait de colline en colline, semées de maisonnettes illuminées.

Anouk avait beau ne pas aimer Noël, force lui était de reconnaître que ce petit monde miniature était extrêmement bien fait et dégageait un indéniable charme.

— Voilà pourquoi les enfants se donnent autant de mal, murmura-t-elle. Pour vous offrir des modèles réduits, à toi et à ton frère Malachi. Pourquoi ?

Sol garda le silence.

Elle pressa les doigts contre la vitrine, comme si ce geste pouvait lui révéler la clé du secret de Sol.

— C'est devenu une tradition, répondit-il, évasif.

— Comment ça ?

Elle ne s'expliquait pas pourquoi elle était aussi curieuse, mais elle mourait d'envie d'en savoir davantage. Intriguée, elle se tourna vers Sol, qui contemplait le village illuminé.

— S'il te plaît, Sol...

Il inspira profondément, puis poussa un soupir, ne sachant par où commencer cette histoire qu'il n'avait pas racontée depuis... Cette histoire qu'il n'avait jamais racontée à personne.

— On était tout gamins, mon frère et moi, la première fois qu'on a vu un village de Noël, dans un magasin de jouets. Quand on a voulu entrer, le propriétaire nous a mis à la porte. Dès qu'il nous voyait, il nous chassait : on n'était que des petits morveux, on salissait la vitrine.

— Il a vraiment dit ça ?

— Pire ! Il nous poursuivait avec un balai et nous donnait

des coups dans les jambes. Alors on attendait la nuit pour aller contempler le village. À condition d'être sûrs qu'on pouvait laisser notre mère seule. Il y avait un gars qui vendait des donuts dans un camion. Il nous en offrait s'il lui en restait, plutôt que de les jeter.

— C'était gentil, commenta Anouk, le cœur brisé.

Jamais elle n'aurait soupçonné que Sol avait eu une enfance aussi difficile. Certainement personne à l'hôpital ne s'en doutait. Parce qu'il le voulait ainsi.

— Oui, c'était un gars sympa. Des années plus tard, quand Malachi est devenu champion de boxe, il lui a racheté son camion, cinq fois son prix réel, pour le remercier.

— Le marchand de donuts a su qui il était ?

— Oui, il a été très touché. Mal a offert le camion à deux jeunes du centre. Ils en ont quatre, aujourd'hui.

— Waouh !

Anouk pensait que Sol continuerait sur sa lancée, mais il se tut brusquement, comme s'il regrettait d'en avoir déjà trop dit. Sans doute avait-elle soulevé le couvercle d'une boîte fermée à double tour depuis des années, et les souvenirs s'en échappaient par bribes, sans ordre logique, sans qu'il ne puisse les contrôler.

Ou alors c'était encore l'un de ses petits jeux.

— Pour en revenir à nos moutons, on adorait regarder ces petits trains, avec Mal, et on s'était promis qu'un jour on gagnerait assez d'argent pour se payer le village entier, que les imbéciles comme le patron du magasin de jouets nous feraient des courbettes et que plus jamais on ne nous chasserait d'aucune boutique.

— Ça fait longtemps, j'imagine, que vous avez les moyens de vous offrir un village miniature, souligna Anouk en observant Sol de ses grands yeux bleus.

— Oui, on se l'est acheté dès qu'on a pu, juste pour voir ce que ça faisait.

— Et ?

— C'était cool ! répondit Sol en riant. Un peu surréaliste,

quand on l'a monté. Deux jeunes adultes savourant un bonheur d'enfant dont ils avaient été privés. Et puis on a offert des scènes à cinq ou six foyers pour enfants.

— Dont Care to Play ? devina Anouk.

— Évidemment. Lorsque les gamins ont appris notre histoire, ils ont décidé de nous offrir une nouvelle pièce chaque année. C'est une question de fierté, pour eux, de vendre des objets qu'ils ont fabriqués dans l'objectif d'acheter une nouvelle échoppe, un nouveau carrousel, une nouvelle patinoire.

— C'est adorable.

— Ils en retirent un immense plaisir.

— Je peux te poser une question indiscrète ? Pour les enfants du centre, vous êtes la preuve qu'on peut réussir en partant de rien... À l'hôpital, la rumeur dit que vous êtes nés dans une famille extrêmement riche...

— Ce n'est qu'une rumeur. Malachi est devenu multimillionnaire grâce à la boxe. Moi, je n'ai rien.

— Les neurochirurgiens gagnent bien leur vie.

Sol se tourna vers Anouk et haussa les sourcils.

— Je me suis plaint ?

— Non... Pourquoi tu ne démens pas les rumeurs ?

— Pour qu'on me pose des tas de questions ? Mon passé ne regarde personne.

— Vous avez un parcours intéressant. Deux jeunes garçons d'origine modeste qui ont réussi deux belles carrières. Les gens adorent les contes de fées. Vous auriez encore plus de succès auprès des femmes.

— Je viens de le dire, nous n'avons pas envie que les gens fouinent dans notre histoire.

Sol s'était exprimé d'un ton cassant, si bien qu'Anouk se garda d'insister, heureuse qu'il lui en ait déjà révélé autant.

Comme si elle comptait pour lui...

— Tu sais que ton bonnet est à l'envers ? dit-il en lui enlevant pour le remettre à l'endroit, un sourire charmeur revenu sur ses traits.

Puis avec une grande douceur, il lui encadra le visage, ses mains dégageant une délicieuse chaleur sur ses joues glacées.

— Sol ? chuchota-t-elle.

Les yeux dans les yeux, ils demeurèrent immobiles, puis il inclina la tête et posa les lèvres sur sa bouche.

La rue, les magasins et les passants se fondirent en un flou artistique. Avec un gémissement, elle s'agrippa à sa veste et lui rendit son baiser avec fougue.

Sa bouche était brûlante, son goût aussi enivrant que le souvenir qu'elle en gardait depuis le gala... Et malgré tous les beaux discours qu'elle avait tenté de se tenir, elle avait terriblement envie de lui.

Il l'embrassait avec une habileté qui lui faisait tourner la tête. En la serrant contre son torse musclé, il explorait sa bouche, se l'appropriait, l'excitait de sa langue, de ses lèvres, de ses dents, et un ronronnement s'échappait de sa gorge.

Ce fut sa perte. Elle qui pourtant se croyait forte et avertie, elle succomba à l'enchantement de cet homme au charme irrésistible, comme tant d'autres avant elle.

— Chez moi ? murmura-t-il.

Anouk n'essaya même pas de parler, elle se contenta d'acquiescer.

À peine eurent-ils franchi la porte qu'ils commencèrent à s'arracher mutuellement leurs vêtements.

Partout où les mains de Sol l'effleuraient, la peau d'Anouk s'embrasait. Partout où ses lèvres se posaient, elles allumaient des incendies. Dans son cou, sur ses épaules, à la naissance de sa poitrine.

Une main derrière sa nuque, il jouait de l'autre sur son corps comme du plus exquis des instruments de musique, et Anouk se sentait révérée, précieuse, adorée.

Chaque caresse attisait la flamme qui la dévorait et, lorsque celle-ci fut trop vive, elle ferma les yeux pour mieux s'abandonner à sa beauté, de glorieuses arias résonnant dans sa tête. Jamais elle n'avait connu pareilles sensations.

De ses doigts, de sa main, de sa bouche, Sol rendait hommage à chaque centimètre de son corps, son dos, le creux de ses reins, la courbe de ses fesses, prenant le temps, comme s'ils avaient toute la vie devant eux, laissant ses doigts longs et forts se promener sans but, du haut vers le bas et du bas vers le haut, provoquant dans leur sillage de merveilleux frissons.

Du haut vers le bas.

Vers le haut, vers le bas.

La comblant et la punissant, jusqu'à faire pulser chaque molécule de son corps d'un désir brûlant, auquel elle ne pouvait que répondre. Comme si elle attendait ce moment depuis toujours. Comme s'il détenait le contrôle de son corps.

Comme si elle lui appartenait.

Le temps s'était figé. Entre les bras de Sol, Anouk se laissait porter par une spirale de sensations, ses caresses incandescentes comme des marques au fer rouge. Plus jamais elle ne serait la même.

Il est habile, lui chuchota une petite voix intérieure. *Il sait te donner l'illusion que tu es spéciale, unique. Tant que tu n'es pas dupe, tout ira bien.*

La voix était cependant trop faible pour dominer le désir. Ou alors Anouk préférait s'y abandonner.

Ce n'est qu'en entendant le bruit délicieusement érotique d'une fermeture Éclair qu'elle réalisa que Sol avait glissé la main dans son jean. Ils n'étaient même pas parvenus jusqu'à la chambre !

— Tu veux... Je veux dire... Ici ?

Pour toute réponse, il fit courir un doigt sur le devant de sa culotte.

Puis il redressa la tête avec un sourire ensorcelant.

— Pardon ? Qu'est-ce que tu disais ?

Une lueur sombre et intense brillait dans son regard, comme s'il ne se contrôlait pas autant qu'il voulait le montrer, comme si elle l'excitait davantage qu'il ne le laissait paraître.

Une pensée grisante.

Avant qu'Anouk n'ait retrouvé la voix, il écarta la fine barrière de dentelle et répéta le même geste.

— Tu veux que j'arrête ? demanda-t-il d'une voix rauque, tout en la caressant, puis il introduisit un doigt dans sa chaleur.

Le sexe d'Anouk se contracta, elle entrouvrit les yeux. Quand il retira son doigt, elle ne put retenir un petit cri de protestation.

— Pas de panique, susurra-t-il, je suis là...

Et il se lécha lascivement le doigt.

— Qu'est-ce... que... tu fais ? articula-t-elle à grand-peine.

— Je savoure..., répondit-il, les paupières lourdes.

Tout le corps d'Anouk vibrait de désir.

— Oh oui..., murmura-t-il en insérant de nouveau la main dans son jean, puis son doigt humide où elle le désirait. Alors... Je continue ? Ou je m'arrête ?

Anouk tressaillit et elle se mordit la lèvre inférieure. Sol la privait de voix, tel un magicien usant de ses doigts pour lui jeter des sorts.

— Dis-moi, s'il te plaît...

Au prix d'un suprême effort, elle souleva ses paupières à demi closes. Parler demeurait toutefois au-dessus de ses forces. Alors elle se cambra et se tendit vers sa main, qu'il éloigna. De quelques millimètres. Elle sentait la chaleur qui en émanait mais elle ne pouvait pas l'atteindre.

— Je veux que tu me dises ce que tu veux, insista-t-il.

Cet homme était diabolique.

— Continue, souffla-t-elle.

Il se fit une joie de s'exécuter.

— Tu es tellement excitée..., dit-il d'une voix si sensuelle qu'elle crut qu'elle allait jouir.

Elle tenta de répondre mais seul un gémissement franchit ses lèvres. De ses doigts experts, Sol continua de la caresser et ce n'est qu'au bout d'un moment qu'Anouk s'aperçut que les petits cris qu'elle entendait provenaient d'elle. Jamais personne ne lui avait fait ce que Sol était en train de lui faire.

Elle lévitait hors de son corps et en même temps elle était

totalement à la merci de cet homme. Elle eut à peine conscience de tourner la tête pour chercher sa bouche. Les mouvements de sa langue, en accord avec ceux de ses doigts, attisèrent encore davantage le brasier.

La main de Sol quitta sa nuque pour se poser contre sa joue, presque tendrement, bien que ce ne fût pas du tout son genre – Anouk conservait tout de même un brin de lucidité – et elle se donna entièrement à ce baiser.

Des sensations inouïes déferlaient dans son corps, de sa bouche vers son sexe et de son sexe vers sa bouche. Partout où Sol la touchait, des ondes incroyables se répandaient en elle. Plus jamais elle ne connaîtrait cela avec un autre, elle en était certaine. Après Solomon Gunn, plus personne ne pourrait la satisfaire.

Mais pour l'instant, elle s'en moquait. Pour l'instant, seul comptait ce qu'elle ressentait grâce à lui.

Un soupir langoureux lui échappa et Sol s'écarta pour sonder son regard, comme s'il cherchait à y déceler quelque chose. Ou comme s'il lui communiquait un message silencieux qu'elle ne comprenait pas. Elle aurait voulu lui poser la question, mais elle était toujours incapable de formuler le moindre mot. Ses doigts habiles jouant dans sa chaleur moite, elle parvenait tout juste à respirer. Il suivait le tracé de ses replis les plus secrets, prenait son sexe au creux de sa paume, et, quand il glissa de nouveau un doigt en elle, elle se cambra avec un gémissement avide.

Les yeux de Sol se voilèrent de désir.

— Tu aimes ça, hein, *zolotse* ? murmura-t-il d'une voix râpeuse.

En se mordant la lèvre, elle acquiesça de la tête. Quand bien même elle aurait pu parler, elle n'aurait su que dire. Ses doigts la rendaient folle, sa langue et ses dents dans son cou la mettaient au supplice.

Elle ne s'était pas rendu compte qu'elle s'était mise à se frotter contre sa paume, l'implorant ainsi d'accélérer le rythme alors qu'il semblait vouloir prolonger son agonie. Elle se sentait basculer dans l'abysse, happée dans un tourbillon dont elle craignait qu'il ne l'emporte avant que Sol ne la pénètre. À tâtons, elle entreprit de dégrafer sa ceinture. L'érection qui déformait son jean ne fit qu'accroître son excitation. Mais de sa main libre, il lui saisit les poignets.

— On a le temps, chuchota-t-il, sans interrompre le divin concerto de ses doigts. Toi d'abord...

Jamais elle ne s'était sentie aussi adulée, aussi puissante, aussi sûre d'elle et de son corps.

Et finalement, l'orgasme déferla, électrisant chacune de ses terminaisons nerveuses, du sommet de son crâne jusqu'à la pointe de ses orteils et, d'un habile mouvement, Sol la catapulta encore plus haut, sur la crête d'une vague de sensations indescriptibles, dont elle aurait voulu ne jamais redescendre.

Lorsque le flot de plaisir sembla se tarir, Sol le fit enfler à nouveau et, quand il déclina, il le fit remonter.

Encore et encore.

Jusqu'au moment où Anouk se laissa retomber entre ses bras, à bout de souffle, repue, comblée.

Alors il la porta jusqu'à son lit, comme il l'avait maintes fois imaginé. En clignant des paupières, elle reprit lentement ses esprits et il la regarda balayer la pièce du regard, mi-amusé, mi-affamé.

— Oh..., bredouilla-t-elle, et il se pencha au-dessus de sa bouche afin de cueillir ce son sur ses lèvres.

— J'ai pris la liberté de t'emmener dans mon lit, dit-il en promenant le regard sur son corps nu. Et celle de te déshabiller. Pas d'objection ?

— Au contraire..., répondit-elle d'une voix lourde de désir. Tu as pris une très bonne initiative.

Et comme pour prouver sa sincérité, elle s'étira sous lui et écarta les jambes afin de l'accueillir contre sa chaleur humide.

— Doucement, *zolotse*..., murmura-t-il, dangereusement près de perdre le contrôle.

Elle noua les bras autour de son cou, les jambes autour de sa taille.

— Tu crois ? chuchota-t-elle avec un sourire provocant.

Avant qu'il ne puisse répondre, elle souleva les hanches et l'amena en elle. Sol en eut le souffle coupé. Avec un grognement, il s'enfonça en elle, savourant le frisson qui la parcourut, le spasme de son sexe autour du sien.

Puis il se retira doucement, pour mieux se glisser en elle, avec une lenteur délibérée, luttant de tout son être contre la tentation de lâcher prise.

Il s'efforça de tenir ce rythme le plus longtemps possible mais, malgré lui, il allait et venait de plus en plus vite, de plus en plus loin, de plus en plus fort, Anouk ondulant du bassin au gré de ses coups de reins. Et rapidement, il sentit l'orgasme monter en elle, comme il montait en lui.

Quand la respiration d'Anouk se fit plus courte, il glissa une main entre eux afin de caresser l'épicentre de son désir.

Elle hurla son prénom et il se répandit en elle.

10

Il sut qu'elle n'était plus là avant que ses yeux ne s'habituent à l'obscurité. Il le sentait. Sans elle, le lit semblait… vide. Et un irrationnel sentiment de colère l'envahit à la pensée qu'elle était partie comme une voleuse pendant qu'il dormait. Lui qui n'avait jamais le sommeil profond.

Il rejeta les draps, enfila un pantalon de jogging et sortit dans le couloir d'un pas rageur. Puis son cœur se gonfla quand il vit de la lumière dans le living, d'où provenaient des cliquetis de vaisselle.

Il s'avança et s'appuya contre l'encadrement de la porte. Anouk lui avait emprunté un T-shirt. Assise sur un tabouret devant le comptoir de granite, elle mangeait un bol de céréales.

— Tu avais faim ?

Elle sursauta.

— La journée de travail a été longue et la nuit… sportive, bredouilla-t-elle avec un sourire emprunté. Je ne voulais pas te réveiller.

— Ne t'en fais pas.

D'un placard, il retira un autre bol et le remplit de céréales. Anouk avait laissé le lait sur le comptoir. Il se servit puis rangea la bouteille au réfrigérateur.

— Maniaque ? plaisanta-t-elle.

— Bordélique ? riposta-t-il en riant.

Indignée, elle redressa les épaules.

— Pas du tout. J'aurais tout remis en ordre après avoir fini.

— Pardon, je retire ce que j'ai dit.

Il attaqua ses céréales tout en la regardant descendre de son tabouret et laver son bol à l'évier. La voir ainsi dans sa cuisine lui procura un drôle de sentiment... qu'il ne prit pas la peine d'analyser.

— Je... Je retourne dans ton lit ? Ou... je vais dans la chambre d'amis.

L'habituelle réserve d'Anouk avait repris le pas sur sa nouvelle audace. Sol n'essaya même pas de dissimuler son amusement.

— À ton avis ? Tu reviens dans mon lit !

— Moque-toi de moi..., grommela-t-elle. Ce n'est pas mon genre de... passer la nuit chez un homme.

— Malgré ma réputation de play-boy, j'ai quelques notions de savoir-vivre. Certes, je ne suis pas fait pour le couple, l'amour et tout le tralala, mais je ne mets pas les femmes à la porte en pleine nuit après avoir couché avec elles.

— N'importe quoi..., murmura-t-elle.

— Comment ça ?

Elle s'humecta les lèvres nerveusement et Sol s'efforça de ne pas fixer sa bouche.

— Je crois que le sexe te sert de prétexte.

— Ah oui ?

— Oui, pour éviter les relations trop intimes.

Sol se sentit gagné par une bouffée de colère. Accompagnée de quelque chose ressemblant étrangement à de la frayeur.

— C'est idiot de dire que tu n'es pas fait pour l'amour, insista Anouk.

— Attention, *zolotse*, tu franchis certaines limites...

Une autre aurait été intimidée, or Anouk n'était pas comme les autres.

— Il faut bien que quelqu'un t'ouvre les yeux, répliqua-t-elle.

— Que cherches-tu ? À me faire dire que je suis amoureux de toi ?

— Sûrement pas ! se récria-t-elle, horrifiée. C'est... ridicule !

— Complètement. Je ne crois pas en l'amour et je n'en ai pas à offrir.

— Tu en offres pourtant à tes patients, aux enfants du centre, à ton frère. Ça crève les yeux.

Pourquoi diable s'acharnait-elle à vouloir faire de lui un être meilleur qu'il n'était en réalité ? Il n'en avait que davantage conscience de ses défauts, et cela le mettait hors de lui.

— Tu essaies de me voir tel que tu voudrais que je sois, rétorqua-t-il d'une voix sourde.

La colère montait mais, au moins, elle était plus facile à gérer que toutes ces émotions menaçant de le submerger.

— Tu t'en veux d'avoir couché avec moi, poursuivit-il. Alors tu essaies d'embellir le tableau. Mais ça ne sert à rien, je ne suis qu'un croqueur de femmes et je l'assume. Je t'avais prévenue.

Il avait fait mouche. Il le vit à la façon dont elle se raidit et rejeta la tête en arrière.

— Pas du tout ! protesta-t-elle. Je te dis juste que tu n'es pas celui pour qui tu te fais passer. Qui cherches-tu à leurrer ? Toi ou les autres ? Il n'y a que toi qui puisses savoir. Pour moi, c'est du pareil au même.

— On dirait pourtant que tu tiens à me changer.

Si les céréales de Sol avaient contenu du verre pilé, elles n'auraient pas été plus dures à avaler. Anouk l'observait sans répondre, une expression solennelle dans ses superbes yeux bleus.

— Sais-tu que je suis venue en Angleterre pour essayer de retrouver mon père ? demanda-t-elle soudain.

Non, évidemment, il l'ignorait, et il la soupçonnait de ne l'avoir jamais dit à personne, excepté peut-être à Saskia. Néanmoins, il voulait bien l'écouter, si c'était ce dont elle avait besoin. Du reste, sa colère commençait à se dissiper.

— Non, je ne crois pas..., répondit-il.

— Juste avant de... mourir..., ma mère m'a révélé qu'elle avait un jour reçu une lettre de mon père.

— Tu ne le connaissais pas ?

— Non. Elle avait toujours affirmé qu'il ne voulait rien savoir de nous.

— Que disait-il, dans cette lettre ?

— Je n'en ai pas la moindre idée. Ma mère l'avait jetée au feu, et puis elle a eu des remords, mais elle n'a pu récupérer que l'angle où figurait l'adresse.

Anouk se tut brusquement, comme si elle hésitait encore à se livrer. En revanche, Sol brûlait d'entendre la suite, lui qui ne s'intéressait jamais à la vie des femmes avec qui il couchait.

— Tu as quitté les États-Unis parce qu'il vivait en Angleterre ?

— À Moorlands, plus précisément.

— Tu as retrouvé sa trace ?

Que diable lui avait fait cette femme pour le captiver à ce point ? Un combat faisait rage en lui et pendant quelques secondes, quelques minutes, quelques heures, il retint sa respiration, ne sachant quel camp l'emporterait.

— C'était il y a huit ans... Saskia est venue avec moi.

— Et ?

— Il était mort depuis cinq ans. Une jeune famille vivait dans sa maison, mais les voisins me l'ont confirmé.

— Tu es sûre de cette info ?

Un sourire triste étira les lèvres d'Anouk.

— Aucun doute. Je suis allée sur sa tombe.

— Je suis désolé.

Sol était sincère, quand bien même il ne savait que dire. Anouk s'adossa au comptoir, les bras croisés sur la poitrine, dans une pose défensive.

— Je n'ai pas besoin de ta pitié, Sol. Je voulais juste te faire comprendre que, si je te dis que tu es capable d'aimer, ce n'est pas parce que je veux que tu m'aimes. Les conditions étaient claires : cette aventure serait sans lendemain. C'est uniquement pour cette raison que j'ai accepté. Loin de moi l'intention de revenir là-dessus. Moi non plus, je ne veux pas d'une relation sérieuse. Moi non plus, je n'ai jamais cru en l'amour.

De nouveau, Sol sentit la rage gronder, non pas contre Anouk, ni contre lui-même, mais contre ceux à cause de qui elle doutait maintenant que quiconque puisse jamais lui donner de l'amour.

— Tu as fait confiance à des gens qui ne le méritaient pas..., dit-il entre ses dents serrées.

Il avait envie de lui tendre la main, de la prendre dans ses bras, de lui dire combien elle était belle, douce et attachante. Car elle n'en était pas consciente, il ne s'en rendait compte qu'à présent. Comment avait-il fait pour ne pas s'en apercevoir plus tôt, lui d'ordinaire si psychologue ?

— C'est ça, acquiesça-t-elle platement. Mais qui se méfierait de sa mère et de sa grand-mère ? Pourtant, elles m'ont menti toute ma vie. Et si ma mère a fini par me dire la vérité, je crois que c'était juste pour remuer le couteau dans la plaie, pour me montrer qu'elle avait gardé la main jusqu'à son dernier souffle.

— Elle n'est plus là, maintenant, et tu as autour de toi des gens dignes de confiance. Moi, par exemple ; tu peux compter sur moi.

Anouk arqua les sourcils.

— Dit l'araignée à la mouche...

Effectivement, Sol ne pouvait nier qu'elle avait toutes les raisons de douter de lui. Alors pour se racheter, il se résolut à répondre aux questions qu'il avait éludées.

— J'avais cinq ans quand Malachi est plus ou moins devenu soutien de famille.

Anouk eut un mouvement de surprise.

— Tu n'es pas obligé... Je ne te parlais pas de moi pour que tu me parles de toi.

— Il s'occupait de moi, et de notre mère quand il le fallait, poursuivit-il néanmoins.

— Elle était malade ? demanda Anouk après une brève hésitation.

Si l'on considérait la toxicomanie comme une maladie. Pour l'avoir côtoyée au quotidien, Sol et son frère n'étaient pas aussi charitables. Toutefois, il ne l'aurait pas admis à voix haute.

— Plus ou moins, dit-il, sans parvenir à cacher son mépris.

Loin de paraître choquée, Anouk semblait comprendre.

— Et ton père ?

— Il est mort très jeune. C'est pour ça qu'elle est tombée... malade.

— Mais c'était un bon père, avant de mourir ?

Pièce après pièce, elle s'efforçait de reconstituer le puzzle, dont il lui manquait encore de nombreux éléments.

— Je n'irais pas jusque-là... Il était soldat de l'Armée rouge.

— Tes parents étaient russes ?

— Seulement mon père. Il avait été blessé et démobilisé. Comme il n'avait aucune qualification, il vivait de petits boulots sur les docks. Quand il n'était pas en train de se battre dans les pubs.

— Il vous maltraitait ?

— Non, ce n'était pas un père modèle mais il n'a jamais été violent avec nous, si ce n'est une claque de temps en temps, comme ça se faisait à l'époque. Ce qui relève du miracle pour un gars qui avait été le punching-ball de son père. Par contre, dès notre plus tendre enfance, il nous a appris à nous battre. C'était sa façon de tisser des liens avec nous. Avec Mal, surtout, parce qu'il était l'aîné.

— C'est de là qu'est née sa vocation de boxeur ?

— Mon père ne se serait sûrement jamais douté qu'il en ferait un champion... L'amour n'était pas son fort. Même sa relation avec ma mère était plus passionnelle qu'amoureuse. Elle nous donnait de l'affection, quand on était petits ; lui faisait bouillir la marmite.

— De quoi est-il mort ?

— Une bagarre qui a mal tourné. Hémorragie cérébrale. Merci de m'épargner le couplet sur les raisons qui m'ont amené à devenir neurochirurgien ! Ma mère ne l'a pas supporté, elle a sombré dans la drogue. Dans notre quartier, elle n'avait aucun mal à se fournir. Et très vite, son affection pour ses enfants s'est tarie.

— Quel âge avait Malachi ?

— Huit ans. Deux ans plus tard, elle était complètement accro, et c'était Mal qui gérait tout, qui subvenait aux besoins de toute la famille.

— À dix ans ? s'exclama Anouk. Un enfant de dix ans ne peut pas travailler !

— Si, dans les gangs.

Elle dévisagea Sol avec une expression abasourdie.

— Dans les gangs... Que faisait-il ?

Sol croisa les bras sur la poitrine. Vingt ans plus tard, il ignorait toujours ce qu'avait fait exactement son frère pour qu'ils gardent un toit au-dessus de leur tête et qu'ils mangent à leur faim. Car tous deux auraient préféré se tuer plutôt qu'être placés dans une famille d'accueil et séparés l'un de l'autre.

Sol ne comprenait pas pourquoi il se livrait aux confidences. Anouk les lui soutirait une à une, avec la même patience et la même compassion dont il faisait preuve à l'égard des enfants du centre. Et s'il éprouvait une drôle de sensation, tout à coup de l'autre côté du miroir, celle-ci n'était pas déplaisante.

— Des gangs de trafiquants ? demanda Anouk.

Sol eut un petit rire. Témoin de la déchéance de leur mère, Malachi n'avait jamais voulu tremper dans le milieu de la drogue.

— Non, surtout pas, bien qu'il ne m'ait jamais tout dit... Je sais seulement qu'il prenait des paris pour des bookmakers, entre autres. On lui faisait confiance parce qu'on connaissait notre père. Il a sûrement fait des trucs louches, mais jamais moralement répréhensibles. Malachi a toujours été quelqu'un de très droit, même enfant.

— Il paraît si posé..., murmura Anouk, songeuse.

Elle ne jugeait pas, ne s'apitoyait pas, ne dramatisait pas. Elle écoutait, avec beaucoup d'attention et de respect. Et malgré lui, Sol continuait de s'épancher.

Néanmoins, il en était conscient.

— Mal n'est pas aussi calme qu'il en donne l'impression. C'est un dur qui a grandi à l'école de la rue. Pour que son petit frère puisse aller à l'école. Tu me croiras si tu voudras, mais j'étais un gamin beaucoup plus discipliné que lui.

— Sol le play-boy, un enfant sage ? railla Anouk avec un sourire plein de tendresse.

— Étonnant, n'est-ce pas ?

— Mal a donc arrêté l'école à dix ans ?

— Il a toujours eu une mémoire impressionnante. Des garçons de son âge me faisaient passer leurs cours. Je savais me montrer persuasif.

— Comme ton père te l'avait appris ?

— Au début, seulement, avoua-t-il en toute honnêteté. Avec les garçons de dix ou onze ans qui avaient du mal à rendre un service demandé poliment par un petit de huit ans. La deuxième fois, ils étaient plus sympas.

— Je ne savais pas tout ça.

— L'essentiel, c'est qu'on s'en est sortis. Mais sans Mal, je ne serais jamais devenu chirurgien.

Ni l'un ni l'autre des deux frères n'auraient jamais imaginé la moitié de ce qu'ils avaient aujourd'hui, ni le chemin parcouru pour en arriver là. Toujours ensemble.

— Qu'est devenue ta mère ?

Malgré lui, Sol se raidit.

— Mal lui a payé je ne sais combien de cures de désintoxication, elle replongeait sans cesse. J'avais dix-sept ans quand elle est morte.

— Je suis désolée.

Sol haussa les épaules, et s'efforça de passer outre le nœud qui se formait dans sa gorge.

— En quelque sorte, sa mort nous a libérés.

Anouk l'observait avec un regard empli de douceur, et il détourna la tête, de crainte qu'elle ne lise jusque dans le tréfonds de son âme – la honte qu'il ressentait encore au souvenir de son enfance défavorisée.

— C'est pour ça que tu te fais passer pour un tombeur allergique au couple et à la famille ? À cause des antécédents de ta mère ?

Il garda le silence, ne sachant que répondre, n'y tenant pas vraiment. Les mains en appui sur le comptoir, il se contenta de fixer le mur carrelé.

Anouk descendit de son tabouret et lui encadra le visage, le forçant à la regarder, mais il n'avait plus envie de parler.

Il avait oublié que le but de ces confidences était de gagner sa confiance. Qu'il attendait qu'elle le désire au point de le supplier, comme le soir du gala.

— Les confessions sont terminées, *zolotse*, dit-il en lui enlaçant la taille.

Elle ne résista pas, et ne protesta pas davantage lorsqu'il posa la bouche contre la sienne.

Le corps de Sol entra instantanément en fusion. Cette femme était une allumette. Chaque caresse de ses lèvres sensuelles, chaque frémissement de son corps magnifique, chaque gémissement qu'il lui arrachait en promenant le doigt sur ses seins délicieusement tendus rendait son érection un peu plus douloureuse. Jamais aucune femme n'avait éveillé en lui un désir aussi intense, aussi violent. Bien plus profond que la simple attirance charnelle.

Elle était de la dynamite. Il n'avait jusque-là connu que de la poudre noire.

11

— Qu'est-ce qui t'arrive, *bratik* ? demanda Malachi, assis à son luxueux bureau.

Sol se servit un café, puis il prit deux viennoiseries sur une serviette en papier, et s'installa dans un fauteuil face à son frère.

— Rien, pourquoi ?

Il venait de passer une semaine dont il se souviendrait toute sa vie. Après son « aventure d'un soir » avec Anouk, il n'avait pu se résoudre à la laisser partir et elle ne s'était pas fait prier pour rester. Il n'y avait pas une pièce de son penthouse où ils n'avaient pas fait des folies de leur corps.

— Tu as un sourire jusqu'aux oreilles...

— Toi, en revanche, tu fais une tronche de six pieds de long. Pire que d'habitude. Si tant est que ce soit possible.

— Ha, ha ! très drôle.

— Merci.

— Crétin.

Sol haussa les épaules avec indifférence et engloutit sa seconde viennoiserie.

— On dirait que tu crèves de faim.

— Toujours, répliqua Sol en regardant autour de lui. *Vkusno !* Tu as fait un sapin, cette année ?

Jamais il n'avait vu la moindre déco de Noël dans le bureau de son frère. Malachi détestait la période des fêtes au moins autant qu'Anouk.

— Je me suis rendu compte que c'était bon pour le moral.

Je ne suis pas seul à travailler ici, figure-toi. Écoute, j'ai une réunion du conseil d'administration à préparer. Si tu as quelque chose à me dire, ne tourne pas autour du pot.

Sol ne pouvait s'empêcher de jeter des coups d'œil au sapin, qui ressemblait étrangement à celui du service de réanimation... Anouk n'avait-elle pas dit que c'était Saskia qui l'avait fait ? Malachi la voyait-il donc toujours ?

— Toi et moi, on a toujours prétendu qu'on n'était pas faits pour la vie à deux. Qu'à cause d'*elle* on n'était pas capable d'aimer... Mais si on s'était trompés ?

— On a déjà eu cette discussion mille fois..., soupira Malachi.

— Nous deux, on s'est toujours aimés, non ?

— Tu es d'humeur à philosopher ? Ou serais-tu amoureux ?

— N'importe quoi !

— Tu es sûr que ce n'est pas une femme qui te rend si guilleret ? Anouk, par hasard ?

Un instant, Sol fut tenté de nier, de crainte de tout gâcher s'il parlait d'Anouk à son frère. Du reste, il ne savait comment présenter les... sentiments qui se bousculaient en lui.

— Tu prends un joker ? insista Malachi.

Sol garda le silence quelques secondes, puis il se résolut à la franchise.

— Tu as raison, c'est Anouk.

— Il y a quelque chose entre vous ?

Il était inutile de préciser que « quelque chose » signifiait davantage qu'une aventure sexuelle. Les deux frères se connaissaient bien.

— Je n'en sais rien. Peut-être. En vérité... C'est à cause d'elle que je suis là.

Malachi scruta attentivement le visage de son frère.

— Qu'est-ce que je peux faire pour toi ? demanda-t-il enfin.

— Tu connais des gens qui peuvent mener une petite enquête, n'est-ce pas ?

Malachi inclina la tête.

— J'aimerais savoir tout ce qu'il est possible de savoir sur cet homme.

Sol alluma son téléphone et afficha la note où il avait recopié toutes les informations figurant sur une feuille de papier coincée dans un cadre photo chez Anouk.

— Il est mort depuis treize ans, précisa-t-il en tendant le téléphone à son frère.

Sans la moindre question, Malachi recopia tous les éléments, tandis que Sol se demandait ce qu'il aurait fait s'il avait été fils unique.

Anouk avait raison : leur relation avec leur mère avait été destructrice, mais les deux frères avaient toujours cru l'un en l'autre et ils s'étaient toujours serré les coudes.

Comment avait-elle fait, elle qui les connaissait si peu, pour analyser si justement ce qu'eux-mêmes ne parvenaient pas à comprendre ?

— Tu n'as pas peur de la faire souffrir ?

— Pardon ? bredouilla Sol, s'arrachant à ses pensées.

— Tu te crois capable de te caser ?

— Qui a parlé de se caser ? protesta-t-il.

— Alors pourquoi te donner autant de mal pour elle ?

— Parce qu'elle est... différente, répondit Sol, en choisissant ses mots avec soin. Mais il n'y a rien de sérieux entre nous.

— OK..., marmonna Malachi en se levant.

Et il alla se poster devant la fenêtre. Il était mal à l'aise, Sol le voyait, si bien qu'il prit le risque de plonger à son tour dans les eaux dangereuses des questions personnelles.

— Et toi, frangin, tu en es où, côté cœur ?

Malachi fit volte-face mais ne répondit pas, et un silence tendu s'installa. Sur le visage fermé de son aîné, Sol lisait la colère ; la gêne aussi, et peut-être une certaine frayeur.

Chez un homme qui n'avait peur de rien...

— Je crois que je préfère le Sol coureur de jupons, dit enfin Malachi. Là, on dirait un chien perdu sans collier. Le petit toutou d'Anouk.

En dépit du ton désagréable de son frère, Sol savait qu'il ne voulait pas être méchant.

— Va te faire foutre, je ne suis le toutou de personne, rétorqua-t-il.

Et il alla prendre une troisième viennoiserie.

— Normalement non. D'habitude, tu leur jettes des cailloux pour les tenir à distance.

— Qui ? Les chiens ?

— Les chiens, les femmes, les mamies. En tout cas, je ne t'ai jamais vu regarder personne comme tu la regardais au gala.

— Elle s'appelle Anouk, grommela Sol, avant de s'apercevoir que son frère le provoquait.

Malachi connaissait très bien le prénom d'Anouk. Il l'avait déjà employé à plusieurs reprises.

— Et je ne la regardais pas « comme ça », ajouta-t-il.

Malachi arqua un sourcil.

— Tu ne me balances pas une vanne ? dit Sol quand le silence devint insoutenable. Oh ! qu'est-ce qui t'arrive, frérot ?

— Rien.

— Je te sens tendu.

— Non... Pas plus que toi.

Sol s'adossa contre une commode.

— Allez, vide ton sac, *bratik*. Tu verras, ça fait du bien...

Il avait l'impression d'avoir fait un bond dans le temps, d'être redevenu le petit frère suppliant son aîné de lui dire ce qu'il partait faire, la première fois que les frères Mullen lui avaient confié une mission.

Et alors qu'il n'y croyait plus, Malachi prit enfin la parole.

— Après tout ce qu'elle nous a fait subir, je ne voulais pas de femme ni de gosse... J'avais déjà assumé mon lot de responsabilités. J'en avais soupé...

— Mais maintenant ?

— Depuis quelque temps... je ne sais plus trop.

Malachi se tourna de nouveau vers la fenêtre.

— Laisse tomber, marmonna-t-il. Oublie ce que je t'ai dit.

Depuis des années, ils n'avaient jamais parlé de leur enfance. Ni de leurs sentiments. Ils étaient les frères Gunn. Des durs.

Ce n'était pas de cette manière qu'ils réglaient les problèmes. Mais soudain, quelque chose avait changé.

Grâce à Anouk ? Non, Sol ne pouvait pas se résigner à croire qu'elle exerçait une telle influence sur sa vie. Le cap de la trentaine, peut-être... Ou l'accident d'Izzy...

— Tu crois qu'on en est capables, Mal ?

— De quoi ?

— De... D'aimer.

— Tu aimes Anouk ?

— N'interprète pas ! Ce n'est pas ce que j'ai dit. Je te posais juste une question.

Sol se rendait compte qu'il n'était pas convaincant pour un sou. Et pourtant, il disait vrai : il n'était pas amoureux. Certes, il avait du mal à définir ce qu'il partageait avec Anouk, mais une chose était sûre, ce n'était pas de l'amour !

— Non, je ne crois pas qu'on en soit capables..., dit enfin Malachi d'une voix morose. Mais d'abord, est-ce qu'on mérite de vivre l'amour ?

Sol ne sut que répondre, mais son frère poursuivit sans attendre de réponse.

— Ou plutôt, question plus pertinente, est-ce qu'une femme mérite notre amour, sachant qu'on n'est pas capables d'en donner ?

Ce fut pour Sol comme un coup de poing dans le ventre, qui lui coupa la respiration.

Malachi avait-il raison ? Leur amour serait-il davantage une malédiction qu'une bénédiction ?

En proie à des dizaines de pensées contradictoires, il balaya la pièce du regard, fuyant celui de son frère, et ses yeux se posèrent sur le sapin.

— C'est Saskia qui l'a décoré ? demanda-t-il.

— Ce ne sont pas tes affaires, répliqua Malachi sèchement.

— Parler te ferait du bien, tu sais... Notre mère a pourri notre enfance. Il est grand temps de décider si on veut la laisser pourrir notre avenir.

— Alors, de quoi souffre ce jeune homme ? s'enquit Sol.

Il n'avait pas touché terre de la journée, mais ce rythme n'était pas pour lui déplaire.

Le jeune médecin qui l'avait appelé parut soulagé de le voir.

— Darren a dix-neuf ans, il est épileptique. Ce matin, il a fait deux crises coup sur coup, ce qui ne lui arrive jamais. Les crises tonico-cliniques généralisées étaient jusque-là espacées de plusieurs mois, souvent corrélées à un autre facteur, en général une infection.

— Et là ?

— Une otite.

— Vous avez commencé les antibios ?

— Oui, bien sûr.

— Bon, on n'aura pas forcément de complications neuros. Tenez-moi au courant. Je reste dans le service. On m'a aussi appelé pour un autre patient.

Sol pénétra dans le box juste au moment où Anouk se redressa. La surprise se peignit sur son visage, mais elle se ressaisit aussitôt.

— Jack jouait au foot avec des amis, ils avaient un peu bu, il est rentré dans un arbre. Il a vingt-cinq ans. Perte de conscience d'environ cinq minutes. Pupilles asymétriques et réactives. État d'agitation. On l'emmène au scanner.

— Je vous accompagne.

L'asymétrie pupillaire suggérait une hémorragie cérébrale.

— OK, allons-y, acquiesça Anouk, puis elle donna une série d'instructions à son équipe. Pas de réponse verbale, précisa-t-elle à l'intention de Sol, mais des réactions motrices sur ordre. Je n'arrive pas à savoir si l'absence de communication est due à l'alcool ou au traumatisme.

— Tu vas au centre ce soir ? demanda-t-elle à Sol tout en marchant derrière le brancard.

— Oui, pourquoi ?

— J'avais l'intention d'y passer.

— Je t'emmène ?

— Tu ne préfères pas... qu'on y aille séparément ?

Sol fronça les sourcils. La nervosité d'Anouk ne lui disait rien qui vaille. Il avait l'impression d'avoir fait un grand pas en arrière.

— Pourquoi ? Si j'avais quelque chose à cacher, je ne t'aurais pas invitée à venir visiter Care to Play.

Cela dit, il ne savait toujours pas ce qui l'avait poussé à le faire – excepté un inexplicable besoin de se montrer sous un jour différent. Ce qu'il refusait d'accepter.

— Je me posais simplement la question, dit-elle, et elle baissa la voix pour ajouter : Après notre... aventure.

Dans d'autres circonstances, Sol aurait certainement pouffé. Mais là, la connotation péjorative qu'Anouk avait donnée au mot « aventure » lui coupait toute envie de rire.

Que lui arrivait-il ? Pourquoi cherchait-il à interpréter la moindre de ses paroles ? Ils avaient passé d'excellents moments ensemble et c'était tout. Il n'y avait pas lieu de se poser des questions et de se prendre la tête.

— J'avais l'intention d'y aller directement en partant de l'hôpital. Je t'emmènerai.

— Oh ! ce n'est pas la peine, j'irai à pied.

— Non, je te rejoins en réa dès que je termine ma relève. Attends-moi si j'ai un peu de retard. On ira ensemble.

Elle acquiesça avec un sourire timide et gêné, qui le toucha au plus profond du cœur.

Prudence, se remémora-t-il en entrant dans la salle de scanner. S'il n'était pas vigilant, Anouk risquait de faire de lui un ridicule sentimental.

12

Le centre ressemblait à l'antre du Père Noël, songea Sol en observant les enfants euphoriques, en pleine effervescence.

Anouk était assise par terre entre Libby et Katie, chacune serrée contre elle comme pour en revendiquer l'exclusivité. La facilité avec laquelle les fillettes l'avaient adoptée en disait long sur elle... Ces enfants avaient traversé tant d'épreuves, à un si jeune âge, qu'ils développaient souvent un sixième sens.

Quant à Sol, force lui était de s'avouer qu'il avait Anouk dans la peau. Mais comme il l'avait dit à Malachi, ce n'était en aucun cas de l'amour.

Simplement, elle exerçait sur lui un magnétisme contre lequel il était incapable de lutter. Dès qu'il la voyait, il ne pouvait plus la quitter des yeux.

Elle paraissait entièrement absorbée dans ce qu'elle faisait avec les deux petites filles : remplir des bocaux de boules de chocolat, y coller des bois de renne, des yeux ronds et un gros nez rouge

À en juger par le carton plein posé devant elles, elles travaillaient ensemble depuis déjà un certain temps, avec une telle concentration qu'aucune ne s'était aperçue de la présence de Sol. Si bien qu'il eut tout le loisir de contempler cette femme fascinante qui occupait le premier plan de ses pensées.

Au moment où elle finit par lever les yeux, il la gratifia d'un chaleureux sourire et une petite bulle de joie éclata en lui quand elle le lui rendit en rougissant.

Il s'avança vers le trio et salua les deux petites filles amoureusement blotties contre elle.

— Très jolis, vos bocaux de chocolats, dit-il gaiement.

— Ça y est, on a fini, déclara Katie. Maintenant, on va faire des bracelets de l'amitié, pour toutes les trois !

— *Kruto* ! Super ! Je peux m'asseoir avec vous ?

Les deux fillettes acquiescèrent de bon cœur avant de se lever, pleines d'entrain.

— Viens, on va chercher des perles, dit Libby à Katie en crochetant son bras sous le sien. Si on faisait des bracelets rouge et vert, comme c'est Noël ?

— Avec du fil argenté qui brille !

Et elles s'éloignèrent en babillant, totalement indifférentes aux vibrations qui crépitaient entre Sol et Anouk.

Quand il s'assit à ses côtés, il vit son pouls s'emballer, dans son cou, et, sans le regarder, elle se poussa de quelques centimètres, comme si elle redoutait de ne pouvoir se retenir de le toucher s'il se trouvait trop près. Perversement, il en éprouva une certaine exaltation.

Au moins, il n'était pas le seul à être perturbé par l'intensité de ce qu'ils avaient partagé les jours précédents.

— Tu savais que c'était sérieux entre Saskia et Malachi ?

Il ne voulait pas aborder ce sujet, mais les révélations de son frère lui trottaient dans la tête et il était curieux de savoir si Anouk en savait davantage que lui.

— Saskia et Malachi ? Je n'étais même pas au courant qu'il y avait quelque chose entre eux. J'étais chez toi… Quand je suis rentrée, elle n'était pas là.

La simple évocation de leurs nuits torrides suffit à provoquer chez Sol un début d'érection.

— J'espère qu'il ne la fera pas souffrir, poursuivit Anouk, comme si de rien n'était. Saskia n'est pas aussi frivole ni aussi dure qu'elle voudrait le faire croire.

— C'est drôle, j'allais dire la même chose de mon frangin.

Anouk arqua les sourcils, dans l'attente d'un bon mot, comme

Sol en avait le secret, mais non... Pour la première fois depuis très longtemps, il était inquiet pour son frère.

Ils n'étaient pas préparés pour ce... truc – quel qu'il fût. Sol était encore incapable de lui donner un nom, mais il avait conscience de sa puissance. Il l'assaillait aux moments les plus inopportuns, avec la force d'un coup de poing dans une feuille de papier mouillée. Lorsque Anouk lui avait parlé de son père, par exemple, avec une indicible tristesse dans le regard. Ou hier, en l'observant qui s'occupait d'un patient. Et encore à l'instant, en la regardant confectionner des bocaux de chocolats avec les deux petites filles, si appliquée qu'elle ne voyait rien ni personne autour d'elle.

Ce n'était pas de l'amour, mais Sol se rendait compte qu'il s'agissait tout de même de quelque chose qui s'en approchait. De l'affection ? Des affinités ? En tout cas, si son frère éprouvait la même chose pour Saskia, il le plaignait.

— Malachi ne fera pas souffrir ton amie. Il n'est pas comme moi.

Il avait prononcé cette dernière phrase machinalement. Quelques jours plus tôt, elle aurait été sincère. Aujourd'hui, il n'en était pas certain.

— C'est-à-dire ? Séducteur ?

Anouk le testait, et il ne savait comment réagir.

— En quelque sorte..., répondit-il, évasif, lui-même choqué par l'effort qu'il devait fournir pour feindre la nonchalance.

— Sol le bourreau des cœurs..., ajouta-t-elle en levant les yeux au ciel, comme pour ne pas oublier sa réputation.

Après les confidences qu'ils avaient partagées, il en fut contrarié.

Pendant des années, il avait été fier de son image de don Juan, fier d'avoir acquis cette belle assurance, lui qui avait été un enfant et un adolescent effacé, honteux de sa famille. Jamais il n'avait prétendu être ce qu'il n'était pas. Il aimait les femmes, mais la vie en couple le rebutait, il l'assumait. Il n'y avait pas plus honnête que lui.

À présent, sa réputation de play-boy lui faisait l'effet d'un costume étriqué, qui ne lui allait plus mais qu'il tenait quand même à conserver.

En fait, il avait du mal à réfléchir clairement. Comme si les connexions dans son cerveau avaient été coupées et qu'il tentait de procéder à de nouveaux branchements.

— Je ne suis pas non plus un monstre, dit-il.

Et cette remarque lui parut absurde.

Ce... truc qu'il éprouvait pour Anouk était absurde.

Avec son beau sourire et sa douceur, elle avait réussi à le toucher comme il ne l'aurait jamais cru possible. S'il ne se méfiait pas, il risquait fort, bientôt, de ne plus pouvoir se passer d'elle. Malachi ne l'avait-il pas prévenu ? Qu'un léopard ne peut pas se débarrasser de ses taches. Qu'il était en ce moment sous l'emprise d'un sort, que, lorsqu'il recouvrerait ses esprits, il se mordrait les doigts et Anouk n'aurait que ses yeux pour pleurer.

Or, à l'idée de lui faire du mal, il en était malade, physiquement malade.

Il devait à tout prix réagir. Sans attendre. Avant qu'il ne soit trop tard.

Néanmoins, il demeurait assis près d'elle, pétrifié, comme envoûté par les ondes qui vibraient entre eux. Qu'elle sentait elle aussi, il en était certain.

— On a trouvé des perles super belles ! annonça Libby.

Encore une nuit, une seule, se promit-il. Une dernière nuit avec Anouk et il se débrouillerait pour mettre un terme à cette liaison sans que personne n'en souffre.

Lorsque leurs regards se croisèrent, il lut dans ses yeux qu'elle pensait la même chose.

— Tu viens chez moi ce soir ? chuchota-t-il avant que les deux fillettes ne se réinstallent près d'eux.

Elle acquiesça de la tête, et les deux heures qui suivirent leur parurent les plus longues de leur vie.

La dernière fois, ils avaient à peine attendu de franchir la porte. Cette fois, ils parvinrent tout juste à l'ascenseur.

Sol la dévorait de baisers, comme s'il souhaitait mémoriser sur ses lèvres chaque grain de sa peau. Et elle était aussi avide que lui. Insatiable, c'était là l'essentiel du problème. En un clin d'œil, il avait anéanti toutes ses résolutions, elle ne pouvait que le laisser la couvrir de baisers.

Elle était son esclave. Esclave du désir qu'il éveillait en elle. Il savait lui faire oublier leur contrat. Il savait la rendre folle de désir. Et le pire, c'était qu'elle s'en moquait.

Lorsqu'il la souleva entre ses bras pour la porter jusqu'à la chambre, en marmonnant qu'ils n'allaient pas faire ça dans le couloir, elle l'enlaça et se pressa contre lui en l'embrassant fougueusement. C'était tout ce qu'elle pouvait faire pour ignorer les émotions qui l'étreignaient.

Avec révérence, il la déposa sur le lit et lui ôta les derniers de ses vêtements, puis il la contempla, nue et offerte à lui.

— J'ai attendu ce moment toute la journée, *zolotse*, murmura-t-il avant de lui embrasser le cou, la gorge, les mains en coupe sous sa poitrine, comme s'il ne pouvait supporter de rester le moindre instant sans la toucher.

Sous ses baisers brûlants, elle le suppliait en gémissant, si bien qu'il prit l'un de ses seins dans sa bouche, mordillant le téton dur et douloureux, le titillant de sa langue, s'en délectant. Et lorsqu'il se fut régalé, il passa au second, lui réservant le même traitement d'adoration.

Anouk se cambrait pour mieux s'offrir à lui, le corps lourd et impatient. Délibérément, il lui bloqua les jambes, afin qu'elle ne puisse pas les écarter, l'attirer là où elle le désirait le plus.

Comme une exquise torture.

Mais s'il ne la pénétrait pas sans tarder, s'il ne se dépêchait pas d'apaiser l'incendie qui faisait rage en elle, elle n'était pas sûre d'y survivre.

Jusqu'à ce qu'il lui vienne à l'esprit que, si Sol pouvait la soumettre à de tels tourments, elle le pouvait aussi.

Lentement, elle lui caressa le dos, retrouvant le tracé de

ses muscles si harmonieusement dessinés, qu'aucun de ses élégants costumes ne parvenait à dissimuler. Il approuva d'un murmure guttural qui se réverbéra entre les seins d'Anouk et jusque dans son sexe déjà brûlant.

Avec langueur, elle glissa une main sous sa taille et s'empara délicatement de son érection. Instantanément, ce geste lui procura un indicible sentiment de féminité et de pouvoir.

— Si tu fais ça, je ne tiendrai pas longtemps, la prévint-il d'une voix rauque.

— C'est l'idée, chuchota-t-elle. Moi non plus, je n'en peux plus...

Avec un grognement animal, il se retira de sa main et lui écarta les cuisses.

— Enfin... Viens..., soupira-t-elle.

Sans la quitter des yeux, il descendit le long de son corps et enfouit le visage entre ses cuisses, lui arrachant un petit cri.

Agrippée à ses cheveux, sa tête, ses épaules, elle emplissait la pièce de ses halètements et de ses râles d'abandon. Elle n'aurait su dire combien de temps il resta là, mais il la fit jouir deux fois, de sa langue et de ses doigts.

Tu es perdue, lui chuchota une petite voix intérieure. Elle ne rencontrerait jamais un deuxième homme comme lui. Personne ne lui donnerait plus jamais de plaisir comme Solomon Gunn.

Refoulant toutefois ce genre de considérations, qui ne pourraient que lui être néfastes, elle se dégagea de l'étreinte de Sol et le fit basculer sur le dos. Puis elle s'agenouilla au-dessus de lui et le prit dans sa bouche.

Son sexe était énorme, brûlant, dur et soyeux. Oubliant tout le reste, elle le tourmenta sans répit, comme elle avait appris à le faire tout au long de la semaine, sans jamais s'en lasser.

Dès que la moindre pensée lui effleurait l'esprit, elle la chassait et se concentrait sur les mouvements de sa langue, en se rappelant qu'il ne s'agissait que de plaisir charnel et rien d'autre.

Les spasmes et le regard voilé de Sol lui insufflaient un

glorieux sentiment de puissance. Elle se sentait femme et savourait ce nouveau pouvoir avec délectation.

Mais Sol n'était pas disposé à la laisser mener le jeu. Avec un râle, il s'extirpa de sa bouche, la renversa sur le dos et s'étendit sur elle, ses mains parcourant son corps comme s'il la découvrait, incroyablement précieuse, incroyablement spéciale. Il comprit toutefois rapidement qu'elle était à présent trop excitée pour poursuivre les préliminaires.

Alors il se cala entre ses cuisses, le bout de son sexe bandé contre elle.

— Je t'en supplie..., haleta-t-elle, pressée de se perdre dans le maelström qui engloutirait les émotions qui menaçaient dangereusement de la gagner.

Des émotions sur lesquelles elle était incapable de mettre un nom. Sur lesquelles, surtout, elle avait peur de mettre un nom.

Lorsque Sol s'introduisit doucement en elle, elle retint sa respiration et soutint son regard, redoutant que les mots qu'elle refusait de voir en face ne franchissent ses lèvres malgré elle.

Sol allait et venait, se retirant pour mieux se glisser en elle, plus loin, plus vite, l'entraînant de plus en plus près de l'extase. En jouissant, elle hurla son prénom, les yeux rivés aux siens, et il succomba à l'orgasme avec elle.

— Je t'aime, *zolotse*, articula-t-il d'une voix sourde, qui semblait provenir du plus profond de son être.

— Non..., bredouilla-t-elle. Non !

— Je suis amoureux de toi, Anouk.

Et il le répéta une deuxième fois, lui-même choqué par ses paroles.

Il n'avait pas l'intention de les prononcer et pourtant, inexplicablement, plus il les répétait, plus il savourait leur saveur sur sa langue et leur sonorité à son oreille.

Une mélodie qu'il croyait ne jamais vouloir entendre.

— Tu n'as pas le droit de me dire ça ! protesta Anouk, furieuse.

— Trop tard... Ce qui est dit est dit.

Elle le regarda comme s'il l'avait frappée.

— Pourquoi tu me fais ça ? murmura-t-elle, avec une telle détresse qu'il en eut le cœur brisé.

Lui-même ne comprenait pas ce qui le poussait à répéter cette phrase mais, chaque fois, elle prenait davantage de sens.

Tout prenait davantage de sens.

— Je m'étais juré de ne jamais tomber amoureux. De personne. Mais c'est comme ça. Toi aussi, tu es amoureuse, je le sais.

— Non ! cria-t-elle farouchement en s'écartant de lui.

Avec un petit rire, il la laissa s'éloigner. Ironie du sort, lui qui pendant plus de dix ans avait soigneusement évité d'entendre une femme lui dire « je t'aime », il venait de déclarer son amour à une femme qui ne voulait rien entendre.

Comme s'il s'était lui-même mis à l'épreuve.

De toute sa carrière, jamais il n'avait échoué à aucune épreuve. Ce n'était pas maintenant qu'il allait commencer.

— On avait dit qu'on couchait juste ensemble ! tonna Anouk en rassemblant ses vêtements. On avait un contrat. Tu es le roi des aventures d'un soir.

— Je l'étais. Avant de te connaître.

Il la regarda enfiler son T-shirt, puis ramasser son jean à l'autre bout de la chambre. Il n'essaya pas de la retenir. Il ne voulait pas qu'elle se sente piégée, acculée, mais il ne partageait pas son indignation. Il se sentait parfaitement calme, en paix avec lui-même.

Étrangement, à l'instant où il avait admis qu'il l'aimait, tout s'était mis en place, pièce par pièce, tel un puzzle. D'une certaine manière, il se sentait… entier.

— Tu m'as toi-même fait remarquer que le sexe me servait de prétexte. Tu avais raison, il fallait juste que je rencontre la bonne personne. Il se trouve que c'est toi.

— Non !

Elle s'interrompit pour glisser une jambe dans son jean, puis l'autre, ces jambes qu'il aimait nouées autour de sa taille.

— Et toi, reprit-elle, tu m'as dit que je ne savais rien de toi. Que je cherchais à te voir sous un jour meilleur que tu n'es.

— Je me trompais.

— Non ! riposta-t-elle d'une voix étranglée.

— Tu peux nier tant que tu veux, ça ne changera rien. Moi aussi, j'ai essayé de croire que ce n'était que physique entre nous, mais ça ne l'est pas. Inutile de prétendre le contraire.

— Je t'en prie...

Elle paraissait blessée, vulnérable, et elle n'en était que plus belle. Comme si l'acceptation de la vérité parait le monde autour de Sol d'un halo de couleurs chatoyantes.

Comment avait-il pu penser que l'amour était un sentiment destructeur ?

— Plus exactement, dit-il, je ne veux plus me leurrer en me persuadant que ce n'est que sexuel.

— Ce n'est pas parce que tu m'as parlé de ton enfance qu'il y a quelque chose entre nous.

— Non, ce n'est pas ça.

— Tu confonds désir et amour.

— Je n'ai jamais confondu le désir avec rien du tout, répliqua-t-il avec un sourire. Je ne t'aime pas parce que tu es la première à qui j'ai fait des confidences. Je t'aime parce que tu es la première à qui j'ai eu envie d'en faire.

— Arrête, murmura-t-elle en retenant un sanglot.

Il se leva très lentement, afin de ne pas l'effaroucher, et elle posa sur son corps nu un regard empli de désir.

— Tu as peur d'accorder ta confiance, dit-il d'une voix douce, en remettant lui aussi son jean.

— J'ai confiance en Saskia.

— C'est différent, tu le sais comme moi. Ce n'est pas de l'amour.

— Je n'en ai pas à t'offrir, dit-elle en se dirigeant vers la porte. Je n'ai rien à t'offrir. Je n'ai rien à offrir à personne.

— Je t'ai demandé quelque chose ? Je t'ai juste dit que je t'aimais. Je ne t'ai pas demandé de me dire que toi aussi. Mais je suis sûr que tu en es capable ; un jour, tu t'en apercevras. Crois-moi. En attendant, j'ai de l'amour pour deux.

Il la regarda se figer, la main sur la poignée de la porte, puis se tourner vers lui avec un regard d'acier, derrière lequel il discernait toutefois qu'elle ne demandait qu'à le croire.

— Tu ne sais pas ce qu'est l'amour, Sol. Pas plus que moi. Tu t'enflammes parce que tu ressens pour moi des choses que tu n'as jamais ressenties. Mais ce n'est pas de l'amour.

— Si, affirma-t-il, calme et posé, car il n'avait jamais été aussi sûr de lui de sa vie. Je croyais ne pas en être capable. Il se trouve que je n'en étais capable avec personne d'autre mais que je le suis avec toi.

— Ce ne sont que des mots. Je m'en vais… Demain, tu me remercieras.

— Agis selon ta conscience. Je ne te remercierai pas, mais je ne t'en voudrai pas. Quand tu reviendras, je serai là, je t'attends.

— Tu es si sûr de toi, si arrogant…

Elle avait beau essayer de se maîtriser, sa voix montait dangereusement dans les aigus.

— J'ai toujours assumé ce que j'étais, déclara-t-il sereinement. J'ai confiance en moi, oui, c'est vrai, et je maintiens qu'un jour tu reviendras, j'en suis persuadé.

— Tu te trompes.

Sur ces mots, elle ouvrit la porte et disparut dans le couloir.

Sol n'aurait su dire combien de temps il demeura immobile, n'osant même pas respirer. Attendant qu'elle revienne.

Mais non. Et en vérité, il n'était pas du tout certain qu'elle reviendrait. Pour autant, il ne regrettait rien.

Il l'aimait.

Il n'avait jamais été amoureux et ne le serait jamais d'aucune autre.

Ne lui restait qu'à espérer qu'elle était aussi forte qu'il le pensait. Qu'elle finirait par avoir suffisamment confiance en elle pour admettre ce que lui savait déjà.

Elle était amoureuse de lui.

De tout son cœur, il espérait aussi qu'un jour il aurait l'opportunité de lui prouver son amour par des actes. Et qu'Anouk le croirait, même si elle ne pouvait pas accepter ses paroles.

Elle aurait peut-être besoin de quelques jours. Ou de plusieurs semaines. Voire de quelques années. Mais il devait garder la foi : ce jour viendrait.

Et il saurait alors saisir sa chance.

13

— Adam a huit ans. Il a basculé par-dessus le muret de soutènement, dans son jardin. Il jouait avec sa sœur, la clôture a lâché, il est tombé tête la première, d'une hauteur de deux mètres cinquante, dans l'herbe. Il est normalement en bonne condition physique, pas d'allergie, pas de traitement, à jour de ses vaccins. Il s'est cassé deux dents et il en a plusieurs qui bougent. Il a perdu connaissance environ une minute. Sa maman est montée dans l'hélicoptère avec nous, le père arrive en voiture.

— Vous avez les dents ? demanda Anouk à son confrère.

— Oui, dans du lait, déclara celui-ci en désignant un brancardier qui tenait un petit récipient en plastique.

— Très bien, merci.

Tandis que deux infirmières branchaient une perfusion et procédaient à une prise de sang, Anouk interrogea le garçonnet.

— Adam ? Tu m'entends ? Je suis médecin, c'est moi qui vais m'occuper de toi. Est-ce que tu peux m'expliquer ce qui s'est passé ?

Puis elle se tourna vers son équipe.

— Faites-lui 2,5 g de morphine. Ça le soulagera.

— OK. On appelle la stomato ?

— Oui, s'il vous plaît. Dès qu'il sera apaisé, on l'emmène au scanner voir s'il n'a pas de traumatisme crânien.

Un moniteur bipa, et une infirmière indiqua que le patient était en insuffisance respiratoire.

— Il tachycarde, constata Anouk. On le ventile.

— Vous voulez intuber ?

Anouk réfléchit un instant. Adam pouvait avoir avalé une dent qui lui bloquait les voies respiratoires.

— Il respire quand même, dit-elle. Ce serait bien qu'un chirurgien maxillo-facial le voie d'abord.

Du reste, il fallait au plus vite conduire le petit garçon au scanner.

— Tu m'évites ?

Anouk tressaillit, sans se détourner de son ordinateur, mais les images et les mots affichés à l'écran se brouillèrent.

— Non... Je suis débordée, en ce moment.

C'était la vérité mais, surtout, elle s'efforçait d'occulter la déclaration de Sol, dont elle ne savait que penser.

Elle avait toujours clamé qu'elle ne croyait pas en l'amour. Pendant des années, elle avait été persuadée qu'il s'agissait d'un sentiment cruel, égoïste, dévastateur. Pourtant, dès l'instant où Sol avait prononcé les mots « je t'aime », tous ses préjugés s'étaient évaporés et l'amour lui était apparu sous un jour idyllique, presque trop beau pour être vrai, si beau qu'elle n'osait pas y croire.

— Je ne regrette pas ce que j'ai dit, murmura-t-il, comme s'il lisait dans ses pensées.

Le pire, c'était qu'il paraissait presque sincère.

— Je suis désolée... Je... Je ne peux pas, dit-elle d'une voix sourde, en secouant la tête. Ce ne sont que des mots. Ils ne signifient rien.

— Viens avec moi.

— Tu ne vois pas que je suis occupée ?

— Le service est tranquille. Ce ne sera peut-être plus le cas dans une heure, mais tu as au moins une trentaine de minutes devant toi. Viens avec moi.

Sans se retourner, elle sentit qu'il se dirigeait vers le couloir.

Et au lieu de le laisser partir, malgré elle, elle se leva et lui emboîta le pas.

— Où on va ? demanda-t-elle en le suivant de couloir en couloir.

Le service de réanimation se trouvait dans un bâtiment ancien, labyrinthique, qui semblait conspirer avec Sol pour créer le suspense.

Anouk avait passé une bonne journée. Même le petit Adam, par miracle, ne souffrait d'aucun traumatisme sévère.

— Tu verras, répondit Sol sans ralentir et sans se retourner.

Il semblait un peu nerveux, mais elle s'efforça ne pas en faire cas. C'était elle, sans doute, qui se projetait. Car en vérité, elle était en train de commettre la plus grosse bêtise de sa vie en s'amourachant de cet homme.

Où diable l'emmenait-il ?

Elle allongea le pas afin de le rattraper.

— On va à la cafétéria ? tenta-t-elle de deviner.

— Oui.

— Sol, la journée a été longue et difficile. Je n'ai pas envie de manger à l'hôpital. Plus vite je rentrerai chez moi, mieux je me porterai.

— On ne va pas manger.

Soudain, il s'immobilisa, lui souleva le menton et la regarda droit dans les yeux. Un petit frisson la parcourut aux souvenirs torrides qu'il ravivait d'un simple regard.

— Qu'est-ce qu'il y a, Sol ?

Il la fit pivoter face à la vitre de la cafétéria.

— Tu vois cette dame attablée là-bas ? Entre soixante et soixante-dix ans, un manteau rouge sur le dossier de sa chaise...

Sans raison, le cœur d'Anouk fit un bond.

— Oui. Qui est-ce ?

— Ta grand-mère. La mère de ton père. Mal l'a retrouvée.

Une vague de colère gonfla en Anouk, accompagnée d'une bouffée de panique. Elle avait l'impression que tout s'écroulait autour d'elle et il lui fallut quelques secondes pour comprendre que ce n'était qu'une impression.

— Mal... Malachi ? bredouilla-t-elle. Tu as demandé à ton frère de la rechercher ?

Comment Sol avait-il pu faire une chose pareille ? Comment avait-il osé emmener cette femme ici et la placer devant le fait accompli ?

Anouk demeura un instant pétrifiée. Un instant qui lui parut une éternité, les poings serrés si fort que ses ongles s'imprimèrent dans sa paume. Puis brusquement, elle fit volte-face et partit en courant dans le couloir, renversant une chaise au passage.

— Attends ! cria-t-il en s'élançant derrière elle. Ne t'enfuis pas !

En deux enjambées, il la rattrapa et lui saisit les épaules. Elle le repoussa avec une violence qu'elle n'aurait jamais cru posséder.

— Ne t'enfuis pas ? ! hurla-t-elle. Ne t'enfuis pas ? !

— Anouk...

— Comment tu as pu me faire ça ? rugit-elle.

Elle enrageait, mais la rage était sa seule arme pour lutter contre les émotions qui menaçaient de la submerger.

Elle se rendait à peine compte des regards intrigués qu'on lui jetait, et elle avait à peine conscience de Sol qui essayait d'ouvrir des portes, puis qui finit par en trouver une ouverte.

Bien que furieuse, elle se laissa entraîner dans une salle de consultation. Elle ignorait laquelle ; elle s'en moquait.

La colère et la peur se livraient un duel en elle, et elle ne pouvait pas risquer de laisser gagner la seconde.

— Écoute-moi, Anouk, s'il te plaît.

— Je t'écoute si je veux ! Tu n'as pas à me parler sur ce ton !

— Je désire seulement t'aider.

Bêtement, elle était presque tentée de le croire.

— En te comportant comme un dictateur ? Tu voudrais que je t'en sois reconnaissante ?

— Tu te méprends sur mes intentions.

Il fit mine de lui saisir les épaules, puis il se ravisa et fourra les mains dans ses poches. Anouk en éprouva de la satisfaction et, à la fois, une certaine déception. Force lui était de reconnaître qu'elle était complètement déboussolée.

— L'amener à l'hôpital, par-dessus le marché ! aboya-t-elle. Tu trouves que c'est une bonne idée ?

— Je pensais que c'était mieux pour vous de vous rencontrer en terrain neutre. Tu es médecin. Tu te sens en sécurité et en confiance, entre les murs de l'hôpital.

— Je ne veux pas rencontrer cette femme.

— Anouk, n'aie pas peur...

— Je n'ai pas peur ! Je suis une idiote, mais je n'ai pas peur !

— Si, tu réagis de façon irrationnelle. Mais c'est normal, ce n'est pas grave. Je suis là pour te soutenir.

— Me soutenir, toi ? ricana-t-elle. Tu ne risques pas de soutenir qui que ce soit... J'avais tort, quand je disais que tu étais capable de bienveillance. Tu ne penses qu'à toi. Tu décides pour les autres de ce qu'il y a de bien pour eux, mais tu ne songes pas une seule seconde à leur en parler... Quand je pense que tu as osé me dire que tu m'aimes... Tu ne sais même pas ce que ça veut dire ! Tu n'as aucune idée de ce qu'est l'amour. Tu n'es qu'un égoïste et un prétentieux...

Sur ces mots, elle se rua hors de la pièce et disparut au fond du couloir d'un pas déterminé.

Sol la regarda s'éloigner, profondément meurtri, lui qui espérait que son initiative les tirerait de l'impasse, qu'elle prouverait sa sincérité et qu'Anouk comprendrait qu'il désirait seulement se montrer digne d'elle.

Car il l'aimait.

Il y avait presque une semaine qu'il le lui avait dit. Qu'il s'était entendu lui déclarer son amour à voix haute. Étrangement, de jour en jour, cette réalité devenait de plus en plus facile à accepter. Alors qu'il avait toujours été convaincu que l'amour était quelque chose d'effrayant, il le voyait désormais comme un sentiment spécial, nouveau, qu'il ne redoutait plus – bien au contraire, auquel il aspirait.

À la différence de toutes les femmes qu'il avait connues, Anouk comprenait son besoin de s'investir auprès des jeunes aidants. Il le savait, il en avait l'intime conviction, jamais elle ne lui reprocherait de passer plus de temps au centre qu'avec elle. Et elle préférerait mille fois assister à un gala de charité qu'à un match de foot ou un barbecue. Anouk serait toujours à ses côtés, prête à se mobiliser pour organiser des actions en faveur de Care to Play.

En sa présence, tout se parait d'une aura magique. Les gens, les lieux, les situations. Tout étincelait. Et Sol désirait faire partie de sa vie, comme il n'avait jamais rien désiré auparavant.

Il aurait voulu s'élancer derrière elle et l'obliger à l'écouter, mais il se retenait. Il devait lui laisser de l'espace, la laisser respirer – pour l'instant. Et s'excuser auprès de la vieille dame qui attendait à la cafétéria, cette femme qui aurait tellement aimé rencontrer enfin sa petite-fille, après plus de trente ans. Elle avait été patiente… Elle devrait l'être encore un peu.

Du reste, elle était désormais le seul lien entre Sol et Anouk, et son vœu le plus cher était de comprendre cet être complexe et mystérieux qui avait su gagner son cœur, un cœur qu'il avait toujours cru fermé à double tour.

Dans tous les cas, il ne regrettait pas d'avoir retrouvé sa grand-mère. Qu'Anouk soit prête ou non à aimer et à être aimée, il fallait qu'elle sache ce qui s'était réellement passé entre son père et sa mère. Car tant qu'elle ne serait pas au clair avec elle-même, elle ne pourrait pas avancer ni vivre sereinement une relation de couple avec personne.

Avec lui.

Devant la porte verte, les yeux rivés à la couronne de Noël, le cœur battant à cent à l'heure, Anouk ne parvenait pas à se résoudre à appuyer sur le bouton de la sonnette. Si bien que, lorsque le battant s'entrouvrit, elle eut un mouvement de recul et manqua trébucher sur les marches du porche.

— Bonjour, Anouk.

Il lui fallut un moment pour s'apercevoir qu'elle avait toujours la main en suspens au-dessus de la sonnette. Elle abaissa le bras, comme au ralenti, incapable de formuler la moindre parole.

— Tu es plantée là depuis dix minutes... Entre !

Elle hésita, puis acquiesça timidement de la tête, en s'efforçant de ne pas se laisser attendrir par le sourire de la vieille dame.

Des cartes de vœux étaient accrochées sur un fil, dans le couloir d'entrée, attestant de la popularité de cette nouvelle grand-mère, et un sapin se dressait dans un angle du salon.

— C'était ton père qui le décorait chaque année, pour moi... Je ne crois pas qu'il en faisait un chez lui. Il disait que Noël était une fête pour les enfants, qu'elle ne lui apporterait de la joie que lorsqu'il la partagerait avec toi.

Sans répondre, Anouk prit place à une petite table laquée, où trônaient une théière, deux tasses sur leur soucoupe et un plateau de biscuits, un tableau si typiquement anglais qu'elle dut réprimer un petit rire nerveux.

— J'ai eu le sac..., dit-elle après un interminable silence.

Quelqu'un l'avait déposé en réa, probablement Sol.

La vieille dame lui offrit un sourire encourageant. Elle semblait elle aussi gênée, ce qui réconforta Anouk.

— J'ai été très touchée... Je ne savais pas..., bredouilla-t-elle.

— J'en ai plein d'autres, déclara sa grand-mère tristement. Nous t'achetions des cadeaux pour chacun de tes anniversaires, pour chaque Noël, sans faute. Nous avons cessé de te les envoyer, ils nous revenaient toujours. Mais nous ne t'avons jamais oubliée.

— J'ignorais que vous m'écriviez. Je n'étais au courant que d'une seule lettre, mais je n'ai jamais su de quand elle datait ni ce qu'elle disait.

— Nous t'écrivions tout le temps. Des lettres d'abord, comme celles que tu as vues dans le sac. Puis des journaux.

— Oh...

Anouk but une gorgée de thé. La gorge serrée, elle avait toutes les peines du monde à avaler.

— Tu veux les voir ?

Sa grand-mère repoussa sa chaise ; elle la retint par le bras.

— Non... Je... Excusez-moi... Non...

— Je comprends. Ça te fait beaucoup de choses à assimiler tout d'un coup. Une autre fois, peut-être.

— Oui, un autre jour, acquiesça Anouk, surprise de le penser sincèrement.

Elle n'avait pas encore analysé les émotions dont elle avait été assaillie quand elle avait ouvert le sac, qui contenait une série de cadeaux choisis pour elle au fil des ans, depuis sa plus tendre enfance, par son père et la mère de celui-ci.

Des lettres les accompagnaient, les plus anciennes portant la mention RETOUR À L'EXPÉDITEUR, de l'écriture ampoulée de sa mère, qu'elle aurait reconnue entre mille.

Elle avait pleuré toutes les larmes de son corps en les lisant. Chaque mot lui avait fendu le cœur, ces mots qu'elle aurait tant aimé entendre quand elle était petite, que son égoïste de mère n'avait pas prononcés une seule fois.

Les lettres de son père et de sa grand-mère étaient si poignantes qu'elle n'avait à aucun instant douté de leur authenticité.

Ils lui disaient combien ils l'aimaient, combien elle était mignonne avec ses petites fossettes, combien ses babillements les remplissaient de fierté et de joie. Hélas, ils ne la voyaient jamais que dans les magazines et à la télé, mais ils s'efforçaient de ne jamais manquer une interview d'Annalise Hartwood posant avec son bébé pour donner l'image de la parfaite maman.

Anouk avait mis deux jours pour se procurer un magnétoscope afin de visionner les émissions enregistrées par son père lors de ses deux voyages aux États-Unis. Chaque fois, il avait été éconduit par les vigiles d'Annalise, qui refusait de lui parler.

— Quand il a appris qu'elle était enceinte, il lui a proposé le mariage...

Anouk sentit son estomac se nouer. Les mensonges de sa mère étaient si loin de la vérité...

— Elle n'a rien voulu savoir. Elle était riche et célèbre, il n'était rien. Lorsque tu es née, elle lui a interdit de venir à la maternité. Elle niait qu'il était le père. Mais il faut que tu saches qu'il aurait fait n'importe quoi pour te voir...

— Je le sais, maintenant, murmura Anouk.

Au moins, sa mère n'avait jamais tenté de lui faire croire qu'elle était la fille d'un autre. Piètre consolation.

— Il était très fier de te voir grandir... Il aurait été si heureux de savoir que tu es devenue médecin, et que tu es venue en Angleterre.

— Je regrette de ne pas avoir pris contact avec vous plus tôt. Je pensais... On m'avait persuadée...

— Qu'il ne voulait rien avoir affaire avec toi..., compléta sa grand-mère.

Aucune amertume, aucune rancœur ne perçait dans sa voix, qu'un immense chagrin, à la pensée de ce qui aurait pu être sans le venin d'Annalise.

— C'était exactement le contraire..., ajouta-t-elle, les yeux voilés de larmes.

Et Anouk baissa la tête, feignant de ne pas remarquer le trouble de la vieille dame, car elle ne voulait pas pleurer.

Par ailleurs, elle s'abstint de lui dire qu'elle s'était rendue à l'adresse de son père, des années plus tôt. Cette discussion pouvait être remise à plus tard.

— Tu as trouvé quelqu'un de bien, tu sais.

— Pardon ?

Anouk fronça les sourcils.

— Solomon, précisa sa grand-mère avec un sourire chaleureux. Le jeune homme que tu fréquentes.

— Oh ! ce n'est qu'un ami !

Une expression amusée s'alluma dans le regard de la vieille dame.

— Il ne se serait pas donné autant de mal, si ce n'était qu'un ami, et il ne parlerait pas de toi comme ça, crois-moi.

— Vous vous trompez, soutint Anouk.

Elle sentait toutefois un petit sourire flotter au coin de ses lèvres et, soudain, une lueur d'espoir lui réchauffait le cœur.

Sa grand-mère lui raconta encore toutes sortes d'anecdotes.

Elle semblait avoir été très proche de son fils, et Anouk s'efforça de ne pas trop en vouloir à sa mère de l'avoir privée d'une famille aussi aimante.

Elle apprit que son père ne s'était jamais marié, que son cœur n'avait toujours appartenu qu'à la mère de sa fille, malgré sa cruauté.

Opiniâtre ou obstiné ? s'interrogea Anouk mais au fond cela lui plaisait de savoir que son père était un homme loyal et éperdu d'amour.

En outre, sa grand-mère avait un sens de l'humour assez osé, pour une femme de son âge, qui commença à se révéler une fois la gêne et la nervosité surmontées. Elle avait eu trois maris, et elle avait été heureuse avec les trois. Malheureusement, ils l'avaient tour à tour laissée veuve.

— J'étais une jeune fille libérée, et un peu portée sur la chose, confia-t-elle à Anouk, mais je les ai aimés tous les trois, et je leur ai toujours été fidèle, précisa-t-elle avec un clin d'œil.

Et Anouk s'aperçut que cette étincelle dans son regard ne lui était pas étrangère. Elle l'avait entrevue chez elle, parfois, au fil des ans, notamment lorsque Saskia l'encourageait à lâcher prise, quand elles sortaient, mais surtout ces derniers temps, depuis que Sol était entré dans sa vie.

Peut-être était-il lui aussi « un peu porté sur la chose », mais prêt à se ranger maintenant qu'il avait rencontré l'âme sœur...

Anouk entreposa cette précieuse petite pépite dans un coin de son esprit. Elle la disséquerait plus tard. Quand elle serait seule. Quand elle en aurait le courage.

Cet après-midi avait été émotionnellement éprouvant. Il était sans doute temps de laisser sa grand-mère s'en remettre.

— Je vais peut-être vous laisser... Je crois que j'ai besoin... de digérer tout ça.

La vieille dame scruta longuement son visage. À l'évidence, elle redoutait de ne jamais la revoir.

— Je reviendrai, affirma Anouk. Si vous le souhaitez, bien sûr.

Sa grand-mère lui saisit la main et la serra entre les siennes.

— Tu me le promets ?

— Oui, répondit Anouk, la gorge nouée, le cœur battant la chamade.

— Et tu remercieras ton fiancé ?

Malgré elle, Anouk esquissa un sourire.

— Je vous l'ai dit, ce n'est pas mon fiancé.

— Il n'attend qu'un geste de ta part, répliqua sa grand-mère, la prenant au dépourvu.

Un instant, elle retourna l'idée dans sa tête, le nez froncé, s'efforçant de dissimuler ses émotions, qui affleuraient beaucoup trop près de la surface, ces jours-ci, à son grand dam.

— Il y a quelque temps, peut-être, s'entendit-elle dire. Mais ce n'est plus le cas.

— Ça ne tient qu'à toi, ma belle. Mais je connais les hommes, crois-moi, et je vois bien que celui-ci est fou de toi.

Anouk n'aurait su dire ce qui la bouleversa le plus, de l'avis de sa grand-mère ou du terme affectueux qu'elle avait employé, mais tout à coup elle se sentait au bord des larmes, si bien qu'elle se hâta de prendre congé.

Il s'était passé tant de choses, ces derniers jours, qu'elle en avait le vertige : le tour imprévu qu'avait pris sa liaison avec Sol, les retrouvailles avec sa grand-mère, toutes ces révélations sur son père...

Elle avait l'impression de perdre pied, elle qui se targuait de toujours garder son sang-froid.

Une chose, toutefois, était parfaitement claire dans son esprit : elle ne pourrait jamais reprendre le cours de sa vie telle qu'elle était avant Sol. Elle avait besoin de lui.

Il n'attendait qu'un geste de sa part, avait affirmé sa grand-mère, mais lequel ?

Soudain, elle se remémora ce que Libby lui avait dit, que Noël était le plus beau jour de l'année.

Un détour par le centre Care to Play s'imposait.

14

Sol avait passé la journée à chercher Anouk. Chez elle, à l'hôpital, au centre… Il avait appelé Saskia tant de fois qu'un Malachi exaspéré avait fini par lui dire de cesser de les déranger et d'aller se coucher.

Dès l'instant où il avait appris qu'Anouk avait contacté Malachi pour lui demander l'adresse de sa grand-mère, il avait été saisi d'une angoisse indicible. Il ignorait ce que la vieille dame avait pu lui dire et la crainte qu'Anouk ne soit seule à broyer du noir le mettait au supplice.

Si elle était traumatisée, ce serait sa faute. Son intention n'était pas de lui tendre une embuscade en la présentant de force à une grand-mère qu'elle n'avait jamais vue. Il pensait être à ses côtés quand elles se rencontreraient.

Et à présent, Anouk avait disparu… Ce n'était pas possible, elle était forcément quelque part.

Hélas, il ne pouvait rien faire d'autre aujourd'hui que rentrer chez lui et attendre le lendemain pour tenter à nouveau de la joindre. Elle ne pourrait pas le fuir éternellement. Il ne le supporterait pas.

En entrant dans son appartement, il eut une drôle de sensation. La porte encore ouverte derrière lui, il ne parvenait pas à déterminer ce qui lui paraissait anormal.

Puis tout doucement, comme si son intellect refusait de

croire ce que voyaient ses yeux, il repoussa le battant du pied et s'avança vers le salon.

La scène lui évoqua un rêve d'enfant.

Des guirlandes scintillantes, un immense village de Noël au centre de la pièce, avec des maisonnettes au toit enneigé, des boutiques, une patinoire, une grande roue, un petit train électrique.

Et Anouk, les mains entrecroisées devant elle, une expression inquiète sur le visage.

— Qu'est-ce que c'est que ça ? demanda-t-il, la gorge nouée, en s'enjoignant de ne pas se réjouir trop vite.

— Des excuses..., bafouilla-t-elle, aussi mal à l'aise que lui.

Il prit le temps de réfléchir. La démarche ne pouvait être que positive ; néanmoins, il enfonça ses poings serrés dans ses poches, se retenant de se jeter sur Anouk et de la couvrir de baisers. Car sa posture indiquait sans ambiguïté qu'elle souhaitait s'expliquer.

Quant à lui, il ne savait que dire.

— Je suis allée chez ma grand-mère, aujourd'hui... Elle m'a dit que je te devais des remerciements.

— Je n'aurais pas dû te mettre devant le fait accompli, l'autre jour, à l'hôpital. Je pensais bien faire... J'ai commis une erreur.

Elle s'avança vers lui, puis se figea gauchement.

— Non... Je tiens à m'excuser pour toutes les horreurs que je t'ai dites. Tu ne les méritais pas. Pardon.

— Ce n'est pas grave... Oublie.

Il lui saisit les mains et chercha son regard. Il comprenait : elle s'était sentie acculée et elle avait paniqué. Dans ce genre de situations, lui-même avait souvent des réactions agressives.

— Je ne peux pas... Je ne pensais pas ce que j'ai dit.

— Je sais. Anouk, regarde-moi, dit-il en lui soulevant le menton. Oublie, vraiment.

— Je n'arrive pas à croire que tu aies fait ça pour moi. J'ai du mal à imaginer que je compte autant pour toi...

Elle esquissa un pâle sourire, qui illumina le cœur de Sol tel un rayon de soleil après l'orage.

— Bah... Ce n'était pas grand-chose.

— Oh ! si ! Personne ne s'est jamais donné autant de mal pour moi. Ou alors, par intérêt. En général pour avoir accès à ma mère.

— Elle t'a fait beaucoup de mal...

Brusquement, Anouk s'écarta de Sol, et il redouta d'avoir commis un impair.

— Elle était... manipulatrice. En public, elle me traitait comme sa petite fille chérie mais, en privé, je n'étais qu'un boulet dont la simple vue l'incommodait. Et moi, j'ai passé ma vie à essayer de gagner son affection, à me mettre en quatre pour lui faire plaisir. Pour qu'elle m'aime.

Surpris par ces confidences, Sol avait envie de la prendre dans ses bras et de la serrer contre lui, mais il s'en abstint. Il ne devait pas la brusquer.

— Tu n'y étais pour rien.

— Je sais. Dans l'absolu. Mais j'ai grandi à Hollywood, entourée de lèche-bottes qui considéraient ma mère comme une sainte et la croyaient sur parole quand elle affirmait que j'étais une enfant à problèmes. J'étais trop jeune et trop naïve pour me défendre.

— Alors, tu as fini par y croire toi aussi...

— Je ne côtoyais que des gens tordus qui se servaient les uns des autres en prétendant s'adorer. Du coup, l'amour était pour moi un concept pervers, cruel, davantage une arme qu'un noble sentiment.

Une bouffée de colère enfla en Sol à la pensée qu'une femme aussi intelligente et aussi bienveillante qu'Anouk ait pu perdre confiance en elle à cause de personnes mal-intentionnées qui ne signifiaient rien pour elle. Elle paraissait si forte, si sûre d'elle, qu'il était difficile de croire que ce n'était qu'une façade.

Pourtant, il suffisait de bien la regarder pour voir ce que cachait le masque. Et Sol ne se lassait pas de la regarder, mais il l'aimait telle qu'elle était. Avec ses qualités et malgré ses défauts. Pour ses défauts, même, peut-être.

— Je sais que tu ne me crois pas quand je te dis que je

t'aime, mais c'est la vérité. Je t'aime de chaque fibre de mon être et, si tu me le permets, je consacrerai le restant de ma vie à te le prouver.

Longuement, elle scruta son visage, immobile, puis elle lui prit la main et la serra entre les siennes.

— Je te crois, Sol, déclara-t-elle en souriant.

Un euphorisant sentiment de victoire se répandit en lui.

— Tout d'un coup ? ne put-il toutefois s'empêcher de demander.

— Tu as contacté ma grand-mère. C'est la preuve que tu m'écoutes, que tu te soucies de moi et que tu me comprends.

— Je serai toujours à l'écoute.

— Je le crois. C'est pour ça que je suis revenue, et que j'ai fait ça.

D'un geste du bras, elle désigna le décor de Noël. Sol l'attira à lui et la serra contre son torse.

— C'est super, murmura-t-il, sans trop savoir ce qui l'était le plus.

— C'est la seule manière que j'aie trouvée de te montrer que je t'écoute, moi aussi. Même si ton frère et toi, vous avez passé l'âge des villages miniatures, excepté pour les enfants du centre.

— Chut... Je suis très touché. D'autant plus que je sais combien tu détestes la période des fêtes. Ton intention n'en a que plus de poids.

— Finalement, c'était moins terrible que je le craignais.

— Tant mieux ! Me voilà rassuré pour nos futurs enfants ! déclara Sol avec un grand sourire.

Anouk le dévisagea avec des yeux ronds.

— Tu veux des enfants ?

Il plongea son regard dans le sien.

— Avec toi, oui, si tu le désires.

Anouk s'était toujours posé la question de savoir si elle souhaiterait un jour être mère. Elle en doutait, si bien qu'elle avait entièrement voué sa vie à sa carrière, et jusque-là rien d'autre ne lui avait jamais donné motif à revenir sur cette position.

Puis Sol avait fait irruption dans sa vie et tout avait changé. Certes, il ne lui était pas encore venu à l'esprit de fonder une famille avec lui, mais, maintenant qu'il venait d'évoquer cette possibilité, elle désirait plus que tout lui donner des enfants.

— Oui..., parvint-elle à articuler, puis elle prit une profonde inspiration. En fait, j'ai appris que mon père aurait toujours aimé fêter Noël avec moi. Il n'est plus là, mais cette année je voudrais célébrer Noël en son souvenir. Tu veux bien m'aider ?

Un sourire de triomphe étira les lèvres de Sol. Mais avant qu'il ne puisse répondre, elle ajouta :

— Et tu avais raison... Je fuyais, c'est vrai.

— C'était compréhensible, vu les circonstances.

— Non, fit-elle en secouant la tête.

Et elle se passa la langue sur les dents, avec une nervosité qui émut Sol au plus profond de son cœur. Il était tellement heureux.

— Je ne fuyais pas juste ma grand-mère, ni la peur d'être déçue par ce qu'elle me révélerait. Toi aussi, je te fuyais. Ou, plus exactement, je fuyais les sentiments que j'ai pour toi.

Sol n'en espérait pas autant. Il avait envie de sauter au plafond.

— Tu n'as pas à avoir peur. Je t'aime, Anouk Hart. De toute mon âme.

L'étonnement qui parut dans les yeux d'Anouk lui gonfla tant le cœur qu'il redouta que sa poitrine ne puisse plus le contenir.

— Tu m'aimes toujours ? chuchota-t-elle, incrédule.

— Je t'aimerai toujours. Mais tu le sais ; ou sinon, pourquoi serais-tu là ? Pourquoi aurais-tu fait ça ? dit-il avec un geste en direction du village de Noël.

— Parce que je t'aime, idiot, bredouilla-t-elle, entre le rire et le sanglot.

Ces mots le transportèrent de bonheur.

— C'est dingue, quand même, que tu aies fait ça toute seule, dit-il quand il retrouva enfin l'usage de sa voix.

— Pas toute seule, avoua Anouk.

— Qui ?

— Libby, Katie et Isobel. Heureusement qu'elles étaient là pour m'aider.

Sol feignit un soupir contrarié.

— Tu te rends compte que ces gamines vont pouvoir se vanter que j'avais tort et qu'elles avaient raison ?

— Parfaitement, répondit Anouk avec un regard espiègle qui procura à Sol un frémissement de désir. Mais je sais que tu ne leur en tiendras pas rigueur.

— Non..., murmura-t-il, savourant le contact du corps d'Anouk enfin blotti contre le sien.

Comme si elle n'attendait que de se lover entre ses bras.

— Je t'aime, répéta-t-il, juste pour le plaisir de prononcer encore une fois ces mots magiques.

Ces mots dont il ne se lasserait jamais, comme il ne se lasserait jamais de la lueur qu'ils amenaient chaque fois dans les yeux bleus d'Anouk.

Maintenant que les barrières étaient enfin tombées.

— Moi aussi, je t'aime, Solomon Gunn, affirma-t-elle farouchement. Et je t'aimerai jusqu'à la fin de mes jours.

— Tu as intérêt à tenir parole, car je crois bien qu'il me faudra toute une vie pour te prouver combien je suis fou de toi.

— Une seule ?

— Fais-moi confiance, nous saurons la remplir, toi et moi.

N'y tenant plus, il inclina la tête et posa la bouche sur ses lèvres. Elle l'enlaça, il la souleva et elle noua les jambes autour de ses hanches, puis il la déposa sur le canapé et, dans la lumière scintillante des guirlandes et du village miniature, ils célébrèrent le premier Noël du reste de leur vie ensemble.

JANICE LYNN

Le pari d'une infirmière

Traduction française de
L. BOULANGER-BEAUQUEL

BLANCHE

HARLEQUIN

Titre original :
THE DOCTOR'S DAMSEL IN DISTRESS

Ce roman a déjà été publié en 2020.

1

L'infirmière Madison Swanson suffoquait !

S'empressant de la rejoindre, le Dr Levi Fielding pratiqua sur elle la manœuvre d'Heimlich : planté derrière son dos, il plaça un poing fermé dans le creux de son estomac, l'autre main par-dessus, écarta bien les bras et exerça une violente traction vers lui.

Sans aucun résultat.

Une deuxième tentative se révéla tout aussi inefficace. Le corps étranger qui s'était logé dans la gorge de la jeune femme y resta bloqué.

Elle porta une main à son cou...

Il sentit perler à son front des gouttes de sueur qui ne devaient rien à la chaleur du soleil de juin et tout à la panique croissante qu'il sentait irradier du corps gracile de sa « patiente » ainsi qu'à sa propre angoisse, car le temps pressait. Le cœur battant à grands coups précipités, il tira de nouveau vigoureusement vers lui tout en exerçant une forte pression.

— Oh, docteur Fielding. Sauvez-la ! implora l'une des participantes au pique-nique.

Il s'y employait !

Faisant abstraction de la petite foule qui s'était rassemblée autour d'eux, il répéta la manœuvre une nouvelle fois, conscient que si celle-ci restait sans effet il n'aurait d'autre choix que de pratiquer une trachéotomie afin de permettre à l'air d'emplir les poumons de Madison.

Au beau milieu d'un pique-nique, dans le parc public d'Angel Creek — Caroline du Nord !

A l'aide d'un couteau en plastique ? Il n'avait pas apporté sa trousse médicale, ce qu'il regrettait amèrement.

Mais il n'eut pas à en arriver là. A la suite de sa puissante compression, la jolie petite infirmière toussa et ce qui l'étouffait jaillit de sa bouche. A son immense soulagement.

Comme elle commençait à tousser violemment, il la fit pivoter vers lui afin de s'assurer que de l'air pénétrait bien dans ses poumons et que tout allait bien pour elle. Les larmes ruisselant sur ses joues, elle releva vers lui ses superbes yeux verts.

Le sol vacilla sous les pieds de Levi, qui sentit une boule se former dans sa gorge. Une grosse boule emplie d'émotion et si dure, si résistante, que rien ne pourrait la déloger, pas même la manœuvre d'Heimlich la plus vigoureusement exécutée.

C'était exactement le même phénomène que lorsqu'il l'avait vue pour la première fois. Lorsqu'il avait « senti » qu'il venait de rencontrer une femme avec laquelle il pourrait nouer une véritable relation parce qu'elle en était digne.

Ensuite, elle s'était quasiment jetée à sa tête. Or ce n'était pas du tout ce type de relation qu'il souhaitait dorénavant.

Après sa dernière rencontre avec son père, en effet, il avait tourné une page de sa vie. Fini le temps des flirts, fini de ressembler à son géniteur, avait-il décidé. Il s'investirait dans une relation sentimentale et il verrait bien où cela le mènerait.

Au début, il avait pensé que ce serait possible avec Madison, mais en l'entendant confier à une autre infirmière qu'elle flirtait aussi bien que n'importe quel homme et qu'elle ne cherchait pas à s'engager mais juste à prendre du bon temps, il avait su qu'en dépit de l'attirance qu'il éprouvait pour elle il *devait* garder ses distances.

Et donc il l'avait évitée du mieux qu'il avait pu.

Seulement, aujourd'hui, ce n'était pas possible.

— Si je vous ai fait mal, j'en suis désolé, commença-t-il, se demandant à part lui pourquoi ses jambes vacillaient et pourquoi il brûlait de l'étreindre, de la réconforter, de l'assurer qu'il ne laisserait jamais rien de fâcheux lui arriver.

Elle respirait par saccades, remarqua-t-il. Et les mains qu'elle passait sur ses joues tremblaient. Elle semblait en état de choc. Comme si elle risquait de s'évanouir d'une seconde à l'autre — ou d'éclater en sanglots convulsifs.

Un étrange spasme comprima la poitrine de Levi.

— Nous devrions filer à mon cabinet faire quelques radios pour nous assurer que je ne vous ai rien cassé. Ma dernière tentative a été violente.

Elle secoua la tête tout en continuant à haleter.

— Ce n'est pas la peine. Je vais bien.

Vraiment ? Son visage avait perdu sa jolie carnation, et sa pâleur offrait un contraste saisissant avec le vert émeraude de ses yeux en amande. Petite, menue, elle ressemblait plus à une enfant qu'à une jeune femme. Une enfant qui avait besoin qu'on veille sur elle. Qui avait besoin de lui.

— J'insiste, dit-il devant sa respiration heurtée, le frémissement de sa lèvre inférieure.

« Ah, ces lèvres pleines si terriblement sexy ! »

Il détourna le regard avant de succomber à son envie de poser sa bouche sur la sienne afin de lui insuffler une ou deux bouffées d'air — en tant que médecin, bien entendu.

— Je veux juste m'asseoir quelques minutes...

Fermant les yeux, elle baissa la tête, mais sans s'éloigner d'un millimètre de l'endroit où elle se tenait debout.

— ... et aller me cacher sous une table pour y mourir d'humiliation.

Elle avait failli mourir étouffée et elle était embarrassée ? Décidément, il ne comprendrait jamais les femmes, se dit Levi. Néanmoins, après avoir tenu Madison entre ses bras, il saisissait parfaitement pourquoi il voulait la connaître mieux -même s'il savait qu'il ne fallait pas.

Il posa une main rassurante sur son épaule.

— Tout le monde peut s'étrangler, vous savez.

Sans relever la tête, elle se dégagea et se laissa tomber sur le banc fixé à la table de pique-nique la plus proche. Elle avait l'air si malheureuse que le besoin de la protéger le submergea de nouveau et il dut rassembler toute sa volonté pour s'interdire de l'étreindre et d'essuyer de ses lèvres les larmes qui ruisselaient sur son visage.

Tout juste s'il s'autorisa à lui soulever le menton du bout des doigts pour la forcer à le regarder. Aussitôt, il ressentit une sensation de brûlure au contact de sa peau douce.

— Est-ce que ça va ?

— Très bien, murmura-t-elle avant de se crisper devant la sollicitude de leurs collègues désireux de lui offrir qui un verre d'eau, qui un linge humide, qui des paroles de réconfort.

Levi n'aurait su dire si elle allait bien et était embarrassée ou si elle souffrait et s'efforçait de le cacher. Elle semblait vraiment vouloir disparaître sous la table. Comme si elle avait désespérément besoin que quelqu'un vienne de nouveau à son secours. Cette fois pour la tirer de la situation où elle se trouvait.

Néanmoins, elle gardait un sourire tremblant sur son visage et rassurait d'un signe de tête les nombreux amis qui l'entouraient. Même si elle ne travaillait à l'hôpital d'Angel Creek que depuis un mois et demi, elle avait déjà conquis bien des cœurs.

Ce qui n'avait rien d'étonnant, au fond. Madison Swanson était adorable.

Adorable ? Voyons, l'adjectif ne convenait pas vraiment à la jeune femme qu'il avait lui-même entendue dire qu'elle ne faisait qu'une seule bouchée des hommes. Même s'il n'avait jamais eu cette impression, elle avait bel et bien prononcé ces paroles.

Ignorant les raisons pour lesquelles il ne devrait pas faire ça, ignorant les louanges de leurs collègues pour son « acte héroïque », il se pencha pour glisser un bras sous les jambes tremblantes de Madison puis, se redressant, il la souleva dans ses bras sans se soucier ni de ses protestations ni des exclamations ravies des spectateurs.

La tenir dans ses bras lui était agréable. Le parfum subtilement floral qui émanait d'elle, la tonicité de son corps gracile et, par-dessus tout, sa délicieuse féminité auraient dû le laisser de marbre — ce qui n'était pas le cas, loin s'en fallait !

« Maîtrise-toi, mon vieux ! »

Il voulait une relation solide, pas une histoire d'une nuit. Il voulait courir un marathon, pas sprinter sur la ligne d'arrivée. *Il n'était pas comme son père !*

Reprenant le contrôle de son corps, il lança autour de lui un sourire rassurant.

— Désolé, les amis, mais Madison a eu très peur. Je l'emmène à mon cabinet pour m'assurer que je ne lui ai brisé aucune côte, dit-il, joignant le geste à la parole.

Deux collègues, dont la surveillante du département de médecine générale — la colocataire de Madison, avait-il appris par des bruits de couloir à l'hôpital —, s'empressèrent de lui emboîter le pas tout en parlant à la jeune femme, lui demandant si elle se sentait bien, si elle n'avait mal nulle part, si elle avait la moindre idée de la peur qu'elle avait faite à tout le monde.

— C'est dingue, protesta Madison après avoir rassuré ses amies et les avoir envoyées poursuivre leur pique-nique. Je peux marcher !

— En effet, vous pouvez, acquiesça-t-il tout en continuant à se diriger vers le parking.

Lorsqu'il atteignit sa Land Rover, il envisagea de la reposer debout sur le sol ; seulement il n'était pas encore prêt à se séparer d'elle.

— Pouvez-vous attraper mes clés ? Elles sont dans la poche droite de mon short. Si vous vous penchez un peu, vous devriez les trouver.

Depuis le jour de leur première rencontre, Madison avait rêvé de se retrouver ainsi dans les bras du beau Dr Levi Fielding.

Dans des circonstances totalement différentes, toutefois !

Jamais elle n'avait imaginé qu'elle étoufferait et qu'il devrait exécuter sur elle la manœuvre d'Heimlich afin de déloger le glaçon qui obstruait sa trachée.

Le glaçon qui s'était coincé dans sa gorge parce que Levi l'avait surprise en train de le dévisager, perdue dans son fantasme préféré.

Elle avait cru qu'une alchimie s'était opérée entre eux lorsqu'ils avaient fait connaissance. Elle aurait même pu le jurer. Mais il avait ensuite ignoré tous ses sourires, toutes ses tentatives de flirt destinées à lui montrer qu'elle était une « croqueuse d'hommes » — une *libertine* en somme —, le genre de femmes qu'il appréciait selon les rumeurs.

Par conséquent, ayant décidé qu'elle s'était trompée à propos de cette fameuse alchimie, elle s'était résolue à chercher un autre célibataire frivole pour tester sur lui sa toute nouvelle personnalité, sa toute nouvelle attitude — « je te prends, je te quitte » —, parce qu'il était hors de question qu'elle retombe un jour amoureuse pour de bon.

Frivole, car c'était le seul type d'homme qu'elle fréquenterait après sa douloureuse expérience avec Simon. Plus jamais elle ne permettrait à un homme de gagner son cœur et de lui faire croire au bonheur éternel. Les lendemains qui chantent jusqu'à la fin des temps, ça n'existait que dans les contes de fées. C'était un mythe. Une pure tromperie pour inciter les femmes à désirer ardemment ce qu'elles ne trouveraient jamais. Regardez-la. Et son amie Susan. Et tant d'autres femmes qu'elles connaissaient qui s'étaient retrouvées anéanties.

Et, donc, voir un intérêt non dissimulé dans les yeux de Levi, tout à l'heure, lorsque ceux-ci avaient croisé les siens, l'avait prise par surprise. Le visage en feu, elle avait voulu boire une gorgée de jus de fruits et, allez savoir comment, le glaçon à peine fondu que contenait son verre s'était logé dans sa trachée.

Quelle idiote ! Non seulement elle s'était étouffée mais, en plus, tandis qu'il s'efforçait de libérer sa gorge, l'idée lui était venue qu'au moins, si elle mourait, elle s'en irait heureuse puisqu'elle était entre ses bras.

Bon sang, n'avait-elle donc rien appris de son expérience avec Simon ? C'était pathétique…

Mais pouvait-elle vraiment s'empêcher d'avoir de telles

pensées alors qu'il la subjuguait depuis le jour de son entrée en fonction à l'hôpital d'Angel Creek ?

Elle n'était pas la seule. En fait, il en allait de même pour toutes les femmes qui posaient les yeux sur ce beau médecin généraliste. C'était d'ailleurs le problème avec les hommes comme lui et Simon. Ils se savaient séduisants et jouaient de leurs nombreux charmes pour attirer dans leurs filets les cœurs trop confiants.

— Madison ?

Elle battit des paupières, osant encore à peine croire qu'elle était bien dans ses bras et qu'il l'avait portée jusqu'au parking.

Ce qui ne manquerait sans doute pas de faire jaser à l'hôpital, mais quelle importance ? Elle était au paradis dans les bras de l'homme de ses rêves. Un homme qu'elle avait vu manifester de l'intérêt et de la compassion à ses patients, plaisanter et rire avec ses collègues, qu'elle avait contemplé, animée d'un désir ardent car, lorsqu'elle le regardait, elle voyait des étoiles, des arcs-en-ciel et des feux d'artifice extraordinaires et, pendant un bref moment, elle pouvait oublier l'enfer que Simon lui avait fait vivre.

Toutefois, elle n'était pas tombée amoureuse de Levi. Et ça n'arriverait pas. Même si elle le trouvait fantastique à tous points de vue, son cœur était désormais fermé à ce genre de sentiment...

Seulement, aujourd'hui, quand elle avait eu besoin de lui, il avait volé à son secours tel le légendaire chevalier blanc — à ceci près qu'au lieu de l'enlever sur son fier destrier il avait dû enfoncer un poing dans le creux de son estomac.

Relevant la tête, elle rencontra son regard et se sentit fondre. Car il y avait bien de l'inquiétude dans ses prunelles de jais. Une inquiétude réelle. Pour elle. Mais pourquoi ?

Et, oh mon Dieu, si elle possédait moins de discernement, elle pourrait presque penser qu'il y avait aussi un certain émoi dans ses yeux. Comme s'il était aussi affecté qu'elle par la proximité de leurs deux corps.

Heureusement, son profond bon sens lui soufflait que c'était impossible. Voir une femme régurgiter un glaçon n'était pas le genre d'événement qui faisait soudain prendre conscience à un homme de ce qui lui avait échappé durant un mois et demi !

— Mes clés ? la pressa-t-il comme elle continuait à le dévisager. Si vous les attrapez et déclenchez le déverrouillage...

— Oh, oui...

Embarrassée de l'avoir laissé debout, sa charge dans les bras, elle abaissa la main vers la poche de son short. Manqua celle-ci une première fois avant de parvenir à y glisser les doigts. Troublée par le contact de sa hanche sous la fine étoffe, elle s'empressa d'extraire les clés et de presser le bouton de la télécommande.

— Vous pouvez me poser maintenant, balbutia-t-elle.

— Je sais, admit-il.

Cependant, il prit le temps d'ouvrir la portière passager avant de la remettre debout sur ses pieds. Et était-ce le fruit de son imagination ou il avait parlé d'une voix étrangement rocailleuse ? Aurait-il été troublé lui aussi ? se demanda-t-elle avant de se ressaisir aussitôt. Peut-être son cerveau avait-il été trop longtemps privé d'oxygène... Voilà pourquoi une idée aussi saugrenue lui était venue à l'esprit.

— Ça va ? reprit-il en l'aidant à s'installer sur le siège. Pas d'étourdissement ? De vertige ? D'essouflement ?

— Je me suis juste étranglée avec un glaçon. Je vais bien, je vous assure, répondit-elle déterminée à se concentrer sur la promesse qu'elle s'était faite de ne plus jamais se laisser berner par un homme, de ne plus jamais s'exposer à sentir le monde s'écrouler autour d'elle.

Tandis qu'il se penchait au-dessus d'elle pour attacher sa ceinture de sécurité, son bras effleura sa poitrine, envoyant une véritable onde de choc à travers tout son corps.

— Vous êtes assez menue et j'ai dû pratiquer sur vous une manœuvre un peu brutale, souligna-t-il.

Elle songea à d'autres manœuvres qu'il pourrait pratiquer sur elle, et chassa aussitôt ces images de son esprit. Déjà, la vision de son corps athlétique, durant la partie de softball précédant le pique-nique, lui avait mis en tête quelques pensées... répréhensibles. Auparavant, elle ne l'avait jamais vu qu'en pyjama de bloc ou en tenue décontractée. Jamais encore elle n'avait eu l'occasion de contempler ses jambes nues, ses muscles, sa peau bronzée...

Pour tout dire, jamais non plus elle n'avait été aussi physiquement réceptive à un représentant du sexe opposé. Pas même à Simon. Peut-être était-ce dû à tous les discours d'encouragement qu'elle s'était faits à elle-même concernant sa nouvelle personnalité de croqueuse d'hommes, à tous les livres et articles qu'elle avait lus sur l'art et la manière de devenir une femme *libérée.* N'avait-elle pas déménagé pour repartir de zéro ? Pour ne plus être la brave petite Madison Swanson ? Alors pourquoi regardait-elle amoureusement le premier homme sur lequel elle avait posé les yeux ?

Elle aurait tout donné pour le savoir...

2

Levi Fielding s'installa derrière son volant, ferma sa portière et démarra.

Madison se crispa. Qu'est-ce qui n'allait pas chez elle ? Elle avait eu beau décider d'être désormais une *libertine*, cela ne l'avait pas préparée à réagir aussi intensément à un homme. Pas même au début de sa relation avec Simon elle n'avait ressenti une telle attirance, un tel désir...

— Est-ce que ça va ? s'enquit Levi. Vous êtes trop silencieuse. Je ne trouve pas ça normal. A quoi pensez-vous ?

Heureusement, il ne le savait pas !

Encore que... Il devait savoir que toutes les femmes le convoitaient. Nul doute qu'il s'attendait à ce qu'elles succombent à son sourire ravageur et à ses yeux de braise.

Et comment pourraient-elles lui résister ?

Pour sa part, elle n'avait pas réussi à le bannir de son esprit. Depuis qu'elle le connaissait, il occupait ses rêves et ses pensées. Une bonne chose qu'elle ait dressé autant de barrières autour de son cœur, sinon elle courrait un grand danger...

Se renversant contre son dossier, elle regarda fixement à travers le pare-brise.

— Vous n'avez aucune raison de vous inquiéter, vous savez.

— Rien ne vous fait mal ?

— C'est juste mon orgueil blessé.

En réalité, sa poitrine aussi la faisait souffrir lorsqu'elle prenait une profonde inspiration, mais qu'était-ce qu'une douleur banale comparée au fait d'être en vie et d'avoir passé quelques instants dans les bras de Levi ?

— Sérieusement, ça n'est absolument pas humiliant de s'étouffer.

— C'est facile à dire pour vous qui êtes devenu le héros du jour. Veinard !

— Eh oui ! Je suis le preux chevalier en armure éblouissante.

— Absolument.

— Eh bien, si ça peut vous réconforter, je ne me sentais pas héroïque pour deux sous.

— Ah bon ? Que ressentiez-vous, alors ?

— Une peur bleue, répondit-il du tac au tac, signe qu'il disait vrai.

— Votre secret sera bien gardé avec moi, promit-elle, songeant qu'elle garderait aussi pour elle le plaisir que lui procurait cet aveu.

— Tant mieux, commenta-t-il pince-sans-rire. Sinon je devrais vous tuer.

— Me tuer ? Vous ne croyez pas que ça irait à l'encontre des efforts que vous avez déployés aujourd'hui ? demanda-t-elle sur le même ton badin.

Il souleva une épaule.

— Vous avez raison. Mieux vaut donc sauver mon honneur en gardant mon secret, gente dame.

« Preux chevalier ? Gente dame ? »

Retenant un autre sourire, elle savoura leur badinage et cette facette inattendue de sa personnalité. Elle appréciait *toutes* ses facettes, en fait. Néanmoins...

— Absolument, conclut-elle.

Elle appréciait aussi le fait qu'il n'avait pas été aussi calme qu'il l'avait paru, qu'il avait peu ou prou partagé sa propre anxiété. Quelque part, cela le rendait plus humain... moins parfait.

Souriant malgré elle, elle se dit qu'elle allait cesser quelques instants de tout analyser. Elle se contenterait de se délecter d'être simplement en sa compagnie.

Il gara sa Land Rover dans son emplacement réservé, derrière le complexe médical qui abritait son cabinet, juste à côté de l'hôpital.

— Avez-vous besoin que je vous porte ? demanda-t-il et son petit sourire en coin creusa une fossette dans sa joue gauche. Les demoiselles en difficulté sont ma spécialité.

Malgré son envie d'accepter afin de sentir de nouveau ses bras autour d'elle, elle jugea préférable de décliner l'offre.

— Non, non, ce n'est pas nécessaire. Mais merci de le proposer. Merci aussi d'être venu à mon secours quand je m'étouffais.

— Je vous en prie. Vous êtes trop jolie pour qu'on vous laisse connaître un destin aussi tragique.

Elle ne releva pas le compliment qu'elle mit sur le compte d'une pure gentillesse envers une patiente — ce qu'elle était pour lui en ce moment — plutôt que sur celui du badinage.

— J'ai bien cru que j'allais mourir, avoua-t-elle. Vous m'avez sauvé la vie.

Il lui décocha un regard malicieux.

— En effet. Je vous ai sauvé la vie et maintenant vous m'êtes redevable.

— Sans doute.

Imaginait-elle l'éclat particulier de son regard ? La force magnétique entre eux ? L'électricité dans l'air ?

— Je vois que vous êtes ravie de m'être redevable, dit-il en riant avant de sauter prestement de son 4x4.

Evidemment qu'elle était ravie, même si elle s'efforçait de le cacher.

— Qui aime se sentir redevable ? ironisa-t-elle lorsqu'il ouvrit sa portière.

— Bien vu, acquiesça-t-il en lui tendant la main pour l'aider à descendre de voiture. Mais je ne vous demanderai que d'être à mon entière dévotion et à mon total service.

Il flirtait bel et bien avec elle ! Madison sentit son cœur s'accélérer, et son souffle se bloqua dans sa gorge. Elle mourait d'envie qu'il pose ses lèvres sur les siennes...

— Vous m'enverrez votre note pour votre consultation,

n'est-ce pas ? dit-elle, s'efforçant désespérément d'ignorer l'attirance magnétique qu'il exerçait sur elle.

— Bien sûr que non ! répliqua-t-il.

Elle aurait voulu libérer sa main, mais il la maintint dans la sienne tandis qu'il la conduisait vers la porte arrière de son cabinet, et le contact de sa peau faisait courir des petits frissons à la surface de tout son corps.

— J'ai une assurance maladie.

— Ce serait malhonnête de ma part de vous faire payer pour que je vérifie si je vous ai ou non brisé des côtes.

« Promettez-moi que vous ne me briserez pas le cœur », se surprit-elle à penser. Quelle drôle d'idée ! Evidemment que non il ne lui briserait pas le cœur, pour la bonne raison qu'elle ne lui permettrait pas de s'en approcher. Qu'il l'attire physiquement n'y changeait rien. Plus jamais elle ne laisserait un homme faire naître en elle des sentiments amoureux. Mais elle pouvait agir comme les hommes : jouir de l'aspect physique d'une relation en se gardant bien de s'investir émotionnellement. Le plaisir sans la souffrance, n'était-ce pas le credo de toute croqueuse d'hommes ?

— Mes côtes vont bien. Elles sont juste endolories. Mais même si vous les aviez toutes brisées, je serais heureuse que vous m'ayez sauvé la vie, docteur Fielding, dit-elle avec son plus beau sourire. Merci !

— A votre service. Et je m'appelle Levi, répondit-il, lui souriant en retour. Je veux que vous m'appeliez ainsi, désormais.

Assise sur le lit d'examen, Madison attendait le retour de Levi en s'efforçant de tenir la bride à son imagination. Ce n'était pas parce qu'elle ne cessait de fantasmer sur lui qu'il souhaitait l'allonger sur le drap jetable pour palper son corps à mains nues !

A la seconde où ils étaient entrés dans son cabinet, il s'était comporté en professionnel accompli. Il avait pris des radios de son thorax sans la contrarier lorsqu'elle avait annoncé qu'elle gardait son T-shirt. Certes, elle avait ôté son soutien-gorge afin qu'agrafes et armatures ne soient pas visibles sur les clichés mais il avait été hors de question qu'elle se montre à lui torse nu. Si cela arrivait un jour, elle voulait que ce soit dans d'autres circonstances...

Probablement la jugeait-il prude ; voilà pourquoi il avait totalement cessé de badiner.

— Bonne nouvelle, dit-il en revenant dans la pièce. Les radios ne montrent aucune fracture.

— Je vous avais bien dit que mes côtes n'étaient qu'endolories.

— Si la douleur ne cesse pas dans quelques jours, il serait bon que vous passiez un scanner. Parfois, les fractures costales ne sont pas très visibles sur les radios, surtout s'il n'y a aucun déplacement.

— Nous savons tous les deux que même si j'avais des côtes fracturées, il n'y aurait pas grand-chose à faire en attendant qu'elles se ressoudent.

Elle lui sourit gaiement avant de conclure :

— Tout ira bien pour moi.

— J'imagine, dit-il, scrutant son visage d'un air dubitatif. Vous voulez que je vous prescrive un antalgique ?

— Non. Je ne le prendrais pas, de toute manière.

— Vous risquez de regretter cette décision cette nuit.

— Je suis sûre que non.

La douleur lui rappellerait qu'elle était bien vivante, que Levi Fielding s'était précipité à sa rescousse et qu'il lui avait sauvé la vie.

— Vous êtes une dure à cuire, Madison.

Entendre son prénom de sa bouche la fit fondre.

— J'essaie, docteur Fielding.

— Je vous ai demandé de m'appeler Levi, souligna-t-il, son regard s'attardant sur les lèvres de Madison.

— C'est vrai.

Elle s'efforça de ne pas interpréter ce regard, mais comment aurait-elle pu s'en empêcher alors que Levi semblait se demander ce qu'il ressentirait s'il l'embrassait — et alors même qu'elle rêvait qu'il le fasse ? Elle posa son propre regard sur ses lèvres avec l'espoir qu'il s'incline vers elle et pose sa bouche sur la sienne.

S'éclaircissant la gorge, il consulta sa montre.

— Le pique-nique durera encore une heure. Je vous y reconduis si vous voulez.

— Non, merci. Revoir demain au travail tous ces gens qui m'ont vue suffoquer, ce sera bien assez tôt.

— Aviez-vous mangé avant ce malheureux accident ?

— Non, je n'en ai pas eu le temps. Ce n'est pas grave, j'avalerai quelque chose plus tard. Peut-être que cette fois je ne m'étoufferai pas, conclut-elle avec un sourire d'autodérision.

— Pour ma part, je n'ai pas fini mon assiette et je meurs de faim. Ça vous dirait de savourer une pizza avant que je vous dépose ?

Ça lui dirait de savourer bien plus qu'une pizza...

— Vous manqueriez le reste du pique-nique, s'entendit-elle souligner.

— Oh, non, pas cette excuse ! plaisanta Levi.

Madison se sentit rougir.

— Une pizza, ce sera parfait. Si vous êtes sûr que ça ne vous dérange pas.

— Ça ne me dérange pas, Madison. Demandez à tous ceux qui me connaissent, ils vous diront quel garçon généreux je suis.

Ce ton de nouveau badin, ces yeux pétillants de malice virile... A n'en pas douter, le Dr Levi Fielding flirtait avec elle. Question : pourquoi ne l'avait-il pas fait au moment où elle n'avait pas dissimulé l'intérêt qu'elle lui portait ? En ce moment même, il la regardait comme si elle était la plus belle femme du monde.

A en croire les rumeurs sur lui, il ne s'intéresserait pas à elle bien longtemps. Dès lors, pourquoi ne jouirait-elle pas de l'attention qu'il lui porterait avant de passer à une autre ? Aussi longtemps qu'elle se souviendrait qu'elle était une *libertine* qui gardait son cœur à l'abri des prédateurs, en quoi passer du temps avec lui la ferait-elle souffrir ? N'était-ce pas ce qu'elle voulait, après tout ?

Au sortir de son cabinet, Levi emmena Madison dans sa pizzéria favorite.

Pourquoi l'avait-il invitée à dîner ? Il avait faim, certes, mais passer du temps avec elle était une mauvaise idée. Il recherchait une femme aussi désireuse que lui de nouer une relation sérieuse qui ne soit pas fondée seulement sur l'attirance sexuelle. Or, pour l'avoir entendu de sa bouche, il savait qu'elle n'avait nulle envie de se « fixer ». Alors pourquoi était-il ici ? Et pourquoi la désirait-il tellement alors qu'elle était le type même de femme qu'il s'était juré de ne plus jamais fréquenter ?

Ils commandèrent leurs pizzas et se firent servir un verre au bar qu'ils emportèrent à une table d'où ils avaient tous les deux vue sur le gigantesque écran de télévision.

Madison parut concentrer son attention sur le match de tennis en cours de retransmission mais, au vu des regards nerveux qu'elle jetait dans la salle en triturant la paille qui se trouvait dans son verre, il devina qu'elle avait l'esprit ailleurs.

Et regarder Madison l'intéressait bien plus que n'importe quel événement sportif jamais diffusé. Au bout de quelques minutes, il cessa de feindre de regarder l'écran et riva ses yeux sur elle, souriant lorsque ses yeux verts croisèrent les siens et s'élargirent. Elle ne se détourna pas, toutefois. Elle soutint son regard, n'autorisant le sien qu'à s'abaisser quelques petites secondes sur sa bouche.

Comme si elle avait envie de l'embrasser.

Levi déglutit avec difficulté. Non, il n'embrasserait pas Madison Swanson. Un baiser le conduirait immanquablement à autre chose et cela, c'était totalement hors de question !

— Qu'est-ce qui vous a décidée à vous installer à Angel Creek ? s'enquit-il dans le but de détourner son esprit de ces pensées impures.

— J'ai connu Karen à l'école d'infirmières et nous avons toujours gardé le contact. Au fil des années, elle a essayé plusieurs fois de me faire venir ici, mais j'avais des raisons de rester à Winston-Salem.

Cela dit, Madison porta sa paille à ses lèvres pleines en un geste de séduction pure dont elle parut presque inconsciente. *Presque*. Levi réprima un gémissement.

Lorsqu'elle releva les yeux, il vit qu'elle lisait dans les siens ce qu'il ne réussissait manifestement pas à cacher : qu'il la désirait.

— Quand sa colocataire est partie, poursuivit-elle, j'ai accepté son offre.

— Qu'est-ce qui vous a fait changer d'avis ?

Ses yeux s'assombrirent et s'abaissèrent sur son verre qu'elle fixa de longues secondes avant de hausser une épaule.

— Elle avait besoin d'une autre colocataire et moi j'avais besoin d'un changement total.

Levi en déduisit qu'elle avait vécu en couple et que la relation avait tourné court. Son estomac se contracta rien qu'à imaginer Madison dans les bras d'un autre homme. Que lui arrivait-il donc ? Il n'était pas du genre jaloux et cette sortie avec elle n'était même pas un rendez-vous. Ils étaient deux collègues partageant un repas, rien de plus.

Pourtant, il avait su d'emblée qu'il y avait chez elle quelque chose de rare. Elle était différente et l'incitait à se sentir lui-même différent. A le faire douter de choses qu'il considérait comme allant de soi.

Sans doute parce qu'elle était la première femme à l'intéresser depuis qu'il avait tourné une page de sa vie.

Il l'interrogea sur la ville d'où elle venait, puis il sauta d'un sujet à l'autre et, ce faisant, il vit l'expression de son visage changer. De fermé il devint plus ouvert, engageant, tandis qu'elle se détendait.

Elle avait l'esprit vif, qualité qu'elle utilisait malheureusement pour se déprécier elle-même un peu trop souvent, presque comme si elle ignorait son pouvoir de séduction. Pourtant, en tant que « dragueuse » avouée, elle aurait dû le connaître et en jouer. Sans doute utilisait-elle son air innocent pour attirer les hommes dans ses filets.

Elle était la séduction incarnée et l'avait bel et bien pris au piège ; ça, c'était une certitude.

Jusqu'ici, il avait réussi à l'éviter mais, maintenant qu'il l'avait tenue dans ses bras, il craignait de ne plus jamais pouvoir se soustraire à son charme.

Cela signifiait-il qu'il acceptait d'être utilisé puis rejeté lorsqu'elle jetterait son dévolu sur un autre ? Sûrement pas !

Hélas, il la désirait plus qu'il n'avait jamais désiré quiconque. Peut-être devrait-il l'emmener passer la nuit chez lui avant de la chasser définitivement de sa vie le matin venu ?

Mais qui avait dit qu'une seule nuit suffirait ?

Se renversant contre son dossier, il regarda Madison tout en réfléchissant aux possibilités qui s'offraient à lui.

Ils se désiraient mutuellement. Seulement il était en quête d'une relation, alors qu'elle ne cherchait que la conquête. Alors...

Et s'il faisait en sorte que leur relation reste platonique ?

Et s'il s'arrangeait pour qu'elle continue à le désirer physiquement tout en l'amenant à tomber amoureuse de lui ?

Peut-être alors parviendrait-il à lui faire entrevoir à quel point une véritable relation entre eux pourrait être fantastique.

3

Souriant à l'homme assis face à elle, Madison se dit qu'au fond être une croqueuse d'hommes avait de bons côtés.

Même si Levi avait commencé par regarder le match de tennis diffusé à la télévision, il n'avait bientôt plus eu d'yeux — et d'oreilles — que pour elle.

Qui aurait pu croire qu'un play-boy patenté saurait aussi bien écouter ? Qui aurait pu croire qu'il l'inciterait à se livrer autant ?

A présent, cela faisait presque trois heures qu'ils étaient attablés dans cette pizzéria, s'avisa-t-elle soudain en jetant un coup d'œil à sa montre. Trois heures ! Le temps avait filé à toute allure et elle avait complètement oublié qu'elle était censée le séduire, se comporter en femme fatale. Au lieu de quoi elle s'était contentée d'être elle-même.

Et il l'avait écoutée.

A deux ou trois reprises c'est vrai, ils avaient émaillé leur conversation de quelques badinages, mais avec tant de légèreté et d'humour qu'à aucun moment elle ne s'était sentie hors de son élément.

Sans doute conscient lui aussi de la fuite du temps, Levi réclama l'addition ; elle eut beau insister pour la régler elle-même afin de le remercier de lui avoir sauvé la vie, il ne voulut rien savoir.

— Dans la mesure où vous m'avez épargné un dîner en solitaire, disons que nous sommes quittes.

— Comme s'il vous arrivait de dîner seul ! ironisa-t-elle.

— Tout le monde dîne seul de temps à autre. Même moi. Pas souvent, toutefois, j'en conviens. Ma compagnie est tellement recherchée..., plaisanta-t-il.

Puis il sourit.

— Quoi qu'il en soit, je vous invite, alors contentez-vous de dire merci, Madison.

— Merci, Madison, répéta-t-elle avec une docilité feinte.

Devant le pétillement des yeux de Levi, elle sentit tout son être vibrer. Incroyable ! Pourquoi n'avait-elle jamais éprouvé cette sensation dans le passé ? Sa vie sentimentale aurait été tellement plus excitante si les deux hommes qui avaient compté dans sa vie avaient été capables de provoquer en elle autant de frissons et d'étincelles.

Peut-être était-ce sa nouvelle personnalité qui avait libéré son corps ? En tant que *libertine*, l'idée de mariage ne l'effleurait même pas. Elle ne voulait qu'une chose de Levi : partager son lit.

A la manière dont il la regardait, eh bien... il se pourrait qu'elle y parvienne avant la fin de la soirée.

Constat qui à la fois la ravissait et la remplissait d'appréhension. Etait-elle vraiment prête à endosser complètement son rôle de séductrice ?

— Vous êtes toujours aussi insolente ? demanda-t-il en riant.

— Absolument pas. Ce doit être dû à quelque chose chez vous.

A dire vrai, quelque chose en lui la touchait et lui rappelait le bon vieux temps. L'époque où elle était joyeuse, insouciante, heureuse. Avant qu'elle ne laisse Simon réduire son cœur en miettes.

— Peut-être.

Au sortir de la pizzéria, Levi lui ouvrit galamment la portière passager de son 4x4 puis il attendit qu'elle s'installe sur le siège avant de la refermer. Jamais Simon n'avait eu cette attention.

— Où habitez-vous ? s'enquit-il dès qu'il se fut glissé derrière le volant.

Elle lui donna machinalement son adresse sans cesser de considérer ses nombreux atouts. Cet homme était un charmeur dans l'âme ; elle ferait bien de s'en souvenir. Il consommait les femmes comme un fumeur invétéré les cigarettes : l'une à la suite de l'autre.

Heureusement pour elle, son cœur ne risquait rien puisqu'elle avait décidé de rejoindre les rangs des séducteurs.

Il démarra et quitta le parking.

— Nous sommes presque voisins. J'habite à deux rues de là.

— Vraiment ? répondit-elle, surprise.

Elle l'avait imaginé vivant dans un quartier huppé réservé aux médecins et aux avocats. D'un autre côté, elle devait reconnaître que cette image stéréotypée ne lui convenait pas. Levi Fielding n'entrait dans aucun moule.

— Vous courez parfois, au parc ?

Acquiesçant de la tête, elle lui parla de ses joggings matinaux — et parfois même vespéraux, pour décompresser après le travail.

— Moi je démarre en général vers 7 heures. On se manque de peu, alors. Si jamais vous vous mettez en route plus tôt, ouvrez l'œil. Nous pourrions courir ensemble.

Exactement. Elle le chercherait désormais. Et tous les jours elle pourrait admirer ses jambes musclées, ses hanches étroites, ses... Elle regarda par la vitre de sa portière afin de détourner ses pensées de son corps athlétique. Comment pouvait-elle continuer à se focaliser sur son physique alors qu'il avait été le compagnon idéal durant trois heures ?

Sauf qu'il ne s'agissait pas vraiment d'un rendez-vous galant. Il lui avait sauvé la vie, avait radiographié sa cage thoracique, l'avait emmenée dîner et à présent la ramenait chez elle. Ça n'était pas une rencontre convenue entre un homme et une femme.

Pourtant... lorsqu'il la regardait, elle avait l'impression d'être à un rendez-vous galant. Ou de participer au tournage d'un film dans lequel deux personnages brûlaient l'un pour l'autre au point qu'il suffirait d'une petite étincelle pour qu'ils s'enflamment.

Or elle voulait s'enflammer, s'embraser, se consumer...

— C'est bien ici ?

Battant des paupières, Madison reconnut la jolie petite maison de bois blanche aux volets marine.

— Oui. Nous habitons là, Karen et moi. Vous connaissez Karen. Elle est la surveillante du département de médecine.

Oh, Seigneur ! Elle disait n'importe quoi. Bien sûr qu'il connaissait Karen...

Néanmoins, Levi se contenta de sourire.

— Très joli !

La proximité du parc et celle de l'hôpital avaient constitué l'argument majeur de Karen pour l'inciter à se joindre à elle. Par chance, Madison aimait bien la maison aussi.

— Merci pour le dîner et pour m'avoir ramenée...

De mieux en mieux ! Elle secoua la tête, consternée. Cet homme lui embrouillait vraiment l'esprit.

— ... Seulement, j'apprécierais que vous me reconduisiez au parking du parc pour que je puisse reprendre ma voiture.

S'exhortant à être forte, à être une femme moderne et libérée, elle le regarda dans les yeux pour ajouter :

— A moins que vous n'envisagiez de passer la nuit ici et de m'y déposer demain matin.

Levi gara son 4x4 sur l'emplacement voisin de la Coccinelle bleue de Madison. Une petite voiture solide et faite pour durer, mais pleine de fantaisie. A l'image de sa conductrice, s'avisait-il maintenant qu'il la connaissait un peu mieux quand celle-ci se tourna vers lui, un sourire éblouissant aux lèvres.

— Il faudra que je retourne dans cette pizzéria. Tout était délicieux, dit-elle avant de passer sa langue sur sa lèvre inférieure.

Par nervosité ou à dessein ? Quelle qu'en soit la raison, il déglutit avec difficulté.

— C'est vrai, leurs pizzas sont excellentes. Ce n'est pas pour rien que cet endroit est l'un de mes préférés, répondit-il d'une voix qu'il réussit à rendre à peu près normale.

Puis il compta jusqu'à dix. Il mourait d'envie d'abolir la

distance qui les séparait, de l'étreindre, de goûter ces lèvres pleines si tentantes. Mais à quoi cela le mènerait-il — sinon à lui faire perdre la tête et à accepter l'offre qu'elle lui avait faite de passer la nuit avec elle ?

Comment il avait réussi à redémarrer et à la ramener ici au lieu de se ruer avec elle jusqu'à sa chambre, il n'en avait aucune idée. En tout cas, il méritait des louanges parce qu'il avait fait preuve de plus de retenue qu'il ne croyait en posséder.

Cela étant, il était assez lucide pour savoir qu'il voulait davantage avec Madison qu'une seule nuit de plaisir au lit.

Bien davantage, même... Encore maintenant, il sentait son regard vert glisser sur lui, porteur d'une invite non dissimulée...

Resserrant les doigts autour du volant, il recommença à compter.

— Il faut que j'y aille, dit-elle d'un ton hésitant tout en posant la main sur la poignée de la portière.

Au lieu d'ouvrir et de descendre de voiture, toutefois, elle resta assise sur son siège.

Tandis qu'ils se regardaient en silence, la tension monta en lui, tambourina dans sa tête. « Embrasse-la. Embrasse-la. Tout de suite ! »

Non ! Il ne l'embrasserait pas. Il allait l'inciter à vouloir de lui sur le long terme. Ce qui demanderait beaucoup de patience. De la volonté. Et une bonne dose de sainteté.

Conscient qu'il n'était pas un saint et qu'il serait en grand danger s'il ne mettait quelque distance entre eux, il inspira à fond, sauta du 4x4, contourna le capot et ouvrit la portière de Madison.

— Allez-y, dit-il en lui tendant la main pour l'aider à descendre.

Cela fait, il la poussa quasiment vers son petit cabriolet.

— Merci encore, dit-elle quand elle eut ouvert la portière côté conducteur, lui souriant, un mélange de confusion et d'excitation brillant dans ses yeux. J'ai passé un très bon moment.

Lui aussi. Voilà pourquoi, se forçant à ignorer l'attrait de ses lèvres, il s'empressa de battre en retraite jusqu'à sa Land Rover, qu'il démarra sans attendre.

Ce qui prouvait qu'il ne ressemblait en rien à son père. Jamais Jonathan Fielding n'aurait renoncé à une conquête facile. Jamais !

Reste qu'il n'avait pas l'intention de renoncer à elle pour toujours. Bien au contraire ! Il attendrait le bon moment, s'infiltrerait dans tous les aspects de son existence de sorte qu'elle ne puisse plus imaginer vivre sans lui.

Il prouverait qu'il était capable d'entretenir une relation stable et durable, à l'inverse de son père. Et ce serait avec Madison !

Elle croyait peut-être qu'elle voulait juste passer une ou deux nuits torrides avec lui mais, d'ici à quelque temps, cela ne lui suffirait plus. Elle ressentirait le besoin de l'avoir tout à elle encore et encore. Encore et toujours.

Se glissant entre ses draps, Madison ressentit avec plaisir la caresse du doux coton sur sa peau nue.

Avait-elle eu mauvaise haleine ? De la sauce tomate au coin des lèvres ? Du persil coincé entre les dents ?

Non, certainement pas. Pourtant Levi n'avait pas répondu à ses avances. Or il n'était pas homme à repousser une femme consentante qui l'attirait. Alors, que devait-elle en conclure ? Qu'il s'était juste montré amical et s'était empressé de décamper quand il avait compris qu'elle avait mal interprété son comportement ?

Peut-être. Ou peut-être pas.

Tout ce qu'elle savait, c'était que l'attitude de Levi avait sur elle un effet beaucoup trop semblable à celui qu'avait provoqué la conduite de Simon en maintes occasions. Son refus la laissait écorchée et endolorie à l'intérieur d'elle-même. Et aussi déterminée à faire en sorte que les barrières qu'elle avait érigées autour de son cœur restent bien en place.

En particulier lorsque cet homme-là se trouverait dans les parages !

4

Le lundi, en milieu de matinée, Levi aperçut la petite blonde quittant la chambre 217 du département de médecine générale. La ravissante jeune femme qu'il avait cherché à rencontrer au parc en faisant son jogging la veille et encore ce matin. Mais il avait eu beau s'attarder aussi longtemps qu'il l'avait pu, il n'était pas tombé sur elle.

Dans son uniforme d'infirmière — à la tunique aujourd'hui égayée d'un léger semis de fleurettes —, ses cheveux mi-longs et bouclés auréolant joliment son visage, elle lui paraissait vraiment adorable.

Lorsque, relevant les yeux, elle le surprit en train de la contempler, ses joues s'empourprèrent.

Les dévoreuses d'hommes rougissaient-elles aussi facilement ?

Il se trouvait trop loin d'elle pour la toucher, ou même lui parler, mais pas assez pour ne pas reconnaître l'expression d'incertitude dans ses yeux, comme si elle essayait de déterminer où ils en étaient exactement tous les deux après leur dîner de samedi.

N'écoutant que son instinct, il remonta le couloir dans sa direction.

En une fraction de seconde, les yeux de Madison s'étrécirent, son expression changea, devint belliqueuse et, baissant le regard sur les papiers qu'elle tenait à la main, elle lui tourna le dos.

— Madison ?

Elle feignit de ne pas l'entendre.

— Mademoiselle Swanson ? reprit-il d'un ton plus sec qu'il n'aurait dû — mais quel homme aime être ignoré ?

— Docteur Fielding ? dit-elle d'une voix un peu haletante en se retournant vers lui, ses iris verts étincelant comme des émeraudes dans la lumière du soleil.

— Levi, corrigea-t-il machinalement en dépit du fait qu'ils se trouvaient sur leur lieu de travail et qu'il l'avait lui-même appelée par son nom. Comment vous sentez-vous ? Vos côtes...

— Elles vont bien.

La rougeur de ses joues ne cadrait pas du tout avec son image de femme libérée. Cela faisait-il partie de sa panoplie de séductrice ? Détournant les yeux, elle afficha une expression agacée.

— J'étais un peu endolorie, hier, mais rien de bien méchant.

— Je voulais vous appeler pour prendre de vos nouvelles.

Seulement, il avait craint de se montrer trop pressant ; alors il ne l'avait pas fait.

— C'est gentil, mais ça n'était pas nécessaire, répondit-elle.

Et, comme pour enfoncer le clou, elle recula d'un pas afin d'accroître la distance qui les séparait.

Apparemment, il l'avait fort contrariée en la quittant précipitamment samedi soir. Résultat : il devait maintenant faire machine arrière.

— A quelle heure finissez-vous votre service ?

Elle lui lança un regard bizarre.

— Le changement d'équipe a toujours lieu à 19 heures.

Evidemment. Où avait-il la tête ?

— Ça vous dirait d'aller dîner quelque part ?

— Avec vous ?

— Je n'invite personne d'autre si c'est la question que vous vous posez.

Une seconde, ses lèvres pleines devinrent presque boudeuses — et tellement sexy, tellement tentantes ! — puis son irritation parut s'envoler et un sourire illumina son ravissant visage.

— Volontiers. Merci pour cette invitation. C'est gentil.

« Gentil. » Encore une fois cet adjectif qu'il ne méritait pas.

Certes il avait décidé de nouer avec elle une relation suivie, mais si ça ne marchait pas ? Ne devrait-il pas l'avertir, au cas où ?

D'un autre côté, si elle était une réelle croqueuse d'hommes, elle s'en moquerait totalement. Mais l'était-elle ? Peut-être avait-il mal entendu ce qu'elle disait ce jour-là. Peut-être possédait-elle l'innocence qu'il croyait parfois percevoir en elle.

Pour le savoir, une seule solution : lui donner l'occasion de lui dire une fois pour toutes quelle femme elle était vraiment.

— Madison, je dois vous prévenir... Je ne suis pas un « gentil garçon ». Du moins avec les femmes. Vous pensez pouvoir gérer ça ?

Dévisageant Levi, Madison tenta de comprendre pourquoi elle avait l'impression qu'il soufflait le chaud et le froid. Essayait-il de la faire fuir ? Ou bien l'avertissait-il simplement, et honnêtement, qu'elle ne devait rien attendre de lui ? Qu'elle ne devait surtout pas se croire différente des autres femmes — autrement dit, se prendre pour l'« élue » ?

Le grand avantage d'être devenue une « dragueuse », c'était qu'elle se sentait juste une femme parmi d'autres. Tout comme Levi serait juste un homme parmi d'autres à ses yeux... Seulement elle devait reconnaître que ça n'était pas tout à fait le cas. Ce qui s'expliquait sans doute par le fait qu'il était le premier sur lequel elle testait sa nouvelle personnalité.

— Vous ne m'apprenez rien. J'ai entendu parler de vous.

— Normalement, je vous conseillerais de ne pas prendre pour argent comptant tout ce que vous entendez mais, en ce qui me concerne, peut-être vaut-il mieux que vous le croyiez.

— Parce que vous n'êtes pas gentil avec les femmes ?

— Oh, je suis gentil, répondit-il et dans ses yeux l'adjectif prit une connotation purement sexuelle. C'est juste que dans le passé, les femmes ont toujours voulu plus que je n'étais prêt à donner.

Voilà qui expliquait tout.

Quelle femme pourrait le fréquenter sans le vouloir à elle, corps et âme ? N'était-ce pas insensé de sa part de croire qu'elle pourrait jouer les séductrices avec quelqu'un comme lui ?

N'était-ce pas insensé d'avoir cru qu'il lui suffirait de s'installer dans une autre ville pour devenir une tout autre personne ? Au final, ne risquait-elle pas, elle aussi, de le vouloir tout à elle ? Se souvenant combien elle avait souhaité qu'il l'embrasse l'autre soir, elle dut reconnaître qu'elle demandait déjà plus qu'il n'était prêt à donner.

Et qu'elle était dans de beaux draps !

— Ça ne me pose aucun problème, répondit-elle avec une désinvolture étudiée. Je n'ai pas d'attente particulière en ce qui vous concerne.

Si elle répétait cette phrase suffisamment souvent, peut-être parviendrait-elle à s'en convaincre elle-même autant qu'à l'en convaincre, lui.

Après une brève hésitation, il sourit.

— Il faudra que nous travaillions là-dessus, dit-il, lui donnant sur le bout du nez une petite pichenette qu'elle sentit se répercuter jusqu'à ses orteils. Je vous prendrai ici à 19 heures.

Devait-elle comprendre qu'il voulait qu'elle ait des attentes particulières vis-à-vis de lui ? C'était totalement hors de question !

— Plutôt 19 h 15, corrigea-t-elle car elle terminait rarement son service à l'heure prévue.

Il l'observa une longue minute, presque comme s'il la soupçonnait d'avoir retardé le rendez-vous par pure coquetterie, puis, acquiesçant de la tête, il lui décocha un sourire enjôleur.

— Entendu. Alors à ce soir.

Madison ne croyait pas revoir Levi de sitôt, mais l'état de l'un de ses patients, M. Ridge, s'étant dégradé, elle avait dû l'appeler à son cabinet. Il avait ordonné une radio des poumons, un bilan sanguin et une surveillance renforcée des constantes vitales du vieux monsieur. A l'heure du déjeuner, il vint l'examiner et demanda qu'elle l'accompagne.

A sa vue, la jeune femme sentit son cœur s'emballer.

— J'ai téléphoné à sa famille après vous avoir parlé, dit-elle dans l'espoir de focaliser son esprit sur son patient plutôt que sur le très séduisant médecin de celui-ci. Sa fille n'avait guère quitté son chevet depuis son admission, mais elle était rentrée chez elle ce matin. Il est resté seul depuis lors.

— Avez-vous eu cette dame au bout du fil ?

— Oui. Elle était anéantie qu'une aggravation se soit produite après son départ ; je l'ai assurée qu'elle n'aurait rien pu faire pour l'empêcher. Elle reviendra cet après-midi avec pour projet de rester toute la nuit. La pauvre, elle a toute ma sympathie.

Il hocha lentement la tête.

— La maladie peut être une épreuve aussi difficile pour la famille que pour le patient.

Touchée par son empathie, elle le suivit dans la chambre du vieux monsieur, lequel parut à peine conscient de sa présence, même lorsqu'il l'ausculta après l'avoir salué.

— Vous avez raison, Madison, il ne va pas bien, conclut-il à mi-voix à l'issue de son examen. Je pense qu'il développe une pneumopathie d'inhalation. Nous a-t-on fait parvenir la radio ?

— Pas encore. Je vais consulter son dossier médical électronique pour voir si le compte rendu y a déjà été entré.

— Bonne idée. Et faites aussi venir le kiné spécialisé en thérapie respiratoire. Je veux que les techniques de désencombrement des voies aériennes soient mises en route sur-le-champ.

— Très bien, docteur.

Madison s'installa devant l'ordinateur et entra les ordres de Levi tandis qu'il continuait à examiner M. Ridge.

— On laisse l'oxymètre en place et on garde notre patient sous oxygène en permanence. Trois litres par minute pour l'instant. Si la saturation ne remonte pas suffisamment, on augmentera le débit mais il sera nécessaire de surveiller les gaz du sang de manière à ne pas provoquer d'hypercapnie.

— Entendu.

Il précisa ensuite l'antibiotique spécifique de son choix.

— Un gramme par vingt-quatre heures en IV.

Une fois toute la prescription enregistrée, Madison le rejoignit au chevet du vieux monsieur.

— Toujours pas de compte rendu de radio. Désolée. Je vais appeler la radiologie pour demander ce qui se passe.

— Inutile. Je vais y passer en m'en allant. Au moins j'aurai une réponse verbale. Aidez-moi à asseoir M. Ridge, voulez-vous ?

Madison s'exécuta et maintint le vieil homme tandis que Levi écoutait attentivement les sons qu'il produisait en tapotant son dos.

— Altération au niveau du lobe inférieur gauche, murmura-t-il.

Puis il expliqua à leur patient ce qu'il allait faire, même si celui-ci avait le regard perdu dans le vide, avant de commencer à lui frapper plus énergiquement le dos afin d'essayer de déloger le mucus qui encombrait ses voies respiratoires.

Quand il eut terminé, Madison et lui quittèrent la chambre. Il avait le visage particulièrement tendu, nota-t-elle.

— Cette pneumopathie n'arrangera pas son insuffisance rénale, ni ses autres problèmes de santé, commenta-t-il.

— Non. Mais vous faites tout ce que vous pouvez pour lui...

Pourquoi éprouvait-elle le besoin de le réconforter ? Ce n'était pas ce genre de réaction qu'il suscitait en elle d'ordinaire.

— ... Arrêter l'anti-arthritique auquel il réagissait mal a amélioré sa créatinine et son taux d'azote uréique sanguin. Lors de la dernière évaluation, son métabolisme de base était presque redevenu normal.

Levi soupira en même temps que son téléphone cellulaire bipait.

— Il ne le restera pas longtemps si nous ne parvenons pas à vite enrayer la pneumonie. Si la saturation chute au-dessous de 90 sous oxygène, appelez-moi, dit-il avant de consulter son téléphone pour voir de qui provenait le texto qu'il avait reçu.

Puis il lui adressa un bref sourire.

— Au revoir, Madison. A ce soir.

Elle le regarda s'éloigner, en s'efforçant de ne pas laisser ses yeux s'attarder en dessous de sa ceinture. Mais c'était difficile. Qu'y pouvait-elle s'il avait des jambes et des fesses qu'une femme normalement constituée ne pouvait s'empêcher d'admirer ?

Surtout si la femme en question était une *libertine* !

— Ne t'imagine pas que je ne vois pas ce que tu regardes et que je ne t'ai pas entendue penser tout haut, murmura une voix familière à son oreille. Allez, dis-moi tout !

Le visage brûlant d'embarras, Madison se tourna vers sa supérieure et amie Karen.

— Il n'y a rien à dire, répondit-elle.

Un petit mensonge, mais Karen n'approuvait pas vraiment son nouveau credo de séductrice « je te prends, je te quitte ». Elle craignait de la voir se préparer à souffrir d'une peine de cœur pire encore que celle que Simon lui avait infligée.

— Oui, c'est ça !

La saisissant par le coude, Karen l'entraîna *manu militari* dans la chambre vide la plus proche dont elle referma la porte derrière elles.

— Maintenant, dis-moi la vérité. Que s'est-il passé, samedi soir, après que le Dr Fielding t'a emmenée dans son cabinet ? Comme tu n'étais pas encore rentrée à la maison quand nous sommes partis, Connor et moi, que je n'ai pas encore pu te parler aujourd'hui et qu'hier au téléphone tu es restée très vague, je meurs d'envie de le savoir.

— Je te rappelle que je travaillais, hier. Ma chef n'apprécie pas que je reçoive des appels personnels pendant mon service.

— Oublie-la ! rétorqua Karen, pince-sans-rire. D'après ce que tu dis, ce doit être une raseuse, mais je suis sûre que c'est une ravissante raseuse. Quoi qu'il en soit, ta meilleure amie veut que tu te confies à elle parce qu'elle s'inquiète vraiment de te voir folâtrer avec des individus tels que le Dr Fielding. Il te mangera toute crue !

— Très bien. Je vais tout te dire, répondit Madison, consciente que son amie ne la laisserait pas tranquille tant qu'elle n'aurait pas eu d'informations. Il a radiographié mes côtes, les a déclaré indemnes de toute fracture et m'a ramenée à ma voiture.

— C'est tout ? Tu es sûre ? Parce que tu n'as pas répondu, samedi soir, quand je t'ai appelée sur ton portable pour prendre de tes nouvelles. A plusieurs reprises.

En effet, Karen l'avait appelée plusieurs fois. Après la première interruption, durant laquelle elle lui avait affirmé qu'elle allait bien, Madison avait coupé la sonnerie. Elle dînait avec Levi. On pouvait lui pardonner de ne pas avoir été joignable, non ?

— Après la radio, il m'a emmenée manger une pizza, admit Madison. Mais pour l'unique raison qu'aucun de nous deux n'avait pu faire honneur au pique-nique.

— Bien. Enfin nous avançons, reprit Karen en se frottant les mains. Donc, toi et le Dr Fielding, vous êtes allés manger une pizza. C'est impressionnant. Pourquoi ne m'as-tu pas dit ça hier ?

A présent, elle n'était plus « inquiète » mais « impressionnée » ? Peut-être n'était-ce pas une bonne idée de faire des révélations à Karen, se dit Madison. Ne risquait-elle pas de lui embrouiller l'esprit plus qu'il ne l'était déjà ?

— Il n'y a vraiment pas de quoi en faire toute une histoire. Nous avons mangé une pizza, rien de plus.

— Attends, tu es allée manger une pizza avec le médecin le plus sexy d'Angel Creek après avoir dit que tu envisageais de tester sur lui ta nouvelle personnalité de séductrice et tu voudrais me faire croire que la soirée a été des plus anodines ? Dis-moi la vérité. Il t'a embrassée ?

— Non ! répliqua Madison avec force, irritée par le froncement de sourcils de son amie.

Ou peut-être était-ce la rougeur qu'elle avait sentie monter à ses joues qui l'agaçait. Ou le fait que Levi ne l'avait pas embrassée.

Surtout le fait que Levi ne l'avait pas embrassée, en fait. Elle n'avait pas aimé ça du tout. Les croqueuses d'hommes voulaient être embrassées.

— Je te jure qu'il ne l'a pas fait. Malgré mon projet de le séduire pour une folle nuit de passion, notre sortie de samedi n'était pas un rendez-vous galant. Juste un banal dîner entre collègues dans une pizzéria.

— Alors pourquoi t'a-t-il dit « à ce soir » ? Pour manger une autre pizza sans que ce soit un rendez-vous afin que tu peaufines ta nouvelle devise « je te prends, je te quitte » ?

— Tu as entendu ça ?

— Oui, j'ai entendu et je te trouve un air coupable. Alors tu ferais aussi bien de me dire la vérité, cette fois, sinon je vais laisser libre cours à mon imagination et tu sais jusqu'où elle peut aller. Surtout depuis que tu as fait taire ta jugeote pour adopter toutes ces âneries de femme moderne qui n'est pas vraiment toi.

— Tu es en train de dire que je ne suis pas une femme moderne ? protesta Madison.

— Je dis que tu as pris trop à la lettre tous ces trucs stupides de séductrice et qu'en faisant cela tu as oublié qui est la vraie Madison Swanson, celle que je connais et que j'aime comme une sœur.

Madison prit une profonde inspiration. Karen n'était pas à Winston-Salem pour voir les ravages que la trahison de Simon avait infligés à son cœur. Elle ne voulait plus être la vraie Madison Swanson, celle qui s'était fait piétiner et rejeter sans aucune considération.

Elle voulait être celle qui rejetait et piétinait sans merci, chaussée de fabuleux escarpins qui poussaient l'homme qu'elle quittait à tomber à genoux pour saisir ses chevilles et la supplier de rester. Bon, d'accord, c'était un peu excessif, mais l'image lui plaisait et elle préférait s'accrocher à cette idée plutôt qu'au souvenir de la femme blessée et anéantie qu'elle avait été.

— Très bien, puisque tu veux le savoir, Levi m'a invitée à dîner. J'ai accepté. Il ne s'est rien passé entre nous, mais si cela arrive, parfait. Mission accomplie !

— Que le Dr Levi Fielding, play-boy patenté et super-canon, t'invite à dîner, ce n'est pas « rien » !

Après ce commentaire, Karen secoua pensivement la tête.

— Il s'est tenu plutôt tranquille, ces derniers mois. Depuis que tu as commencé à travailler ici, il me semble. Peut-être même quelques semaines plus tôt, en fait. Remarque, il fréquentait peut-être quelqu'un d'extérieur à l'hôpital et personne ne l'a su. Tu es la prochaine, j'imagine.

— La prochaine... ?

Pourquoi posait-elle cette question ? Elle savait très bien ce que sous-entendait Karen. La prochaine conquête du play-boy. Du reste ne l'avait-il pas prévenue lui-même ? Serait-elle Mlle la future ex du Dr Fielding ? Une bonne chose qu'elle ait déjà projeté qu'il serait M. le premier futur ex de Madison Swanson, sinon elle penserait que cette sensation de creux au niveau de son estomac trahissait autre chose que de la faim.

— De toute évidence, il est attiré par toi, déclara Karen.

S'efforçant de paraître détachée, Madison se pencha pour lisser un pli sur le drap du lit vide de la chambre.

— Il est attiré par toutes les femmes.

— Non. Toutes les femmes sont attirées par lui. Nuance !

Madison ne répondit pas. Que pourrait-elle dire ? Elle avait cru que Levi était effectivement attiré par elle, mais il ne l'avait pas embrassée lorsqu'il en avait eu l'occasion, alors peut-être s'était-elle méprise.

— Que vas-tu faire ?

Elle releva les yeux vers son amie.

— Eh bien, je vais aller dîner avec lui.

— Le Dr Fielding ne se contente pas de « dîner » avec les femmes.

— C'est pourtant ce qu'il a fait samedi.

— Sérieusement ? En dépit de ta nouvelle personnalité, tu as eu le cran de dire non ? Je suis fière de toi. Samedi, j'ai craint que tu ne fasses quelque chose que tu risquais de regretter plus tard.

— L'occasion de dire non ne s'est pas présentée. Je te l'ai dit, nous n'avons fait que manger une pizza ensemble. Et je n'aurais certainement pas regretté d'avoir fait ce que j'avais envie de faire.

Karen ouvrit de grands yeux ahuris.

— Le Dr Fielding ne t'a pas fait d'avances ? Pas une seule ? Pas même un petit bisou ?

Madison soupira.

— Rien de rien.

Karen la dévisagea une longue minute en silence — le temps d'assimiler l'information, sans doute.

— Ce n'est pas son *modus operandi* habituel, souligna-t-elle finalement sans quitter Madison des yeux. Peut-être veut-il que vous soyez juste amis.

Exactement ce que craignait Madison.

— Peut-être. D'après ce que tu m'as dit, je ne suis pas vraiment son type de femme.

— Qu'est-ce qu'il ne faut pas entendre ! grommela Karen. Tu es le type de femme de tout homme intelligent et honnête. Tu es futée, jolie, intéressante, drôle... Je sais que tu as jeté ton dévolu sur lui depuis le début de ta stupide transformation en femme fatale, alors je suis surprise qu'il ne t'ait pas fait des avances bien avant samedi.

— Merci pour tes compliments mais tu n'écoutes pas ce que je te dis. Lev... euh, le Dr Fielding ne m'a fait aucune avance. Peut-être que je devrais oublier tout ça et aller dîner avec toi plutôt qu'avec lui.

Comme Karen haussait les sourcils, Madison eut un petit sourire en coin.

— Après tout, nous savons déjà que nous pouvons vivre ensemble et, à l'évidence, tu apprécies mes subtiles qualités.

— Absolument ! Seulement, tu ne me regardes pas de la même manière que tu regardais le beau Dr Fielding s'en aller, ma chère, souligna Karen tout en entraînant Madison vers la porte afin qu'elles retournent travailler. Amuse-toi. Profite de l'attention qu'il te porte. Mais sois prudente, d'accord ? Parce que, même si tu te prends pour une croqueuse d'hommes, moi je n'y crois pas et je ne veux pas que tu souffres.

Madison non plus ne le voulait pas. Elle avait trop souffert pour permettre à quiconque de la manipuler de nouveau.

Cette fois, Dieu merci, elle était la prédatrice, non la proie. Ce ne serait pas elle qui finirait avec le cœur en miettes.

5

Madison inséra l'aiguille dans l'avant-bras de sa patiente, y relia la tubulure de la perfusion en attente sur son support puis fixa le dispositif à l'aide de sparadrap.

— Désolée pour ce désagrément, madame Johnson, dit-elle en réglant le débit du sérum destiné à réhydrater la vieille dame diabétique qui souffrait aussi d'insuffisance cardiaque congestive.

— J'ai connu pire, ma chère petite. L'anesthésiant local que vous avez appliqué sur ma peau a fait son effet.

— J'en suis heureuse.

Enveloppant sa patiente d'un nouveau regard scrutateur, Madison tapota sa main frêle.

— Je reviendrai vous voir mais si vous avez besoin de quoi que ce soit avant mon retour, n'hésitez pas à presser le bouton d'appel.

— Entendu. Merci pour tout !

Là-dessus, Mme Johnson saisit la télécommande, alluma le téléviseur et sélectionna une émission de télé-réalité centrée sur des femmes qui avaient pris leur beau-frère pour amant.

— Tu l'y as poussé, ma fille ! déclara-t-elle vertement à la femme trompée en train d'invectiver sa traîtresse de sœur.

Madison retint un sourire. Au moins la vieille dame montrait enfin quelque intérêt pour quelque chose. Rassurée sur son état, elle quitta la chambre pour gagner celle du patient suivant.

C'est alors que son téléphone cellulaire bipa dans la poche

de sa tunique, indiquant la réception d'un SMS. Avec quelle surprise elle vit qu'il émanait de Levi ! Lequel Levi annulait tout bonnement leur dîner. Un imprévu était survenu et il ne pouvait pas se libérer pour la soirée, expliquait-il avant de lui demander s'il pouvait bénéficier d'un « report de rendez-vous ». Sa vision s'assombrit. Au souvenir des nombreuses fois où Simon avait annulé leurs projets de la même manière impersonnelle, son estomac se tordit désagréablement.

Acceptait-elle de remettre à plus tard ce dîner avec Levi ? Pas sûr. Elle était terriblement déçue, comment le nier ? Or cela ne correspondait pas du tout à la règle du jeu de séduction qu'elle avait entrepris de jouer.

Toutefois, même si elle n'était pas une très bonne joueuse — après tout, elle manquait d'expérience ! —, elle refusait d'être bafouée. Ne méritait-elle pas mieux qu'un simple SMS ? Peut-être était-elle vieux jeu, mais elle trouvait ce procédé indélicat pour annuler un rendez-vous.

Oui, elle méritait beaucoup mieux que ça et elle allait le dire à Levi !

Le vendredi matin, Madison choisit de s'occuper de M. Ridge en dernier avec l'espoir que, dans l'intervalle, Levi ait terminé ses visites.

C'est à peine si elle l'avait vu depuis lundi. Comme elle avait fait de son mieux pour l'éviter, allant même jusqu'à échanger avec une collègue les malades qui lui étaient dévolus — à l'exception de M. Ridge, le seul des patients de Levi qu'elle avait gardé —, elle n'avait fait que l'entrevoir de temps à autre.

Il n'avait pas répondu à son texto disant qu'elle préférait qu'un homme annule un projet de vive voix et que s'il n'avait pas cette courtoisie, eh bien non, il ne pouvait bénéficier d'un autre rendez-vous.

Elle avait envisagé de lui écrire qu'elle préférait aussi un homme qui n'ignorait pas ses messages mais, finalement, elle s'en était abstenue. A quoi cela aurait-il servi ? Elle lui avait déjà fait comprendre qu'elle ne se laisserait pas marcher sur les pieds par un homme. Même si celui-ci était le charme et la virilité faits homme. Même s'il lui avait sauvé la vie. Même s'il était si attirant que rien qu'à le regarder elle sentait son sang courir dans ses veines.

Par malchance, l'homme en question se trouvait encore en compagnie des Ridge, père et fille, lorsqu'elle pénétra dans la chambre de leur patient commun.

Regrettant amèrement de n'avoir pas attendu un peu plus longtemps, elle concentra son regard sur le vieux monsieur avant de le tourner vers sa fille — une quinquagénaire visiblement fatiguée par toutes ses veilles à l'hôpital. Dieu merci, l'état de M. Ridge s'était notablement amélioré depuis lundi.

— Je suis si contente que vous preniez soin de papa aujourd'hui, dit-elle, un sourire las aux lèvres. Je craignais que ce ne soit votre jour de congé. Papa réagit plus positivement à vos soins qu'à ceux des autres infirmières.

— Merci.

Dans la mesure où Levi examinait M. Ridge, Madison se contenta de vérifier la perfusion de ce dernier.

— Il me connaît mieux que les autres infirmières, voilà pourquoi il réagit mieux.

— Peut-être. Mais chaque fois que quelqu'un entre, il demande où est la jolie infirmière blonde. Il est tombé sous votre charme.

Madison sourit, puis elle laissa son regard glisser vers l'homme qu'elle aurait aimé voir tomber sous son charme. Celui-ci s'était arrêté d'examiner M. Ridge pour la regarder, s'aperçut-elle. Il eut même le toupet de sourire lorsque leurs regards se croisèrent. Comme s'il ne s'était rien passé, comme s'il n'avait pas envoyé son texto ni elle le sien, comme s'il était vraiment tombé sous son charme.

— Je ne peux pas l'en blâmer, répondit-il à la brave dame tout en retenant le regard de Madison. Si j'étais hospitalisé, moi aussi je voudrais avoir Mlle Swanson pour infirmière.

Intéressant ! Il flirtait de nouveau avec elle. Mais le flirt n'était-il pas censé mener quelque part ? Samedi soir, il avait eu l'occasion de l'embrasser et il ne l'avait pas fait. Lundi, il avait annulé leur projet de dîner et il n'avait pas répondu au texto qu'elle lui avait envoyé. Que devait-elle en conclure ?

Elle lui adressa un sourire suave.

— Je préviendrai l'administration, docteur Fielding, de sorte que, si jamais vous êtes admis ici, je sois affectée à votre chambre et que je puisse administrer vos lavements.

Et faire sa toilette ! Cela, elle se contenta de le penser... et d'imaginer la scène.

— Bonne idée ! approuva-t-il en riant.

Après quoi, sans paraître offensé le moins du monde, il reporta son attention sur son patient.

— Vos poumons vont beaucoup mieux qu'au début de la semaine, monsieur Ridge. C'est incroyable la différence que le temps et des soins attentifs peuvent faire. Si vous continuez dans cette bonne voie, vous pourrez rentrer chez vous dans deux ou trois jours et vous n'aurez plus à endurer les lavements de Mlle Swanson.

Le vieux monsieur sourit.

— Je n'en ai pas eu, néanmoins je serais content de rentrer chez moi. Mon chien me manque.

Levi hocha la tête en un geste de compréhension qui amena Madison à se demander s'il avait lui-même un animal de compagnie. Durant leur dîner à la pizzéria, il n'avait pas révélé grand-chose de lui-même. A la réflexion, elle se rendait compte qu'il avait certes répondu à ses questions, mais toujours en restant dans le vague. A l'inverse d'elle !

Mais le moment était mal choisi pour épiloguer là-dessus, alors, redevenant la professionnelle accomplie qu'elle était, elle vérifia les constantes de M. Ridge, enregistra les chiffres dans son dossier, puis elle s'entretint quelques instants de ses progrès avec sa fille en s'efforçant d'ignorer les regards que Levi lança plusieurs fois dans sa direction tandis qu'il discutait avec le vieux monsieur.

Au moment de s'en aller, elle salua son patient préféré de la main. Il la regarda alors si bizarrement qu'elle se demanda s'il avait perçu quelque chose entre elle et son médecin.

— A plus tard, monsieur Ridge, promit-elle.

Et elle sortit en évitant avec soin de poser les yeux sur le médecin en question.

— Tu es drôlement silencieuse, souligna rêveusement Karen lorsqu'elle retourna au poste des infirmières. Tu es tombée sur qui tu sais, j'imagine. Je te cherchais pour te prévenir, mais j'ai été appelée pour prêter main-forte à Tanya dans la chambre 214.

Peu désireuse de discuter de Levi, ou même de penser à lui, Madison acquiesça d'un signe de tête distrait.

— D'après lui, M. Ridge pourra bientôt s'en aller. Son état s'est notablement amélioré depuis que sa pneumopathie a été diagnostiquée, lundi.

— Oui, tant mieux ! répondit Karen avec un petit sourire en coin qui montra qu'elle n'était pas dupe. Mais si tu n'avais pas remarqué l'altération de sa respiration, il ne serait peut-être plus parmi nous aujourd'hui.

— Oh, tu sais, n'importe quelle infirmière aurait fait la même chose.

— Il n'empêche que tu es un réel atout pour cet hôpital, Madison. Entre nous... un atout aussi pour n'importe quel homme assez futé pour reconnaître tes belles qualités en dépit de ce stupide changement de personnalité dont tu crois avoir besoin. Qui tu sais t'a parlé ?

— Nous avons parlé de M. Ridge.

— C'est tout ? Toujours aucune mention de ton texto ?

— Nous étions dans la chambre du patient et en présence de la fille de celui-ci. Tu t'attendais à ce que je lui demande pourquoi il m'avait emmenée dîner samedi puis m'avait invitée de nouveau lundi pour ensuite annuler avec un SMS impersonnel ? Il est évident qu'il a changé d'avis, c'est tout, ajouta-t-elle en s'efforçant de conserver un ton détaché en dépit du fait qu'elle souffrait intérieurement de ce revirement. Inutile d'en faire tout un plat.

— Ça te dirait de m'accompagner à la collecte de fonds de

Connor, ce soir ? Tu t'amuseras ; en plus, c'est pour une bonne cause et ton aide me serait précieuse. Il m'a affectée à l'un des stands de jeux.

Connor était le principal du collège de la ville et le petit ami de Karen depuis le début de l'année.

— Volontiers, répondit-elle.

Mal à l'aise sous le regard scrutateur de son amie, elle joua avec les écouteurs du stéthoscope qu'elle avait passé autour de son cou.

— Il faut que j'aille voir M. Watson, à la 220.

— Tu n'y es pas déjà allée ?

— J'ai promis d'y retourner quand j'en aurai terminé avec mes autres patients.

Karen secoua la tête.

— Tu vois, voilà pourquoi tu es aussi bonne infirmière. Tu es hyperconsciencieuse.

Etait-ce ainsi qu'on qualifiait de nos jours le fait d'esquiver une situation embarrassante ?

Levi avait terminé sa visite du soir mais, plutôt que de rentrer chez lui, il s'attardait dans le couloir dans l'espoir de tomber sur Madison. On était vendredi et il brûlait de la voir en dehors de l'hôpital.

En fait, il avait brûlé de la voir toute la semaine mais son père lui avait rendu la vie impossible.

Bon sang, comment avait-il pu laisser cet homme l'entraîner là-dedans ? Comment celui-ci s'y prenait-il pour l'embobiner ainsi ? Après l'enfer que Jonathan Fielding avait fait de son enfance, ne devrait-il pas le haïr ? Parfois, il aurait pu jurer qu'il le détestait. A d'autres moments, il ne savait pas ce qu'il éprouvait pour lui.

Comment pourrait-il aimer quelqu'un qui l'avait arraché à la mère qui était tout pour lui ? Et pour l'envoyer dans un pensionnat privé, en plus. Au final, il avait passé plus de temps avec sa mère durant les six semaines de vacances qu'il coulait avec elle et son grand-père dans la maison du lac qu'avec son père en un an.

Mais c'était loin derrière lui à présent et, à la prière de sa mère, il avait essayé de pardonner à son géniteur. Il n'avait toujours pas accepté, cependant, que son père ait frappé sa mère. Et sans doute ne l'accepterait-il jamais.

Voilà pourquoi le dernier projet de Jonathan touchait un point particulièrement sensible chez lui. Celui-ci n'avait-il pas convaincu l'hôpital — sans doute grâce à une généreuse donation — de sponsoriser un centre d'aide aux victimes de violences familiales, lequel centre porterait le nom de sa mère ?

Voir son père parler aussi librement avec le comité du fait qu'il avait lui-même été victime de mauvais traitements et que cela l'avait conduit à en faire subir à son tour avait donné la nausée à Levi. Bien sûr, il savait cela, seulement il l'avait en partie occulté. C'était le seul moyen qui lui permettait d'entretenir quelque rapport avec cet homme.

Cet homme qui avait fait de cette semaine un enfer. Normalement, Jonathan préférait les lumières des grandes métropoles à l'atmosphère feutrée d'une petite ville comme Angel Creek — et c'était très bien ainsi. Son arrivée intempestive, lundi, avait fortement compromis le projet de Levi de courtiser Madison afin de nouer avec elle une véritable relation sentimentale.

Pour commencer, il avait requis sa présence à une réunion, le lundi soir, avec le comité qu'il avait réuni à l'hôpital, et ensuite tous les soirs suivants puisqu'il l'avait chargé d'organiser les festivités d'ouverture de la collecte de fonds.

Comment était-il censé asseoir une véritable relation avec Madison quand son père lui prenait tout son temps libre ?

Et puis il y avait eu l'incompréhensible texto de la jeune femme. Lui envoyer un SMS avait constitué pour lui un moyen aisé et rapide de lui faire savoir que ses projets avaient été bouleversés. Aurait-il dû l'appeler ? Peut-être, mais il avait été écœuré par la visite imprévue de son père. De plus, elle était au travail. Il n'avait pas pensé qu'elle apprécierait de recevoir un appel privé. L'avantage des SMS, c'était que leurs destinataires pouvaient y jeter un coup d'œil et répondre au moment le plus opportun pour eux. Madison avait effectivement répondu !

Dans la mesure où elle ne voulait que partager son lit, en quoi la manière dont il annulait leurs projets importait-elle ?

Seulement lui, il voulait davantage.

Ce qui le plaçait en terrain totalement inconnu.

Il devrait rentrer chez lui, se concentrer sur ses tâches en cours et tout oublier de Madison. La délicieuse sensation de son corps entre ses bras...

Oui, il devrait oublier tout ça. En dépit de son texto critique, Madison le convoitait. S'il succombait, que se passerait-il ensuite ? Se débarrasserait-elle de lui ?

En tout cas, la rupture ne viendrait pas de lui ; il en eut la confirmation à l'instant où il la vit sortir de la chambre d'un patient, un grand sourire aux lèvres. Lorsqu'ils seraient ensemble, ce serait explosif, passionné, et il brûlerait de recommencer encore et encore.

L'interceptant, il se plaça devant elle, le dos tourné vers le poste des infirmières de manière à constituer un écran qui les protégerait d'éventuels regards curieux. Malheureusement, il n'y avait rien qu'il puisse faire pour les soustraire à quiconque remonterait le couloir dans l'autre sens, sinon pousser Madison dans une chambre de patient et aucune des plus proches n'était libre.

— Docteur Fielding ? dit-elle d'une voix un peu enrouée.

— Avez-vous des projets pour ce soir ? demanda-t-il avec une nonchalance qu'il était loin de ressentir devant le regard scrutateur qu'elle posait sur lui. J'aimerais bénéficier d'un nouveau rendez-vous et je promets de ne pas l'annuler, ni par texto, ni par téléphone, ni de vive voix.

Madison se mordit la lèvre inférieure.

— Il se trouve que j'ai quelque chose de prévu, oui.

Le dard acéré de la jalousie piqua Levi — une désagréable sensation qu'il n'avait pas ressentie depuis une éternité.

Probablement avait-elle une liaison.

— Un engagement que vous ne pouvez pas rompre ? demanda-t-il d'un ton uni en dépit de ses tourments intérieurs.

— Non, je ne peux pas. Pas ce soir. Ce n'est pas que je n'aimerais pas passer du temps avec vous, mais je...

Elle hésita, changea de pied d'appui, l'air plus nerveux que n'aurait dû avoir une séductrice avertie.

— En fait, j'ai vraiment d'autres projets. Vous auriez dû vous manifester plus tôt.

Elle avait raison, il aurait dû. Et peut-être l'aurait-il fait si elle ne l'avait pas évité et si son père avait cessé de le rendre fou.

Mais avec qui avait-elle d'« autres projets » ?

— Vous travaillez demain ? s'enquit-il.

Son ancien professeur d'art dramatique aurait été content de lui car il réussit à conserver une expression insouciante et un sourire aux lèvres.

— Non, je ne suis pas de garde demain, répondit Madison.

Puis elle baissa les yeux et changea de nouveau de pied d'appui, signe qu'elle n'était pas aussi maîtresse d'elle-même qu'elle voulait le lui faire croire.

— Pourquoi ? ajouta-t-elle

— Ça vous dirait d'aller pêcher ? s'entendit-il proposer au lieu de l'inviter à dîner le lendemain soir.

Pêcher lui permettait de se détendre, de s'immerger dans la nature et d'apprécier la vie. Seul. C'était son temps à lui, son temps de décompression et, après la semaine qu'il venait de vivre, il en avait bien besoin.

— Pêcher ? répéta Madison, visiblement aussi interloquée que lui par l'invitation.

Puis elle releva des yeux élargis vers les siens et ses lèvres roses et pulpeuses s'ouvrirent de surprise. Sans doute se demandait-elle s'il parlait sérieusement.

— Oui, pêcher.

En principe, la perspective de voir quelqu'un envahir sa solitude aurait dû le rebuter ; or il trouvait que l'idée de passer la journée avec Madison était excellente. Et s'il devait emmener une femme avec lui au bord de l'eau, il ne voyait pas avec qui d'autre qu'elle il aurait eu plaisir à le faire. Du reste, ne voulait-il pas lui prouver qu'une relation sentimentale sérieuse entre eux pourrait être fantastique ?

— Je ne sais pas pêcher.

Et elle ne semblait pas non plus mourir d'envie d'apprendre.

— Ce n'est pas un problème, affirma-t-il, riant de son expression circonspecte et sentant son moral remonter de plusieurs crans. Je vous apprendrai.

— En ce cas, si vous êtes sûr...

Un sourire se dessina sur ses lèvres, si éblouissant qu'il en resta tout étourdi.

— ... je serais ravie de vous accompagner.

Lui aussi, il serait ravi. Totalement ravi qu'elle l'accompagne.

6

Bien trop vite, le lendemain matin, quelque chose tira brusquement sur la ligne de Madison, tendant le fil de Nylon et faisant se courber l'extrémité de la canne à pêche qu'elle tenait à la main.

— Regardez ! s'écria-t-elle en sautant d'un pied sur l'autre. J'ai attrapé quelque chose. Regardez !

Mais sa « prise » tirait plus fort qu'elle ne l'avait anticipé. Elle l'entraînait...

— Levi ! Au secours !

— Tenez bon ! l'encouragea-t-il, reposant en riant sa propre ligne sur la berge.

Puis il l'entoura de ses bras, plaça une main sur la canne, l'autre sur sa main droite et guida celle-ci vers la petite manivelle du moulinet.

— Vous avez fait mordre un poisson à votre hameçon, Madison. Maintenant remontez-le, dit-il, lui montrant comment s'y prendre. Sans à-coup, mais sans laisser le moindre mou.

Ses explications données, il lui entoura la taille de ses mains afin de la maintenir en équilibre tandis qu'elle s'essayait à la manœuvre.

Mais comment aurait-elle pu se concentrer quand il l'enlaçait ainsi et que l'odeur épicée de son après-rasage lui montait à la tête ?

— Remontez-le. Remontez-le. Vous laissez trop de mou à la ligne et il risque de se détacher.

C'était vrai qu'elle était supposée attraper un poisson. Mordillant sa lèvre inférieure, elle tourna la manivelle avec plus de vigueur, et la résistance qu'elle rencontra la surprit.

— C'est parfait ! Pour résister autant, ce doit être un poisson exceptionnel.

Mieux que ça. Une bête à concours, à en juger par la force de traction qu'il développait. Un poisson énorme. Un...

— Ce n'est pas un poisson, souligna-t-elle sans nécessité lorsque sa prise émergea de l'eau.

— Non, acquiesça Levi en riant aux éclats, et les vibrations de son rire qu'elle sentit dans son dos se répercutèrent à travers tout son corps. C'est une tortue d'eau qui a saisi votre appât.

— Qu'est-ce que je fais d'elle ?

Elle n'avait pas voulu attraper une tortue. A voir la malheureuse pendre tristement au bout de sa ligne, elle n'était pas non plus certaine de vouloir attraper un poisson. Pauvres bêtes !

— Nous allons la libérer.

Lui prenant la canne à pêche des mains, Levi saisit la tortue, la détacha en coupant le fil et la posa sur le sol — où elle reprit aussitôt le chemin du lac d'un pas bien plus rapide que Madison ne l'en aurait cru capable. Les tortues n'étaient-elles pas le symbole de la lenteur ?

— Et l'hameçon ?

— C'est une tortue happeuse, Madison. Elle happe tout ce qui est à portée de sa bouche. Pas question qu'on essaie de le lui retirer, elle croquerait nos doigts.

— Mais ça ne va pas la tuer, au moins ?

— Non, non. Tout ira bien pour elle.

Madison frémit, convaincue que cette tortue aurait préféré ne pas avoir un morceau de métal dans la bouche.

— Je ne crois pas être faite pour pêcher, admit-elle.

— Pas de poisson, pas de dîner. C'est la règle.

Cela dit, il lui tendit sa canne.

— Tenez ça pendant que je fixe un nouvel hameçon à votre ligne. Et si vous abattez bien vos cartes..., je vais même y accrocher l'appât pour vous.

— Comme si je pourrais manger un pauvre animal que j'aurais tiré du lac, de toute manière, marmonna-t-elle, saisissant la canne et lançant un regard noir au moulinet. Je vais peut-être même exclure le poisson de mon alimentation.

Levi partit d'un grand éclat de rire avant de s'affairer à attacher méticuleusement l'hameçon à l'extrémité du fil.

— Vous avez été scout ?

Souriant, il releva vers elle des yeux pétillants de malice.

— Ai-je l'air d'un boy-scout ?

Il n'avait absolument rien d'un jouvenceau. Il était la virilité faite homme.

— Peut-être, répondit-elle néanmoins sans le quitter des yeux.

— Ma douce, j'aurais été renvoyé de la troupe pour mauvaise conduite.

« Ma douce. » Le mot tendre fit tressauter son cœur. C'était d'un pathétique !

— Ah bon ? Des enfants peuvent être mis à la porte du mouvement scout ?

— Je n'en ai aucune idée, répondit Levi.

Il garnit le crochet pointu d'un asticot tout gigotant que Madison n'aurait touché pour rien au monde, puis il se rinça les mains dans l'eau du lac et les sécha en les frottant sur son jean délavé.

— Je n'ai jamais été scout mais j'ai passé mes étés à pêcher avec mon grand-père. Voulez-vous lancer la ligne vous-même ou préférez-vous que je le fasse pour vous ?

Voyons, lorsqu'elle avait tenté l'opération, tout à l'heure, il l'avait entourée de ses bras pour lui montrer les gestes à accomplir, alors...

— J'aimerais encore essayer de la lancer moi-même.

— Je vous remontre comment vous y prendre ?

Bien sûr, elle accepta la proposition et il s'exécuta de bonne grâce.

— Quand vous basculez vers l'avant pour lancer, n'oubliez pas de relâcher le bouton du moulinet qui libère le fil, conclut-il, restant juste derrière elle, mais retirant ses mains de dessus les siennes pour les poser sur sa taille.

S'efforçant de ne pas se laisser distraire, Madison s'inclina vers l'arrière avant de basculer vers l'avant en lançant la ligne.

L'hameçon appâté atterrit juste devant elle.

— Ce n'est pas là que je voulais qu'il aille, maugréa-t-elle, dépitée.

— Je m'en doute, plaisanta-t-il. Maintenant, remontez le fil et essayez de nouveau.

Ce qu'elle fit. Et cette fois l'asticot s'enfonça dans l'eau, à environ trois mètres du rivage, le flotteur multicolore dansant à la surface. Très fière d'elle, elle se tourna pour sourire à Levi et son souffle se bloqua dans sa gorge.

Les paupières closes, il humait la senteur de ses cheveux.

Lorsque ses yeux de jais s'ouvrirent, elle se délecta de la douceur du moment, de la manière dont il la regardait. L'envie la démangea de sentir ses lèvres sur les siennes, de nouer les bras autour de son cou, de glisser les doigts dans ses cheveux sombres et de le serrer contre elle pour toujours.

Une longue minute s'écoula.

— Levi ?

Il battit des paupières, posa les mains sur les bras de Madison, hésita une fraction de seconde et finalement la repoussa doucement afin de l'écarter de lui.

La déception, la frustration la balayèrent comme une marée d'équinoxe. Toutes les rumeurs à son sujet seraient-elles fausses ? Ses ex-conquêtes auraient-elles raconté des fables sur ses prouesses sexuelles par dépit, parce qu'elles étaient frustrées par son manque d'initiative ? Peut-être n'avait-il partagé le lit d'aucune d'elles, en fait.

— Etes-vous gay ?

— Pardon ? Mais non ! se récria-t-il. J'aime les femmes, Madison. Pourquoi cette étrange question ?

— Parce que j'aurais pu jurer que vous vouliez m'embrasser, que vous étiez sur le point de m'embrasser. Mais vous vous êtes abstenu. Peut-être voulez-vous seulement être mon ami, alors ?

— En effet, je veux être votre ami.

Ami. Exactement ce qu'une femme attirée par un homme rêvait d'entendre ! Madison se compara à la pauvre tortue, capable de mordre à l'hameçon mais détalant avec le crochet pointu fiché dans la bouche. Avait-elle vraiment pu aussi mal interpréter certains signes ?

Elle soutint son regard.

— C'est tout ce que vous voulez de moi ? De l'amitié ?

S'il ne détourna pas les yeux, il ne parut pas ravi non plus. Passant la main dans ses cheveux, il soupira.

— Non.

— Non, mon amitié n'est pas tout ce que vous voulez de moi ou bien non, vous ne voulez rien de plus que mon amitié ? s'entendit-elle demander.

D'où lui venait cette combativité ? Jamais elle n'avait affronté Simon ainsi — du moins, jusqu'au jour où elle s'était rendu compte qu'il faisait d'elle la risée de tout l'hôpital depuis des mois.

— Je vous aime bien.

Ce qui ne répondait pas à sa question.

— Vous m'aimez bien ?

— Oui.

— Et ?

— Je laisse les choses évoluer lentement.

— Pourquoi ?

— Parce que je vous aime bien.

— Oui, c'est un fait établi. Mais, Levi, vous ne m'avez même pas tenu la main — sinon pour m'enseigner le maniement de la canne à pêche, souligna Madison.

— Si, j'ai tenu votre main. Lorsque je vous ai conduite de ma voiture à mon cabinet après vous avoir sauvé la vie, lui rappela-t-il, un nerf jouant dans sa joue. Vous devriez apprécier le fait que je prenne mon temps.

— Peut-être le devrais-je, admit-elle, surprise qu'il se souvienne de ce détail. Mais, sincèrement, je commence à me demander si je n'aurai pas atteint le quatrième âge avant que vos lèvres ne rencontrent les miennes.

Le regard de Levi qui accrocha le sien brillait d'un éclat particulier qu'elle n'y avait jamais vu. Un éclat qui l'exaltait et décuplait sa témérité.

— Je voulais que vous m'embrassiez, il y a un instant, et j'ai cru que vous alliez le faire, mais vous vous êtes esquivé. Pas vraiment ce que j'attendais d'un homme de votre réputation et qui m'avait prévenue qu'il n'était pas un « gentil garçon » avec les femmes.

— Vous auriez voulu que j'essaie de passer à l'acte lors de notre premier rendez-vous ? répliqua-t-il d'un air renfrogné.

— Ce n'est pas notre premier rendez-vous, fit-elle remarquer, s'étonnant elle-même d'une telle audace. Ce qui implique que vous pouvez dépasser le stade du simple baiser.

Les yeux de Levi s'étrécirent.

— Vous auriez voulu que je passe à l'acte à notre second rendez-vous ?

Que répondrait une vraie *libertine* ? L'ancienne Madison aurait dit non, évidemment. Mais la nouvelle ?

— Peut-être, murmura-t-elle avec une moue qu'elle espéra appropriée — et en souhaitant qu'elle ne lui donne pas l'air idiot.

Levi serra les dents.

— Je ne voulais pas vous effrayer en brûlant les étapes.

— Vous croyez que j'aime faire du surplace ?

— Non, dit-il lentement en l'observant avec attention. Mais peut-être est-ce la seule allure que je peux gérer en ce qui vous concerne.

Son regard s'abaissa sur les lèvres de Madison.

— Je vous désire tellement que si je pose les mains sur vous je crains d'atteindre très vite un point de non-retour. J'aimerais savourer ce qui se passe entre nous plutôt que de me précipiter vers la ligne d'arrivée.

— Oh...

— J'aime les femmes. Ça a toujours été le cas et ça le

sera toujours. En ce moment, je vous apprécie particulièrement — quoique je commence à me demander pourquoi.

Délibérément, Madison tourna son regard vers le bouchon multicolore qui flottait sur l'eau étincelante du lac. Un, deux, trois... Elle compta jusqu'à dix dans sa tête, puis à rebours jusqu'à un. Rien n'y fit. Elle ne put évacuer de son esprit la révélation qu'elle venait d'entendre. Il la désirait. Au point de devoir se refréner.

Elle se tourna de nouveau vers lui au moment où il se baissait pour ramasser sa canne à pêche abandonnée sur le sol.

Jetant toute prudence aux orties en croqueuse d'hommes qu'elle était, mais le cœur battant la chamade, elle humecta ses lèvres sèches et lança :

— Je voudrais que vous m'embrassiez maintenant.

Sa canne de nouveau oubliée, Levi se redressa, essuya ses mains sur son jean. Le visage tendu, il la dévisagea un long moment en semblant peser le pour et le contre. En vérité, s'il devait réfléchir aussi longtemps, que devait-elle en conclure ? A l'évidence, elle ne lui faisait pas perdre la tête de la même manière qu'il lui faisait perdre la sienne.

— Laissez tomber, bredouilla-t-elle, rouge d'embarras.

— Approchez, soupira-t-il en l'attirant vers lui.

Abasourdie, elle lâcha sa propre canne, trébucha, tomba presque dans ses bras, le regarda. Il allait l'embrasser. Levi Fielding allait sceller ses lèvres aux siennes. Incroyable !

Prenant son temps, il promena un doigt sur la ligne de sa mâchoire, caressant chaque millimètre de sa peau. Puis il plongea son regard dans le sien, prit ses joues en coupe, inclina la tête et, enfin, ses lèvres se posèrent sur celles de Madison.

Au même instant, sa canne à pêche glissa sur l'herbe en direction du lac. Voyant le mouvement du coin de l'œil, Madison se jeta sur le sol pour l'attraper. Levi fit de même. Elle leur échappa mais, à sa seconde tentative, Levi réussit à la saisir et il sortit un gros poisson de l'eau.

Madison ne le trouva pas beau à proprement parler, mais

le soleil jouant sur ses écailles verdâtres les faisait étinceler de mille couleurs.

— Un achigan à grande bouche, déclara fièrement Levi. Et une belle prise.

— Une belle prise ? répéta Madison tandis qu'il retirait doucement l'hameçon de la gueule du pauvre animal.

— Ce qui veut dire qu'après l'avoir nettoyé nous le ferons cuire et nous le dégusterons ce soir.

Horrifiée, Madison grimaça.

— Je ne mangerai pas ce poisson.

— Non ?

— Et je le « nettoierai » encore moins, ajouta-t-elle.

Ce qui fit rire Levi.

— Je sais que vous n'êtes pas végétarienne, Madison.

— C'est vrai, mais je ne suis pas habituée non plus à ce que mon plat principal m'ait regardée dans les yeux avant que je l'avale.

Il rit de nouveau, sans paraître ébranlé le moins du monde, sans même paraître se souvenir qu'un instant plus tôt leurs bouches s'étaient jointes et qu'un courant électrique avait crépité entre eux.

— S'il retourne libre d'où il vient, j'achèterai de quoi dîner, proposa-t-elle.

— Dans la mesure où cela signifie que je passerai plus de temps avec vous, marché conclu, répondit Levi sans hésiter.

Ramassant sa gaule et s'asseyant sur la chaise pliante qu'il avait apportée pour elle, Madison le regarda remettre le poisson à l'eau. Comme si rien ne s'était passé, l'achigan à grande bouche fila comme une flèche en direction du large et bientôt disparut dans les profondeurs du lac.

— Voilà ce qui s'appelle de la gratitude ! ironisa-t-elle.

Levi attacha un nouvel asticot à son hameçon, se lava les mains dans l'eau puis s'assit à côté d'elle. Dès lors, ils pêchèrent en silence, paisiblement, savourant la chaleur du soleil dans leur dos et la beauté de cette journée de juin. Mais en apparence seulement.

Car Madison, assaillie de questions, avait le cerveau en ébullition.

— Pourquoi voulez-vous que les choses évoluent lentement avec moi ?

Il regarda un long moment droit devant lui, les yeux perdus sur le lac.

— L'aspect physique constitue en général le début, le milieu et la fin de mes relations. En dehors de ça, il n'y a rien d'autre.

— Ça me va très bien. Je ne veux rien de plus.

— Eh bien, c'est là où les choses se compliquent. Vous êtes différente. Avec vous, je veux plus que ça.

Elle resta bouche bée.

Il la désirait, et pas seulement physiquement. Il la trouvait différente, voulait davantage. Que devait-elle en déduire ?

Que *voulait*-elle en déduire ?

Elle s'était lancée dans ce jeu de la séduction juste pour prendre du bon temps, non ?

Pas du tout dans le but de nouer une relation sérieuse pour la bonne raison qu'elle s'interdisait d'exposer son cœur à de nouvelles souffrances.

C'était totalement hors de question !

7

Madison avait du mal à détacher les yeux de la bouche de Levi.

Il était allongé sur la couverture qu'il avait étalée sur l'herbe, les mains nouées derrière la tête, les paupières closes et il respirait si paisiblement qu'elle pouvait presque croire qu'il dormait. Presque seulement, car quelque chose dans sa posture, dans la légère tension de son corps, suggérait que, même s'il se reposait, il ne dormait pas tout à fait.

Néanmoins, comme il avait fermé les yeux, elle pouvait le contempler tout à loisir tandis qu'elle pêchait. Ou plutôt... tandis qu'elle tenait sa canne à pêche dressée selon un angle précis au-dessus de l'eau miroitante du lac.

Depuis leur arrivée, au milieu de la matinée, Levi avait attrapé une demi-douzaine de poissons — plus petits que le premier et d'une espèce différente, toutefois — alors qu'elle n'avait toujours que la malheureuse tortue à son palmarès.

Certes, elle ne voulait pas vraiment capturer quoi que ce soit, juste que sa première partie de pêche ne soit pas un fiasco.

Reste qu'elle n'avait pas considéré une seule minute passée avec Levi comme un fiasco. La plupart du temps, elle aurait juste voulu se pincer tant elle avait peine à croire qu'il pouvait vraiment s'intéresser à elle pour autre chose que quelques bons moments dans un lit.

Car que savait-elle de lui, à part qu'il l'avait attirée dès leur première rencontre et qu'il avait une réputation de play-boy ?

Peut-être séduisait-il les femmes en leur faisant croire qu'elles étaient différentes de toutes celles qu'il avait connues auparavant ? Rien qu'à le regarder, elle sentait toutes les défenses qu'elle avait érigées contre lui l'abandonner. Non qu'elle lui aurait opposé beaucoup de résistance, de toute manière, même si elle n'était pas une « femme libérée ». Franchement, la Belle au Bois Dormant avait-elle résisté lorsque le prince s'était penché pour l'embrasser ? Blanche Neige avait-elle repoussé son prince ?

Sentant soudain une légère traction au bout de sa ligne et voyant le flotteur s'enfoncer légèrement, Madison tira d'un coup sec afin de caler l'hameçon dans la bouche du poisson, ainsi que Levi le lui avait montré.

Malheureusement, au lieu de ferrer le poisson appâté, son geste projeta sa ligne « nue » à travers les airs, dans sa direction. Lâchant un cri, elle voulut attraper le crochet pointu désormais dépourvu d'asticot mais elle le manqua et il se planta dans sa chair, en haut de son bras gauche.

Alerté par l'agitation, Levi se releva d'un bond.

— Madison, vous n'étiez pas censée vous prendre vous-même à l'hameçon, dit-il d'une voix pleine de sympathie.

Oui, même une novice savait cela...

Des larmes lui picotèrent les yeux. Non, elle ne pleurerait pas devant lui ! Elle ne ferait pas toute une histoire de cet accident stupide. Ce *nouvel* accident stupide.

— Ouille ! gémit-elle, retenant du mieux qu'elle pouvait le sanglot qui montait dans sa gorge et lâchant sa gaule.

Puis elle porta sa main droite à l'hameçon afin d'essayer de le retirer de son bras dans l'espoir d'atténuer la douleur cuisante qu'il lui causait. Ce n'était pas la pire douleur qu'elle ait jamais endurée, néanmoins elle espérait ne plus jamais se harponner elle-même. Jamais. Ajouté à cela, elle commençait à se sentir nauséeuse.

— Ne faites pas ça ! conseilla Levi. Je vais m'en charger. Il va falloir pousser l'hameçon pour le faire ressortir à côté de l'endroit où il s'est enfoncé ; sinon, à cause de sa forme, il provoquera davantage de dommages tissulaires.

De dommages tissulaires ? Elle sentit sa nausée s'amplifier et des étoiles danser devant ses yeux. Bien sûr, en tant qu'infirmière, elle devrait être capable de supporter une blessure aussi mineure mais, quand il s'agissait de sa propre chair, tout était différent.

— Retirez-le, alors.

— J'ai une trousse de premiers secours. Juste une minute et je m'y emploie. Etes-vous à jour de vos rappels antitétaniques ?

Détournant les yeux de son « piercing », Madison acquiesça de la tête. Ensuite, elle le regarda extraire une boîte en plastique de son sac à dos, l'ouvrir et en sortir un flacon de désinfectant.

Après quoi, à l'aide de l'outil multi-usages qu'il tira de sa poche, il coupa l'œillet de l'hameçon relié au fil, saisit l'extrémité de la tige de métal avec la pince et poussa doucement jusqu'à ce que la pointe perce la peau une seconde fois.

Incapable de s'empêcher de le regarder faire, Madison serra les dents lorsqu'elle vit le bout pointu de l'hameçon émerger à l'air libre. L'instant suivant, elle relâchait le souffle qu'elle avait retenu, soulagée d'être totalement débarrassée de cet hameçon. Pourquoi diable le fait de regarder Levi suffisait-il à soulager sa douleur et à lui faire tout oublier, à part qu'il touchait sa peau et lui accordait toute son attention ?

— Est-ce que ça va ? Vous êtes un peu pâlichonne.

Ce qui n'avait rien d'étonnant après qu'il eut posé si doucement ses mains sur son bras. Tout son sang avait dû affluer à cet endroit. Baissant les yeux, elle s'efforça de ne pas paraître affectée à ce point par le contact de ses doigts.

— Je suis une grande fille.

— Vous m'arrivez à peine à l'épaule, plaisanta-t-il.

— Vous me prenez pour un bébé ?

— A propos de ce qui vient de se passer ? Absolument pas. Vous avez été très courageuse, Madison.

Elle sourit, ravie du compliment.

— J'ai tout de même dit « ouille » !

— Croyez-moi, j'aurais lâché autre chose que ça. En

particulier quelques jurons qui m'auraient valu une punition de ma mère autrefois.

Ayant préparé son matériel de premiers secours tout en parlant, il se désinfecta les mains, ouvrit un paquet de compresses et se mit à nettoyer sa blessure.

— Parlez-moi de votre famille, le pressa Madison, à la fois pour détourner son attention de ce qu'il était en train de faire, distraire son esprit de sa proximité, et en savoir plus sur lui. Vous avez mentionné votre mère et votre grand-père. Vivent-ils dans les parages ?

— Ma mère est morte quand j'avais dix-sept ans. Mon grand-père, l'année suivante.

Madison lui pressa brièvement l'épaule en un geste de réconfort.

— J'en suis navrée, Levi.

Sans relever les yeux de sa tâche en cours, Levi remercia Madison d'un signe de tête. D'ordinaire, jamais il ne confiait à quiconque la moindre information personnelle. Jamais ! Mais comme il voulait nouer une relation sérieuse, il lui semblait normal de partager avec elle ce genre de choses.

— C'était il y a longtemps. Mes parents étaient divorcés et je ne la voyais que durant les vacances d'été, de toute manière.

— Vraiment ? C'est bien triste. Et votre père ?

— Il voyage beaucoup. Néanmoins, il garde une maison à Angel Creek.

— Oh, je suis heureuse que vous ayez encore de la famille, Levi. C'est tellement important, la famille.

— La vôtre vit près d'ici ?

— Non. Mes parents habitent à Winston-Salem.

— La ville où vous viviez avant de venir travailler à Angel Creek ? Pourquoi l'avez-vous quittée ?

— C'est une longue histoire, et pas une histoire pour une belle journée comme aujourd'hui, mais elle n'a aucun rapport avec ma famille, qui est géniale.

Une histoire qu'il avait envie d'entendre.

— J'ai tout mon temps.

— Désolée, pas aujourd'hui. Oh, je n'arrive pas à croire que je me suis attrapée à mon propre hameçon.

Relevant le regard vers elle et remarquant l'expression circonspecte de ses beaux yeux verts, Levi décida de laisser tomber le sujet qu'à l'évidence elle voulait éviter.

— C'est votre plus belle prise de la journée, plaisanta-t-il.

Maintenant qu'il avait suffisamment nettoyé la blessure, il appliqua une pommade antibiotique et termina par la pause d'un pansement sur lequel, sans réfléchir, il déposa un baiser.

— Voilà qui est mieux, conclut-il en se redressant.

Inspirant profondément, Madison le retint sous le feu de son regard et il sentit tout son corps s'embraser de désir, son cerveau se vider de toute pensée cohérente.

— Beaucoup mieux. Merci, Levi.

— A votre service.

Abandonnant sa canne à pêche là où elle l'avait laissée choir, elle alla s'asseoir sur la couverture, remonta ses genoux sous son menton et entoura ses jambes de ses bras.

Même s'il doutait que rester assis aussi près d'elle sur une couverture, dans une sorte de petite enclave secrète de l'endroit qu'il aimait le plus au monde soit une bonne idée, Levi se rassit à son tour.

— Venir à ma rescousse est en train de devenir une habitude pour vous, dit-elle, les yeux rivés sur l'eau tranquille et scintillante du lac.

— C'est parce que vous êtes une demoiselle régulièrement en détresse, plaisanta-t-il, satisfait que la conversation détourne son esprit du chemin qu'il semblait vouloir prendre. Vous permettez aux hommes comme moi de renvoyer d'eux une belle image.

Elle rit doucement.

— Vous renvoyez de vous une belle image, de toute manière, et vous le savez très bien.

— L'apparence n'est pas tout, répondit-il, sincère.

— Non, c'est vrai. Mais ce n'est pas ce que je voulais dire. Vous êtes drôle, gentil, intelligent, compatissant, d'un abord facile, attentif à vos patients et à leurs familles. Un preux chevalier qui accourt chaque fois que cette demoiselle en détresse a besoin de vous. Un type vraiment bien, conclut-elle avec un doux sourire.

— Vous pensez que je suis tout ça? s'enquit Levi, étonné par cette description dans laquelle il ne se reconnaissait pas vraiment et qui ne lui parut pas de très bon augure. Ce n'est pas étonnant que vous m'ayez demandé si j'étais gay.

Madison ricana, ses yeux verts pétillant d'espièglerie.

— Votre virilité n'a jamais vraiment été remise en cause.

— Non?

Elle était à couper le souffle quand ses yeux brillaient ainsi comme des émeraudes et qu'elle retenait un autre rire.

Son regard s'abaissa sur ses propres lèvres et elle fit lentement « non » de la tête. Comme si elle ne voulait pas détourner son attention de sa bouche. Comme si elle voulait en imprimer chaque millimètre dans sa mémoire. Lorsqu'elle humecta sa lèvre inférieure du bout de la langue, il sentit son sang bouillonner dans ses veines.

Et s'il l'embrassait? Il pourrait lui donner un simple baiser sans que cela fasse de lui une réplique de son père. Le désir qu'il éprouvait pour elle atteignait des sommets jamais égalés, mais il était un homme responsable et capable de se contrôler. S'il lui donnait un simple baiser, il aurait la volonté de ne pas lui arracher ses vêtements — même s'il ne doutait pas qu'elle serait époustouflante allongée nue sur la couverture, ses grands yeux ne le quittant pas tandis qu'il la caresserait, qu'il...

Presque comme si elle avait pu lire dans ses pensées, ses iris verts s'assombrirent et le feu du désir y brilla.

Levi se sentit perdu.

Complètement perdu.

Se penchant vers elle, il posa sa bouche sur la sienne, perçut le sourire de surprise qui s'y dessina, ressentit jusqu'à la pointe de ses orteils le soupir ravi qui s'en échappa.

La bouche de Madison avait un goût sucré, légèrement mentholé, enivrant, qui n'appartenait qu'à elle.

Sa volonté était soumise à rude épreuve.

Ce n'était pas un « simple » baiser.

Incapable de s'en empêcher, il prit son visage entre ses mains. Avec douceur. Vénération. En se forçant à ne partager avec elle qu'un baiser chaste en dépit de son désir de l'allonger sur la couverture et de lui faire l'amour.

De la griser de volupté.

D'être grisé par elle.

Il gémit.

Mettant fin au baiser, Madison s'écarta de lui et lui sourit.

— C'est sûr, vous n'êtes pas gay.

— Je peux poursuivre si vous avez besoin d'une autre preuve, proposa-t-il avec empressement.

Une expression interrogatrice apparut sur le visage de Madison et ce fut d'un regard légèrement désemparé qu'elle sonda le sien.

— Est-ce ce que vous vouliez faire ? Confirmer un fait ?

Une partie de lui, sans doute le vilain macho qui devait sommeiller en tout homme, voulait acquiescer. Seulement il ne pouvait pas faire ça. Il ne pouvait pas mentir à Madison ni sur ce sujet ni sur un autre, et cela lui donnait le sentiment étrange d'être fragile, exposé.

Tant pis, ce regard désemparé lui avait serré le cœur. Quelqu'un l'avait blessée par le passé. Blessée et laissée en grand besoin d'être secourue.

Mais il n'était pas un preux chevalier. Après tout, le sang de son père ne courait-il pas dans ses veines ?

Il choisit de biaiser.

— Si vous parlez du fait que je vous désire, alors oui, ce baiser était destiné à confirmer un fait.

— Excellente réponse, docteur Fielding, commenta Madison, et le soulagement qui apparut sur son visage emplit Levi d'un soulagement similaire.

En riant, il lui caressa la joue.

— Je vous aime bien, Madison. Vraiment bien.

Elle eut un sourire éblouissant.

— Moi aussi, je vous aime bien, Levi. Et ce depuis notre première rencontre.

Il se souvenait parfaitement de ce moment.

— Vous portiez un uniforme à l'effigie de Woodstock ce jour-là.

Elle ouvrit des yeux stupéfaits.

— Je portais quoi ?

— Un pantalon bleu pâle et sur la poche de la tunique assortie était imprimé ce petit oiseau jaune, meilleur ami du chien Snoopy dans les *Peanuts*, précisa-t-il tout en se demandant si le fait qu'il se rappelait comment elle était vêtue lorsqu'il l'avait vue pour la première fois témoignait d'autre chose que de la vigueur de sa mémoire.

— C'est mon uniforme préféré, dit-elle, l'air de ne pas encore être revenue de sa surprise.

— Le mien aussi.

Parce que chaque fois qu'il la voyait dans cette tunique, il se remémorait cette journée, et ce souvenir instillait en lui un sentiment de bien-être intérieur, un sentiment... comparable à celui du bonheur.

Elle se mordilla l'intérieur de la joue.

— Vous avez fréquenté beaucoup de membres du personnel féminin de l'hôpital d'Angel Creek ?

— Oui. En raison de la proximité et des contraintes de temps, la plupart de mes petites amies travaillaient à l'hôpital. Si c'est un problème pour vous, il faut que nous en discutions maintenant, avant d'aller plus loin.

Et si elle répondait qu'en effet son passé lui posait un problème ?

Il ne pouvait nier que jusqu'ici les femmes avaient été plus ou moins interchangeables dans sa vie. Vraiment, il était grand temps qu'il change de comportement, sinon il aurait fini par être une copie conforme de son cher papa.

Sauf que lui, il n'avait jamais frappé une femme et ne le ferait jamais.

— Je n'ai fréquenté personne à l'hôpital d'Angel Creek, mais je ne suis pas vierge pour autant, déclara-t-elle à sa vive surprise. Est-ce un problème pour vous ?

Etait-ce une question piège ?

— Euh... non, dit-il mais à peine les mots sortis de sa bouche, l'idée qu'un homme ait fait l'amour à Madison lui tordit l'estomac.

Jamais il n'avait été jaloux des ex-amants d'une femme et ça n'était pas aujourd'hui qu'il allait commencer ! Pourtant, il se rendait compte qu'il était bel et bien jaloux des siens.

— Parfait ! commenta-t-elle avec un petit sourire suffisant, presque comme si elle avait pu lire en lui. Ainsi vous me comprenez quand je dis que votre passé n'est que ça : *du passé*. Tout comme le mien. Vous ne pouvez pas plus changer le vôtre que je ne peux changer le mien.

— Vous êtes une femme ravissante, Madison. Pourquoi n'avez-vous fréquenté personne depuis votre installation à Angel Creek ?

A moins qu'il y ait eu quelqu'un ? Elle avait parlé de l'*hôpital*, pas de la ville. Et il ignorait à quoi elle avait occupé la soirée de la veille...

Son joli visage s'empourpra légèrement.

— Parce qu'il m'a suffi de vous voir pour ne vouloir personne d'autre. Et ça dure toujours. Mais je... je ne veux pas vous partager. Je veux bien aller plus loin avec vous si vous êtes disposé à ne vous investir qu'avec moi aussi longtemps que durera ce qu'il y a entre nous.

Levi n'en revint pas. Elle lui disait exactement ce qu'il souhaitait entendre. Peut-être avait-il mal interprété les propos qu'elle avait tenus à Karen ?

Puisqu'il souhaitait avoir une relation sérieuse avec elle, n'était-ce pas comme si elle lui offrait de réaliser son vœu ?

Seulement...

— Euh… Madison, je me sens obligé de vous prévenir que je ne m'engage pas pour toujours.

— Qui a parlé d'éternité ? Mais je tiens à ma santé. Quand vous êtes avec moi, vous n'êtes qu'avec moi. C'est tout ce que je demande.

8

Prenant conscience de ce qu'elle venait de dire à Levi, Madison aurait voulu rentrer sous terre tant elle avait honte d'elle-même. Où était passée sa nouvelle personnalité ?

Les flirteuses en série ne posaient pas de telles conditions à la mise en route d'une relation. Du reste, elles ne nouaient pas de relations. Elles enchaînaient les nuits sans lendemain, les passades, les rencontres aussi insignifiantes que superficielles. Mais, à vrai dire, elle faisait une piètre *libertine*. Sa première expérience se révélait un vrai désastre.

Quoi qu'il en soit, croqueuse d'hommes ou non, elle se refusait à partager Levi, s'avisa-t-elle soudain. Merci, elle avait déjà donné ! Elle méritait un homme qui ne s'offrait pas d'aventures parallèles. Un homme qui faisait grand cas d'elle en tant que personne et en tant que femme.

Plus jamais elle ne se couvrirait de ridicule. Le prochain homme de sa vie la traiterait avec respect — sinon il ne ferait pas partie de sa vie.

Après le texto qu'elle avait envoyé à Levi et les conditions qu'elle lui imposait, il allait probablement prendre ses jambes à son cou, de toute manière.

Or, loin de s'enfuir, il... lui souriait ! Comme s'il appréciait ses propos. Comme s'il aimait ce qu'il voyait.

— Entendu, dit-il. Pour aussi longtemps que durera ce qu'il y a entre nous, précisa-t-il reprenant mot pour mot ses propres termes, il n'y aura que vous et moi. Plus aucun rendez-vous avec d'autres femmes.

Madison sentit son cœur s'emballer. C'était un rêve devenu réalité.

Plus heureuse qu'elle ne devrait l'être, elle lui décocha un sourire suave.

— Ça n'est pas un problème pour moi, vu que je n'ai pas encore rencontré de femme qui m'intéresse à cet égard.

Levi pouffa de rire.

— Prévenez-moi si cela se produit. J'aimerais voir ça.

— Ah, les hommes ! ironisa-t-elle. Je ne retiendrais pas mon souffle en attendant, si j'étais vous.

— Mais je pense que j'aurais beaucoup de plaisir à retenir le vôtre, Madison, dit-il d'une voix basse en baissant les yeux sur ses lèvres. Vraiment beaucoup.

Puis il s'inclina de nouveau vers elle, posa sa bouche sur la sienne et... absorba littéralement son souffle.

Elle ne savait pas très bien comment il s'y était pris mais, tandis que leurs bouches s'étaient unies dans un baiser, il avait inhalé et emprisonné son souffle à elle au-dedans de lui. A présent, il se redressait et ses yeux retenaient ceux de Madison en même temps qu'il retenait son souffle.

Son souffle à elle...

Il y avait quelque chose de si surréaliste, si sensuel, si érotique dans le fait qu'il s'était emparé de son souffle vital pour le garder à l'intérieur de son corps à lui que le feu du désir s'alluma en elle.

Se penchant à son tour vers lui, elle voulut l'embrasser. Le couvrir de baisers. Mais il l'en empêcha d'un signe de tête. Voyant qu'il n'expirait toujours pas, elle s'attendit à voir son visage bleuir d'une seconde à l'autre. En fait, ce fut un sourire qu'elle vit s'y déployer, et puis, au moment où elle s'y attendait le moins, Levi pressa de nouveau ses lèvres sur les siennes et lui rendit le souffle qu'il avait capturé mêlé au sien.

Conservant alors le précieux air dans ses poumons, elle se laissa tomber en arrière sur la couverture, les yeux tournés vers le ciel bleu, étourdie. Grisée. Le corps en émoi et le cœur… tout près de l'être aussi.

Si elle était honnête, elle devrait reconnaître qu'en dépit des avertissements de sa raison, elle était déjà presque amoureuse de Levi. Comment aurait-elle pu s'en empêcher alors qu'il se distinguait tellement de tous les autres hommes qu'elle avait connus ?

C'était seulement la deuxième fois qu'ils passaient du temps en tête à tête, mais en vérité le nombre de leurs rendez-vous ne comptait pas. Malgré la ligne de conduite qu'elle s'était fixée, elle avait été tout près de tomber amoureuse de lui avant même de savoir qu'il connaissait son nom.

Ensuite il lui avait sauvé la vie, avait retiré l'hameçon qui lui blessait le bras et avait capturé son souffle. Quel homme !

Les poumons en feu, elle ouvrit la bouche afin de les vider, puis elle inhala une goulée d'air frais, mais déjà celle de leurs souffles mêlés lui manquait.

Bien trop facilement elle pourrait tirer Levi vers elle et le supplier de lui faire l'amour. Ce qui aurait pour conséquence soit de le faire fuir, soit de le satisfaire ; après quoi il partirait parce qu'il aurait obtenu ce qu'il voulait. Dans les deux cas, il la quitterait.

Pas question donc de le faire tomber sur la couverture. Elle devait feindre la décontraction, ne rien laisser voir de ce qu'elle ressentait pour lui.

Mais c'était difficile alors qu'elle adorait la manière dont il l'avait embrassée et qu'elle aspirait à ce qu'il recommence.

A ce qu'il l'embrasse encore, et encore, et encore…

Le lendemain, au travail, flottant encore sur son petit nuage, Madison n'arrêtait pas de fredonner.

— Dis donc, tu es drôlement guillerette aujourd'hui, souligna Karen au cours de l'après-midi tandis qu'elles associaient leurs forces pour retourner sur son autre flanc la patiente en surpoids de la chambre 218.

Arrivée à l'hôpital hypercapnique, c'est-à-dire avec un taux trop élevé de gaz carbonique dans le sang, Mme Cline était restée une semaine aux soins intensifs avant de pouvoir se passer du respirateur et d'être transférée dans leur département. Cependant, elle restait faible, hypoxique et avait encore besoin d'assistance pour changer de position dans son lit.

Ce qui ne l'empêchait pas d'être positive, ouverte, enjouée. Lors des soins du matin, elle avait taquiné Madison sur l'éclat de son regard. Celle-ci s'était contentée de sourire tout en exultant de plus belle intérieurement.

— Eh oui ! répondit-elle à Karen avec un clin d'œil complice à l'adresse de la brave dame, laquelle lui sourit comme si elle partageait un secret avec elle. Le soleil brille et la vie est belle.

— Je parie que je devine ce qui la rend belle. Tu es rentrée bien tard, hier soir.

— Bien tard ? gloussa Mme Cline malgré son souffle court. Et avec les yeux aussi brillants ? Il y a sûrement un homme là-dessous.

— Sûrement, acquiesça Karen, enveloppant Madison d'un regard à la fois heureux et soucieux.

Madison sourit sans rien dire. Elle n'allait tout de même pas discuter du médecin de Mme Cline devant celle-ci !

— Un homme ? s'enquit l'intéressé en pénétrant dans la pièce. Alors, comment vous sentez-vous, madame Cline, maintenant que vous êtes parmi nous ?

— Mieux, mais pas aussi guillerette que mon infirmière. Je voudrais bien être comme elle.

Levi se tourna vers Madison. Ses yeux sombres pétillaient de malice et un sourire se déploya sur son beau visage.

— Vous vous sentez guillerette aujourd'hui, mademoiselle Swanson ?

— Oui, docteur Fielding, répondit-elle d'une voix qui parut enrouée même à ses propres oreilles.

Comment aurait-il pu en être autrement quand il lui suffisait de le regarder pour se remémorer les baisers qu'ils avaient échangés, encore et encore, jusqu'à ce qu'il la quitte après l'avoir déposée devant chez elle après le dîner.

L'idée de l'inviter à entrer l'avait effleurée, mais elle y avait renoncé et elle n'avait pas non plus sollicité d'autre invitation. Elle s'était couchée en songeant que la journée avait été parfaite — mis à part, peut-être, l'incident de l'hameçon.

— Tout à fait guillerette, en effet, ajouta-t-elle. Merci de vous en préoccuper.

Karen esquissa un sourire en coin.

— Vous n'avez aucune idée de ce qui la rend aussi fringante, j'imagine, docteur Fielding.

Après avoir fusillé l'impertinente du regard, Madison s'aperçut que leur patiente suivait l'échange avec un vif intérêt.

— Docteur Fielding, peut-être devriez-vous jeter un coup d'œil aux derniers chiffres des constantes de Mme Cline, s'empressa-t-elle de suggérer. Sa saturation en oxygène indiquée par l'oxymètre a baissé de plusieurs points depuis son transfert.

Tandis qu'il vérifiait les chiffres en question, Karen se dirigea vers la porte. Madison lui emboîta le pas mais Levi la retint.

— Restez au cas où j'aurais besoin de vous.

Karen ayant approuvé d'un signe de tête avant de s'éclipser, Madison dut s'exécuter.

— Avant de venir vous voir, j'ai pris connaissance des derniers pourcentages de vos gaz du sang. Vous êtes encore hypercapnique, expliqua Levi à sa patiente. Moins que lors de votre admission, Dieu merci, mais vous retenez tout de même trop de dioxyde de carbone. En vous aidant à respirer plus efficacement, le respirateur vous permettait de vous en débarrasser mais, depuis que vous respirez seule, le taux de CO_2 dans votre sang remonte de nouveau.

Visiblement paniquée, Mme Cline porta ses mains à sa gorge.

— Vous allez me remettre sous respirateur ?

— En principe, non, répondit Levi en lui tapotant gentiment le bras. En revanche, j'aimerais que vous utilisiez un appareil à PPC.

La panique sur le visage de la brave dame se mua en confusion.

— Un appareil à pression positive continue ? N'est-ce pas ce que vous avez prescrit pour les ronflements de mon mari ?

Levi sourit.

— C'est bien ça. En fait, il lui a été prescrit pour traiter ses apnées du sommeil. Toutefois, cet appareil est aussi utilisé en cas d'hypercapnie consécutive à une pneumopathie obstructive chronique. Les taux de vos gaz du sang artériel et les résultats fournis par l'oxymètre ces dernières vingt-quatre heures vous qualifient pour bénéficier de l'assistance ventilatoire que vous fournira cet appareil. Vous respirerez plus efficacement et cela devrait vous éviter d'être remise sous respirateur.

— J'utiliserai cet appareil à PPC simplement pendant que je suis à l'hôpital ou même quand je serai rentrée à la maison ? s'enquit Mme Cline de sa voix rauque et entrecoupée de respirations sifflantes.

— Vous aurez besoin de l'utiliser toutes les nuits, même quand vous serez chez vous. Il vous aidera à respirer à fond, à éviter l'affaissement des alvéoles de vos poumons et à garder votre saturation en oxygène élevée et votre taux de CO_2 aussi bas qu'il doit l'être.

— Un peu comme le respirateur, alors ?

— Exactement. Mlle Swanson va s'occuper de vous en faire installer un ici pour le reste de votre séjour ; ensuite, lors de votre sortie, nous demanderons à une société de matériel médical de vous en fournir un chez vous. Je tiens à ce que vous continuiez ce traitement toutes les nuits ; cela vous aidera à éviter une nouvelle hospitalisation.

Mme Cline hocha la tête.

— Tant que ça m'aide à respirer et m'évite le respirateur, je veux bien faire tout ce que vous voulez, docteur Fielding.

— C'est parfait, alors, conclut Levi en pressant gentiment sa main.

Dans le seul but de s'occuper, Madison écrivit quelques mots sur le petit bloc-notes qu'elle avait toujours dans la poche de sa tunique. Puis, après s'être assurée que sa patiente était à son aise, elle suivit Levi hors de la pièce.

— Pourquoi m'as-tu demandé de rester ? demanda-t-elle, revenant au tutoiement qu'ils avaient instauré la veille au soir pour leurs échanges privés.

— Pour que tu puisses organiser l'installation de l'appareil à PPC, répondit Levi, s'immobilisant dans le petit couloir menant à la chambre 218, ce qui leur octroya un instant d'intimité.

— Tu aurais pu me dire que tu avais l'intention de mettre Mme Cline sous PPC et à quelle pression, et j'aurais pu entrer ta prescription dans l'ordinateur.

— J'aurais pu, admit-il, lui souriant et la regardant dans les yeux. Mais je n'aurais pas eu la chance de passer du temps avec toi.

Le cœur battant la chamade, Madison arqua un sourcil et contint son bonheur à grand-peine.

— Tu considères ça comme du temps passé « avec moi » ?

— Oui, dit-il avec un petit rire. Mais je reconnais que ce n'est pas suffisant. Ça te dirait de dîner quelque part ce soir ?

— Tu ne te décommanderas pas ?

— Pas par texto en tout cas, affirma-t-il d'un air penaud. Je suis vraiment désolé d'avoir dû le faire l'autre jour.

— Tu ne m'as jamais dit pourquoi tu avais dû annuler ce fameux dîner.

Simon, lui, annulait de cette manière chaque fois qu'une « meilleure offre » se présentait — ce qu'elle n'avait appris que tardivement, sans doute parce qu'elle ne voulait pas voir ce qui lui crevait les yeux.

— Tu ne me l'as jamais demandé. Mais juste pour que les choses soient claires : mon père est arrivé inopinément en ville lundi avec, dans ses valises, un projet qui m'incluait. Depuis, j'ai passé presque tout mon temps libre à me plier à ses tracasseries.

Avec un soupir, il consulta sa montre.

— Du reste, à cause de lui, je devrai te faire un peu attendre avant de t'emmener dîner, ce soir.

Relevant les yeux, il la regarda bizarrement.

— A moins que tu n'acceptes de m'aider.

— De quelle manière ? demanda-t-elle, circonspecte, tandis que le soulagement l'envahissait.

Il était avec son père. Il n'avait pas annulé parce qu'il avait eu « une meilleure offre ». N'empêche qu'il aurait tout de même dû l'appeler !

— En fait, les tracasseries de mon père ne sont pas trop pénibles cette fois. Enfin… au moins elles sont pour une bonne cause. Il s'est associé avec l'hôpital pour ouvrir une structure de prise en charge des victimes de violences familiales.

— J'ai entendu parler de ça, mais j'ignorais que ton père était impliqué. La « Margaret House », il me semble.

— Margaret était ma mère.

Donc cet endroit allait porter le prénom de sa mère. La malheureuse aurait-elle été victime de violences familiales ?

— Ce sera un centre pour femmes battues ?

— Pas tout à fait. Ce sera un lieu d'écoute et de soins qui dispensera des conseils aux victimes de maltraitance domestique, à la fois sous forme d'entretiens individuels et de séances de thérapie de groupe. La construction d'un refuge pour les personnes victimes de sévices est aussi envisagée, mais c'est encore à l'état de projet.

— Qu'as-tu besoin que je fasse exactement ?

— Mon père m'a chargé du grandiose gala d'ouverture. Ça doit faire grand bruit, avec force médias et people pour rameuter les foules. Le défi principal c'est que, comme toujours, il s'attend à ce que tout se mette en place en un temps record. L'ouverture aura lieu dans quatre semaines.

— Quatre semaines ?

— Eh oui ! Quand il a une idée, il pense que s'il distribue assez d'argent à la ronde, elle se concrétisera sur-le-champ.

— Et il s'attend à ce que tu organises tout ça ?

— Exactement.

— Il fait souvent appel à toi comme ça ?

— Dieu merci, non. Il sait qu'en général je refuse de faire ses quatre volontés.

— Si tu as accepté, cette fois, c'est parce qu'il crée ce centre à la mémoire de ta mère ?

Le visage de Levi se crispa.

— Il sait comment toucher ma corde sensible.

Désireuse d'effacer les lignes de tension sur son front, Madison se rapprocha de lui.

— J'aimerais toucher ta corde sensible, moi aussi, murmura-t-elle.

Comme elle l'espérait, il se détendit, ce qui l'amena à s'interroger sur ses parents, son enfance. Elle ne savait pratiquement rien de lui, sinon qu'il aimait la pêche, qu'il était un fantastique médecin et qu'il embrassait divinement.

— Ça pourrait s'arranger, lui susurra-t-il à l'oreille. Je passe te prendre un peu après 19 heures ?

— Avec plaisir.

— Tu voudras du poisson au dîner, j'imagine ?

— Ça dépend.

— De quoi ?

— De toi. Si tu essaies ou non de m'impressionner.

— T'impressionner, c'est exactement ce que je veux faire ce soir, affirma-t-il avec un sourire ravageur.

— En ce cas, évite le poisson, conclut-elle.

Là-dessus, lui décochant à son tour un sourire similaire, elle s'en alla s'occuper de son patient suivant d'un pas si léger qu'elle avait la sensation de flotter.

9

Il y avait une éternité que Levi ne s'était senti aussi léger. Aussi... jeune !

Au lieu d'inviter Madison à dîner dans quelque restaurant huppé, il s'était donné un peu de mal dans le but de l'impressionner et, à voir le sourire qui illuminait son joli visage, il se disait que ça en avait valu la peine.

Elle souriait et ils n'en étaient même pas encore au meilleur moment de la soirée.

Après l'avoir retrouvée à la fin de son service, comme prévu, il l'avait emmenée à la réunion du comité de la Margaret House — où son père avait brillé par son absence, ce dont il s'était félicité car il redoutait les présentations entre Jonathan et elle. En revanche, il avait eu plaisir à la présenter aux autres membres du comité, lesquels avaient aussitôt sympathisé avec elle et n'avaient pas tardé à l'enrôler. Déjà elle était assignée à plusieurs sous-comités et avait promis de retrouver les responsables de deux d'entre eux lors de son prochain jour de congé.

— Ça ressemble étrangement à l'itinéraire que nous avons emprunté pour aller pêcher, remarqua-t-elle soudain tandis qu'ils roulaient vers la destination qu'il gardait secrète.

Il ne put retenir un sourire.

— Tu crois ?

— J'en suis sûre. Tu ne m'emmènes pas pêcher de nouveau, j'espère. Parce que je risque de ne pas apprécier si tu me dis que je dois capturer mon dîner.

— Nous n'allons pas pêcher, rassure-toi.

Elle se tourna vers lui pour le regarder.

— Néanmoins, nous allons au bord du lac ?

— Tu verras.

— J'aurais aimé avoir le temps de rentrer chez moi me changer, reprit-elle, baissant les yeux sur son uniforme. J'ai eu l'impression de déparer à la réunion.

— Tu as été merveilleuse. Ils t'ont tous adorée. D'ailleurs, tu es magnifique.

— Mais toi, tu t'es changé.

— J'ai enfilé un jean et un T-shirt, Madison. Ce n'est pas comme si je m'étais mis sur mon trente et un.

— Tu es parfait. Sauf que j'aurais préféré que tu enfiles un short parce que j'ai un faible pour tes jambes.

Levi n'en crut pas ses oreilles. Ses mains se resserrant d'elles-mêmes autour du volant, il se tourna vers sa passagère pour la dévisager.

— Tu quoi ?

— Hé ! Regarde devant toi ! s'écria-t-elle en lui désignant la route d'un geste précipité.

Il reporta son attention sur sa conduite.

— J'aime beaucoup tes jambes, ajouta-t-elle en réponse à sa question.

Levi sourit pour lui-même tandis qu'il s'engageait sur la voie privée menant au lac. Leurs chances de croiser un autre véhicule étaient quasi nulles, mais il se garda de le lui dire.

— Tu peux développer ?

— Tu as de belles jambes, je trouve.

— Serais-tu une fétichiste des jambes, Madison ?

— Seulement depuis que je t'ai rencontré.

Comme il se tournait de nouveau vers elle, elle lui fit signe de regarder devant lui.

— Je crois bien que j'aime tout chez toi, excepté peut-être ta façon de conduire.

Il rit.

— Tu n'es pas mal non plus.

— Je suis trop petite, trop plate, trop...

— Sévère avec toi-même. Et tu as complètement tort.

Avançant la main sur le côté, il étreignit la sienne — sans détourner ses yeux de la route.

— Tu es une femme très sexy, Madison.

Elle ne retira pas sa main, mais il sentit qu'elle hésitait à le faire.

— Tu ne m'avais pas remarquée avant de me sauver la vie.

— C'est faux, protesta-t-il. Je t'ai remarquée le jour de notre première rencontre, tu te souviens ?

Il n'eut pas besoin de la regarder pour savoir qu'elle avait les joues en feu. Comme sa main tremblait dans la sienne, il resserra son étreinte autour de ses doigts, pour le cas où elle aurait voulu se dégager.

— Exact. Moi et ma tunique à l'effigie de Woodstock.

Elle baissa les yeux sur son uniforme.

— Celle-là, en fait.

— J'ai remarqué.

Il remarquait tout ce qui la concernait. Et ce, depuis le début, même s'il ne l'avait admis que très récemment.

— Etait-ce intentionnel ?

— Je ne savais pas que tu allais m'inviter à dîner ce soir quand je l'ai enfilée ce matin avant d'aller prendre mon service, répliqua-t-elle.

— C'est vrai, répondit-il, le sourire aux lèvres tout en s'engageant dans le chemin de traverse.

Il préférerait l'emmener dans la petite maison du lac mais, s'il le faisait, il avait le sentiment qu'ils ne parviendraient jamais à dîner parce qu'il aimerait aussi lui montrer sa chambre. Son lit... qu'il s'empresserait d'ouvrir pour elle.

Il s'éclaircit la gorge.

— Es-tu allée courir ce matin ?

— Oui.

Elle n'en dit pas davantage. Elle regarda par sa vitre comme si le paysage la fascinait.

— Je t'ai cherchée tous les matins, en espérant que nous pourrions courir ensemble.

— Je n'ai pas modifié l'horaire de mon jogging, répondit-elle sans cesser d'observer les arbres, les buissons.

— Même si tu savais que tu tomberais sur moi si tu courais un peu plus tôt ?

Pourquoi insistait-il autant ? Parce qu'il voulait savoir, voilà pourquoi. Il voulait tout savoir d'elle et de ce qui la motivait.

— Justement parce que je savais que je tomberais sur toi.

Il eut l'impression de recevoir un coup de poing dans l'estomac.

— Tu n'avais pas envie de me voir ?

— J'ai toujours envie de te voir, Levi.

En soupirant, elle dégagea sa main et la glissa, en même temps que son autre main, sous ses cuisses.

— Ça n'est pas le problème.

— Mais il y en a un. Alors quel est-il ?

— La direction que prennent mes pensées après que je te vois.

Il sentit ses sens s'éveiller tandis que son sang s'accélérait dans ses veines.

— Je crois que j'aimerais en savoir davantage sur cette direction.

Elle pouffa.

— Je n'en doute pas.

— Mais ça n'arrivera pas ?

— Non. Pas ce soir.

Mais un jour il saurait. Il ne la presserait pas. Certes, il mourait d'envie de faire l'amour avec elle ; néanmoins, il continuerait à se brider, à savourer chaque instant vécu en sa compagnie, à prouver qu'il était un homme meilleur que Jonathan Fielding.

Il gara son 4x4 dans la même enclave herbeuse où il l'avait garé la veille, celle-là même où il avait passé tant d'heures durant son enfance.

— Tu es dure ! commenta-t-il pour la taquiner.

— Pas vraiment, corrigea-t-elle doucement sans chercher

à descendre de voiture. J'ai essayé de l'être, mais la vérité c'est que j'ai toujours été trop gentille et que je l'ai payé cher.

Les mains à plat sur son volant, Levi observa avec attention son visage tendu.

— Tu fais référence à des hommes ?

— Principalement, oui.

— Y avait-il quelqu'un de spécial ?

— A une époque. Hélas, au final, il ne s'est pas révélé si spécial que ça. Dommage que j'aie mis plus de temps que je n'aurais dû à m'en apercevoir.

— Il ne te méritait pas, c'est évident.

L'homme qui avait retenu l'attention de Madison et l'avait perdue était un imbécile, un âne bâté qui n'avait pas su reconnaître ni apprécier la valeur de ce qui s'offrait à lui, songea Levi.

Et puis, passant les paumes sur le cuir doux de son volant, il se demanda pourquoi cette réflexion s'était imposée à lui et quelle conclusion il devait en tirer.

Madison regardait par sa vitre sans rien voir.

Elle ne voulait plus parler de Simon. Ni du fait qu'elle s'était efforcée de s'endurcir. Elle ne voulait pas discuter non plus du fait qu'elle s'était essayée à jouer les *libertines* pour finir par devoir admettre qu'elle n'en était pas une et ne le serait jamais. Elle avait trop de cœur pour ça, apparemment. Tellement de cœur qu'elle le donnait encore et toujours à des hommes qui n'étaient pas faits pour elle.

Elle coula un regard à Levi.

Etait-il vraiment le type d'homme qui ne lui convenait pas ? Pourtant, il lui semblait tout à fait conforme à son idéal masculin... Son prince charmant, en somme.

Seulement c'était un séducteur. Il courait sans cesse d'un jupon à l'autre, comme Simon.

Non, Levi n'était pas comme Simon. Simon avait été un

menteur qui l'avait dupée, trompée, humiliée. Il n'arrivait même pas à la cheville de Levi.

— Madison ?

Se tournant vers lui, elle se força à sourire. Bon sang, ne devrait-elle pas savourer le moment présent au lieu d'épiloguer sur le passé ?

Elle était adulte et elle méritait de prendre un peu de bon temps sans avoir à s'inquiéter de ce que lui réservait l'avenir. Sans avoir à décortiquer tous les aspects de leur relation.

— Dis-moi ce qui sent si bon, suggéra-t-elle en espérant qu'il ne reviendrait pas sur le sujet qu'elle voulait éviter. Qu'as-tu fait ? Tu as rempli de délices un panier à pique-nique dans l'espoir de m'amadouer ?

Elle lui sourit de nouveau. Un sourire vrai et spontané, cette fois, parce qu'il était superbe, qu'il était avec elle, qu'il voulait être avec elle, ne fût-ce que pour peu de temps.

— Exactement, acquiesça-t-il avec un sourire à damner un saint. Et ça marche ?

— Pour info, tu n'as pas besoin de m'amadouer. Je suis déjà conquise, lâcha-t-elle avant d'avoir pu s'en empêcher.

Elle n'aurait pas dû dire ça, évidemment !

— Même si j'envoie des SMS d'annulations ? plaisanta-t-il, ouvrant sa portière mais attendant sa réponse pour descendre de voiture.

— Je préfère les coups de fil. Mais il y a des circonstances atténuantes. Je peux le comprendre.

— Tu ne devrais peut-être pas me dire tout ça.

C'était exactement ce qu'elle venait de se dire. Néanmoins, elle lui demanda pourquoi.

— Parce que nous sommes ici, dit-il désignant de la tête le ciel zébré de rouge, de violet, de rose et le miroir du lac qui reflétait toute la beauté de ce coucher de soleil.

Sans vraiment saisir le rapport entre le lieu et son aveu, elle sauta du 4x4 à sa suite et l'aida à sortir ce qu'il avait entreposé à l'arrière. Une épaisse couverture moelleuse, un gros coussin, un panier, une glacière.

Puis, chargée de la couverture et du coussin, elle se dirigea avec Levi vers le bord du lac.

— Tu sais qui possède ce magnifique endroit ?

— C'est moi. Je l'ai hérité de mon grand-père maternel. Il y a aussi une petite maison sur la propriété. J'y ai fait quelques travaux mais un jour je bâtirai ici une habitation permanente.

— Et tu iras tous les jours pêcher dans le lac ?

— Entre autres.

— Tu feras des pique-niques tardifs, par exemple ?

— Peut-être. D'un autre côté, des pique-niques tardifs risqueraient de me faire penser à toi.

Madison se hâta d'ignorer la déception qui l'envahit à l'idée qu'elle ne les partagerait pas avec lui, ces futurs pique-niques. Au moins, il était honnête.

— Et ce serait si terrible qu'ils te fassent penser à moi ?

Il déposa son propre fardeau sur le sol et saisit la couverture.

— Ça dépendra, j'imagine, répondit-il, déployant celle-ci sur l'herbe et jetant le gros coussin sur l'un des angles.

— De quoi ?

— De la manière dont tout cela finira. Je n'ai pas envie de te faire souffrir.

— Je n'ai pas envie non plus que tu me fasses souffrir.

— Parfait. Nous sommes d'accord, alors, conclut-il avec une légèreté qui sonna faux aux oreilles de Madison. Déballons tout ça de sorte que nous puissions manger. Tu as faim, j'espère.

— Une faim de loup !

*

Plus détendue qu'elle ne l'aurait cru possible une demi-heure plus tôt, Madison porta à sa bouche une autre framboise enrobée de crème fouettée.

— Mmm... Elles sont tellement délicieuses !

— Je suis ravi qu'elles te plaisent, avança Levi, les yeux rivés à ses lèvres. J'avais d'abord choisi des fraises, et puis j'ai trouvé que c'était trop prévisible.

— Tu as bien fait. C'est un régal et un plaisir inattendu, répondit-elle avant de savourer un autre fruit.

Ils avaient fini de manger les petits sandwichs accompagnés de bâtonnets de carottes et de tomates cerises qu'il avait apportés, vidé une partie de la bouteille de vin rosé qu'il avait gardée au frais dans la glacière. A présent, ils dégustaient le dessert tout en contemplant le lac tandis que le soleil disparaissait à l'horizon.

Du moins Madison avait-elle dirigé son regard vers le lac. Mais depuis qu'elle avait pris conscience que Levi ne regardait pas les eaux tranquilles mais sa bouche, elle avait renoncé à feindre d'accorder son attention à autre chose qu'à lui.

— Pour moi, le plaisir inattendu, c'est d'être ici avec toi, dit-il d'une voix douce et rauque à la fois, ses mots sonnant comme une mélodie aux oreilles de Madison. J'avais cru que je serais bloqué toute la soirée à cette réunion du comité. Je suis content que tu m'aies fourni une excuse pour partir tôt.

— Merci...

Sa propre voix parut, elle aussi, si rauque, si enrouée qu'elle dut se racler la gorge.

— ... Je suis contente que tu m'aies demandé de t'aider.

Prenant sa main dans la sienne, il fixa quelques secondes leurs doigts entrelacés.

— J'étais en train de penser au gala d'ouverture. J'aimerais beaucoup que tu m'y accompagnes, Madison.

— Pour t'aider ?

Portant sa main à ses lèvres, il y déposa un baiser.

— En tant que ma cavalière.

Des frissons coururent dans le dos de Madison, zigzaguèrent dans toutes les directions, s'entrechoquant et lui faisant tourner la tête.

— Oh !... Ce sera avec plaisir, Levi.

Une expression étrange au fond des yeux, il lâcha sa main, plongea une framboise dans la crème fouettée et la lui offrit.

Troublée, Madison ouvrit la bouche afin d'accepter l'offrande. Puis, fermant les yeux, elle en savoura la douceur acidulée.

Savoura le fait que Levi venait de l'inviter à une sortie qui aurait lieu dans quatre semaines, qu'elle était là avec lui, au bord d'un lac, sous le beau ciel de la Caroline du Nord et sans personne alentour...

— C'est bon ?

— Mmm. Mmm..., murmura-t-elle, ouvrant les paupières et prêtant l'oreille au bourdon des cigales autochtones qui constituait la musique d'ambiance de leur soirée romantique.

Tout était romantique ce soir, jusqu'aux bougies à la citronnelle que Levi avait installées autour de leur couverture.

— C'est vraiment gentil à toi d'avoir organisé tout ça.

— Tu dois vraiment cesser d'utiliser ce mot en ce qui me concerne, Madison, protesta-t-il d'un air mécontent que démentait le pétillement de ses yeux.

Des yeux fascinants dans la lumière vacillante des bougies. Encore plus beaux que le ciel au soleil couchant.

— Quel mot ? s'enquit-elle avec une innocence feinte.

— Gentil, répondit-il, son regard s'abaissant de nouveau sur sa bouche. Je ne suis pas un gentil garçon.

— Vraiment ?

— Pas un gentil garçon du tout, affirma-t-il.

Et, comme pour le prouver, il attira Madison à lui et l'embrassa sur les lèvres.

La sienne avait goût de fruit, de vin et de quelque chose de plus exotique, de plus enivrant et de tout à fait personnel. Elle voulait se fondre dans cette saveur. Se fondre en lui.

Il l'avait déjà embrassée auparavant, mais ce baiser était différent. Plus intense, plus réel, plus pressant, plus...

Sa langue dansant avec la sienne un voluptueux ballet, Madison gémit lorsqu'il la renversa sur la couverture et recouvrit son corps du sien.

— Levi, balbutia-t-elle.

En réponse, et sans cesser d'explorer sa bouche, il glissa les doigts dans ses cheveux, la faisant gémir de plus belle.

Puis il déposa un ruban de baisers mouillés, avides, le long de sa gorge, dans le creux de son cou où sa langue s'attarda. Elle promena ses doigts sur ses épaules, le long de son dos.

— Madison, susurra-t-il.

Son prénom sonnait comme une musique à ses oreilles, une douce mélodie destinée à la séduire, à l'enjôler pour qu'elle danse en harmonie avec lui.

Ce qu'elle fit, se délectant de sentir son poids, ses caresses, l'évidence virile de son désir pour elle.

— J'ai envie de toi, ajouta-t-il dans un souffle tout en promenant avidement ses lèvres sur ses seins.

Quand lui avait-il ôté sa tunique ? Son soutien-gorge ? Aucune importance. Tout ce qui comptait, c'était qu'il l'ait fait et que sa bouche, à présent, laissait sur sa peau une traînée de feu.

Elle faufila les doigts sous son T-shirt, les promena sur la peau veloutée de son dos qui frémit sous la caresse tandis que son sang bouillait dans ses veines.

— Levi...

Emportée par le feu du désir, désireuse d'avoir le même pouvoir sur son corps qu'il avait sur le sien, elle batailla avec le tissu de coton, le remonta, mais ne réussit à passer le T-shirt par-dessus la tête de Levi qu'avec son aide.

— Qu'es-tu en train de faire, Madison ?

— Je veux te toucher, te sentir tout contre moi.

Nouant les bras autour de son torse dénudé, elle le plaqua, le pressa contre sa poitrine. Son souffle précipité s'échappait par petits halètements rauques. Ou peut-être était-ce celui de Levi. Ou les deux ? Elle n'en savait rien. A lui seul le contact de leurs peaux nues était électrisant. Délicieux. Incroyable.

Mais cela ne lui suffisait pas.

Avide de libérer aussi le bas de son corps, elle ondula des hanches afin de faire glisser le pantalon de son uniforme, insinua ses doigts entre eux, défit l'attache du jean de Levi, saisit le curseur de la fermeture à glissière.

— Tu ferais peut-être bien de t'arrêter là, suggéra-t-il d'une voix qu'elle eut du mal à reconnaître tant elle était hachée, étranglée.

Abaissant le zip, elle l'embrassa dans le cou.

— Pourquoi ?

— Parce que tu me fais perdre le peu de self-control qui me reste, balbutia-t-il.

Aveu qui l'emplit d'un sentiment de puissance. Levi, l'homme de ses rêves, l'homme sur qui elle avait fantasmé durant des semaines, sur qui elle avait jeté son dévolu en tant qu'apprentie croqueuse d'hommes, lui avait offert la soirée la plus romantique de toute sa vie et, maintenant il était enlacé avec elle sur la couverture et sur le point de succomber au désir qu'elle lui inspirait.

Et elle, elle ne voulait pas s'arrêter là.

Non dans le but de poursuivre dans le rôle de la séductrice qu'elle n'était pas, mais parce qu'elle était elle-même, Madison Swanson, une femme qui désirait un homme plus que tout au monde. Cet homme-là et lui seul.

— Je ne veux pas que tu en gardes un iota, avoua-t-elle, lui prodiguant des caresses de plus en plus intimes.

Il réprima un gémissement.

— Que veux-tu ?

Ce qu'elle voulait de tout son être depuis l'instant où elle avait posé les yeux sur lui pour la première fois.

— Toi, Levi. Je te veux, toi.

Maintenant et pour toujours.

10

Emportée par un ouragan de sensualité brûlante, Madison avait vogué sur les crêtes de la félicité mais, maintenant qu'elle redescendait sur terre, un immense embarras l'envahissait.

Levi n'avait pas prononcé un seul mot depuis qu'il avait crié son nom en se fondant en elle.

— Tu prends la pilule ? s'enquit-il d'une voix tendue tout en enfilant son jean.

Sans même lui lancer un regard. Et en prenant garde de ne pas l'effleurer accidentellement pendant qu'il s'habillait.

En même temps que la colère, elle sentit une étrange douleur jaillir en elle. Comment osait-il se comporter ainsi avec elle ?

Où était passé l'homme qui lui avait murmuré combien elle était belle et désirable lorsqu'il avait achevé de la dévêtir ? Combien il la désirait et brûlait de la faire sienne ? A présent, il semblait prêt à s'enfuir le plus loin possible.

Super ! Elle s'était demandé ce qu'il se passerait s'ils faisaient l'amour ; eh bien, elle le savait désormais !

S'efforçant de contenir la douleur qui se diffusait dans sa poitrine, elle secoua la tête.

— Non. Je ne suis sous aucune forme de contraception. Je n'avais aucune raison de l'être et je ne voulais pas introduire des hormones dans mon corps sans aucune nécessité. Je présumais que lorsque je redeviendrais sexuellement active, mon partenaire utiliserait un minimum de protection, précisa-t-elle d'un ton plus accusateur qu'elle n'aurait voulu.

D'un autre côté, il réagissait comme si tout était sa faute, alors il ne l'avait pas volé.

Il soupira.

— Où en es-tu de ton cycle ?

Madison se recroquevilla. Comment la magie qu'ils avaient partagée avait-elle pu se muer en une discussion purement gynécologique ?

Le timing n'était pas parfait, mais elle n'allait pas le lui dire. Elle espérait seulement que le destin ne lui jouerait pas un vilain tour. Une grossesse provoquée par un homme qui avait juste pris du bon temps avec elle serait un vrai cauchemar.

En tant que séducteur notoire, elle pouvait s'attendre à ce qu'il prenne des précautions, non ? Lui arrivait-il souvent de faire l'amour sans protection ? En plus, il était médecin. Mieux que quiconque il connaissait les risques encourus.

En tant qu'infirmière, elle aussi les connaissait. Pourtant, ni l'un ni l'autre n'avaient hésité au moment crucial.

— Tout va bien, mentit-elle.

Se sentant glacée en dépit de la tiédeur de l'air du soir, elle s'assit et saisit sa tunique, pressée de l'enfiler tout à coup pour cacher sa nudité. Elle ne savait même pas où se trouvait son soutien-gorge.

Comment avait-elle pu être aussi stupide ? Comment avait-il pu l'être tout autant ?

Il saisit sa main.

— Néanmoins, s'il s'ensuit quelque chose, nous le gérerons ensemble.

Que devait-elle comprendre ?

S'il croyait...

En proie à une nouvelle bouffée de colère et de douleur, elle retira sa main.

— Il ne s'ensuivra rien.

Du moins, l'espérait-elle de toutes ses forces.

— Je ne fais pas ça, tu sais, reprit-il dans un soupir.

Non, elle ne savait pas. Elle ne savait rien sinon que ce qui aurait dû être un beau moment de douceur et de bien-être était définitivement gâché.

— Quoi donc ?

Levi pinça les lèvres.

— Le sexe sans protection.

Il n'avait pas dit « l'amour » !

— C'est bon à savoir, répondit-elle d'un ton léger tout en enfilant sa tunique.

Etait-elle soulagée qu'il n'ait pas l'habitude de folâtrer sans protection ou déçue qu'il l'ait reléguée dans la catégorie des simples partenaires d'un soir ? Elle n'en savait rien. Mais à quoi s'était-elle attendue ? A ce qu'il lui jure un amour éternel ? Au moins il ne lui faisait aucune promesse qu'il n'avait pas l'intention de tenir.

— Je suis sérieux. Cela a été une première. Jamais je n'ai eu de rapports non protégés. Jamais.

Peut-être. Mais elle serait stupide d'en déduire que ce qu'ils avaient partagé allait pour lui au-delà du physique.

— Ma santé t'en remercie.

Il émit un son bas, presque un grognement.

— Ne fais pas ça, s'il te plaît.

Humectant ses lèvres, elle ramassa son slip et le pantalon de son uniforme.

— Quoi ?

Il passa les doigts dans ses cheveux.

— Répondre avec désinvolture quand j'essaie d'être sérieux.

— Que veux-tu que je te dise ? Tu as obtenu ce que tu voulais.

Il plongea un regard perçant dans le sien.

— Pas toi ?

Elle ferma les yeux et inspira à fond.

— Si. Moi aussi j'ai obtenu ce que je voulais, admit-elle, incapable de nier qu'il lui avait donné énormément de plaisir.

Le visage indéchiffrable, il la regarda finir de s'habiller.

— En ce cas, nous devrions tous les deux être contents, conclut-il, de l'irritation dans la voix.

Eh bien, elle aussi elle était irritée. Irritée de sa propre stupidité. Irritée de souffrir plus que de raison.

— En effet. Nous devrions.

Seulement, ils ne l'étaient pas. Muets comme des carpes, ils rassemblèrent tout ce qui avait servi à leur pique-nique et regagnèrent l'hôpital.

Une telle tristesse s'était abattue sur Madison que plus jamais elle n'aurait le cœur à sourire, elle en était certaine.

A peine Levi se fut-il garé sur le parking de l'hôpital que Madison le quitta sans un mot pour s'engouffrer dans sa petite voiture. Il détestait ça. Il détestait l'avoir mise dans cette situation. Il détestait que leur soirée ait mal tourné parce qu'il avait perdu la maîtrise de lui-même.

Et, plus que tout, il détestait se sentir le digne fils de son père.

Comment pourrait-il le nier désormais ?

Quand les circonstances s'y prêtaient, la génétique l'emportait et il s'était comporté en véritable Fielding.

Sa conduite le dégoûtait. De toute évidence, il était incapable de sortir deux ou trois fois avec une femme sans finir par la dévêtir.

Et s'il ressemblait autant à son géniteur, ne se pourrait-il pas qu'il se comporte de la même manière à tous égards ?

Mais non, il ne pouvait s'imaginer frappant une femme. C'était impensable pour lui. D'un autre côté, il ne s'était pas imaginé non plus faisant l'amour avec Madison ce soir. Il avait prévu de continuer à la courtiser, à s'immiscer dans sa vie, à la faire participer à sa vie à lui.

On voyait le résultat !

Tout ça parce qu'il n'avait pas été assez fort pour contrôler ses pulsions. Tout ça parce qu'il était comme son père...

Apercevant le visage de Madison tandis qu'elle sortait de la place de parking voisine de la sienne, il lui fit signe de s'arrêter, mais elle poursuivit son chemin comme si elle ne l'avait pas vu. Pourtant elle l'avait vu. Tout comme il l'avait vue, les joues baignées de larmes. Des larmes qu'il avait provoquées.

Il n'était vraiment pas meilleur que son père.

Quelques jours après sa terrible déconvenue, Madison avait hésité à se rendre à la réunion organisée par les responsables de certains sous-comités de la Margaret House — tant de choses s'étaient passées depuis sa rencontre avec les personnes qu'elle avait promis d'aider.

Mais une promesse était une promesse et elle tenait toujours les siennes. Et le ciel avait été avec elle. Elle n'y avait pas croisé Levi, lequel avait accompagné son père à la station de télévision locale où ils devaient organiser la couverture médiatique du grand événement, avait-elle appris.

Soir après soir, à la suite de cette réunion, elle avait apporté son concours à l'équipe organisatrice. Ce faisant, elle avait fait la connaissance du père de Levi, dont il semblait avoir hérité à la fois le physique et le charme. Jonathan Fielding était un incurable séducteur et aucune femme n'échappait à son attention lorsqu'il venait voir où en étaient les choses. Quant à Levi, soit il était déjà parti lorsqu'elle arrivait au local, soit il se trouvait une raison de travailler loin d'elle. Il se trouvait aussi une raison de les interrompre chaque fois que Jonathan parlait avec elle, avait-elle remarqué. Craignait-il qu'elle fasse des avances à son père ?

A sa place, une vraie *libertine* aurait sans doute flirté avec Jonathan. Mais, loin d'être une croqueuse d'hommes, elle était aussi vieux jeu qu'une femme pouvait l'être et, de toute évidence, elle ignorait comment satisfaire un homme. Comment retenir son attention.

Leur pique-nique avait été fantastique. Merveilleusement romantique. Toute la soirée aurait pu l'être, si...

Certes, elle aurait dû se garder de s'abandonner aux sentiments que Levi lui inspirait, elle le savait, mais elle n'était qu'une simple mortelle et il était un dieu descendu de l'Olympe pour tenter les femmes comme elle.

Et elle s'était laissé tenter...

Comme Eve lorsqu'elle avait mordu dans cette fameuse pomme. Et, comme Eve, elle avait été chassée du paradis.

— Ça va ?

Levant les yeux vers Karen, elle acquiesça avec le plus beau sourire qu'elle put plaquer sur ses lèvres.

— Très bien.

Ce n'était pas parce qu'elle avait quasiment cessé de manger ces quatre dernières semaines et qu'elle avait perdu quatre kilos qu'elle n'allait pas bien.

Quatre semaines !

Quatre semaines durant lesquelles Levi l'avait plus ou moins ignorée. Quatre semaines sans qu'elle ait eu ses règles. Quatre semaines au cours desquelles elle n'avait cessé de se répéter qu'elle ne pouvait pas être enceinte, que ça n'arrivait pas à des femmes adultes et raisonnables comme elle. Que son seul et unique rapport sexuel non protégé n'avait pas pu déclencher une grossesse.

Pourtant, elle *savait* que le rapport en question avait eu lieu au mauvais moment et qu'un seul suffisait pour qu'une grossesse survienne. Une grossesse non désirée.

Etait-ce ce qui se passait dans son corps ? Ou bien le stress était-il responsable de son absence de cycle menstruel ?

Elle était stressée, aucun doute là-dessus. Extrêmement stressée. Bien plus atteinte qu'elle ne l'avait été par la faute de Simon. A cause de Simon, elle s'était sentie stupide, utilisée, aveugle.

A cause de Levi, elle ressentait la même chose, et en plus elle souffrait à un point qu'elle n'avait jamais imaginé possible. Elle avait l'impression qu'un trou s'était creusé dans sa poitrine. Ce qui était insensé. Elle n'avait pas pu éprouver de l'amour pour lui.

— Tu sais que tu m'inquiètes, toi ! s'écria Karen, se rapprochant d'elle et agitant une main devant son visage. Tu veux rentrer à la maison ? Je peux confier tes patients à quelqu'un d'autre si tu ne te sens pas bien. Avec toutes les sorties que nous avons eues, ce ne sera pas un problème.

Madison secoua la tête.

— Je préfère rester si ça t'est égal.

Parce que si elle rentrait dans leur petite maison de bois, elle n'aurait plus rien pour détourner son esprit du fait que, le lendemain soir, Levi et son père présideraient le gala d'ouverture de la Margaret House.

Il fallait absolument qu'elle se ressaisisse. Si elle excluait ce qui se passait avec Levi, elle avait une vie enviable, un métier qu'elle aimait, de bons amis, une famille qu'elle pouvait appeler en cas de besoin. Si elle excluait ce qui se passait avec Levi, tout irait bien pour elle.

Tout irait bien !

Elle n'essaierait plus d'endosser une nouvelle personnalité comme elle l'avait fait après sa mésaventure avec Simon. D'un autre côté..., peut-être devrait-elle endosser celle d'une femme blessée à maintes reprises qui aurait finalement tiré les leçons qui s'imposaient concernant le sexe fort. Peut-être que la prochaine fois..., mais peut-être n'y aurait-il pas de prochaine fois. Pourquoi ne se concentrerait-elle pas sur elle-même désormais ? A l'exclusion de tout homme.

— Sérieusement, je vais bien, ajouta-t-elle. J'apprécie ta sollicitude, mais je manque juste de sommeil.

Ce que son amie n'ignorait pas. Combien de fois n'avait-elle pas épilogué sur le fait qu'elle l'entendait s'activer dans la maison la nuit au lieu de se reposer ?

— As-tu essayé de lui parler ? s'enquit Karen, la regardant de nouveau d'un air inquiet.

— Parler à qui ?

— Tu le sais très bien.

Et elle qui espérait que Karen laisserait tomber le sujet !

— Tout est fini entre nous. A quoi bon lui parler ?

— Ça me fait mal que tu sois passée de la fille qui marche

sur un nuage à celle dont l'univers vient de s'effondrer. Je ne supporte pas la souffrance qu'il y a dans tes yeux.

Paraissait-elle vraiment aller aussi mal malgré les efforts qu'elle s'imposait pour donner le change ?

— C'est vrai qu'il n'a pas l'air en meilleure forme que toi, poursuivit Karen, semblant penser à voix haute. Il fait peine à voir.

Madison sursauta, son cœur s'accéléra et elle sentit chaque cellule de son corps reprendre vie à l'idée qu'elle manquait peut-être à Levi, que ce qu'ils avaient partagé ne l'avait peut-être pas laissé complètement indifférent.

— Il fait peine à voir ?

— Eh bien, s'il y avait eu le moindre doute dans mon esprit — ce qui n'était pas le cas — quant à la cause de ta tristesse, il n'y en aurait plus maintenant, déclara Karen d'un air entendu.

— Je ne suis pas triste.

Enfin, si, très triste même, mais elle était surtout inquiète. Elle risquait d'être enceinte d'un homme qui avait couché avec elle avant de jeter son dévolu sur une autre. Encore que, à la réflexion, elle n'avait entendu aucun bruit de couloir mentionnant qu'il voyait quelqu'un.

Et si Karen avait raison ? Et si vraiment il paraissait affecté ? Et si vraiment il n'avait pas obtenu tout ce qu'il voulait ? Et s'il avait été aussi bouleversé qu'elle l'avait été elle-même par ce qui s'était passé au bord du lac ?

Et si elle cessait d'essayer de lui attribuer ses propres sentiments ? lui suggéra la voix de la raison. Soit il s'intéressait à elle, soit elle lui était indifférente.

S'il s'était intéressé à elle, il ne l'aurait pas évitée pendant quatre semaines. Il n'aurait pas fait comme si elle n'existait pas. Il lui aurait demandé comment elle allait. Il lui aurait parlé.

— Tu manges à peine. Tu as des cernes sombres sous les yeux. Tu ne dors pas assez et tu es tout le temps au bord des larmes. Ne me dis pas que tu es en forme alors que nous savons toutes les deux que c'est faux.

Madison soupira.

— Tu veux me l'entendre dire ? Tu avais raison. Je n'ai pas l'étoffe d'une croqueuse d'hommes ; je ne l'ai jamais eue. J'ai commis une erreur en fréquentant un homme trop bien pour moi. C'est douloureux, mais je m'en remettrai.

Un jour, peut-être...

— Il n'est pas trop bien pour toi, corrigea Karen d'un ton ferme. Aucun homme ne l'est. C'est toi qui es trop bien pour la plupart des hommes, Madison. Tu es une bonne personne. Une véritable amie. Une femme fantastique. Ne laisse pas ce qui s'est passé avec Levi t'affecter comme l'a fait ta rupture avec Simon. Je t'en supplie, ne recommence pas ça. Si ça peut t'aider, je veux bien trancher certaines parties de son anatomie pour les accrocher à mon rétroviseur.

Madison ne put s'empêcher de sourire à son amie.

— Ce n'est peut-être pas une bonne idée, mais merci pour ta proposition.

A cet instant, entendant les portes de l'ascenseur s'ouvrir, les deux jeunes femmes qui conversaient à voix basse au poste des infirmières se tournèrent instinctivement dans cette direction. Elles virent alors Levi émerger de la cabine.

Quand on parlait du loup...

Avant que Madison ait le temps de détourner les yeux, leurs regards se croisèrent et son cœur manqua un battement.

Karen se trompait.

Loin de faire peine à voir, il était toujours aussi attirant avec ce corps parfait et ces prunelles de jais dans lesquels une femme ne pouvait que vouloir se noyer.

Elle s'y était noyée, corps et âme.

Seulement lui, il n'en avait rien à faire.

Et il n'était pas impossible qu'elle soit enceinte de lui.

11

Levi retint une exclamation horrifiée lorsque son regard croisa celui de Madison avant d'embrasser toute sa personne. Comment une femme aussi ravissante pouvait-elle avoir une telle mine de papier mâché ? Ses beaux yeux étaient ternes et cernés de gris, ses joues trop creuses, son corps presque diaphane tant elle avait maigri.

Et tout cela à cause de lui.

Nul doute qu'elle avait passé des jours et des jours à redouter les éventuelles répercussions à long terme de la monstrueuse faute qu'il avait commise.

Au fil du temps, ses craintes avaient-elles été apaisées par la survenue d'un nouveau cycle ou au contraire renforcées par l'absence de celui-ci ?

Il devrait lui parler, l'interroger là-dessus, mais il se sentait si coupable, si honteux, si abject qu'il ne savait comment s'y prendre.

Rejoignant en deux enjambées le poste des infirmières, il y fut accueilli avec froideur par la surveillante. Ce qui n'avait rien d'étonnant. Elle devait avoir une piètre opinion de lui.

— Je suis là pour examiner Carlene Hill qui vous a été envoyée par les urgences, annonça-t-il d'un ton qu'il réussit à rendre parfaitement professionnel.

Comme si voir Madison ne le secouait pas jusqu'à l'âme. Comme s'il ne brûlait pas de lui dire qu'il était désolé, que le flot d'émotions qui l'avait submergé pendant et après qu'ils avaient fait l'amour l'avait fait paniquer, qu'il avait été incapable de lutter contre l'instinctif désir de fuite qui l'avait assailli, qu'il s'était dégoûté lui-même de ne pas l'avoir protégée, de s'être conduit comme le dernier des derniers.

Comme s'il ne s'interrogeait pas à son propos. Avait-elle souhaité renouveler l'expérience ou avait-elle regretté d'avoir fait l'amour avec lui dès que la raison lui était revenue ?

Elle avait dit qu'elle avait obtenu ce qu'elle voulait, mais était-ce la vérité ? Avait-elle seulement voulu prendre du bon temps avec lui avant de le mettre au rebut, ainsi qu'il l'avait un jour entendue le dire à Karen ?

Bien qu'elle se soit qualifiée elle-même de croqueuse d'hommes, le sixième sens qu'il possédait, et auquel il savait pouvoir se fier, lui disait le contraire.

— Oui, il y a environ une heure, acquiesça Karen.

Elle le mit ensuite au courant des problèmes de santé de la patiente et, tandis qu'elle parlait, Madison — qui feignait d'être absorbée dans la lecture d'un mémo punaisé au tableau d'affichage — le regarda subrepticement du coin de l'œil.

Croyait-elle vraiment qu'il ne voyait pas les regards furtifs qu'elle lui lançait à l'occasion ? Pourquoi faisait-elle ça ? C'était elle qui avait détourné les yeux, le soir du pique-nique. Elle qui s'était éloignée de lui sans se retourner. Elle qui avait poursuivi son chemin quand il lui avait fait signe d'arrêter sa voiture.

Pourquoi ne lui disait-elle pas tout simplement comment elle allait ? S'il lui avait manqué ou non ? Si elle pensait parfois à lui ? Pourquoi ne lui disait-elle pas s'il y avait eu, ou non, des conséquences imprévues à leur soirée au bord du lac ?

Si elle était enceinte, voudrait-elle garder leur enfant ?

Pour sa part, il ne tenait pas à avoir des enfants. Ou plutôt, il ne se sentait pas le droit de risquer d'exposer un petit innocent à traverser ce qu'il avait lui-même traversé durant son enfance par la faute de son père. Mais si Madison était enceinte, il s'accrocherait à l'espoir que ce serait le sang de sa mère et de son grand-père maternel qui courrait dans les veines de cet enfant, ou que celui-ci ressemblerait à la famille Swanson.

Si elle était enceinte, il lui apporterait son soutien, quelle que soit la décision qu'elle prendrait. Si elle voulait garder le bébé, il la soutiendrait et, si elle ne le voulait pas, il la soutiendrait aussi.

Encore que... Bizarrement, alors qu'il ne tenait pas à ce qu'elle soit enceinte, l'idée qu'elle veuille avorter lui était douloureuse, inacceptable. Pourquoi souhaitait-il de tout son cœur qu'elle veuille garder leur bébé si elle en portait un ?

Ce qu'il espérait par-dessus tout toutefois, c'était que leur relation n'ait eu aucune incidence parce que, chaque fois qu'il la regardait, la culpabilité le submergeait.

Il n'avait pas *délibérément* pris le risque de la mettre enceinte. Tirer un préservatif de son portefeuille ne lui avait tout simplement pas effleuré l'esprit. Alors qu'il aurait dû y penser.

Poussé par la certitude qu'ils devaient parler, il s'approcha de Madison et saisit son poignet.

— Je vous ramène votre infirmière dès que nous aurons échangé quelques mots, dit-il à Karen.

— Entendu, acquiesça celle-ci. Il était temps, si vous voulez mon avis.

— Personne ne vous le demande, grommela-t-il entre ses dents.

Madison se libéra d'un geste brusque.

— Ne parle pas à ma meilleure amie comme ça. Et ne me touche pas. Plus jamais, gronda-t-elle à voix basse en retour.

Elle n'allait pas lui faciliter la tâche. Mais il le méritait.

— Il faut que nous discutions, Madison, dit-il en lui désignant une chambre vide de la main.

A son grand soulagement, elle pénétra dans la pièce sans qu'il ait besoin d'insister.

— A peine si tu m'as adressé la parole depuis un mois et maintenant tu es si pressé de discuter avec moi que ça ne peut pas attendre que nous ayons quitté le travail ? attaqua-t-elle dès qu'il eut refermé la porte derrière lui. Ça n'a pas de sens. Laisse-moi tranquille, Levi. Je veux dire, docteur Fielding. Nous n'avons plus rien à nous dire sur le plan personnel et, s'il s'agit d'une conversation professionnelle, tu ferais bien de travailler ton approche des gens.

— Ne nie pas que nous avons besoin de parler ensemble.

— Il y a eu des occasions pour le faire et tu les as laissées passer. Je suis en service et je n'apprécie pas que tu me brutalises.

Levi sentit son sang se retirer de son visage. Jamais il ne brutaliserait une femme. Jamais !

Passant une main tremblante dans ses cheveux, il inspira à fond.

— Très bien. Nous parlerons demain soir.

— Demain soir ?

— Oui, demain soir. Au gala d'ouverture de la Margaret House pour lequel nous avons travaillé pendant un mois. Tu es ma cavalière, tu te souviens.

Madison resta une seconde bouche bée.

— Tu veux toujours que je t'y accompagne ?

Levi plongea son regard dans le sien et le retint.

— Je n'ai pas pris d'autres dispositions. Et toi ?

A l'éclair qui passa dans ses yeux, il comprit qu'elle envisageait de lui répondre par l'affirmative, ou de l'envoyer rôtir en enfer.

— Donc, ma présence est surtout une question de commodité ?

— De commodité ? répéta-t-il avec un petit rire sans joie. Jeune dame, il n'y a rien de commode en toi.

— Je n'apprécie pas du tout ce commentaire.

— Ajoute-le à la liste des choses que tu n'apprécies pas chez moi.

Madison baissa les yeux et une expression gênée apparut sur son visage.

— Il n'y a pas de liste des choses que je n'apprécie pas chez toi.

— Non ? répondit-il, surpris.

Pour sa part, il aurait pu en dresser une longue. Qui commencerait par le fait qu'il ne l'avait pas protégée quand ils avaient fait l'amour, suivi de près par la manière dont il l'avait traitée par la suite...

— En ce cas, que je te prenne chez toi à 16 heures ne devrait pas poser problème ?

— En fait, si. J'ai promis à Carol de la rejoindre à 15 heures au centre pour l'aider à régler les éventuels incidents de dernière minute.

Il soupira.

— Je travaille jusqu'à 15 heures, demain. Je ne pourrai donc pas t'y conduire à temps.

Elle lui lança un regard qui disait clairement « et alors ? ».

— Je ne me suis pas entendue te le demander. J'ai prévu de prendre ma propre voiture.

Ce qui impliquait qu'il n'aurait pas l'occasion de lui parler en privé car il n'avait pas la naïveté de croire qu'il réussirait à se retrouver seul à seul avec elle durant le gala.

Il secoua la tête.

— Je t'enverrai une voiture.

— Pardon ?

— Je t'enverrai une voiture. Sois prête à partir de chez toi à 14 h 45.

Elle le dévisagea, puis haussa les épaules.

— Très bien. Je serai prête — même si je trouve ridicule que tu m'envoies une voiture alors que j'en ai une en parfait état. Mais ne crois pas que ça change quoi que ce soit, Levi, parce que ce n'est pas le cas.

Avant qu'il ait le temps d'ajouter quoi que ce soit, son téléphone cellulaire sonna. Regardant le numéro de son correspondant, il se crispa. Son père !

Plutôt que de répondre, il éteignit l'appareil et le raccrocha à sa ceinture. Mais il aurait tout aussi bien pu prendre l'appel parce que, profitant de l'interruption, Madison avait quitté la pièce.

Pas un instant Madison n'avait imaginé que la voiture qui viendrait la chercher serait la longue limousine blanche qu'elle voyait s'arrêter devant la maison.

— Waouh ! s'écria Karen, debout à côté d'elle derrière la

fenêtre de leur salle de séjour. Je pense que Levi envisage de te demander pardon ce soir.

— Peut-être... ou peut-être pas. Quoi qu'il en soit, tu devrais venir avec moi ; ça m'éviterait de voyager seule dans cette chose immense.

— Dans cette tenue ? répliqua Karen, désignant en riant le short et le T-shirt décoloré qu'elle portait. Je ne crois pas, non. Mais ne t'inquiète pas. Dès que je me serai douchée et pomponnée, Connor et moi nous ferons notre entrée en grande pompe. Pas ce style de pompe, ajouta-t-elle avec un geste du bras en direction de la limousine. Mais nous serons là. De plus, tu ne voyageras pas seule, dirait-on.

Reportant les yeux sur la fenêtre, Madison vit Levi descendre du véhicule et s'avancer vers la porte d'entrée.

— Que fait-il ici ? Il m'a dit qu'il devait travailler jusqu'à 15 heures.

— Il a dû juger que passer te prendre était plus important.

— Que ses patients ? s'exclama Madison en éventant son visage soudain brûlant. Ça m'étonnerait. De quoi j'ai l'air ?

— D'une princesse de conte de fées sur le point de perdre la tête.

— Tu oublies que ce prince de conte de fées me l'a déjà fait perdre. Entre le moment où il a pratiqué sur moi la manœuvre d'Heimlich et celui où il a radiographié mes côtes.

— Au moins, tu devrais admirer le prince en question pour ses multiples talents, plaisanta Karen.

Et encore n'en connaissait-elle pas toute l'étendue !

— Souhaite-moi bonne chance, la supplia Madison.

Puis elle alla ouvrir la porte à l'homme le plus séduisant que la terre ait jamais porté. Dans son smoking noir, il était... époustouflant.

— Tu es superbe, Madison, dit-il en lui tendant une rose rouge.

Elle regarda fixement la fleur, le dévisagea, interloquée. Une limousine. Une rose rouge. Un séduisant prince charmant. Avec la sensation de se noyer, elle baissa les yeux sur la robe noire toute simple qu'elle portait. Dans ce parfait exemple de la petite-robe-noire-qui-convenait-en-toutes-circonstances, elle se sentait « décalée » par rapport à lui. Il lui aurait fallu une tenue plus somptueuse, une tenue qu'elle n'aurait jamais enfilée, en fait, parce qu'elle n'était pas une princesse. Loin s'en fallait.

Elle prit la fleur et gagna la cuisine pour la placer dans un vase. Ce fut seulement en entendant les voix de Levi et Karen qu'elle s'avisa qu'elle n'avait pas prononcé un seul mot, pas même pour le saluer ou le remercier.

— Merci, dit-elle en retournant dans le salon — où elle ne s'arrêta pas, préférant gagner la porte d'entrée afin d'éviter de commettre l'erreur de se jeter dans les bras de Levi et de le supplier de l'y garder pour toujours. Allons-y, sinon je serai en retard et Carol aura peut-être besoin de mon aide.

Sans attendre de voir s'il la suivait ou non, elle s'approcha de la limousine et s'y installa avec l'aide du chauffeur.

Bien sûr, Levi se glissa à l'intérieur à sa suite. Et s'assit si près d'elle que leurs cuisses se touchèrent.

Elle s'écarta aussitôt.

— Je sais que j'ai tout gâché, Madison, dit-il avec un soupir. Mais ne pouvons-nous faire une trêve, le temps de la soirée ?

Elle feignit de réfléchir, même si elle trouvait l'idée géniale parce qu'elle n'avait pas envie de se disputer avec lui. Puis elle acquiesça — mais en conservant l'espace qui les séparait et en continuant à regarder par sa vitre.

— C'est ridicule ! proféra-t-il entre ses dents quelques secondes plus tard.

Se tournant alors vers lui, Madison eut à peine le temps de remarquer qu'il s'était rapproché que déjà il l'enlaçait et posait sa bouche sur la sienne.

Le monde cessa d'exister autour d'elle. Seuls demeuraient perceptibles les battements désordonnés de son cœur et la sensation que, pour la première fois depuis quatre semaines, tout ne lui paraissait pas perdu.

— Levi ? dit-elle dans un souffle entre deux baisers.

— Chut, murmura-t-il tout contre ses lèvres. Rappelle-toi, nous faisons une trêve.

— Je ne suis pas certaine que cela fasse partie de notre accord, souligna-t-elle, mais ses mains s'agrippaient d'elles-mêmes à ses larges épaules.

— Eh bien, ça aurait dû, dit-il, et le nouveau baiser qu'il lui donna coupa le souffle de Madison en même temps qu'il mettait un terme à la conversation.

Qui avait besoin de mots, de toute manière ? Son corps révélait à Levi à quel point il lui avait manqué.

Et, pour un peu, elle aurait pensé que le corps de Levi lui faisait le même aveu.

Tout comme il l'avait fait lorsqu'ils étaient arrivés à la « Margaret House — Centre de prévention et de traitement des violences domestiques », ainsi que l'indiquait la plaque de marbre, Levi serra fort la main de Madison dans la sienne tandis que son regard retournait se poser sur la toile géante accrochée à l'un des murs de l'entrée principale.

Quand son père avait-il fait réaliser cette peinture ?

Même s'il lui semblait assez logique que le portrait de sa mère trône dans le hall puisque le centre portait son nom, toute cette soirée lui paraissait grotesque. Une sombre farce concoctée par Jonathan Fielding pour des raisons connues de lui seul.

— Ça va ? murmura Madison.

— Oui, mentit-il. Simplement je serai content quand ce sera fini.

Elle ne lui avait pas dit grand-chose depuis qu'il s'était emparé de sa bouche, ni même avant, du reste. Mais elle ne l'avait pas repoussé. Mieux, elle lui avait rendu ses baisers en lui agrippant les épaules.

— Madison ?

Elle releva les yeux vers lui.

— Mmm... ?

— Tu m'as manqué.

Elle le regarda quelques longues secondes, puis elle sourit timidement en pressant sa main.

— Toi aussi, tu m'as manqué, Levi.

Portant la main à ses lèvres, il déposa un baiser dans sa paume.

— Nous en parlerons plus tard, quand nous ne serons plus entourés de gens, murmura-t-il.

— Levi, fils, viens que je te présente Nikki, lança soudain son père en lui tapotant le dos, interrompant ce délicieux instant et faisant réapparaître une expression de méfiance dans les yeux de Madison. Elle tient à t'interviewer en vue de l'article qu'elle écrit pour le magazine *Southern Star*.

La dénommée Nikki était une grande brune qui le dévorait des yeux. Madison recula d'un pas, craignant peut-être d'être mordue, elle aussi.

Instinctivement, il la rapprocha de lui. Et saisit le prétexte que le destin lui envoyait.

— Désolé. Madison et moi, nous nous apprêtions à aller accueillir ses amis, répondit-il.

— Mais, Levi, Nikki veut...

— Alors réponds à ses questions. Je suis occupé, suggéra-t-il sans laisser finir son père, en entraînant Madison vers l'entrée du bâtiment où Karen et son compagnon venaient d'apparaître.

Même si un vaste chapiteau avait été dressé à l'extérieur, le centre était ouvert et accueillait un va-et-vient incessant de visiteurs.

— Vous ne vous entendez pas bien, ton père et toi ? s'enquit Madison lorsqu'ils furent hors de portée de voix de Jonathan et de la journaliste.

— Pas particulièrement, non.

— Pourtant, tu as exécuté ses ordres jour et nuit pendant tout un mois pour créer cet endroit. Tu as passé beaucoup de temps à travailler avec lui à la réalisation de son projet.

— Je l'ai fait pour ma mère.

— Parce qu'elle a été maltraitée ?

Bien que prononcées avec douceur, ces paroles lui transpercèrent le cœur. Il ferma les yeux.

Madison posa alors sa main libre contre sa joue en une gentille caresse tandis que l'autre pressait la sienne.

— Je suis désolée. Je n'avais pas le droit de te demander ça.

La regardant de nouveau, il vit de la sympathie, de la compassion dans ses beaux yeux.

— Oui, Madison, mon père a frappé ma mère. J'étais là et je n'ai pas pu l'en empêcher. Ça n'est arrivé qu'une seule fois, à ma connaissance, mais, sait-on jamais ? C'est à ce moment-là qu'elle a demandé le divorce, en tout cas. Pendant très longtemps je me suis dit que si j'avais été capable d'arrêter mon père ce soir-là, elle n'aurait peut-être pas divorcé d'avec lui.

— Tu sais, la plupart des enfants s'adressent des reproches quand leurs parents divorcent. Mais quoi qu'il se soit passé entre eux, Levi, ce n'était pas ta faute.

Le front de Madison se plissa tandis qu'elle lançait un regard circulaire dans le hall.

— Alors ton père a créé ce centre pour faire amende honorable ?

Il ne répondit pas à la question pour la bonne raison qu'il ne connaissait pas la réponse.

— Viens, dit-il. Assez parlé de mon passé. Allons saluer tes amis, ensuite nous sortirons d'ici.

Une heure plus tard, balayant des yeux la foule de gens élégants qui sirotaient du champagne à l'intérieur du vaste chapiteau, offraient de généreuses sommes d'argent destinées au fonctionnement du centre et s'assuraient qu'ils étaient vus et photographiés par les médias, Madison se dit qu'elle préférerait être assise au bord du lac, seule avec Levi, à s'entretenir avec lui des sujets qu'ils devaient effectivement aborder, sa main dans la sienne.

Lui arrivait-il de repenser à leur soirée romantique ? S'intéressait-il à elle ? Lorsqu'il la regardait, elle en avait l'impression. Elle en était même presque sûre. Mais n'était-ce pas son stupide cœur qui voyait ce qu'il voulait voir ? Ce stupide cœur qui voulait voir des étoiles dans les yeux de Levi.

Mais peut-être se demandait-il seulement si elle était enceinte.

Pour l'instant, elle ne le savait pas elle-même puisqu'elle n'avait pas acheté de test de grossesse. Pas encore. En grande partie parce qu'elle ne voulait pas que le résultat, s'il se révélait positif, influence la manière dont elle réagirait face à lui. Mais elle était presque sûre, au fond d'elle-même, de porter son enfant.

Reste qu'elle ne s'était pas attendue à ce qu'il vienne la chercher en limousine, vêtu d'un smoking et une rose à la main.

Une rose rouge. En signe d'amour ? Elle l'espérait.

Elle chercha des yeux l'endroit où il se tenait avec la version plus âgée de lui-même. Sur le plan physique, du moins. Pour le reste..., elle n'avait pas passé assez de temps en compagnie de Jonathan Fielding pour savoir que penser de lui. En surface, c'était un fieffé charmeur. Il avait outrageusement flirté avec elle le soir où Levi les avait présentés l'un à l'autre — des présentations faites à contrecœur, lui avait-il semblé, parce qu'il avait aussitôt détourné l'attention de son père sur un problème d'intendance et ils avaient tous deux quitté le centre.

Comme s'il avait senti qu'elle l'observait, son regard de jais croisa le sien à travers la salle. Il ne souriait pas, toutefois. Il semblait tendu, comme s'il aurait voulu être ailleurs, comme s'il aimerait s'en aller.

Quand elle lui sourit, ses paupières battirent de surprise, puis un lent sourire se déploya sur son visage. Le cœur de Madison se mit à battre à un rythme effréné.

Oui, elle espérait que Levi éprouvait de l'amour pour elle.

Elle le souhaitait de toute son âme.

Parce que, insensée qu'elle était, elle l'aimait.

— N'est-ce pas la petite blonde avec qui tu es venu tout à l'heure, celle-là même que tu avais incitée à nous donner un coup de main ? s'enquit Jonathan en portant à ses lèvres son verre de whisky.

Le sang de Levi ne fit qu'un tour. Non seulement son père avait suivi la direction de son regard mais en plus il tentait de lire dans ses pensées !

— Tu sais qu'elle s'appelle Madison, rétorqua-t-il. Je t'ai présenté à elle il y a quelques semaines.

Jonathan le regarda avec curiosité.

— J'ai le sentiment que tu l'as séduite et que tu l'as plaquée.

Etait-ce ce qui s'était passé entre Madison et lui ?

Elle se comportait comme si c'était lui qui avait mis fin à leur relation. Et s'il était honnête… il devait admettre qu'il l'avait bel et bien exclue de sa vie. Par lâcheté et dégoût de lui-même.

— Tu ne me crois pas capable d'entretenir une relation durant plus d'un mois ?

— Pourquoi un homme voudrait-il entretenir une relation durant plus d'un mois ? répliqua Jonathan.

En riant, il vida son verre puis, reportant les yeux sur Madison, il la détailla sans vergogne.

— C'est une jolie petite femme, pourtant, non ?

Les yeux de Levi s'étrécirent.

— Fais attention à ce que tu dis.

Son père le regarda et pouffa de nouveau de rire.

— Sinon quoi ? Elle est juste une femme désirable.

Le sang de Levi pulsa à ses tempes.

— Elle est bien plus que ça.

Interceptant un serveur, Jonathan réclama un autre verre.

— Envisagerais-tu de la conserver quelque temps juste pour prouver que j'ai tout faux ? Tu crois que je n'ai pas remarqué ton expression quand je t'ai dit que tu étais ton père tout craché, il y a quelques mois de ça ? Je ne suis pas aveugle, fiston. Je sais pourquoi tu l'as embauchée ici en dépit du fait que tout était fini entre vous.

— Dans la mesure où elle est ma cavalière pour la soirée, il est évident que tout n'est pas fini entre nous. De plus, je n'ai pas besoin de Madison pour prouver que tu as tort. Je ne te ressemble en rien.

— Si tu ne me ressemblais en rien, ma réflexion ne t'aurait pas accablé.

Levi détestait quand son père faisait preuve d'une logique imparable. Néanmoins...

— Combien de fois as-tu trompé ma mère, dis-moi ?

Jonathan parut médusé.

— Pas une seule fois je n'ai trompé ta mère. Quant à...

Le visage blême soudain, il faillit envoyer le serveur à terre dans sa précipitation à saisir le verre qu'il lui apportait. Verre qu'il vida à moitié d'un trait.

— Si j'avais pu changer ce qui s'est passé ce soir-là, je l'aurais fait, je te le jure. J'ai cru pouvoir garder des liens avec Margaret à travers toi mais, même quand j'ai obtenu ta garde, elle a refusé de me pardonner. Pire, ça aussi elle l'a retenu contre moi.

Plus de vingt-cinq ans s'étaient écoulés depuis cette funeste soirée à jamais gravée dans la mémoire de Levi ; pourtant c'était la toute première fois qu'ils en parlaient.

— Après ça, je suis devenu plus futé, poursuivit Jonathan. J'ai compris que les femmes étaient interchangeables, juste intéressantes pour une seule et unique chose.

Une douleur lancinante envahit la tête de Levi ; son sang battit comme un tambour à ses oreilles.

— Tu te trompes.

— Tu es juste aveuglé par une petite blonde qui te mène par le bout du nez. Ou par une autre partie de ton corps, ajouta Jonathan avec un petit rire.

Levi serra les poings puis se força à détendre ses doigts. Non, il ne ressemblait en rien à son père.

— Si elle est particulièrement douée, peut-être que j'y goûterai quand tu seras rassasié d'elle, ajouta celui-ci.

Ce fut la goutte d'eau qui fit déborder le vase. Levi se pencha vers lui d'un air menaçant.

— Ne t'approche pas de Madison ! ordonna-t-il d'une voix basse et glaciale.

Jonathan ricana.

— Tu prives de plaisir ton propre père ? Ce n'est pas comme si tu envisageais d'épouser cette fille.

Levi n'hésita qu'une seconde, mais ce fut assez pour que les yeux de son père s'élargissent.

— Bon sang, fiston, qu'as-tu fait ? Tu l'as mise enceinte ?

— Euh... Madison, tu as une idée de ce qui se passe entre Levi et son père ?

A la question de Karen, la jeune femme reporta les yeux vers l'endroit où les deux hommes discutaient. Le visage écarlate, Levi se penchait vers Jonathan d'une manière qui n'avait rien d'amical.

— Tu devrais peut-être les rejoindre, suggéra Karen.

Madison n'était pas sûre que ce soit une bonne idée. Du reste, avait-elle le droit d'interrompre Levi lorsqu'il parlait à son père ?

Oh bien sûr, il l'avait embrassée passionnément dans la limousine, l'avait tenue par la main et était restée près d'elle durant la plus grande partie des festivités, comme s'ils formaient un couple, mais cela n'ôtait rien au fait qu'ils s'étaient à peine parlé durant quatre semaines.

Les semaines les plus longues et les plus tristes de sa vie dans la mesure où elle avait eu un aperçu de ce qu'elle voulait, de ce qui manquait dans son existence, et qu'elle l'avait perdu — en partie par sa faute car elle avait eu trop peur de tendre la main pour le rattraper.

— Non, c'est bon. Il vient par ici.

Madison croisa le regard de Levi et la fureur qu'elle vit flamboyer dans ses prunelles sombres la fit reculer d'un pas.

Ignorant Karen et Connor, il lui tendit la main.

— Partons.

Se gardant d'objecter, même si son ton autoritaire la contrariait quelque peu, elle saisit sa main. Un instant plus tard, après avoir quitté le chapiteau et longé le trottoir au pas de course, ils s'engouffraient dans la limousine.

— En route ! cria Levi au chauffeur.

Une fois assise sur la banquette moelleuse, Madison s'efforça de reprendre son souffle.

— Tu l'es ? s'enquit Levi.

Elle le regarda sans comprendre.

— De quoi parles-tu ?

— Ne joue pas avec moi, Madison. J'ai besoin de savoir. Es-tu enceinte ?

Enceinte ! C'était donc ça...

— Je vois. Tu t'es soudain rappelé que tu avais eu une relation non protégée avec l'infirmière Swanson et qu'elle elle était peut-être enceinte, dit-elle, sarcastique.

— Ce n'est pas ça du tout et tu le sais.

— Non, je n'en sais rien, Levi. Si tu m'expliquais...

Il serra les dents, comme s'il avait du mal à réfréner sa colère.

— Tu sais que tu es différente.

— Ce que je sais, c'est que j'ai fait l'amour avec le plus grand flirteur en série de l'hôpital.

Cela dit, elle pivota vers la vitre, hésita un instant et se retourna vers lui.

— C'était stupide de ma part de m'investir dans une histoire avec toi, mais j'ai une fâcheuse tendance à renouveler, encore et toujours, les mêmes erreurs. Qu'est-ce que je suis bête !

— Notre histoire n'est pas une erreur.

Elle ignora le démenti parce qu'elle préférait ne pas prendre le risque de le croire. A quoi bon ? Levi ne l'aimait pas, il n'avait pas les mêmes attentes qu'elle et poursuivre leur « relation » ne ferait que l'exposer à d'insupportables souffrances.

— Par chance, j'ai enfin compris et j'arrête d'interpréter indéfiniment la même partition. Laisse-moi tranquille, Levi !

— Je ne peux pas...

Au moment où il prononça ces paroles, Levi mesura à quel point c'était vrai. Pendant quatre semaines, il s'était obligé, au prix d'efforts constants, à rester loin d'elle. Quatre semaines emplies de tristesse, de questions la concernant, d'envies de faire amende honorable, de lui demander pardon de n'avoir pas laissé les choses évoluer lentement entre eux, comme il en avait eu l'intention, de la supplier de leur laisser une chance de nouer une véritable relation sentimentale.

— Exact, ironisa Madison en redressant le menton d'un air de défi. J'ai remarqué que tu ne pouvais absolument pas te passer de ma présence depuis que tu as obtenu la seule chose que tu voulais réellement de moi.

— Tu es trop fine pour croire qu'une relation sexuelle était tout ce que je voulais de toi, répliqua-t-il. Et n'est-ce pas un peu hypocrite de ta part de m'accuser d'être le plus grand flirteur en série de l'hôpital quand c'est exactement la raison pour laquelle tu as jeté ton dévolu sur moi ?

Elle eut l'audace de paraître un peu perdue.

— Que veux-tu dire ?

— Tu le sais très bien. Depuis le début, tu projetais de m'utiliser pour une aventure sans lendemain. Tu as vraiment obtenu ce que tu voulais, j'imagine.

Il la regarda assimiler ses paroles en retenant son souffle.

— Non, dit-elle après un silence qui lui parut interminable. Je n'ai pas obtenu ce que je voulais. Je te voulais *toi* et tu as disparu de ma vie. Alors maintenant explique-moi pourquoi tu ne peux pas me laisser tranquille alors que, durant tout le mois qui vient de s'écouler, il n'y a eu entre nous que quelques brefs regards dérobés pour me prouver que je n'avais pas tout imaginé.

En dépit du fait qu'elle n'avait pas nié avoir projeté de l'utiliser, en dépit du fait qu'il n'avait jamais ouvert son cœur à quiconque auparavant, Levi ne put se retenir de le faire.

— Je voulais être un homme meilleur pour toi, un homme qui ne ressemble pas à son père. Après ce qui s'est passé entre nous, je me suis dégoûté de ne pas être cet homme meilleur.

Il soupira.

— Quand je te regarde, je te désire, Madison. Je ne peux pas te regarder sans te désirer. C'est aussi simple que ça.

Elle éclata d'un rire presque hystérique.

— C'est un peu fort ! Donc, en ce moment, tu as très envie de m'allonger sur cette confortable banquette et d'obtenir de moi des faveurs, mais tu ne le feras pas parce que tu veux te conduire en gentleman ?

Levi passa les mains dans ses cheveux pour s'empêcher de les poser sur elle. Effectivement, il brûlait de faire l'amour avec elle. Sur la banquette ou ailleurs.

— Entre autres, admit-il.

— Mais bien sûr ! Garde tes mensonges pour quelqu'un d'autre, Levi. Je ne veux pas en entendre davantage. Tu as compris ? Cesse de me mentir.

— Je ne mens pas, Madison.

— Que ce soit en paroles ou en actes, tout le monde ment.

— Sous-entends-tu que je t'ai menti par mes actes ?

— A toi de me le dire.

— Je t'ai fait l'amour, Madison. Ça n'était pas un mensonge.

— Oui, et je t'ai facilité la chose en feignant d'être une personne que je ne suis pas parce que je croyais que ça contribuerait à m'empêcher d'être blessée.

— Je suis désolé de t'avoir blessée. Ce n'était pas mon intention. Tu veux bien me permettre de me racheter ?

— Te racheter ? répéta Madison en secouant la tête. Soyons réalistes, Levi. Nous connaissons tous les deux l'effet que tu produis sur moi. Tu n'aurais pas à insister beaucoup pour me posséder ici et maintenant, tu le sais aussi bien que moi. Et je m'en voudrais ensuite de t'avoir cédé alors que je me rends parfaitement compte que tu ne te soucies pas de moi, mais...

— Bien sûr que si, je me soucie de toi, protesta Levi sans la laisser finir.

— Oui, je m'en suis aperçue quand tu m'as fait l'amour avant de m'abandonner sans même un mot de réconfort alors que j'étais au bord des larmes. Tu ne m'as même pas demandé comment j'allais. Jamais je ne m'étais sentie aussi humiliée.

— Je n'avais pas les idées claires. J'étais accablé d'avoir oublié la plus élémentaire protection.

— Ça, je veux bien le croire, lança Madison en ricanant. Je suis sans doute la dernière femme que tu voudrais mettre enceinte.

— C'est totalement faux ! affirma Levi.

Non qu'il veuille en mettre une autre enceinte ! Simplement, ce ne serait pas la fin du monde s'il s'avérait qu'elle portait son enfant.

Pour tout dire, il lui était impossible d'imaginer un autre scénario. S'ils avaient fait un bébé, elle et lui, ils géreraient les conséquences ensemble.

Ensemble. Il aimait cette idée. Il aimait la musique de ce mot. Maintenant il ne lui restait plus qu'à convaincre Madison.

12

Pour avoir passé nerveusement les doigts dans ses cheveux, Levi était quelque peu décoiffé, remarqua Madison. Mais cela n'ôtait rien à son pouvoir de séduction.

Quelle que soit la manière dont il était vêtu ou coiffé, il était... fascinant.

— Madison, tout cela est difficile pour moi, dit-il.

Elle se ressaisit. N'était-elle pas folle de le trouver *fascinant* ? Elle était fâchée contre lui. Blessée. Frustrée. Désappointée. Déstabilisée. Il l'avait ignorée après lui avoir fait l'amour. Un goujat, voilà ce qu'il était !

Mais elle aimait ce goujat.

Ce qui l'effrayait. Ce qui lui donnait l'impression d'être acculée dans une impasse et qu'il lui faudrait se battre pour en sortir. Comment osait-il gémir sur son propre sort ? Etait-il le plus à plaindre ?

— Tu crois que c'est facile pour moi d'être enceinte d'un homme qui n'envisage aucun avenir avec moi ?

— Ce n'est pas ça du tout. Tu prends de travers tout ce que je dis. Tu dramatises.

— Non, je suis pragmatique.

Le voyant ouvrir la bouche avec l'air de vouloir ergoter, elle leva une main pour l'en empêcher.

— Ça ne fait rien, Levi. Ce n'est pas comme si j'attendais quelque chose de toi.

Saisissant sa main, il emprisonna ses doigts dans les siens.

— Toi peut-être, mais moi, si.

— Je ne suis pas sûre de comprendre...

Il baissa les yeux sur leurs mains réunies.

— Tu n'attendais peut-être rien, mais moi j'attendais beaucoup plus de moi-même. Et de nous.

Madison pensa qu'il allait développer, préciser sa pensée. Que voulait-il dire au juste ? Et pourquoi serrait-il si fort sa main, comme s'il craignait qu'elle s'échappe s'il relâchait son étreinte ? Il avait serré sa main de la même manière, au gala.

— De nous ? Au sens de... ? demanda-t-elle tandis qu'il restait silencieux, visiblement perdu dans ses pensées.

Une détermination farouche brillait dans le regard qu'il releva vers elle.

— Au sens de couple, répondit-il. Nous devrions nous marier.

Madison resta frappée de stupeur.

— Pardon ? murmura-t-elle quand elle eut retrouvé l'usage de la parole.

— Tu m'as très bien entendu.

— Je ne suis peut-être pas enceinte, après tout.

Et même si elle l'était, elle ne voudrait pas se marier dans ces conditions.

Elle se sentait prisonnière à l'intérieur de la limousine. En proie, soudain, à une attaque de claustrophobie, elle entrouvrit la vitre de sa main libre afin de faire entrer de l'air.

Levi reprit :

— Nous marier, c'est faire face aux conséquences de notre acte. Si tu es enceinte, nous devons nous marier le plus tôt possible.

— Pourquoi ?

— Parce que notre enfant sera un jour capable de faire un compte à rebours et qu'il saura...

— Saura quoi ?

— Qu'il a été conçu hors mariage.

Madison ne put retenir un petit rire incrédule.

— En voilà une raison ! Ça fait des siècles que des enfants

font des comptes à rebours et découvrent qu'ils sont nés moins de neuf mois après le mariage de leurs parents.

— Je ne veux pas que ça arrive au mien.

Madison le regarda, déconcertée par cette conversation surréaliste. Un mois après avoir fait délicieusement l'amour, ils parlaient bébé, mariage...

Sans doute Levi vit-il sur son visage la panique qui montait en elle car sa propre expression s'adoucit.

— Tu n'as pas eu tes règles, je présume.

Elle aurait voulu lui mentir, mais elle n'y parvint pas.

— J'ai un peu de retard. Mais je suis sûre que c'est juste dû au stress.

Il hocha la tête d'un air entendu, comme si elle venait de confirmer ce qu'il savait déjà. Ce qu'elle savait déjà, même sans l'avoir vérifié. Qu'elle n'avait pas eu de règles et n'en aurait pas avant longtemps.

Parce qu'elle portait son enfant.

Levi se demandait ce qui prenait autant de temps à Madison. Le test ne devait durer que trois minutes. Or cela faisait un bon quart d'heure, maintenant, qu'elle était dans sa salle de bains.

Celle de son appartement parce qu'elle n'avait pas voulu faire ce test dans la petite maison de bois où Karen aurait pu rentrer d'un instant à l'autre.

Non que son amie ne soit pas au courant de ce qui s'était passé entre eux. Même si elle n'avait reçu aucune confidence de Madison, comment n'aurait-elle pas découvert le pot aux roses en lui voyant une aussi mauvaise mine ?

Les brefs aperçus qu'il avait eus lui-même du visage défait de Madison n'avaient cessé de le torturer, de le hanter, de lui rappeler l'apparence de sa mère après sa séparation d'avec son père.

Son père. Levi enfouit sa tête entre ses mains. Qu'allait-il faire à propos de Jonathan ? Cet homme était la seule famille qui lui restait. A moins... Incapable d'attendre une seconde de plus, il alla frapper à la porte de la salle de bains.

— Madison, est-ce que ça va ?

Aucune réponse. Pas le moindre son.

— Madison ?

Etait-elle encore perturbée par sa demande en mariage impromptue ? Pour sa part, il l'était encore.

Jamais il ne s'était attendu à entendre ces mots franchir ses lèvres. Jamais. La question de son père avait-elle fait naître en lui ce désir insensé ? Etait-ce la raison pour laquelle ces mots lui avaient échappé ?

Madison lui avait donné l'occasion de les retirer. Elle lui avait même pratiquement demandé de le faire. Et il ne l'avait pas fait, parce qu'il était hors de question qu'il se rétracte.

Si elle était enceinte, il voulait l'épouser et donner son nom à leur enfant. Il voulait élever leur enfant avec elle.

Pour l'avoir vue avec ses patients à l'hôpital, il ne doutait pas qu'elle ferait une excellente mère. Ce qui était une très bonne chose car il ignorait quel genre de père il serait, étant donné l'exemple déplorable que lui avaient donné ses parents.

Néanmoins, il aimerait le petit garçon ou la petite fille qu'il aurait contribué à créer, de cela il était certain. Avaient-ils conçu ce petit être ?

Il frappa de nouveau à la porte.

— Madison ?

Toujours aucune réponse.

De plus en plus inquiet par son silence, il tourna la poignée. Sans résultat.

— Madison, déverrouille la porte, s'il te plaît, supplia-t-il.

C'est alors qu'il entendit un son. Un sanglot étouffé.

Il en déduisit que le test s'était révélé positif et qu'elle n'était pas heureuse de porter son enfant.

Mais elle ne devrait pas être seule dans un tel moment.

— Laisse-moi entrer, mon cœur.

Sinon, il enfoncerait la porte. Vérifiant la serrure, il se rendit compte qu'il pouvait la forcer à l'aide d'une carte de crédit et le fit aussitôt.

Et le tableau qui s'offrit à ses yeux lui brisa le cœur : Madison blottie au pied du mur, le visage enfoui dans le creux de ses bras noués autour de ses genoux, les épaules secouées de sanglots silencieux.

« Oh, Madison, je suis tellement, tellement désolé... »

Seulement une part de lui ne l'était pas.

Malgré tout, il sentit une bouffée d'orgueil tout à fait inattendue monter en lui. Une bouffée d'orgueil que la culpabilité éteignit lorsque Madison releva vers lui son visage baigné de larmes et que ses yeux emplis de désespoir rencontrèrent les siens.

Se laissant aussitôt tomber sur ses genoux, il l'entoura de ses bras.

— Oh, Madison ! Je suis sincèrement navré.

Navré pour son stupide orgueil. Navré d'avoir perdu la tête et de ne pas l'avoir protégée d'une grossesse non désirée. Navré que le sang de son père coule dans ses veines. Navré que les sentiments qu'elle lui inspirait l'aient effrayé au point de l'inciter à rester loin d'elle tout le mois qui venait de s'écouler. Navré pour le désespoir qu'il lisait dans ses yeux.

Et il souffrait pour elle.

Comme elle reprenait son souffle entre deux sanglots, il resserra son étreinte et effleura ses cheveux de ses lèvres.

— Tout va bien, mon cœur. Tu n'auras pas à traverser cette épreuve toute seule. Je serai là pour toi et notre bébé. Toujours.

Elle secoua la tête tandis qu'un autre sanglot lui échappait.

— Tu... ne... comprends pas, hoqueta-t-elle.

— Je sais que je n'ai pas été là pour toi et j'en suis terriblement désolé. J'avais besoin de surmonter certaines choses, d'assumer mes sentiments à propos de ce qui s'était passé entre nous. Mais ne t'inquiète pas. Je veux notre bébé.

Un nouveau flot de larmes inonda ses joues.

— Je ne suis pas enceinte, murmura-t-elle d'une voix sans timbre.

Certain d'avoir mal compris, Levi s'écarta de quelques centimètres afin de la regarder.

— Qu'as-tu dit ?

Sa lèvre inférieure trembla.

— Il n'y a pas de bébé. Le test est négatif.

Sans desserrer son étreinte, Levi tomba assis sur ses talons. Mentalement, il eut l'impression de basculer dans un puits sans fond.

Madison ne portait pas son enfant.

En ce cas, quelle était la cause de son désespoir ?

— Mais, Madison, pourquoi... ?

Elle se mordit la lèvre inférieure, fit une petite grimace, souleva une épaule.

Lui entourant alors le visage de ses paumes, il la força à croiser son regard.

— Mon cœur, je ne comprends pas...

Sauf si... Avait-elle espéré être enceinte de lui ? Etait-elle bouleversée par le résultat négatif du test ? Etait-ce possible ?

Et lui, souhaitait-il que ce soit le résultat du test qui la bouleverse autant ?

Si c'était le cas, qu'allait-il faire pour modifier la situation ?

Lorsqu'elle avait vu le résultat du test, Madison avait eu du mal à en croire ses yeux.

Il était évident qu'en l'absence de règles elle avait peu à peu commencé à croire qu'elle était enceinte, qu'une minuscule vie avait germé en elle et qu'elle s'était mise à chérir cet enfant même si elle ne se l'était pas avoué.

Et en prenant conscience qu'elle ne portait pas l'enfant de Levi, eh bien elle avait été submergée par un chagrin bien plus immense, bien plus douloureux que ceux qu'elle avait connus jusqu'ici.

— Je me sens si perdue, lâcha-t-elle dans un sanglot tout en se reprochant de ne pas réussir à garder son chagrin pour elle, d'éprouver l'envie de se blottir contre la poitrine de Levi, de le laisser la consoler. C'est idiot de pleurer quelqu'un qui n'a jamais vraiment existé, mais j'avais fini par croire que je portais notre enfant. J'ai beaucoup de peine.

— Oh, Madison, murmura Levi avant de déposer un autre baiser dans ses cheveux.

Si seulement elle pouvait se permettre d'accepter le réconfort qu'il lui offrait ! Mais c'était impossible puisqu'elle pleurait un bébé dont il ne voulait pas au départ.

Elle ferma les yeux afin qu'il ne voie pas à quel point elle souffrait à cause d'une nouvelle qui devait le combler de joie.

Mais comme il continuait à l'étreindre, à murmurer son prénom, à presser de doux baisers dans ses cheveux, nageant en pleine confusion, elle ouvrit les paupières pour l'interroger du regard.

— Ne m'as-tu pas entendue, Levi ? Je ne suis pas enceinte.

Là-dessus, incapable de supporter la vision du soulagement qui n'allait pas manquer d'envahir son visage, elle referma les yeux.

— Je ne l'ai jamais été. Tu n'as pas à faire ce que tu fais. Tu n'as pas à feindre de te soucier de moi. Tu n'as même pas à être gentil avec moi. Il serait peut-être même préférable que tu ne le sois pas.

— Ouvre les yeux, Madison.

Sa voix était si douce qu'elle maintint ses paupières hermétiquement closes pour s'empêcher de le regarder. Elle ne voulait pas voir le plaisir que lui procurait ce qui creusait un trou béant dans son propre cœur.

— Ne t'inquiète pas. Il n'y a aucune raison pour que tu m'épouses.

— Bien sûr que si !

Ces quatre petits mots lui firent ouvrir les yeux malgré elle.

— Je veux que tu fasses partie de ma vie, Madison.

Perplexe, elle déglutit avec difficulté.

— Tu n'as pas à m'épouser pour que je fasse partie de ta vie.

— Peut-être pas, répondit-il, dessinant doucement la ligne de sa mâchoire du bout de l'index. Mais je veux t'épouser.

La tête de Madison se mit à tourner ; une sensation de vertige l'envahit.

— Pourquoi voudrais-tu m'épouser ?

Il esquissa un sourire.

— Pourquoi voudrais-je t'épouser ? Mais parce que tu es tout pour moi, Madison Swanson. Absolument tout.

— Mais...

— Je te veux, toi, et toi seule. Ne l'as-tu pas deviné ?

Pas vraiment, non.

— Mais tu... ces dernières semaines... tu m'as tenue à l'écart.

— Parce que j'étais un imbécile qui essayait de démêler ce qui lui arrivait. Et parce que j'avais peur. Très très peur.

— De quoi avais-tu peur ?

— Du pouvoir que tu détenais de me faire souffrir.

— Parce que j'étais peut-être enceinte de toi ?

— Parce que, plus ou moins consciemment, je souhaitais que tu le sois, enceinte.

Ebranlée par cet aveu, même si elle n'en mesurait pas vraiment la portée, Madison se laissa aller contre Levi, lequel resserra son étreinte autour d'elle avant d'effleurer de nouveau ses cheveux de ses lèvres.

— Je le souhaitais parce que cela me donnait une excuse pour t'épouser — sans que j'aie besoin d'admettre que j'avais des sentiments pour toi. Tout à l'heure, quand mon père m'a dit quelque chose qui m'a poussé à regarder de plus près les sentiments en question, j'ai compris que je souhaitais que tu portes mon enfant parce que je voulais qu'il y ait ce lien entre nous. Ce lien qui nous unirait pour toujours.

Il avait réellement souhaité qu'elle porte un enfant qui les lierait pour toujours l'un à l'autre ? C'était un rêve, se dit Madison. Ça ne pouvait être qu'un rêve.

— Je n'arrive pas à croire que tu dises ça.

Il passa tendrement le dos de sa main sur sa joue.

— Pourtant c'est la pure vérité.

— Mais pourquoi ?

Cette fois, ce fut Levi qui souleva une épaule, qui parut vulnérable.

— Parce que je t'aime, Madison Swanson.

Le cœur de Madison s'arrêta avant de repartir au triple galop.

— Tu m'aimes ?

— J'aimais même un bébé qui n'existait que dans nos esprits parce qu'il aurait été le nôtre. Une partie de toi et de moi. Un petit être que nous aurions conçu ensemble.

Les larmes ruisselèrent de nouveau sur le visage de Madison. Des larmes de bonheur, cette fois. D'incrédulité.

— Tout va bien, reprit Levi d'un ton apaisant en séchant ses joues du bout des doigts. Je ne m'attends pas à ce que tu partages mes sentiments après ce que je t'ai fait subir ces derniers temps, mais je vais faire amende honorable, Madison. Je passerai le reste de ma vie à te prouver que je ne fuirai pas mes sentiments, que je ne suis pas un irresponsable comme mon père mais un homme digne de toi.

Une partie d'elle-même ne parvenait toujours pas à croire que l'homme de ses rêves pouvait lui rendre l'amour qu'elle lui portait. Les rêves des femmes comme elle ne se concrétisaient pas, d'ordinaire.

— J'avais espéré qu'à travers notre enfant tu en viendrais à m'aimer, poursuivit Levi avec un doux sourire tout en continuant à lui caresser la joue.

— C'est déjà le cas.

Sa main s'immobilisa, tremblant légèrement. Ses yeux s'élargirent. Ses lèvres s'entrouvrirent. Il parut aussi abasourdi qu'elle l'avait été lorsqu'il lui avait avoué son amour.

— Tu m'aimes ?

Le chevrotement de sa voix égalait le tremblement croissant de ses doigts et elle lut la vérité dans ses yeux.

Il l'aimait. Il l'aimait vraiment et ne semblait pas croire possible qu'elle l'aime en retour.

— De tout mon cœur et de toute mon âme, Levi, répondit-elle, tout son être débordant de joie et d'amour pour lui. Je crois que je t'aime depuis notre première rencontre.

— Oh, Madison. Mon amour...

Sa bouche se posa sur la sienne et il lui donna le plus doux, le plus tendre, le plus passionné, le plus merveilleux des baisers.

— Redis-le-moi.

Sa requête sonna presque comme une prière, comme s'il ferait n'importe quoi pour l'entendre dire qu'elle l'aimait.

Mais il n'avait pas à faire quoi que ce soit, juste être lui-même !

— Je t'aime, Levi. Et je t'aimerai toujours.

Il lui adressa le sourire légèrement en coin qu'elle aimait tant, assorti d'une touche de malice au fond des yeux.

— Toujours ?

A peine surprise que son incertitude ait disparu et qu'il soit redevenu sûr de lui-même, elle ne le fit pas languir une seule seconde.

— Toujours !

Son sourire s'élargit.

— En ce cas, tu ne verras pas d'inconvénient à ce que je te porte jusqu'à ma chambre pour te le prouver ?

Lui rendant son sourire et secouant la tête, elle se laissa soulever dans ses bras et emporter jusqu'à sa chambre.

Où elle apprécia l'interlude. Chaque contact de ses mains, de son corps, de sa bouche. Chaque caresse, chaque assaut, chaque gémissement de plaisir.

Et il en serait toujours ainsi, désormais.

13

— Alors, comme ça, mon médecin sera absent la semaine prochaine à cause de vous ?

Madison releva les yeux du tensiomètre avec lequel elle vérifiait la pression sanguine de Mme Cline, admise de nouveau quelques jours plus tôt à la suite d'une nouvelle aggravation de la pneumopathie obstructive chronique dont elle souffrait. Par bonheur, la brave dame avait bien récupéré et pourrait très bientôt rentrer chez elle.

— D'où vous est venue une idée pareille ?

Mme Cline gloussa.

— Ne faites pas l'innocente avec moi, fillette. Je sais très bien que vous avez fait perdre la tête au Dr Fielding et qu'il a prévu de vous conduire devant le maire samedi qui vient.

Madison sourit tout en enregistrant dans sa tête les chiffres de la pression systolique et de la pression diastolique afin de pouvoir les rentrer dans le dossier informatique de sa patiente.

— C'est lui qui vous l'a dit ?

— Il me l'a dit à moi et à toutes les personnes à portée de sa voix et à sa merci, précisa Mme Cline. Pauvres âmes que nous sommes, rivées à toutes ces machines, ajouta-t-elle en désignant les appareils auxquels elle était reliée, nous sommes obligées de l'entendre chanter vos louanges sur tous les tons.

Madison ne put s'empêcher de rire.

— C'était si pénible que ça ?

— Pire, avança Karen, entrant dans la pièce et secouant la tête en souriant. Toute mon équipe soignante en est malade.

— Je lui parlerai, lui promit Madison pince-sans-rire.

— Je t'en serais reconnaissante...

Karen adressa un clin d'œil à Mme Cline dont le sourire s'élargit encore.

— D'autant que la plupart des filles sont juste déçues qu'il ne soit plus un cœur à prendre.

— Plus du tout, même, ajouta Mme Cline. Je n'ai jamais vu un homme aussi amoureux.

— En fait, reprit Karen en s'approchant du lit de la patiente, c'est ce que je venais te dire. Je viens de le voir.

Le cœur de Madison s'accéléra. Levi était dans l'unité ? Elle ne l'attendait pas avant la visite du soir.

— Ah bon ?

— Ne fais pas l'innocente. Il est ici.

Le cœur de Madison se mit à battre la chamade.

— Entendu, fini la fausse innocence, acquiesça-t-elle.

Puis elle tapota la main de Mme Cline avant de se tourner vers sa meilleure amie et future demoiselle d'honneur.

— Où est mon fiancé ?

— Ici ! annonça l'homme en question, un large sourire aux lèvres.

Madison retint son souffle, comme chaque fois qu'elle voyait Levi. Un phénomène qui se reproduirait à l'infini, elle n'en doutait pas.

Il lui coupait littéralement le souffle, et le temps n'y changerait rien, elle en avait la certitude. Comme leurs yeux se croisaient, elle vit briller son amour pour elle dans ses prunelles de jais.

— Que faites-vous ici, docteur Fielding ?

— Exactement la question que je me posais, intervint Karen, fronçant les sourcils et agitant un tissu devant Levi.

Tissu bleu que Madison détailla.

— Mais, c'est ma tunique !

— En effet. Quelqu'un...

Karen s'éclaircit la gorge.

— ... était censé attendre que je vienne te la donner pour que tu l'enfiles.

Le regard de Madison alla de Karen à sa tunique « Woodstock » et à Levi.

— J'étais las d'attendre, avoua-t-il en souriant.

Karen leva les yeux au ciel.

— Il n'y a pas deux minutes que je suis entrée. Dieu nous préserve des couples amoureux !

Mme Cline se mit à rire.

— Je me croirais en train de regarder ma série préférée.

— C'est juste un jour banal à l'hôpital d'Angel Creek, soupira Karen. Enfile ta tunique, ensuite va le rejoindre, ajouta-t-elle à l'adresse de Madison. Je vais finir de m'occuper de vous, si vous êtes d'accord, Mme Cline.

Celle-ci parut réfléchir.

— D'accord. Néanmoins, je préférerais que vous rouliez mon lit là où ils vont aller. M'est avis que la suite du spectacle va être excellente.

Madison sourit. Elle le pensait aussi !

Les doigts de Levi se refermèrent autour du coffret glissé dans sa poche.

Karen avait bien voulu l'aider à planter le décor de la « grande scène du dernier acte » — certes un peu tardive ; néanmoins, il tenait à l'offrir à Madison.

Une scène qui lui resterait à la mémoire lorsqu'elle se retournerait, plus tard, sur cette période de leur vie.

Lorsque leurs enfants voudraient savoir comment il avait fait sa demande en mariage, il ne voulait pas qu'elle dise : « Eh bien nous pensions que j'étais enceinte, alors il a lancé que nous allions nous marier. Un peu plus tard, dans la salle de bains, je lui ai dit que je n'étais pas enceinte mais il a tout de même voulu m'épouser. »

Il voulait qu'elle se souvienne d'un moment empreint de romantisme, non de pragmatisme.

Dans la mesure où il était tombé amoureux d'elle au premier regard, allant jusqu'à se rappeler l'uniforme qu'elle portait à ce moment-là, il avait voulu recréer ce moment.

Il avait d'abord envisagé de lui faire sa demande officielle au bord du lac. Après tout, quoi de plus romantique ? Mais il y avait renoncé. D'abord, c'était déjà là qu'ils allaient se marier et qu'ils passeraient la première partie de leur lune de miel — la seconde serait un séjour surprise au bord du Grand Canyon où Madison rêvait d'aller. Ensuite, s'il l'emmenait au bord du lac, il craignait que, trop occupé à la conduire au septième ciel, il en oublie sa demande.

— Puis-je encore vous être utile, monsieur l'amoureux transi ? lui proposa la surveillante de l'unité.

Il déclina l'offre en souriant.

— Vous m'avez suffisamment aidé, Karen. Merci !

A cet instant, la porte du cabinet de toilette s'ouvrit et Madison en sortit, vêtue de sa fameuse tunique « Woodstock ». Parfait !

Elle était elle-même parfaite. La femme idéale pour lui.

Le moment aussi était idéal, ainsi qu'il l'avait espéré.

Ils se trouvaient dans la chambre 212, celle-là même où ils s'étaient rencontrés. Elle portait la même tunique. Seulement cette fois, lorsqu'il la regardait, il savait à quoi était due la brusque accélération de son pouls.

Posant sa main droite sur son cœur, il mit un genou à terre.

Madison écarquilla les yeux de surprise.

— Levi ?

Il savait que l'amour qu'il lui portait se lisait sur son visage et qu'elle pouvait sans doute voir sa carotide pulser dans son cou. Il savait qu'elle l'aimait et qu'elle avait déjà accepté de devenir sa femme. Néanmoins, ce fut d'une main tremblante qu'il tira le petit écrin de sa poche et l'ouvrit.

— Je t'aime, Madison. De tout mon être et plus que tout au monde, dit-il, conscient que jamais il n'avait prononcé de paroles plus vraies. Veux-tu me faire l'honneur de passer le reste de ta vie avec moi ? Etre ma compagne, mon âme sœur, ma femme pour toujours ?

Ignorant qu'il avait eu l'intention de faire sa demande ici même, devant elles, Karen et Mme Cline soupirèrent en chœur.

Les grands yeux verts de Madison s'embuèrent.

— Levi, que fais-tu, voyons ? Tu sais que tu n'as pas à faire ça.

— Ce n'est pas la réponse que j'attendais, protesta-t-il, mais sans pouvoir s'empêcher de sourire ni de penser qu'il était l'homme le plus chanceux au monde d'être aimé par une femme aussi merveilleuse. Laisse-moi essayer de nouveau.

Il s'éclaircit la gorge, puis tendit la main d'un geste théâtral, qui arracha un autre soupir à leurs spectatrices.

— Sans toi, Madison Swanson, je suis perdu...

Peut-être en faisait-il un peu trop, mais tant pis. Il tenait à offrir ce brin de romantisme à Madison. Après le mal que lui avait fait le dénommé Simon, il jugeait nécessaire qu'elle sache qu'elle était tout pour lui, que des témoins sachent à quel point il était fou d'elle, qu'elle soit convaincue qu'il avait besoin d'elle dans sa vie pour toujours.

— ... J'erre comme une âme en peine sur les chemins d'une vie dépourvue de sens et de véritable but. Epouse-moi, s'il te plaît !

— Oh oui, docteur Fielding, je vais t'épouser, répondit-elle, le visage illuminé et les yeux brillants de larmes de bonheur.

— Bon. Parce que ceci n'est pas échangeable, plaisanta-t-il tandis qu'il retirait le solitaire contenu dans l'écrin pour le glisser à son doigt.

— Tu es fou, murmura-t-elle, admirant l'éclat du diamant dans la lumière.

— Fou de toi, précisa-t-il dans un murmure en retour.

En fait, il était encore plus fou qu'il ne l'aurait cru possible.

Si fou qu'il était disposé à prendre le risque d'aimer et de perdre cet amour parce qu'une seule minute passée avec Madison valait pour lui plus que tout l'or du monde.

Elle faisait de lui un homme meilleur. Un homme qu'il appréciait lorsqu'il se voyait dans un miroir le matin. Un homme qui savait que le véritable bonheur sur cette terre était d'aimer et d'être aimé.

Epilogue

Madison s'étira paresseusement dans le grand lit de la chambre d'hôtel qui offrait un point de vue unique sur le Grand Canyon. Ça n'était pas l'endroit le plus prisé au monde pour y passer une lune de miel, mais elle n'aurait voulu être nulle part ailleurs qu'ici, à regarder le soleil se coucher sur cette merveille de la nature.

Avec *son mari.*

Elle sourit tandis qu'allongé tout contre elle, la tête posée sur sa poitrine, Levi promenait ses doigts sur sa peau nue.

Comme elle l'aimait, cet homme merveilleux !

Il releva la tête et lui sourit.

— A quoi penses-tu, mon amour ?

— A mon bonheur immense. A notre amour...

— Sentiment partagé, madame Fielding.

Se soulevant sur un coude, il commença à tracer de délicates arabesques sur son abdomen.

— Tu penses être enceinte ?

— Peut-être.

Vu qu'ils passaient tout leur temps libre ensemble depuis deux mois, c'était une éventualité d'autant plus plausible qu'ils n'utilisaient aucun contraceptif, ayant décidé de mettre en route sans attendre l'enfant qu'ils souhaitaient avoir. L'enfant qui serait la chair de leur chair.

Il déposa un baiser chaste et révérencieux sur son ventre, un peu au-dessous du nombril.

— J'espère que tu l'es, mon amour. Je veux une petite fille dotée de grands yeux verts et de jolies boucles blondes.

— Euh... moi j'espérais un garçon qui aurait les yeux de jais et le sourire malicieux de son père.

Les lèvres de Levi s'abaissèrent de nouveau sur son bas-ventre, mais cette fois son baiser se fit brûlant, sensuel, destiné à attiser en elle le feu du désir.

— Alors, il nous faudra poursuivre nos efforts jusqu'à ce que nos désirs à tous les deux soient comblés, j'imagine.

Tous ses sens en émoi, Madison savait très exactement ce qu'elle désirait ardemment dans l'immédiat.

— Je crois que j'ai de nouveau très envie de vous combler, madame Fielding, ajouta Levi.

Nouant les bras au-dessus de sa tête et savourant la sensation de ses lèvres sur sa peau, elle sourit de plaisir.

— Vous croyez, docteur Fielding ?

— Je le sais.

— Parfait. Parce que j'ai de nouveau besoin de vous... Pour venir à ma rescousse.

Comment avait-elle fait pour accrocher sa bague ? Mystère. Tout ce qu'elle savait, c'était que son annulaire était complètement pris dans ses cheveux.

— Aïe. Aide-moi, Levi, s'il te plaît.

Levi releva la tête et, voyant qu'elle ne parvenait pas à détacher son doigt, il se mit à rire.

— C'est ce que j'aime le plus chez toi. Tu te débrouilles tout le temps pour que je me montre sous mon meilleur jour.

— Et pour que tu te sentes utile, ajouta-t-elle, lui tendant les bras dès qu'il l'eut libérée, plus amusée que gênée d'avoir été de nouveau une « damoiselle en détresse ».

Parce qu'elle était *sa* damoiselle en détresse et qu'il serait toujours là pour lui venir en aide.

Toujours.